U0022760

台灣後現代小說的發展

以黃凡、平路、張大春與林燿德的創作為觀察文本

王國安——著

自序　「台灣後現代小說史」?!

「台灣後現代小說史」?!

光是面對這個名詞，就可以提出很多的疑問。首先，「後現代」（postmodern）是個眾說紛紜的詞彙，詹明信（Fredric Jameson）認為這是在晚期資本主義的跨國經濟下隨之而來的文化邏輯，德里達（Jacques Derrida）認為它是針對西方傳統文化根深柢固的理性主義的抵拒與否定而來，吉諾克斯（H.A.Giroux）認為它是充滿文化危機的新時代所期待的解決之道等等，雖非各彈各的調，卻是在同一領域的百家爭鳴。然許多後現代理論家如米歇爾・傅科（Michel Foucault）等即使發表了許多可稱為後現代主義經典的論文與專著，仍不願意把「後現代」的標籤往自己身上加，避「後現代」標籤唯恐不及。而「後現代」又是何時出現？影響多大？我們能夠以「後現代」來界定多少事情？在世界上有多少地方已有了可以呼應「後現代」的情境？在「後現代」於藝術界、學界被都廣泛引用的同時，又充滿了多少的一知半解的挪用、誤用與自我發明？總而言之，關於「後現代」本身就是一連串的問號，如何能夠以之來劃分台灣的小說？而若連「後現代」都不能定義，那麼「後現代小說」就不可能定義，更遑論「台灣的後現代小說」？

再者，「後現代」的特點正在於，它是主張去歷史深度，且極力排斥線性史觀的，所以，若要為台灣的「後現代小說」造史，自始即違反了「後現代」的基本立場，「後現代」主張多元、開放、流動、渾沌，甚至認為破碎、散裂才是世界的真相，君不見，後現代主義大師傅科（他就是不願被戴上後現代主義學者帽子的顯例）的「知識系譜學」，正是對歷史進行斷裂地解析，分析出隱含在決定歷史發展的知識主流中的權力，並分析出權力運作中所產生的霸權與宰制，從而影響學界至今。且為此曾在台灣紅極一時的文類寫史，又將落入舊歷史主義的陷阱，在學界目前高呼「重寫台灣文學史」的同時，[1]為台灣的「後現代小說」寫史，不但是一種甘冒大不韙的冒險行為，更是一場自始即定義不清的徒勞無功。

而且，就算「後現代」定義清楚了，「寫史」也暫不顧新歷史主義的挑戰而一意孤行的寫下去了，那麼，新問題又將浮現出來——「台灣的『後現代小說』結束了嗎？」若要為台灣的後現代小說寫史，等於是對此文學現象的「蓋棺論定」。在台灣，我們可以有局部文學現象的「小史」，我們可以為「皇民文學」寫史，可以為「反共文學」寫史，但是，我們卻很難為「現代主義文學」寫史，很難為「鄉土文學」寫史。因為一方面，許多紅極一時的現代主義小說家目前仍創作不輟，且如台灣文學二十世紀末重要的小說家舞鶴便被稱為「本土現代主義」，[2]所以台灣的「現代主義文學」至今仍傳，如何寫史？台灣的鄉土文學也是一樣，最早從日據時期二、三〇年代開始談，再到七〇年代由黃春明、王禎和等所帶起的關懷民生與社會問題的鄉土文學，在八〇年代後被冠以「鄉土小說家」之名的黃凡，[3]被稱為「最後的鄉土之子」[4]的林宜澐，即使至二十一世紀，也仍有「輕鄉土小說」（范銘茹語）的產生，所以，「台灣鄉土小說史」也無法「蓋棺論定」。同理，要為「台灣的

1 麥田出版社於二〇〇七年八月即出版了《重寫台灣文學史》一書，由十一位學者提出對台灣文學史的新詮釋。張錦忠、黃錦樹：《重寫台灣文學史》（台北：麥田出版社，二〇〇七）。

2 楊照：〈「本土現代主義」的展現——閱讀舞鶴〉，《夢與灰燼——戰後文學史散論二集》（台北：聯合文學出版社，一九九八），頁一六九—一七八。

3 呂正惠曾言：「洪醒夫，以及次年得到時報小說獎首獎的黃凡，都可以算是鄉土小說家。」呂正惠：〈七、八〇年代台灣現實主義文學的道路〉，《台灣戰後文學經驗》（新店：新地出版社，一九九二），頁五八。

4 廖咸浩為林宜澐的短篇小說集《耳朵游泳》作序時，便以「最後的鄉土之子」為名為該書作序。廖咸浩：〈序・最後的鄉土之子〉，《耳朵游泳》（台北：二魚文化事業有限公司，二〇〇二）。

後現代小說」寫史，也必須「台灣後現代小說」曾經有個明確的終點，否則也將是一場自我虛耗的努力。

因此，「台灣後現代小說史」這一命題如何可能便在面對諸多困難的情況下宣告無效了。然而，對於研究台灣文學的我們來說，知道台灣在八〇年代後曾出現一段「後現代文學」獨領風騷的文學現象是事實，雖然「後現代」是個眾說紛紜的詞彙，但對當時的台灣作家來說，「後現代」即使無法定義，也是他們文學表現的所本與所求，即使經過了挪用、誤用、修正或是自我發明，台灣作家仍對「後現代」作了自我的表述，而表現為篇篇精彩的後現代小說與後現代詩。所以，即使「後現代」不能定義，我們也可以去理解「台灣的後現代小說」是怎麼自我定義的，即使作家們對後現代主義是一知半解甚至是誤解，也並不妨礙我們去理解當初的台灣作家是如何猜測與誤解「後現代」的。

再者，我們可以用「梳理發展脈絡」來代替「寫史」的概念，畢竟，作為一個文學現象，即使再怎麼強調歷史發展的斷裂與罅隙的存在，台灣後現代小說的興起總對當時的文學有所繼承與抗拒，至於繼承者何？抗拒者何？也正是我們必須去理解的。而且以「梳理發展脈絡」的概念看，「台灣的後現代小說」是否「終了」也不需太過在意，甚至可以把「台灣後現代小說」當作一個仍在發展的文學現象或文學流派，吾人要做的事也甚至可以是發現台灣後現代小說在看似沈寂後是否成了隱形的潛流，或是否更成為了二十世紀末二十一世紀初台灣小說的精神內核。

總而言之，為台灣的後現代小說寫史雖看似問題重重，然吾人仍可梳理台灣後現代小說的發展脈絡，本論文便是企圖從此角度去看台灣後現代小說興起的背景、興盛的情況以及轉型之後是如何成為台灣文學的伏流甚或是成為某些當代作家的精神內核的。「為台灣的後現代小說寫史」可能是吃力不討好、虛耗且徒勞無功的，但梳理這一段文學史，以「後現代」的角度切入並歸納，必然對於理解二十一世紀的台灣文學有實質的意義，所以，身為二十一世紀的台灣文學研究者，我們責無旁貸，此也正是本書冀望能達到的目標。

本書是以台灣文學史為基礎架構，對六〇年代到二十一世紀初的台灣文學史，以「後現代」為重心切入探討，並以黃凡（一九五〇—）、平路（一九五三—）、張大春（一九五七—）、林燿德（一九六二—一九九六）四人的小說為主要觀察文本，讓「台灣後現代小說」得以四人的小說來銜接台灣文學六〇年代後各階段的文學流派、文藝思潮與文學現象。

在此，首先要解決的是，黃凡、平路、張大春、林燿德等四人的小說作為梳理「台灣後現代小說」發展脈絡的觀察文本是否有足夠的代表性，以下，以林燿德、黃凡、張大春再及平路的邏輯序列來說明此四人的小說做為觀察文本的適切性。

林燿德做為台灣後現代文學現象的最重要代表人物，想必是殆無疑義的。林燿德雖英年早逝，卻在有生之年成為一顆台灣文壇的震撼彈。劉紀蕙在《孤兒・女神・負面書寫——文化符號的徵狀式閱讀》一書中，特別將林燿德視為台灣文學「後現代轉向」的關鍵人物。於該書中論及學者對林燿德與台灣後現代文風關係的討論時有如下的整理：

> 由於林燿德大力引介「後現代主義」，以全副精力標舉「新世代」作家，積極宣揚都市文學，實驗資訊時代的虛擬真實、後設以及自我解構之文本，討論台灣的後現代主義現象較具有代表性的理論家，皆舉林燿德為例來說明後現代文學的特性（羅青、孟樊），或是調侃的稱呼其為「後現代大師」（廖炳惠）。其他論者亦皆以「後現代」作為林燿德的標籤，認為他的作品主要呈現了「後工業文明狀態」、「後現代消費社會」與「資訊時代」的新人類問題（朱雙一），凸顯後現代的「文類混淆」、百科全書式的引用典籍、「後結構書寫」（吳潛誠）。更有人認為林燿德作品「是一種自由無度、破壞性的文學」、「醉心於反形式、反意義，尤其對傳統文學和現代經典的反叛更為激烈」，而認為這便是「後現代主義的現

象」（王潤華）[5]

因此，林燿德作為台灣後現代文學最重要的觀察人物，林燿德的小說作為台灣後現代小說最重要的觀察文本，其適切性自是完全沒有問題的。

黃凡的〈如何測量水溝的寬度〉一直以來被推介為台灣後現代小說的開山之作。[6] 黃凡作為台灣後現代小說重要的代表人物，以下面一段話最具代表性：

> 總的來講，由於八〇年代中期黃凡小說創作的蛻變，也由於張大春、蔡源煌對「黃凡蛻變」所提出的理論性陳述，台灣的「後現代小說」就此誕生。[7]

---

5 劉紀蕙：〈林燿德與台灣文學的後現代轉向〉，《孤兒・女神・負面書寫——文化符號的徵狀式閱讀》（台北：立緒出版社，二〇〇〇），頁三七二—三七三。又引文中提及的羅青，曾於《什麼是後現代主義》（台北：五四出版社，一九八九）一書的導言中列舉「台灣地區研究後現代主義的重要學者與創作者」，文學部分的代表作家便有林燿德；孟樊則於〈台灣後現代詩的理論與實際〉中將林燿德視為台灣後現代詩人群中屬於有自覺性的後現代詩人，該文收於《世紀末偏航：八〇年代台灣文學論》（台北：時報文化出版企業有限公司，一九九〇）；廖炳惠之言出於〈台灣：後現代或後殖民〉一文，稱羅青與林燿德皆為「翻譯／番易」後現代主義的「後現代大師」，該文收於《書寫台灣》（台北：麥田出版社，二〇〇〇）；朱雙一語出自〈資訊文明的審視焦點和深度觀察——林燿德小說論〉一文（《聯合文學》，十二卷五期，一九九六年三月，頁四四—四九）；吳潛誠語可見〈遊走在後現代城市的想像迷宮——重讀林燿德的散文創作〉一文（《聯合文學》，十二卷五期，一九九六年三月，頁五〇—五四）；王潤華的論點則可見於〈從沈從文的「都市文明」到林燿德的「終端機文化」〉，收於鄭明娳編，《當代台灣都市文學論》（台北：時報文化出版企業有限公司，一九九五），頁十一—三八。

6 如黃清順在研究台灣「後設小說」的發展脈絡時，便認為黃凡的〈如何測量水溝的寬度〉因文本屬性鮮明，惹學界側目，再加上張大春、蔡源煌也跟進撰寫後設小說，使得台灣後設小說之路正式「點燃」。參黃清順：《台灣小說的後設之路——「後設小說」的理論建構與在台發展》（國立台灣師範大學國文研究所碩士論文，二〇〇二），頁六九。

7 呂正惠、趙遐秋：《台灣新文學思潮史綱》，（台北：人間出版社，二〇〇二），頁三四五。

因此，若要瞭解台灣後現代小說的發展，以黃凡的小說作為觀察文本自是一準確的起點。以上討論我們可以知道，林燿德與黃凡在台灣後現代小說的重要性在於，前者在於思潮的提倡，後者在於實踐的成功，兩人在台灣後現代小說發展中的地位重要也由此可知。兩人也正由於文學理念的近似，在文壇上時常以搭檔的身份出現，如林燿德曾與黃凡合編《台灣新世代小說大系》[8]便可見得兩人文學觀念的類同。再者，林燿德自詡身為台灣「新世代」文學的發言人，在其諸多評論作品中，黃凡一直是林燿德所推崇的「新世代」作家，如林燿德曾說：「台灣小說家中，出生於一九五〇年後的變革者，自黃凡（一九五〇—）以降已在八〇年代形成了新的『型態形成場』，他們為一度流行不輟的模擬論打開一道道缺口，開拓出小說的新共振、新場域」[9]等相關的評論不一而足，且對於黃凡在各方面的文學創作（如政治小說、都市文學、科幻小說等等）都給予極高的評價，也由此可證，對林燿德此一高舉後現代旗幟的新世代文學提倡者而言，黃凡是他「後現代團隊」中在小說實踐上最重要的伙伴。也因此，以兩人的小說作為台灣後現代小說的觀察文本想必是沒有問題的。

而在後現代小說的實踐上，除了黃凡之外，另一個時常被提起的名字是張大春。張大春作為八〇年代最受矚目的作家，他的小說一直是帶有強烈實驗性質的，在提到台灣後現代小說的時候，張大春的小說更是不會被論者所忽略。而更重要的是，觀察「台灣後現代小說」，張大春的小說比起林燿德、黃凡兩人的小說其實更具份量。因為林燿德英年早逝，其後現代小說的創作量並不多，而黃凡於九〇年代後突然封筆，小說創作一度中斷至二十一世紀後才算復出文壇。論者曾言：「黃凡到九〇年代以後逐漸淡出，最後終於完全退出台灣文

8 《台灣新世代小說大系》共十二冊，由台北希代公司出版，一九八九年。該選集一方面表現出林燿德對近代作家創作成就的表揚，也同時表現了林燿德對於文學「世代交替」的渴望（觀其以「新世代」作為選擇基準便可知）。

9 林燿德：〈慾望方程式——論陳裕盛的小說創作〉，《期待的視野》（台北：幼獅文化出版社，一九九三），頁八三—八四。

壇。但由他所引發的『端緒』，卻由蔡源煌和張大春繼續加以發揚」[10]正可為例。再者，張大春的小說作為台灣後現代小說發展脈絡的觀察文本的一個更重要的原因在於，論者在提到台灣文學史上的後現代文學現象時，總是會將張大春與黃凡兩人的名字並列，黃凡在台灣後現代小說的創作實踐成績已如上述，而張大春之所以被並列說明的原因也正在此，例如大陸學者朱雙一曾謂：「張大春是與黃凡並駕齊驅的又一位著名新世代小說家」[11]正是將兩人齊名並列的例子。再如林燿德作為推介台灣後現代文學思潮的代表人物，他將黃、張兩人並列討論的例子也很多，如「從比較嚴肅的一面來說，八〇年代中期黃凡的後設小說實驗，張大春一度採用的魔幻寫實手法，各自對於六〇年代中期以後出生的小說新手造成強烈的影響」[12]；「另一方面以黃凡、張大春為首的前衛小說家，則對政治事態提出懷疑論的輕視與嘲謔。他們保持中立的價值觀，對一切政治性的符徵均採取審判態度」[13]；在討論都市文學時，則說「到了八〇年代中期已降，新世代作家逐步脫離了張漢良在一九七六年提出的『田園模式』，……小說方面則以黃凡、張大春的構想最具震撼性」[14]；而在談到台灣後現代小說時直接將兩人並列談論者的則有周芬伶：「然新一代的作家，對於傳統的寫實主義已感到不足，這時『魔幻寫實』與『後設小說』傳入台灣，剛開始是全面接受，後來是選擇性接受，如早期的張大春與黃凡皆曾全面接受魔幻寫實主義與後設小說，寫出如〈將軍碑〉、〈賴索〉、〈寫作百無聊賴的方法〉、〈測量水溝的寬度〉……等實驗性作品」[15]，又如陳明柔曾說：「小說家開始以形式的實驗，試圖穿透這個一切均轉換為消費符碼的社會……於是後

10 呂正惠、趙遐秋：《台灣新文學思潮史綱》，（台北：人間出版社，二〇〇二），頁三四五。
11 朱雙一：〈語言陷阱的顛覆——張大春論〉，《聯合文學》，十一卷八期（一九九五年六月），頁一三二。
12 林燿德：〈《幼獅文藝四十年大系・小說卷》主編序〉，《新世代星空》（中和：華文網股份有限公司，二〇〇一），頁一九二。
13 林燿德：〈台灣新世代小說家〉，《重組的星空》（台北：業強出版社，一九九一），頁九〇。
14 林燿德：〈八〇年代台灣都市文學〉，《重組的星空》（台北：業強出版社，一九九一），頁二一四。
15 周芬伶：《聖與魔——台灣戰後小說的心靈圖像一九四五—二〇〇六》（台北：印刻文化出版有限公司，二〇〇七），頁二〇〇。

設的、魔幻寫實的小說在文學獎的助興下，引領風潮蔚為風氣。首開風氣者，當以屢奪文學大獎的張大春與黃凡最引人注目」[16]。再進一步看，於討論台灣後現代文學現象時，將林燿德、黃凡、張大春三人的名字並列的例子也很多，如周芬伶便曾謂：「在八〇年代同時使用魔幻寫實與後設的重要作家如張大春、黃凡、林燿德……」[17]，又說：「這種以作者為中心的英雄主義並非西方後設小說家的本色，只能說是張大春的特色，與他同時的黃凡、林燿德也有此傾向」[18]，都是以三人的共同創作傾向作為台灣後現代小說的創作歸納。綜合以上所述，張大春的小說作為台灣後現代小說的觀察文本適切性的問題也得到解決了。

但筆者在此要再加入的是平路的小說。相對於林燿德、黃凡、張大春而言，她一來提倡後現代思潮未如林燿德有力，二來在創作實踐上，也沒有像黃凡、張大春那樣具開創之功，所以一般在論及台灣後現代小說時，多是將前述三人作並列陳述，而較少提及平路。然而，也正如前述，林燿德早逝，而黃凡九〇年代後曾封筆，張大春雖然創作台灣後現代小說至二十一世紀仍未中斷，但影響力畢竟不如八、九〇年代，因此，若按照本論文的研究方法——以小說文本為文學史的補充與觀照，前述三人雖然代表性足夠，但卻容易使台灣後現代小說的觀察中斷在九〇年代——以筆者觀察，目前以台灣後現代小說脈絡梳理為主題的研究最常見的瓶頸就在此處，所以，筆者認為，加入平路的小說作為台灣後代小說的觀察文本不但是適切的，更將使研究成果顯得全面。

首先，平路在台灣的後設小說創作上，是不得不被提及的重要作家之一。楊照曾言：「在後設小說領域的實驗、拓殖上，最為堅持的作家之一便是平路。尤其是在《五印封緘》出版後，平路差不多走上了『無小說不後

---

16 陳明柔：《典範的更替／消解與台灣八〇年代小說的感覺結構》（東海大學中國文學系博士論文，一九九八），頁九八。
17 周芬伶：《聖與魔——台灣戰後小說的心靈圖像一九四五—二〇〇六》（台北：印刻文化出版有限公司，二〇〇七），頁二〇二。
18 周芬伶：《聖與魔——台灣戰後小說的心靈圖像一九四五—二〇〇六》（台北：印刻文化出版有限公司，二〇〇七），頁二〇六。

設』的創作路子」，[19]便是平路的後設小說受學界注意的一個顯例。而在筆者的觀察中，平路的名字在學界論及台灣後現代小說時，時常會將之與林燿德、張大春、黃凡三人並列談及，例如齊邦媛在〈四十年來的台灣文學〉中，將平路與黃凡、張大春、林燿德並列為新世代最受矚目的作家；[20]莊宜文在研究兩大報文學獎的時候曾說：「黃凡〈賴索〉、張大春〈將軍碑〉、朱天心〈十日談〉、平路的〈玉〉、〈台灣奇蹟〉，典範作品的產生推動了議題的潮流，刺激了文壇的顛覆風潮」；[21]而劉亮雅也曾說：「平路延續了張大春的後現代懷疑論，尤其對於語言再現真實的懷疑」，[22]直接說明了平路與張大春在文學上的傳承關係；林燿德在論台灣新世代小說家的時候，曾說：「黃凡的《如何測量水溝的寬度》、《系統的多重關係》，張大春《晨間新聞》、《寫作百無聊賴的方法》，平路的《五印封緘》，都是後設小說的示範」。[23]也表明了黃凡、張大春與平路的作品間有著足以相提並論的共通性。總結上述，平路的小說創作由於在「後設」技巧上的努力經營，使其小說成為學界討論台灣後現代小說時必定不能忽略的對象，因此以平路的小說作為觀察文本的適切性也是沒有問題的。再談到之所以必要加入平路小說來做整體觀察的原因，我們可以黃清順在梳理台灣後設小說發展脈絡時的重要的論點談起：

19 楊照：〈「後設」的道德教訓——評平路、張系國的《補諜人》〉，《文學的原像》（台北：聯合文學出版社，二〇〇〇），頁一一二。

20 齊邦媛：「今天在文壇上握有詮釋權的已不再具有灰濛凝重的任何鄉愁，他們是恣肆揮灑的一代。新的文學潮流或許可以統稱之為『都市文學』吧。最受矚目的作家黃凡、張大春、平路、林燿德、楊照等人如果不是在都市，至少他們大部分年輕的生命是在都市公寓中度過的。……」齊邦媛：〈四十年來的台灣文學〉，《四十年來中國文學》（台北：聯合文學出版社，一九九五），頁二三。

21 莊宜文：〈重組文學星空——從文學獎談新世代小說家的崛起〉，第二屆「青年文學會議」，行政院文建會主辦（一九九八年），頁二四三。

22 劉亮雅：〈後現代與後殖民——論解嚴以來的台灣小說〉，收於陳建忠、應鳳凰、邱貴芬、張誦聖、劉亮雅合著：《台灣小說史論》（台北：麥田出版社，二〇〇七），頁三六六。

23 林燿德：〈台灣新世代小說家〉，《重組的星空》（台北：業強出版社，一九九一），頁九三。

以後設的角度而言，解嚴之前的高峰以張大春為最，而解嚴之後，最值得關注的作家殆為平路的崛起。[24]

平路的「崛起」的確給台灣的後設小說帶來了新的氣象，然何以是「解嚴之後」，此不只是平路小說創作上的時間問題，更重要的原因在於，我們從平路的小說可以看到，她在「解構」之外更有著「建構」的努力，這「建構」的努力在她的《行道天涯》開始注意到女性聲音之後就更為明顯，在此平路所代表的不只是後現代小說所加入的女性主義觀點，更重要的是平路小說正代表著台灣後現代小說的轉型與發展。就筆者觀察，張大春的小說解構有餘，建構不足，是其小說創作在九〇年代後影響力漸弱的主因，然平路的小說卻在九〇年代後更顯重要。因此，筆者認為，加入平路的小說作為台灣後現代小說的觀察文本，不但是適切的，更是重要的，因為加入平路的小說觀察才得以看出台灣後現代小說從八〇年代經九〇年代到二十一世紀初的主要發展脈絡。

在此必須順帶說明的是筆者未將台灣其他曾創作後現代小說的作家納入觀察文本的原因。首先是在台灣後現代風潮掀起時曾有後設小說試作的作家。在黃凡於一九八五年十一月二十四日發表〈如何測量水溝的寬度〉時，蔡煌源便以〈欣見後設小說〉為標題評介之，其後蔡源煌於一九八六年一月二十一日發表〈錯誤〉，而後，跟進這股「後設風」的除了張大春、林燿德外，如葉姿麟的〈有一天，我調過臉去〉（一九八六）、〈那麼，這個故事你喜歡嗎？〉（一九八六），黃啟泰的〈少年維特的煩惱〉（一九八九），林裕翼的〈我愛張愛玲〉（一九九一），許順鏜的〈蔡斯吃掉了半塊餅〉，曾陽晴的〈母親的情人是女兒的情人〉（一九九二）等，[25]一些新銳作家也加入了撰寫後設小說的行列。然這些小說家，包括蔡源煌，其後設小說

---

24 黃清順：《台灣小說的後設之路——「後設小說」的理論建構與在台發展》（國立台灣師範大學國文研究所碩士論文，二〇〇二），頁七〇。

25 以上參自黃清順：《台灣小說的後設之路——「後設小說」的理論建構與在台發展》（國立台灣師範大學國文研究所碩士論文，二〇〇

的創作量並不大，而且他們的小說在台灣學界受討論的程度也不足，因此，作為台灣後現代小說觀察文本的適切性是不足的。

而在台灣後設風潮開始時，一些在文壇上早有文名的作家如朱天心、李昂也開始將後設小說的技巧加入小說中，如朱天心的〈威尼斯之死〉（一九九二）便是典型的後設小說，而李昂也曾撰〈給G.L的非洲書簡〉（一九九〇）等有後設技巧的小說，但多為試作。若將兩人創作歷程也納入觀察，將對梳理台灣後現代小說的脈絡產生很多齟齬之處，因此只能將之視為外緣觀察的文本，作補充之用。而朱天文的〈世紀末的華麗〉與《荒人手記》是後現代小說的重要文本，有論者便以之作為具台灣後現代小說內涵特色的文本。[26]但其主要問題也與朱天心、李昂兩人相同，如就這些作家的整個創作歷程做討論，對台灣後現代小說脈絡的梳理反而將產生阻礙，所以也僅將其小說文本作為補充之用。

後起的台灣後現代小說家，如洪凌、紀大偉等，其小說文本可提供台灣後現代小說很重要的觀察點，再加之兩人在同志小說方面的努力，更可增加後現代小說在九〇年代後的觀察面向。而如陳雪、郝譽翔、成英姝等的小說也多呈現台灣後現代小說的風貌，如陳雪《無人知曉的我》，郝譽翔《逆旅》，成英姝《公主徹夜未眠》等都可看作是台灣後現代小說的精彩篇章。再如小說家林宜澐，其小說的後現代性格筆者也曾撰文探討，[27]其小說自然也該是觀察台灣後現代小說時的重要文本。然而不將這些新銳小說家的小說作為本書的觀察文本的

二）。

26 如張誦聖著，高志仁、黃素卿譯：〈朱天文與台灣文化及文學的新動向〉，《中外文學》，二十二卷十期（一九九四年三月），頁八〇—九八，便是以朱天文的〈世紀末的華麗〉為主要小說文本討論台灣的後現代文學現象。而陳綾琪：〈顛覆性的模仿與雜匯：由朱天文的《荒人手記》談台灣文學的後現代〉，《中外文學》，三十卷十期（二〇〇二年三月），頁一五六—一七一，便是以朱天文的《荒人手記》作為觀察台灣後現代小說的文本的顯例。

27 可參王國安：〈後現代的林宜澐・林宜澐的後現代——林宜澐小說論〉，《中山人文學術論叢・第七輯》（澳門：澳門出版社，二〇〇六），頁十二—三七。

原因也正在於他們的「新銳」，因為他們大多是九〇年代後竄起的作家，對於台灣後現代小說發展來說，他們屬於中後期的代表作家，如果將之作為主要觀察文本，則無法以其創作歷程發現台灣後現代小說興起的主要原因與背景，所以，也只能將之作為外緣的補充文本。

接下來，有兩位重要的台灣後現代小說家必須要提到，那就是駱以軍與舞鶴。駱以軍於一九九三年發表充斥後設技巧的《紅字團》後，便開始竄起文壇，每一部小說都引起學界的注意，楊照曾說：「駱以軍從《紅字團》一出手，就已經完全不背舊式敘事的包袱，大膽尋求、展示破碎、多元、乃至矛盾的敘述觀點」[28]，而他的〈降生十二星座〉又由於文本厚度成為學界關注的焦點，所以駱以軍的小說足以代表台灣後現代小說的重要文本自是不在話下。然筆者仍要強調，駱以軍屬於台灣新銳作家，可歸之為台灣後現代小說發展中後期的重要代表作家，但要以之作為觀察台灣後現代小說發展脈絡的文本仍有不足，因為筆者認為台灣的後現代小說發展至少要從七〇年代開始談起，但駱以軍以及前述的新銳作家多從九〇年代才開始其創作歷程，所以他們的創作歷程無法有效地為台灣後現代小說發展的興起原因作有力的補充與證明，因此即使如駱以軍這位台灣重要的後現代小說家也不在本書的主要觀察之列，只能作為外緣的補充之用。

而舞鶴的情況就又有所不同了。舞鶴雖是九〇年代後才竄起的作家，但其創作歷程卻不是開始於九〇年代，其小說〈牡丹秋〉發表於一九七四年、〈細微的一線香〉則發表於一九七八年，而從一九八〇年至一九九〇年則「閑居淡水，閱讀之外，亦作寫作實驗，但為發表」[29]，一九九一年發表〈逃兵二哥〉後，開始了一連串的重量級的小說創作發表。其特殊的書寫方式震驚文壇，王德威稱他為「九〇年代台灣文學現象之一」[30]，又說「論

28 楊照：〈年少卻蒼老的聲音——評駱以軍的《我們自夜闇的酒館離開》〉，《文學的原像》（台北：聯合文學出版社，二〇〇〇），頁六六。

29 引自〈舞鶴創作年表〉。舞鶴：《悲傷》（台北：麥田出版社，二〇〇一），頁二四五。

30 王德威：〈拾骨者舞鶴——舞鶴論〉，《跨世紀風華——當代小說二十家》（台北：麥田出版社，二〇〇二），頁二九九。

二十一世紀台灣文學，必須以舞鶴始」[31]，給予舞鶴的小說在台灣文學史上極高的評價。如果以筆者梳理台灣後現代小說史的脈絡欲從七〇年代到二十一世紀初作整體觀察言，舞鶴的小說可說是符合標準的。然筆者不將舞鶴的小說作為觀察文本的主要理由在於，舞鶴曾於八〇年代封筆停止創作，而台灣的後設小說風潮正盛於八〇年代，可以說，台灣後現代小說最鼎盛的時代舞鶴是缺席的，用舞鶴的小說來觀察台灣後現代小說的發展脈絡也將會有問題，所以本書也只能將舞鶴的小說作為外緣的補充文本。然筆者此處要強調的是，舞鶴作為「本土現代主義」的創作者，他的小說最能代表台灣現代主義文學發展到後現代的樣貌，筆者認為，舞鶴正是台灣現代主義小說與後現代小說最重要的銜接者，所以，雖然筆者不以他的小說作為梳理台灣後現代小說法發展脈絡的主要文本，然舞鶴的小說卻是足以作為台灣後現代小說發展的脈絡中最特別且需為之另立一章的文學史。

總而言之，本書將以黃凡、平路、張大春與林燿德四人的小說文本作為梳理台灣後現代小說脈絡的觀察文本，大的方面以台灣文學的歷史發展為綱，而四位小說家的創作歷程，則是作為台灣後現代小說發展脈絡的主要內容。本書的研究方法較不同於以往其他學者梳理台灣八〇年代後文學史的方法，然筆者認為這樣的研究方法正足以與前人的研究結果互為發明，且更增加前人研究所未能觀照之處，將使研究成果更為全面。然也正因本書只以四人的小說為主要觀察文本，難免將有掛一漏萬，或是過度關注於小說家創作時的特出之處而忽略整體文學環境變化的缺失，此為本書撰寫時必須注意且可能在成果上有所侷限的地方。

31 王德威：〈序論‧原鄉人裡的異鄉人——重讀舞鶴的《悲傷》〉，《悲傷》（台北：麥田出版社，二〇〇一），頁八。

在本書中筆者取之歸類為台灣後現代小說者，可區分為下列三大類：

（一）內容與形式皆以呈現後現代主義觀念為主的小說

所謂以呈現後現代主義觀念為主的小說，是指該小說文本除了以利用後現代小說的形式技巧外，更在內容上，直指主體的空無，其保留開放、流動的文本多為符應後現代主義對於語言、文化等諸觀念。此類小說以西方後現代小說的主題為主題，其引介、實驗、示範的意味較濃，多出現於八〇年代中期台灣後現代小說初起時，所以作品有時有著模仿階段稚拙的斧鑿痕跡。此類作品如黃凡的〈如何測量水溝的寬度〉（一九八六）、〈系統的多重關係〉（一九八六）、〈小說實驗〉（一九八七）、〈房地產銷售史〉（一九八七）；平路的〈五印封緘〉（一九八七）、《捕諜人》（與張系國合著，一九九五）等；張大春的〈公寓導遊〉（一九八六）、〈寫作百無聊賴的方法〉（一九八六）、〈印巴茲共和國事件錄——菲律賓政變的一個聯想〉（一九八六）、〈將軍碑〉（一九八六）、〈如果林秀雄〉（一九八七）、《大說謊家》（一九八八）、《沒人寫信給上校》（一九九四）、《本事》（一九九八）、《城邦暴力團（一—四冊）》（一九九九—二〇〇〇）；及林燿德的〈惡地形〉（一九八六）、〈我的兔子們〉（一九八七）、〈史坦答併發症〉（一九八八）、〈賴雷一日〉（一九八八）、《解謎人》（與黃凡合著，一九八九）等皆可為例。但必須強調的是，雖然此類作品是以小說形式呈現後現代主義思想的作品，但也是作家將其對當時都市型態的感知化為小說的結果，此是台灣都市小說與後現代小說的過渡性所造成，此將留待第二章再做詳細討論。

（二）內容上反映台灣社會後現代徵象的小說

此類作品以八〇年代後台灣社會在政治、經濟、文化等層面的轉變為主題，由於台灣當時正處於解嚴前後、經濟高度發展的年代，所以反映政治上官方大敘述瓦解，或是表現都市劇烈變動中人的心靈狀態的主題者皆屬之，此類小說亦可歸於政治小說及都市小說之列。如黃凡的〈曼娜舞蹈教室〉（一九八七）、〈總統的販賣機〉（一九九〇）、〈聽啊，錢的叫聲多雄壯〉（二〇〇二）、〈三十號倉庫〉（二〇〇三）、《大學之賊》（二〇〇四）、〈貓之猜想〉（二〇〇五）；及平路的〈台灣奇蹟〉（一九九〇）；張大春的〈四喜憂國〉（一九八七）、《少年大頭春的生活週記》（一九九二）、《我妹妹》（一九九三）、《野孩子》（一九九六）；林燿德的〈氫氧化鋁〉（一九八七）、〈一束光投擲在被遺忘的磯岩上〉（一九八八）、〈一線二星〉（一九八八）、〈慢跑的男人〉（一九八九）、〈黑海域〉（一九八九）等作品皆可為例。這類作品較少後現代小說的形式技巧，但所反映的主題卻與台灣社會的後現代徵象有關，亦屬於本書討論台灣後現代小說的範圍。

（三）以邊緣族群主體重建內容為主，後現代小說的形式技巧為輔的小說

此類作品是台灣作家在模仿學習西方後現代小說及創作後設小說的熱潮後，對西方後現代小說所做的轉型樣貌。後現代主義的中心意旨為「去中心化」，正符合台灣於解嚴後瓦解大敘述的社會欲求，而在「去中心化」後邊緣族群逐漸取得發言權，其主體性的重建也成為他們的共同主題。此處的轉型也正是與後殖民最夾纏不清之處，此將留待第四章再詳做討論。而屬於這類作品的有林燿德的《一九四七高砂百合》（一九九〇）；黃凡的《躁鬱的國家》（二〇〇二）、《寵物》（二〇〇五）；平路的〈是誰殺了×××〉（一九九〇）、

《行道天涯》（一九九四）、《百齡箋》（一九九八）、《凝脂溫泉》（二〇〇〇）、《何日君再來》（二〇〇二）、《東方之東》（二〇一一）；張大春的《尋人啟事》（一九九九）、《春燈公子》（二〇〇五）、《戰夏陽》（二〇〇六）、《一葉秋》（二〇一一）等皆可為例。

此處提出這三種分類的主要原因在於，很多人認為台灣後現代小說在後現代主義思潮於台灣聲勢漸弱後也跟著結束，但筆者以為，當代文壇許多作家仍持續不斷地做後現代小說的書寫，只是書寫立場已不同於西方後現代小說，且其運用後現代小說的形式技巧未曾減少，因為這些技巧早已成為當代小說的重要成分。以上三類作品的分類意義將在第二章及第四章做更詳盡的討論，此處列出三項分類的原因在打破以往研究台灣後現代小說以西方後現代小說的定義為主的成規，如此也更可符合筆者試圖以後現代小說做為台灣文學主流的觀察面向。

總而言之，本書藉由黃凡、平路、張大春與林燿德四人的小說做文本觀察，其與後現代的關係之緊密，也使他們的小說得以幫助我們理解台灣後現代小說轉變的原因，希望以上研究方法與研究範圍的設定，能得致台灣後現代小說發展的真實面目。

目次

第一章　台灣後現代小說的發生背景及作家表現

本書以討論「台灣後現代小說」的發展脈絡為主軸，也將以一套「線性史觀」的角度，探看台灣後現代小說的發展背景與歷史成因。筆者以為，台灣後現代小說的興起，有著歷史的「偶然」，這偶然包括了後現代思潮引入台灣的時間點，黃凡、張大春等作家適時地發表出足以引領風潮的小說作品等等，但是後現代之所以能成為一股席捲八〇年代台灣文壇的風潮，實更有著歷史的「必然」，也就是說，在後現代思潮的引入，在黃凡、張大春等人發表成功的後設小說之前，其實，整個台灣文學發展的脈絡，實已醞釀了一股期待著與「後現代」相同或相類的思潮的想法。「後現代」並非僅僅來自於林燿德等人的鼓吹，而是來自於創作者自身對於創作求新求變的意圖；並非來自於台灣人對後現代思想風潮的好奇與崇拜，而是對來自於對後現代風潮引入前思想與文化的反動，也來自於台灣本身不論在社會、經濟、政治背景方面早已開始改變的事實。所以，對於「台灣後現代小說」發展的歷史脈絡，筆者將由黃凡、平路、張大春與林燿德等的小說文本與創作歷程來作為開展與證實。以下，便進入本章關於「台灣後現代小說」興起背景的討論。

第一節　鄉土文學發展過程中所遺留的問題

七〇年代在台灣文壇興起的鄉土文學風潮，至一九七七—一九七八年的鄉土文學論戰時達到最高峰，八〇年代後熱潮漸退。鄉土文學注重關懷國計民生，以社會底層的小人物為典型人物，並強調作家改變社會的責任感，此皆非「後現代文學」所著重之處，然而在台灣文壇，卻弔詭地出現了七〇年代盛行鄉土文學，而八〇年代後現代文學卻興起的有趣現象，這種發展脈絡對西方學者來說可能更為有趣，因為在西方，「後現代文學」是隨著「現代文學」而來，其間有著對於文學的本體論、表現論與對於文學語言的認識論等等認知上的改變，所以，對西方來說，文學上「現實主義→現代主義→後現代主義」的脈絡是清楚分明的。但台灣在五、六〇年代出現了「現代主義文學」的風潮，七〇年代興起了「鄉土文學」強調「現實主義」的潮流，八〇年代卻再出現「後現代文學」，如此的發展脈絡與西方的差別，絕不僅僅在於文學的本體論、表現論或是對於文學語言的認識論方面認知的改變而已，其中更牽涉到台灣本身的歷史發展，牽涉到台灣文學本身所必須處理的問題等等。也因此，「台灣後現代小說」的興起必須從鄉土文學開始談起，雖然兩者看來截然相反，但其實是弔詭地聯繫在一起的，此可以張大春創作初期原是鄉土文學派所期待的新秀，黃凡的小說曾被呂正惠稱為「鄉土小說」為例。以下筆者先從鄉土文學的發展歷程談起，並以張大春、平路創作初期的小說進行討論，再談及現代主義文學在台灣文學史上的創造、影響以及可供後現代小說家汲取營養之處，並深入討論黃凡所帶起的「懷疑論式政治小說」的風潮，而該節所要論證的是，「懷疑論式政治小說」正是「台灣後現代小說」興起前的代表性文類，「台灣後現代小說」也正因此背景而有了自己不同於西方的發展。以下，便進入本節的討論。

一、鄉土文學的發展歷程

七〇年代是台灣政治開始從「大中國」的迷夢中被迫甦醒的年代。台灣的外交遭逢有史以來的困局，一九七〇年十一月，發生「釣魚台事件」，美國片面宣稱釣魚台屬於「琉球群島」的一部份，應歸還給日本，而對於釣魚台的主權爭議，國民黨政府並未採取強硬的應對措施，這使得台灣及留美學生因此發動「保釣運動」，於一九七一年後開始大規模的示威，雖未有具體成果，但卻增強了台灣知識份子的使命感。一九七一年十月二五日，「中華民國」被迫退出聯合國，聯合國正式承認中華人民共和國的合法席位，使台灣體認到國際地位岌岌可危的情勢。接下來，一九七二年九月，日本承認中共，一九七八年十二月十五日美國卡特總統承認中華人民共和國為「中國唯一合法政府」並與中華民國斷交，廢止中美共同防禦條約，並另立「台灣關係法」以維持台灣現狀。可以說，七〇年代是台灣領土範圍未變、主權獨立未變，可是在國際認知上被迫從「中國」退守到「中華民國」的年代。在國際上處於被打壓的弱勢地位，相對地使國民黨政府不得不在施政上改弦易轍，加強具體落實對台灣的各項建設，台灣的知識份子，不論是外省或省籍人士，也增加了對台灣的使命感與對鄉土的關懷精神。

七〇年代除了是台灣在國際情勢上急轉直下的年代，也是戒嚴體制對政治的高壓控管開始鬆動的年代。一九七二年五月，蔣經國當上行政院長，開始了台灣的「蔣經國時代」，蔣經國的主政最明顯的特色，就是「本土化」。蔣經國出任行政院長立即大幅度更動人事，大量任用台籍人士入閣，也不再執迷於「反攻大陸」，並開放「增額中央民意代表選舉」，為台籍知識份子增開了一條從政之路。台籍知識份子六〇年代的「黨外」運動，從一九六九年的康寧祥、黃信介竄起開始，到七〇年代已逐漸集結成一個政治異議份子的勢力團體，一九七七年，甚至發展出全島性的串連，使黨外人士的勢力已可比一個「政團」，至一九七九年，台灣自戒嚴以來醞釀的朝野對立衝突已一觸即發，發生在一九七九年十二月十日的「美麗島事件」可說為七〇年代台灣省籍知識份子的政治運動寫下最重要的一頁，台灣自知識份子至一般民眾，都開始對台灣政治更加關注，對「戒嚴」體制的衝撞也愈多愈頻繁，至八〇年代，終成了一個「狂飆的年代」[1]。

正是隨著台灣在七〇年代開始這一連串使關懷台灣的知識份子與作家不得不把眼光回看台灣本土的情勢變化，鄉土文學開始成為一股潮流。而在六〇年代曾主宰台灣文壇的「現代主義文學」，在這樣的情勢下反而被放大了「缺陷」，此「缺陷」包括了部分現代詩脫離生活、逃避意義、以邏輯斷裂為美，以及現代小說以挖掘病態心理、專注技巧為重心等等，在當時的知識份子看來，這些作品空洞虛無，以晦澀為美而不顧讀者感受，這些作家只願為藝術而藝術、不關懷社會現實，所以，對現代主義的批判，就代表了對「西化」、「虛無」、「晦澀」、「為藝術而藝術」等詞彙的批判。

因此，在七〇年代初，以回歸鄉土、面向現實為旗幟的鄉土文學逐漸成為文壇主流，它是「反西化」、「反虛無」、「反晦澀」，主張「為社會而藝術」的現實主義文學。在詩歌方面以「笠詩社」為主，新興詩刊方面，如「龍族」、「主流」、「大地」、「詩人季刊」、「草根」、「詩脈」也都代表了年輕一代對鄉土的回歸；小說方面，則有黃春明、王禎和、陳映真、洪醒夫等出色的小說家，亦有《台灣文藝》、《文學季刊》等文學雜誌作為號召。鄉土文學在推波助瀾下，正式成為七〇年代文學的主流。

至此，六〇年代主宰文壇的現代主義潮流，已被強調現實主義的鄉土文學所取代，而此轉變的背後，有著屬於七〇年代對於台灣政治的關心以及面對國際情勢低落而不得不為的使命感。文壇也開始了對於鄉土文學的討論，甚至到一九七七年更爆發了鄉土文學論戰。

---

[1] 可參楊澤：《狂飆八〇——記錄一個集體發聲的時代》（台北：時報文化出版企業有限公司，一九九九）。

發生於一九七七—一九七八年的鄉土文學論戰是延續一九七二年由關傑明、唐文標等人所挑起的「現代詩論戰」而來。一九七二年二月關傑明發表〈中國現代詩的困境〉，同年九月，發表〈中國現代詩的幻境〉，認為當時的新詩充滿著「西化」的偏差，且認為過份強調向西方學習的結果是喪失了自己民族的性格；一九七二年十一月，唐文標發表〈先檢討我們自己吧〉一文，公開支持關傑明，而後陸續發表了〈什麼時代什麼地方什麼人〉、〈詩的沒落〉、〈僵斃的現代詩〉等文，引爆了現代詩論戰的戰火。許多被點名批判的詩人如余光中等多撰文回擊，挑出關、唐二人對現代詩的偏頗認識，以及兩人過份強調文學功能論、抱持社會主義觀點等問題，然而在七〇年代的政治社會背景之下，關、唐二人的文章反引發了許多詩人的共鳴，詩風逐漸擺脫虛無晦澀，走向關懷社會、著重民族性的道路，「影響所及，七〇年代的詩壇亦由昔日之頹廢虛無轉趨勁建有力」[2]，實則不只詩壇，整個文壇皆有了大方向的轉變。

然「七〇年代的中期，鄉土文學的面貌猶處在複雜、歧異、誤解的情況中」[3]，所以雖有作家不斷創作出優秀的鄉土文學作品，然鄉土文學仍未能成為有統一定義的詞彙。一九七七年八月十七日至十九日，彭歌在《聯合報》連載〈不談人性，何有文學〉，正式揭開鄉土文學論戰，文中批判王拓、陳映真、尉天驄，認為鄉土文學會使文學淪為政治的工具，更成為「敵人的工具」，將鄉土文學關心社會中下層的努力與中共的社會主義文學相聯繫。八月二十日，余光中在《聯合報》發表〈狼來了〉一文，扣了現實主義文學論者一頂「工農兵文藝」的紅帽子。而後國民黨當局更有諸多報刊文章集中批判鄉土文學，而「抨擊鄉土文學的文章，大多是把鄉土文學與『工農兵文學』、『三〇年代文學』互相關連，而且擴展到包含了鄉土文學在

2 向陽：〈七〇年代現代詩風潮試論〉，《文訊月刊》，十二期（一九八四年六月），頁五六。

3 陳信元：〈一九七〇年代台灣的鄉土文學論戰〉，收入聯合報副刊編，《台灣文學發展重大事件論文集》（台南：國家台灣文學館，二〇〇四），頁一三九。

內的『社會寫實主義』和『社會文學』等理論與創作的批判，其中所代表的無疑是官方的意識型態」[4]，鄉土文學作家群便在這樣的官方意識型態下奮起反抗，王拓於九月十至十二日，在《聯合報》發表〈擁抱健康的大地——讀彭歌先生「不談人性，何有文學」的感想〉，同月陳映真發表〈建立民族文學的風格〉，對彭歌的攻擊提出辯駁；文藝界如尉天聰、黃春明、齊益壽等許多人，也發表文章表態支持鄉土文學。最後，鄉土文學論戰在胡秋原、任卓宣、徐復觀等人表示對現實主義文學、民族文學支持的維護下，終於以和局收場。

但必須補充的是，鄉土文學陣營的葉石濤，於一九七七年五月曾發表〈台灣鄉土文學史綱〉，可說是日後台灣本土論者在梳理台灣文學脈絡時的重要綱領，因其給予台灣鄉土文學新的定義與範圍。其中最重要的論點是，葉石濤認為，台灣鄉土文學必須具備「台灣意識」，台灣鄉土文學是以「台灣為中心」書寫出來的，同為鄉土文學陣營的陳映真則在一九七七年六月發表〈「鄉土文學」的盲點〉一文，認為葉石濤的「台灣意識」觀點失之片面，而忽略了鄉土文學中反帝、反封建的民族色彩。

然而看似為因應七〇年代政治、社會、經濟情勢而來的鄉土文學作品，看似為扭轉六〇年代之後虛無、徬徨、晦澀的現代主義文風而來的現實主義風潮，其實也因參與論戰者的身份、理念的不同，使論戰的同時，同路線的成員也顯出了彼此的矛盾處，前述王拓的現實主義文學論，葉石濤的台灣文學本土論及陳映真的民族文學論埋下了鄉土文學陣營走向分裂的因子。這些路線上的矛盾，在八〇年代後更發展成為統、獨的論爭，使鄉土文學論述中的意識型態問題更形明顯。之所以如此，是因為鄉土文學論戰自始即不只是「鄉土」與「現代」的論爭，而是如朱雙一所言：「一九七七年的『鄉土文學論戰』集中了近二三十年台灣不同文學文化思潮的糾葛，但主要的是『三民主義』官方陣營與左翼鄉土文學陣營的激烈碰撞。……這是台灣社會一場借『文學』之

4 呂正惠、趙遐秋：《台灣新文學思潮史綱》（台北：人間出版社，二〇〇二），頁三一七。

名的有關台灣社會性質以及發展方向的政治性論戰，是執政當局與反對人士之間的攻防」[5]，因此，隱含在鄉土文學論戰中的政治因素，也使得和局後的鄉土文學，開始不得不隨著政治大環境的改變而改變。

六〇年代中期鄉土文學的興起，到一九七七、一九七八年的鄉土文學論戰以和局收場後，得到更大多數人的認同，照理說鄉土文學路線將走得更順。然而隨著七〇年代以來政治氣氛丕變，台灣知識份子對政治熱衷，文學反映社會的功能反不如政治手段來的直接與有效，所以一些優秀的鄉土文學作家如王拓、楊青矗等陸續加入了政治運動的行列，此不僅使鄉土文學作家陣容減少，原先鄉土文學改變社會的工具價值，也在作家出走的同時顯出了工具價值的不足。對此，呂正惠曾言：「對他們來講，政治活動空間的擴大，卻又引來了另一種誘惑：以政治運動（或更接近政治行動的寫作形式）來替代原來的創作。也就是說，原來在七〇年代維持著平衡關係的政治，到了八〇年代已有了重大改變：政治逐漸吞噬文學，文學逐漸喪失它的獨立性」[6]。也因政治意識的益發強烈，許多撰寫鄉土文學的小說家轉而撰寫政治意識型態更明顯的「政治小說」，以社會底層小人物為主角、以台灣農村為主要場景的鄉土文學作品也漸漸減少。

而使鄉土文學走向衰落的原因，更重要的是楊照所謂「鄉土、寫實等原本充滿改革味道的原則、概念被馴化、收編」[7]的觀點，他以八〇年代初得到聯合報小說獎的《千江有水千江月》為例，認為蕭麗紅在《千》書中巧妙的運用且融合了台灣「左翼——鄉土」與「右翼——中國文化」的重要元素與語彙，因此獲得評審的青睞。他認為：「《千江有水千江月》得獎，標示著對七〇年代左右翼文學的收編。表面上看來『鄉土』還在，

---

5 朱雙一：〈從個人叛逆到集體抵抗：六〇、七〇年代台灣文學主朝的更迭——當代台灣多元文化思潮的視角〉，收入東海大學中文系編，《苦悶與蛻變——六〇、七〇年代台灣文學與社會》（台北：文津出版社，二〇〇七），頁五八五—五八六。

6 呂正惠：〈分裂的鄉土，虛浮的文化——八〇年代的台灣文學〉，《戰後台灣文學經驗》（新店：新地出版社，一九九二），頁一三〇。

7 楊照：〈從「鄉土寫實」到「超越寫實」——八〇年代的台灣小說〉，《夢與灰燼——戰後文學史散論二集》（台北：聯合文學出版社，一九九八），頁一八二。

本質式的民族主義也還在，可是它們對現有威權的威脅卻完全被拔除成為體制內安全的一環」，[8]「鄉土文學」的觀念被收編，農村成為文明的避風港，原本在「七〇年代的『鄉土』是以農村為據點、抨擊都市，所以義憤填膺；八〇年代的『鄉土主流』變成是以都市為中央視角，反過來向農村求取精神充電的資源」，[9]因此鄉土文學的現實主義傳統在八〇年代初始變了調，鄉土文學也不再復七〇年代的盛況。郝譽翔曾歸結鄉土文學衰落的原因到：「自從一九七九年高雄事件之後，鄉土文學陣營因為理念的不同而分裂，有的『進入體制』，喪失了原先的理想性而成為庸俗的、懷舊的『鄉土文學』；有的則『走出文學』，與政治合流或直接訴求政治的手段（如楊青矗、王拓已投身直接參與選舉），所以直到八〇年代中期，鄉土文學已經沒有殘留下多少真正值得流傳的紀念品……」[10]，至此，盛極一時的鄉土文學，就產生了本質的改變。

總結以上我們對鄉土文學發展歷程的概述，我們知道鄉土文學作為七〇年代文學主流有其政治、社會、經濟背景，在知識份子的使命感驅使下，六〇年代現代主義文風所表現的蒼白、虛無、徬徨，成了關心文壇發展人士攻擊的標的，回歸鄉土、重拾民族性、關懷國計民生、描寫中下層小人物等等成了鄉土文學的主要特徵，雖看似前景一片光明，然而也如上所述，鄉土文學產生質變。究其原因，我們可以說，其實鄉土文學在發展興盛的同時，也連帶地暴露「鄉土文學」各種組成要素的缺陷。且鄉土文學的興起與盛行有其歷史、政治背景，當背景產生轉變，鄉土文學也將因應外部環境的轉變而轉變，許多在鄉土文學發展時尚未解決的問題，也將留給八〇年代的有識之士來解決。

8 楊照：〈從「鄉土寫實」到「超越寫實」——八〇年代的台灣小說〉，《夢與灰燼——戰後文學史散論二集》（台北：聯合文學出版社，一九九八），頁一八五。

9 楊照：〈從「鄉土寫實」到「超越寫實」——八〇年代的台灣小說〉，《夢與灰燼——戰後文學史散論二集》（台北：聯合文學出版社，一九九八），頁一八七。

10 郝譽翔：〈我是誰?!：論八〇年代台灣小說中的政治迷惘〉，《中外文學》，二六卷十二期（一九九八年五月），頁一五一。

因此，筆者將歸納鄉土文學所暴露的缺點與遺留下來的問題，因為這些缺點與問題正代表了鄉土文學與後現代小說的具體聯繫所在，後來者不論是後出轉精或是逆向思考，都使鄉土文學所留下的問題成為後現代文藝思潮的發軔契機。以下，筆者以「現實主義的霸權本質」、「文學與政治意識的糾葛」、「文學是工具還是自身具足的存在」、「從左右翼到統獨」、「馴化後的鄉土如何發聲」五個方面來進行討論。

二、鄉土文學現實主義的「變質」

（一）現實主義的霸權本質

現實主義（realism）[11]，是十九世紀起源於法國，盛行於歐洲的一種文藝運動。現實主義不注重藝術的想像，主張要細密觀察事物的外表來加以描繪，它拋棄了浪漫主義所帶來的熱情激烈、浪漫化想像、英雄主義等特質，而將注意力轉向客觀世界的真實面，並要求創作者客觀地處理思想和行動，反對不切實際與空想。更重要的是，現實主義論者，多認為創作者必須有社會、歷史的責任與使命感，也因此，文學作品不僅反映社會現

11 現實主義與寫實主義皆是「realism」，但兩者卻在十九世紀後成為逐漸混淆的名詞。現實主義是為抵抗浪漫主義的末流而來，強調文學的社會責任感，重視對社會的描寫，且著力於創造「典型人物」，創作筆法多以寫實形式為主；而「寫實主義」實是指「寫實形式」而言，並未如現實主義般有著與社會、政治、歷史的繫聯。所以，在八〇年代後作家與評論家對傳統寫實主義及現實主義的抨擊，時因個人學術習慣的不同，有稱「現實主義」亦有稱「寫實主義」者，實則二而為一，故筆者以「現實主義」統稱之，理由在於這些對「寫實主義」的抨擊都包含了對涵納於作品之中意識型態的排拒，所以，本書以下有關「現實主義」與「寫實主義」的名詞將以「現實主義」統稱之。

實，更具有創作者所寄寓的社會、政治理想於其中，秉此理念創作者，也多主張「為社會而藝術」，強調寄寓於作品中的「社會集體意識」，並進而掌握不受時空限制，具有共通性與永恆性的人類精神基盤。

現實主義主張對現時現地的關切，主張以文學反映現實，以客觀觀察直刺現實真相，一切以「現實」為主要訴求，但也簡單化、概念化地化約了從主觀虛構到客觀反映現實的過程。然而，此一被化約了的過程本身卻是問題重重的。

首先，作家「客觀」觀察現實世界的同時，能否擺脫作家個人對現實環境的認知？能否避免掉有著個人色彩的詮釋？如果說「完全客觀」的觀察是不可能的，那麼現實主義反映現實的準確性一開始就須被質疑了；再者，文學是「虛構」的，作家將真實世界化約為筆下的虛構世界的同時，他其實簡省了現實世界的許多事物，作家如何解釋這些被簡省掉的事物如何不能代表現實世界的「真實」面，這將是無法避免也無法解決的難題。而文學創作的媒介是文字，文字本身並非透明的媒介，無法準確地傳達作者的意念，即使是透過虛構故事所產生的意在言外的故事主旨，也將因讀者身份背景的不同有了不同的闡釋。因此從作者到讀者之間的傳達過程從來就不是一條完整的直線，現實主義作家絕不可能準確地傳達真實，而只是如同非現實主義作家一般，傳達出了「想像的真實」。

正因現實主義此一從虛構到反映現實過程的問題重重，也正因為現實主義者對此一過程的視而不見，更因為現實主義者所堅持的理想性，使其自然地在意識與精神層面保持一定的高度，所以多將反現實主義者視為遠離社會，沒有關懷人群、改革社會的使命感的犬儒、虛無主義者。其走向「權威」與「霸權」幾乎是由其本質問題而來，而此一本質問題，隨著七○年代鄉土文學的盛行，現實主義的霸權姿態也隨之暴露出來，到了八○年代，它更成了一個亟待解決的問題，新世代作家們的創作開始走向了現實主義的反方向，或是以現實主義精神為底，而不以現實主義筆法為限的道路。

（二）現實主義與外在政治現實的糾葛

在外部因素方面，現實主義創作者的社會理念伴隨著創作者對社會環境的認知而來，然在同一社會環境下的個人對於現實環境有不同的詮釋是可想而知的，更遑論不同時空背景下的個人。且現實主義與現實政治一方面有相互對抗的責任，另一方面又與之牽扯太深，因此有時隨著政治環境的丕變，現實主義便將被賦予不同的政治內容，有時又因創作者對現實政治理念的不同，而產生在同一現實主義旗幟下的作家群卻以現實主義相互質疑與攻訐的情形。以中國為例，「現實主義」的內涵便隨著政治環境的改變而有所不同，且這些內涵並不一定隨著時代的推進而加深加廣，反而因具有「政治優勢」的創作者對於現實主義有著「權威性」的解釋權，而時有倒退的現象，我們看民國初年魯迅、茅盾、老舍等作家已創作出成熟且高藝術成就的寫實作品，而後來的「社會主義寫實主義」卻是明顯的倒退，其批判魯迅作品、批判胡風論述的觀點與言論更令我們感到可笑與荒謬。台灣自賴和以來的新文學現實主義傳統，到了國府遷台時，也有了「三民主義寫實主義」文學，當時張道藩便主張三民主義文藝是一種「寫實」的文藝，必須忠實於二十世紀後半的現實世界的描繪，張揚三民主義的成功與未來願景才是成功的現實主義文學；六〇年代台灣電影更有「健康寫實主義」，主張「不專寫社會黑暗、不挑撥階級仇恨、不帶悲觀色彩、不表現浪漫的情調、不寫無意義的作品，不表現不正確的意識」等「六不」主張，其中除了「不表現浪漫的情調」較符合現實主義的初衷之外，其餘五項都給了政治優勢人士極大的詮釋空間，現實主義的變調於焉可見。

現實主義時被外部環境干擾而變質的情形可說是無法避免的，鄉土文學的現實主義也在六〇年代中與七〇年代末有著不同的內涵。六〇年代中起至七〇年代中，鄉土文學現實主義主張反映社會，以農村為主要場景，刻畫中下層小人物的悲情，時而感人時而控訴，此時的鄉土文學家比較像是「社會觀察者」；然隨著政治環境的丕變，到了七〇年代末，鄉土文學雖也主張反映社會，但更重視政治、民族甚至是「國族」的議題加入，部分作家擁抱的政治意識型態正加速鄉土文學的變調。對此，呂正惠曾言：

從個人主義的現代主義到社會關懷的現實主義，從文學的現實主義到投身政治的現實主義，這中間的轉折與緩衝太過短暫了。在這個短暫的時間內，文學的現實主義在還沒有為自己爭取足夠的成長空間的時候，即已被強大的政治現實捲走，而喪失了自身的存在。[12]

所以，除了現實主義的內部因素之外，在台灣的現實主義，也因為外在環境的改變，使得鄉土文學也不復初衷，顯露出了現實主義的疲態。

因此，鄉土文學在發展過程中因外部環境而變調，其所堅守的現實主義也將因此變質。如前所述，現實主義者對於文學虛構到客觀反映現實的過程中的種種問題視而不見，使得現實主義本質上便有著霸權姿態。而台灣的現實主義鄉土文學更因台灣本身的歷史、政治問題，使鄉土文學的現實主義在加入政治意識型態思考之後，更凸顯了其霸權本質。此在鄉土文學論戰後表現的更為明顯，郝譽翔說：「這樣的一場論戰，徒然暴露出台灣寫實主義文學的淺薄與簡化，而這點尤其為以後八〇年代的文學持續帶來了負面的影響」[13]。所以，我們可以說，七〇年代鄉土文學現實主義的發展，因與外部環境的相互夾纏而變調，此所遺留下的問題，正待八〇年代的作家來解決與改變。

---

12 呂正惠：〈七、八〇年代台灣現實主義文學的道路〉，《戰後台灣文學經驗》（新店：新地出版社，一九九二），頁六五。

13 郝譽翔：〈論一九八〇年前後台灣新生代文學的發展〉，《中外文學》，二十八卷十一期（二〇〇〇年四月），頁一六三。

（三）現實主義文學的文學「工具化」

現實主義文學的寫作，自始即帶有反映社會現實的責任感，然若過度強調文學與社會現實的聯繫，都將使現實主義文學中所強調的的社會性、現實性，反客為主地將讓文學成為反映現實的「工具」，文學本身的自足性反而需要其工具性來支撐。這樣的情形在台灣七〇年代表現地更為明顯。因為從五〇年代起，「現代詩社」、「藍星詩社」、「創世紀詩社」已相繼成立，以「西化」來促進文學的「現代化」，這種情形到六〇年代幾乎達於鼎盛；小說方面則前有五〇年代的《文學雜誌》，後有六〇年代的《現代文學》，介紹西方現代主義小說與文學理論，也成功培養了許多優秀的現代主義作家如白先勇、陳若曦、王文興等。然而六〇年代的現代主義文學之所以鼎盛，與當時的政治高壓有分不開的關係，現代主義使部分文學作品遠離了台灣現實，葉石濤在《台灣文學史綱》中，把六〇年代的台灣文學定義為「無根與放逐」，正是因為認為這些現代主義作家「既不能繼承三〇年代、四〇年代的大陸文學，又無法跟這塊新土地結合，只好大量吸收歐美現代文學潮流，在這外來的文學的基礎中建立他們的文學王國，他們正是於梨華曾說的『沒有根的一代』」[14]，另一方面，政治高壓也促使知識份子必須轉向往自我、往內心作探索，所以，即使偶有成熟的作品出現，卻也被大量的逃避與感傷主義的作品逼得文壇的有識之士不得不向現代主義文學提出抗議，前述的「現代詩論戰」就是該現象的具體呈現。因此，當鄉土文學向現實主義取經，創作出具有社會性、現實性，甚至有民族性的文學作品時，的確也讓現實主義在台灣享有高度評價。也正因此，為了改革現實主義文學為藝術而藝術，重技巧、重個人經驗等使作品蒼白、虛無、晦澀的弊病，強調應為社會而藝術，重內容、重社會集體經驗等理念的同時，也使得文學作品逐漸成為現實主義作家個人政治、社會理念抒發的「工具」。

---

14 葉石濤：《台灣文學史綱》（高雄：春暉出版社，二〇〇〇），頁一一四。

文學工具性的過度強調，使得文學作品以主題、以意識型態作為評價依據，作品的文學性反成為第二義，此正是鄉土文學對現代主義文學矯枉過正的結果。所以，當七〇年代末，鄉土文學的政治性愈益濃厚時，對文學工具性的強調也愈益專制，一些新世代作家希望能改變這種情況，讓文學能回歸文學，「為藝術而藝術」的文學觀便又有重起之勢，且曾浸淫於現代主義中的創作者更蓄勢待發，八〇年代後現代思潮傳入時，等於重新掌握了可以為藝術而藝術的思想武器，對抗僵化的、過度強調工具性的現實主義，此以擁有「一個現代主義／後現代主義過渡者的複雜性格」[15]的林燿德最堪為代表人物。林燿德曾謂：

> 我感受「污染」最劇的是「寫實主義」，在台灣，「寫實主義」的污染已相當嚴重，那些「排放廢氣」的人其實並不見得懂「寫實主義」。在未做深刻瞭解之前，許多七〇年代出發的詩人就大放厥詞強調「寫實主義」，只因為「寫實主義」是一個對抗「現代主義」的武器，假如「現代主義」也是「污染」，這正是以「污染」來對抗「污染」。[16]

林燿德指出的是變質後的現實主義根本不足以取代現代主義。台灣的現代主義文學所呈現的蒼白與虛無，並非成功的現代主義作品，是因為台灣的現代主義文學也曾在模仿學習的過程中變質，楊照曾言：「本來是為了藉現代主義來表達自己的變動經驗，然而引介進來的現代主義進而取得了自主的生命，成為舶來現代化力量的一部份，藝術家們愈進入現代主義的領域，就愈傾向於抄襲、複製西方式的『純粹』現代經驗，忘卻了自己的邊緣性，也就使得藝術與本土現實經驗脫節，現代主義的西方版本反而取得了無上權威，凌駕在真實的

15 鄭明娳語。鄭明娳：〈林燿德論〉，收於簡政珍、林燿德編：《台灣新世代詩人大系・下冊》，（台北：書林出版社，一九九〇），頁七〇四。

16 林燿德：《觀念對話》（台北：漢光出版社，一九八九），頁一一八——一一九。

雜混、『不純』現實之上。這種現代主義外傳變異，在許多地區都出現過。台灣的五、六〇年代也搬演了一次……」[17]，簡短地說明了台灣現代主義變質的普遍因素。而後來的鄉土文學現實主義雖力主反對變質的現代主義，其本身卻也因外部環境的變遷而變質，林燿德認為這只是以「污染」抗「污染」，並沒有解決任何的問題。所以重新思考現代主義「為藝術而藝術」的文學自足存在，而不跟隨現實主義「為社會而藝術」的文學工具論，也成了新世代作家一個新的創作方向。

（四）統、獨的意識型態紛爭

在前述對鄉土文學論爭的討論中，我們知道表態支持鄉土文學論者本身便有著路線的分歧，其中陳映真所代表的民族文學論與葉石濤所代表的台灣文學本土論，更使台灣鄉土文學的現實主義加入了統、獨的爭議。呂正惠曾言：

> 這樣的分化，依我個人的看法，對鄉土文學的發展是相當不利的。老實講，在七〇年代，當政治反對運動和文學反對運動平行發展的時候，前者的主流是本土政治人物，後者的主流則是泛夏潮集團。文學運動的分裂，代表的意義是：泛夏潮集團開始與主流的政治反對運動脫節，苦於找不到訴求的群眾；而本土的政治運動，也因此喪失了一大批的文化人支持，減少了許多文學上的努力。[18]

---

17 楊照：〈「現代化」的多重邊緣經驗——論王禎和的小說〉，《夢與灰燼——戰後文學史散論二集》（台北：聯合文學出版社，一九九八），頁一二〇——一二一。

18 呂正惠：〈分裂的鄉土，虛浮的文化——八〇年代的台灣文學〉，《戰後台灣文學經驗》（新店：新地出版社，一九九二），頁一三〇。

呂正惠所擔心的正是統、獨爭議將使得不願被捲入爭議之中的作家也將因此失去原本在小說中所要展現的社會批判精神，因為兩派人馬對於政治意識型態的堅持，反而使集團之外的人望之卻步。而在兩派的矛盾越形明顯的同時，部分作家已開始表現出對隱含統、獨爭議的鄉土文學的不耐，轉向另一條試圖完全擺脫統、獨爭議，驅逐意識型態的創作道路。也在此兩派陣營同時以現實主義為武器互相攻訐時，新世代作家另闢蹊徑，替「反映台灣現實」找到一條更清楚也更清新的道路，「台灣後現代小說」的前身——「懷疑論式政治小說」正是以這樣的姿態出現在文壇的。

（五）鄉土文學的「馴化」

如前所述，七〇年代是台灣經濟開始迅速發展的年代，到了七〇年代末，台灣也已逐漸轉入工商業社會，商業的興盛不僅代表經濟發展的成果，更進一步造成了台灣社會整體的質變。文學也走向了商品化的年代，「台灣文學商品化的現象是在七〇年代的兩大報副刊上開始萌芽的。進入八〇年代，隨著金石堂企業化的書店經營的逐步拓展，隨著金石堂暢銷書排行榜的制度化，文學的商品化過程遂告完成」。[19]而傳統為中下層民眾發聲，反映社會現實的有著抗爭性的鄉土文學，便隨著這商品化的浪潮退居於主流之外。

再者，鄉土文學的變質，也包含了楊照所謂鄉土文學「文學行動主義」的「馴化」[20]。關於「文學行動主義」，楊照提到：「七〇年代從關傑明、唐文標發難的『現代詩論戰』，到引起整個社會騷動的『鄉土文學論戰』，一脈相承的發展方向是文學的意義不斷被擴大解釋，也一再被附加愈來愈多的行動性格，可以稱之為

19 呂正惠：〈分裂的鄉土，虛浮的文化——八〇年代的台灣文學〉，《戰後台灣文學經驗》（新店：新地出版社，一九九二），頁一四〇。

20 楊照：「八〇年代的前幾年，明顯出現的變化就是行動主義遭到打壓，鄉土、寫實等原本充滿改革味道的原則、概念則被馴化、收編。」《夢與灰燼——戰後文學史散論二集》（台北：聯合文學出版社，一九九八），頁一八二。

『文學行動主義』的逐步形成……」[21]而「鄉土派」正是一種「帶左翼色彩的文學行動主義」的文學呈現。「鄉土文學論戰」雖然因徐復觀、胡秋原等新儒家學者出面緩頰，使國民黨官方立場與支持鄉土文學者打成和局，但不代表國民黨官方就此放棄了對有著「左翼」色彩的鄉土文學的監視。所以，一九七八年，「鄉土文學論戰」和平落幕，但到了一九七九年十二月的「美麗島事件」，官方又開始了大逮捕的動作，使得反對陣營一時風聲鶴唳，楊青矗、王拓等鄉土派作家也於該事件中遭逮捕入獄，楊照說：「楊青矗、王拓被捕、判刑，不是單純個人行為的個案，而是凸顯了七〇年代末期文學與政治、社會改革運動的緊密關連。而八〇年代文學史上發生的第一個重大變化，就是這條社會與文學在行動意義上的連結，被硬生切斷……」[22]，鄉土文學的暫時噤聲與文學的商品趣味相結合，使得「鄉土文學」開始呈現清新的氣息與休閒的趣味，而失去了過往的沈重與抗議精神。所以八〇年代後以「鄉土」為題材的創作，多已不復七〇年代鄉土文學為弱勢發聲的抗爭精神。

最後，一九七九年的美麗島事件，雖然帶來了風聲鶴唳的大逮捕，讓政治運動大幅緊縮，但也反過來使得「台灣本土論」有了迅速扎根的契機。在美麗島事件後的軍法大審中，許多被逮捕的知識份子都藉此機會向台灣與世界抒發其政治理念，使對台灣本土的關懷精神以及民主政治的理念都在軍法大審後深入台灣民心。在美麗島事件後本土論述得到進一步的深化，前述夾纏著中國民族主義與台灣本土論的同一陣營的鄉土文學支持者，在美麗島事件後也正式分道揚鑣，鄉土文學也在此分裂。對此，呂正惠說：

> 七〇年代末的高雄事件，卻促使這種情況產生劇烈的變化。由於國民黨對本土的黨外運動的強力壓制，促

21 楊照：〈從「鄉土寫實」到「超越寫實」——八〇年代的台灣小說〉，《夢與灰燼——戰後文學史散論》（台北：聯合文學出版社，一九九八），頁一八〇。

22 楊照：〈從「鄉土寫實」到「超越寫實」——八〇年代的台灣小說〉，《夢與灰燼——戰後文學史散論二集》（台北：聯合文學出版社，一九九八），頁一七九。

使了本已漸趨沈寂的省籍對立因素重又抬頭。因此，當黨外勢力從一時的挫折中重新站立起來的時候，「鄉土文學」的景觀也變了一個樣子：「鄉土」漸漸變成「本土」，而逐步的形成了所謂的「台灣文學」（以別於中國文學）的理論……。[23]

因此，鄉土文學的分裂，使原本在文學中逐步增加政治意識型態的情況更加嚴重。且本土論者所鼓倡的台灣民族主義也不為所有創作者所認同，對此，張誦聖曾言：

本土論者一面剔除鄉土文學主張裡蘊含的中國民族主義，一面打造論述，大膽地對當時主導文化的基石「大中華主義」提出挑戰。在此同時，佔有主流位置的文學參與者，對本土論者所鼓倡的台灣民族主義無法認同，對政治直接介入文化也心存抗拒。兩者之間的拉鋸戰，無疑構成了八〇年代台灣文學場域的主要動能。[24]

省籍思考介入鄉土文學的現實主義論述，使得鄉土文學的現實主義變質為作家政治理念的抒發，開始使部分作家產生反感與抗拒。六〇年代中期純為關心中下層民眾生活，以及反映社會現實問題的鄉土文學作品也減少，如何延續七〇年代鄉土文學的創作初衷，也成為新世代作家的反省方向。

總而言之，七〇年代的鄉土文學在歷經六〇年代中期後的創作嘗試，七〇年代後的理論深化，以及七〇年代後期的政治因素加入，到八〇年代的變質與分裂，這一段鄉土文學的發展過程，吸引了台灣知識份子與作家

23 呂正惠：〈八〇年代台灣小說的主流〉，《戰後台灣文學經驗》（新店：新地出版社），頁七九。
24 張誦聖：〈台灣七、八〇年代以副刊為核心的文學生態與中產階級文類〉，《台灣小說史論》，（台北：麥田出版社，二〇〇七），頁二八五。

的投入，原本以反映社會現實，傳達改革理念，為弱勢發聲的深情訴求，到後來卻因為這不斷發展與變質的過程，使得部分作家開始思考鄉土文學之外的出路，即使是已身處在鄉土文學陣營中的作家，也有人開始對鄉土文學現實主義感到不耐，如上所述，現實主義本身從虛構到反映真實的創作過程即充滿問題，許多嘗試以現實主義創作的鄉土文學作家便也在此創作過程中發現到現實主義的不足，此以張大春為最重要的代表；而現實主義本身也有容易因外部環境改變而被隨意填充內涵與改變詮釋視角的問題，此在台灣七〇年代，鄉土文學隨著政治環境的改變，不同陣營又以現實主義相互攻訐，也使得部分作家對之反感。再者，鄉土文學為反對現代主義文學而來，卻無法防止本身的變質過程，而現代主義文學是因自身的變質才產生蒼白、虛無、晦澀的形象，仍有其「未竟之功」，因此在鄉土文學開始讓文學轉向工具性大於自足性的時候，如何讓藝術回歸藝術，也成為部分作家思考的課題，現代主義的思考走向也影響著新世代的作家，此部分以林燿德最為重要。而後，鄉土文學轉向統、獨爭議，也促使了鄉土文學的進一步分化，如何在統、獨的爭議之中找到一條既保有政治意識，又不受統、獨的民族主義牽扯的文學道路呢？「懷疑論式政治小說」出現於鄉土文學論戰之後絕非偶然，也是欲於統、獨夾縫中另謀出路的小說創作者的成功嘗試，黃凡〈賴索〉的問世，便是此一文學歷史進展過程中的偶然與必然。最後，面對鄉土文學的變質，不論是文學的商品化，文學行動主義的被馴化，或是美麗島事件後鄉土文學詮釋權逐步被本土論者掌握，都使得鄉土文學非本來面目，那麼，有著批判現實的創作理念的作家們，勢必要尋找新的文類來為其理念作抒發，政治小說、都市文學也就在此背景下順勢產生了。

以下先以張大春的初期創作談起，說明台灣後現代小說家早期的鄉土文學嘗試。

第二節　台灣後現代小說家早期的文學嘗試

在黃凡、平路、張大春與林燿德四人中，以張大春的小說創作為最早，在一九七六年二月的時候，他的〈懸盪〉一文獲幼獅文藝全國小說大競賽優勝，後來陸續發表文章，至一九七八年八月寫成《雞翎圖》，一一月獲第一屆時報文學小說甄選優等獎之後，儼然成為外省第二代作家開拓鄉土文學的新秀，備受期待。然張大春八〇年代之後的作品一反鄉土文學的沈重，開始了他無物不顛覆的反叛文風，且維持此風格一直到二十一世紀，所以熟悉張大春創作風格的人，回頭看他一九八〇年五月由時報文化出版的處女作《雞翎圖》，會驚訝於他也曾經如此「正經」地寫過小說。而也正如張大春自己為《雞翎圖》所寫的序裡所稱，這是一本「『及壯而悔』的少作」，[25]從一九七六年開始創作，一九八〇年集結出版十三篇短篇小說，張大春對這些「少作」感到「後悔」，這中間經歷的是什麼樣的思想轉折？張大春曾作為鄉土文學的新秀，後又作為台灣後現代小說的重要代表人物，其轉向的原因與出走的理由為何？這轉向的理由也可能正是鄉土文學發展後暴露出問題促使新世代作家重新思考創作新路的主要原因。

[25] 張大春：〈書不盡意而已（序）〉，《雞翎圖》（台北：時報文化出版企業有限公司，一九九三），頁五。

一、從鄉土寫實出走的張大春

（一）《雞翎圖》中的寫實與反寫實

張大春文學創作的「鄉土寫實時期」大概可以一九七六年到一九八一年為斷代。這並不是說張大春在這段時間其小說皆以鄉土文學初期那種以反映社會現實，描繪中下層小人物的故事為主，但在這段時間所寫的小說，卻在很大程度上符膺於鄉土寫實精神，他的《雞翎圖》引起文壇關注，其中對老兵的面貌與口語的描繪栩栩如生，且又深入人道關懷的主題，彭瑞金甚至讚其開拓了鄉土文學以後的寫實新風貌，[26]張大春因此被視為鄉土文學界值得期待的新秀。所以，雖然在這段期間張大春所寫的小說並非全部屬於鄉土文學的範疇，但我們仍可將之視為張大春「鄉土寫實時期」的作品。以下，便以《雞翎圖》一書中的短篇小說來討論，張大春在「鄉土寫實時期」的小說與對現實主義的服膺程度以及隱含在其中對現實主義可能的反叛。

在張大春《雞翎圖》中的小說，我們可以發現其同時存在有鄉土寫實主義的作品，以及對鄉土寫實有所質疑的作品。如張大春於一九七六年一月完成初稿的〈咱倆一塊去——閒居賦〉，描述一對退休老夫妻的的生活情形，文中以老夫妻相處以及想念散居美國各地兒子們的情形為故事主軸。該文不僅刻畫細膩寫實，寫老夫婦想念兒子們的部分使人動容，更重要的是，在這篇小說中張大春透露了他的人道關懷精神與對小人物的刻畫功

26 彭瑞金：〈《雞翎圖》簡介：寫實文學的新原野〉，收於葉石濤、彭瑞金編：《一九七八年台灣小說選》（台北：文華出版社，一九七九），頁二七五。

力。該篇文章可準確地歸類於鄉土文學之列。

又如一九七八年七月完成的〈星星的眼神〉，更能代表張大春曾努力嘗試走向鄉土文學現實主義的顯例。該文以一離鄉背井在餐廳彈吉他唱歌的大學生，遇到餐廳老闆所引進的一位老歌手邱枝，邱枝看似孑然一身，但其實有著心所掛念的孫兒，後來孫兒因緣際會到餐廳聽老歌手唱歌，並與餐廳中鼓譟的客人衝突，故事最後在邱枝演唱〈尋夢鄉〉的歌聲中結束。該文不見張大春慣有的嘲諷與冷誚的語言風格，而是以一大學生的視角刻畫社會底層人物的感情，充滿著鄉土文學初期的人道關懷的精神。雖然該文並非成熟之作，卻也可見張大春受鄉土文學影響之深。

最後要談到張大春早期最重要的小說《雞翎圖》。該文以一支退守台灣的軍隊老幹部游火曜的生活為描述主軸。敘事者為軍隊中的年輕排長，軍隊由於演習的原因即將移防，必須將防區設置恢復原狀，而在此養雞已久的游火曜難捨與雞的感情，最後迫於無奈，在防區確定移防且雞隻無法留下必須賣掉之前，游火曜殺光了自己養的雞隻，故事在軍隊離開揚起的煙塵中結束。在此，張大春描繪了隨國民黨退居台灣的老兵，因為失去與中國親人聯絡的機會，與雞隻建立深厚感情，卻在最後為了維護雞隻的「身價」（游火曜最後所說的：「俺沒有賤價的」）而打死了他所養的雞隻。這一方面顯出了外省老兵親情無所寄託而將雞隻當成親人的可悲境遇，一方面將老兵又將面臨與「親人」生離死別時那歇斯底里至幾近崩潰的樣貌，透過打死雞隻的畫面呈現出來，使人不得不為之動容。該文中對於老兵樣貌與語言的深刻描繪，對於老兵所寄予的人道關懷，都使得該文以今日的眼光來看，仍屬上乘之作。

然除了上述鄉土寫實的作品之外，張大春在創作初期也有部分小說是以寫實的形式，傳達了「質疑寫實」的想法。

張大春於一九七七年八月寫成的〈再見阿郎再見〉是張大春早期「質疑寫實」的代表作品。該文中描寫一欲以「妓女」為作品主角的作家，要訪問妓女，瞭解妓女的「真實」生活，並以這部預期中的著作為外界對妓女的負面印象平反。然而從文章開頭，就來了「第二個」妓女，因為第一個妓女不符合敘事者心中的「理想標準」，他認為要找「一個文文靜靜的，看起來得帶著三分可憐，那樣或許就會有更多故事了」的妓女才足以成為他的調查報告的「典型人物」。有趣的是，在「訪問」妓女的過程中，敘事者一直「引導」妓女往他所預設的妓女形象發言，所以訪問過程一直不順利，但當妓女質疑他的訪問理由時，這位作家生氣地說：

「我來替妳申冤，妳懂吧？」火柴燒上了他的手，他趕忙甩掉：「我發表了妳的故事；你們的故事，社會可能，對！很可能就不再歧視你們，還有那些吸你們血的人，我要讓他們不再榨你們！」他抖動著手裡的筆：「你要知道：我的筆像刀一樣。」[27]

以全文嘲諷的筆調可以明顯地看出，張大春在此是在諷刺以社會底層人物為主角，卻自以為身負救世使命的作家。尤以文中作家向妓女說的「我們要反映整個的社會，知不知道？」更直接指向了鄉土文學反映社會現實的創作理念。於此我們可以推論張大春對鄉土文學現實主義有明確質疑立場，但觀察張大春在《雞翎圖》一書中的其他小說，我們應該更準確地說，張大春在這段時期是參與鄉土文學陣營，但又因自身的創作性格與鄉土文學後來的變質，使張大春在現實主義創作中有了「無所適從」的感覺，但他仍未離開鄉土寫實的範疇，否則張大春就不會在質疑了鄉土文學的創作方向之後，又在一九七八年創作出〈星星的眼神〉與《雞翎圖》。而這也更可證明張大春正代表著一個創作初期身在鄉土文學由盛而衰的關鍵期，對文壇流行的鄉土文學有所傾慕與模仿，但卻又在現實主義創作中發現問題的作家。

在《雞翎圖》之後，張大春於一九八一年四月於〈聯合副刊〉發表〈新聞鎖〉，也是張大春質疑「真實」的

---

27 張大春：〈再見阿郎再見〉，《雞翎圖》（台北：時報文化出版企業有限公司，一九九三），頁七五。

又一代表。文中主角研究生婁敬被勒令退學，起因於他在課堂上對於教授言論的質疑與後來對教授的不敬。文中主角等於在大學的權力運作下因人微言輕被犧牲。這篇小說之所以名為〈新聞鎖〉，一方面是因主角背景設定為「新聞研究所」，然培養追求真相的人才的新聞系所，也可以權力將真相「鎖」上，是張大春又一質疑「真實」的作品。

（二）張大春對「寫實」的質疑

1. 對現實主義本身問題的發掘

前文已說過，現實主義認為自己是最接近「真實」的創作方法，但卻忽視了自身從觀察、虛構到傳達的過程中所將遭遇到的種種不可解的問題。但一九八〇年五月張大春自己為《雞翎圖》撰寫的序文，已明顯的看到張大春對於「寫實」產生了許多的質疑，可見得四年來的創作經驗，已使得在寫實與質疑寫實之間迷惘已久的張大春，已為自己找到了清楚的思路，這篇〈書不盡意而已〉，是張大春寫作轉向的重要指標。

首先，他質疑的，是鄉土文學現實主義所主張的「反映現實」的創作目的是否能達成，他說：

> 拈指四年，我逡巡於自己編織的那些故事之間，賦予關注、瞭解，甚或化身為其中的一部份——一個人物，一種性情，一番對話和動作；以至於一幕場景，一段時間。並且誠摯地欺騙自己：這些都真實地存在著了。[28]

28 張大春：〈書不盡意而已（序）〉，《雞翎圖》（台北：時報文化出版企業有限公司，一九九三），頁五。

認為自己塑造人物、場景、個性都能細緻描繪而自以為「真」，其實是對自己「誠摯地欺騙」，其否定現實主義已可見。

再者，在現實主義文學必須面臨到的創作者個人對環境的認知，都可算是個人對環境的一種「詮釋」，那麼若詮釋觀點有所不同，所得到的「真實」便有所不同，然「真實」只有一種，現實主義者又該如何面對這種矛盾呢？對此，張大春也說：

停筆於小說已半年有餘，我經常思考著的問題就在這裡：如何假定我的描述是「寫實」的？又如何證明我的詮釋不是大膽而武斷的？我所框架所呈現的文化景觀是未經扭曲的嗎？至少，某些故事裡的人物都是我現實生活中所接觸甚至相處過的人們的投影，而無論有意無心，投影勢必導致曲折和差異，勢必是朦朧的。那麼，我足夠「公正」嗎？這只是寫作技巧的問題？還是小說作者先天的權限被忽視而擴大了呢？[29]

在此，張大春不僅質疑作者「詮釋」觀點將影響「真實」的呈現，更重要的，是張大春指出了現實主義的「霸權」本質，將使符膺現實主義的創作者也產生了「霸權」傾向。張大春曾說：「在我比較年輕，也比較嚴肅面世的歲月裡，小說以及其他任何我可以用紙筆從事的文字工作都有一股茫茫乎不知其所以然的大氣」[30]，這正是形象化地表明了自己創作初期符膺寫實精神時所感受到的創作者的「霸權」傾向。文學創作者若自詡為反映現實的寫手，卻刻意忽略現實主義的本質缺陷，則將導致創作者的權限擴大，進一步則是暴力地將真相的詮釋權覽為己有，而這也只是加速現實主義的變調而已。

29 張大春：〈書不盡意而已（序）〉，《雞翎圖》（台北：時報文化出版企業有限公司，一九九三），頁七。
30 張大春：〈輕蔑我這個時代——為《文學不安》所寫的狂序〉，《文學不安——張大春的文學意見》，（台北：聯合文學出版社，一九九五），頁十二。

2.鄉土文學與張大春眷村身份的扞格

張大春在〈書不盡意而已〉一文中曾提到：「回顧我單薄的成長經驗，在忙昧而斷片的印象中，環境裡一度藝文風潮的變革迎身而過。也成為年事輕輕的寫作者重要的營養和啟發」[31]，這是張大春在一九八〇年所寫的序，若再觀其自一九七六年開始發表創作，我們可以知道，這所謂「文藝風潮的變革」，指的正是張大春初投入文壇時所面對的鄉土文學轉變期，當時的張大春面對鄉土文學時，既是參與者，也是旁觀者，所以對鄉土文學轉變中的各種問題也看得比較透徹。而創作實踐中對「寫實」的質疑已如上述，那麼張大春在面對鄉土文學的轉變時期心情如何？又如何看待鄉土文學因政治意識型態介入而顯露的霸權心態？

首先，張大春的創作初期，即處於鄉土文學逐漸被政治意識型態介入的時期，我們看《雞翎圖》中的鄉土寫實作品，反而較能接近鄉土文學創作的初衷，而沒有政治意識型態介入的痕跡。面對鄉土文學論戰，張大春不免有些混亂，但後來能以回顧的眼光重看當年的鄉土文學論戰時，他將鄉土文學論戰中意識型態介入後的變質情形講得十分清楚，他說：

> 大致上以民國六十五年秋到六十七年春為歷程的「鄉土文學論戰」並不是一個文學課題的論戰。……真正的殺伐目標則是在拉開一條意識型態的陣線。……於是「鄉土文學」就變成了兩造殺伐抗爭的幌子，前者的感時憂國是將外交事務的連續挫折（退出聯合國、釣魚台事件、中日斷交）、民生經濟的貧富差距、社會風氣的敗壞委靡和文化習染的崇洋媚外等歸咎於「鄉土意識」之闕如；後者的感時憂國則將政治、社會、經濟、文化上的潛在危機歸咎於「鄉土意識」之膨脹。在論戰中，受傷最大的當然是文學本身……論

31 張大春：〈書不盡意而已（序）〉，《雞翎圖》（台北：時報文化出版企業有限公司，一九九三），頁六。

戰的兩造祭起也砸落的許多文學作品並沒有因之而得著更開闊的詮釋，論戰之時（以及之後一段相當的時日）參戰者的創作也明顯地減少或噎滯。……[32]

「一條意識型態的陣線」，使得鄉土文學成了意識型態的角力場，也使得後來的鄉土文學在此論戰中失去了創作的初衷與活力。張大春說：「那一場論戰並沒有使真理越辯越明，也沒有刺激爾後繼起的鄉土寫實作品突破前人的成就或格局，更沒有從體質上對箝制言論的咒箍造成一丁點兒的撼動」[33]，這就是張大春對於政治意識型態介入後的鄉土文學的觀感。因此，張大春後來走向與鄉土文學不同的都市文學，創作與現實主義不同的魔幻寫實與後設小說，也可視為是張大春在面對鄉土文學變質的失望後的轉向。

再者，我們看到在鄉土文學論戰之後，左翼的陣線分化為統、獨的兩方，一者強調中國民族主義，一者開始強化其台灣本土論的思考，但張大春身為外省第二代，對於隨府遷台的外省籍人士在政治上的權力與權利逐漸失去的感受也甚於其他人。而當鄉土文學論戰後，強調台灣本土論的一支逐漸受到重視，且因美麗島事件等政治事件，使得台灣本土論得到較多台灣人的同情，「省籍情結」也逐漸介入到文學之中，成了「政治是否正確」的又一指標。可以看到，張大春身為外省第二代，在台灣本土論興起的時候是難已找到自己的主體位置的，所以當鄉土文學論戰後文學本土論逐漸取得優勢時，外省作家反而成為劣勢，因此，在此時張大春選擇從寫實出走，實也有其身份認同上的原因。呂正惠從這個角度來看張大春後來的小說書寫，稱他的小說就是對存

---

[32] 張大春：〈丟帽子，砸招牌——言論箝制時期的意識型態論爭〉，《文學不安：張大春的文學意見》（台北：聯合文學出版社，一九九五），頁二一一—二一三。

[33] 張大春：〈丟帽子，砸招牌——言論箝制時期的意識型態論爭〉，《文學不安：張大春的文學意見》（台北：聯合文學出版社，一九九五），頁二一五。

在已久的「台灣本土論」的反擊，也是著眼於張大春是「一個極端聰明而毫不妥協的外省第二代」[34]的身份認同的問題。對此，胡金倫下結論到：

> 因此，在政治上，張大春等眷村外省族群得不到認同；在文學上，張大春等眷村外省族群的現實處境被漠視；在鄉土寫實主義文學中，張大春等眷村外省族群被邊緣化的事實，也被排除在社會現實／真實的定義範疇下。這也可以理解，為什麼張大春會懷疑鄉土文學的寫實主義本質，否定文學可以反映現實。[35]

這是從張大春所面對的外部文學環境來看其從寫實出走的理由。可以再進一步談的是，鄉土文學的寫實主義漠視外省族群除了使張大春質疑「鄉土文學的寫實主義本質」之外，其「眷村子弟」的身份也是張大春質疑寫實的重要原因。

自民國三十八年國府遷台，數十萬大軍及眷屬跨海來台，國民黨政府為了安置士兵及其眷屬，建了許多簡陋的眷村，張大春等外省第二代從小便生長於眷村之中。到了八〇年代之後，袁瓊瓊、蘇偉貞、朱天心、朱天文、張啟疆、孫瑋芒等外省第二代作家開始以眷村文化為主題撰寫小說，也創造了「眷村文學」興盛一時的景況。然八〇年代也是台灣本土論深化的年代，省籍情結越演越烈，眷村問題也日益嚴重，外省老兵逐漸凋零，眷村子弟出走都會，都使眷村不得不面對未來的失落。梅家玲曾說：「他（她）們被哺育以父長輩的戰爭記憶與鄉愁想像，在封閉無私的眷區生活中凝塑共同的家國情感；而時移勢易，當反共不再，復國不再；當目

---

34 呂正惠：〈論四位外省籍小說家——白先勇、劉大任、張大春與朱天心〉，收於何寄澎編：《文化、認同與變遷：戰後五十年台灣文學國際學術研討會論文集》（台北：行政院文化建設委員會，二〇〇〇），頁三二三—三二七。

35 胡金倫：《政治、歷史與謊言——張大春小說初探（一九七六—二〇〇〇）》（國立政治大學中國文學系碩士論文，二〇〇一），頁七四。

睹村中故舊一再地死生聚散、曾依憑成長的眷舍又先後拆遷改建；當竹籬外台灣優先、本土認同凌駕了大中國（虛幻）的精神召喚時，他們，又該如何為一己定位？」[36]寫盡了眷村子弟在精神上所面對的危機。因此，眷村中人面對的不僅是政治優勢的失去，還有隨政治優勢所失落的大中國精神，然大中國精神卻又在台灣的政治環境變遷中逐漸成為「虛幻」的表徵，所以眷村子弟在面對台灣本土論深化後的台灣意識的刺激之後，在面對擺脫威權重新書寫的台灣歷史之後，面對的也將是對歷史與真實的質疑。所以，從張大春的身上，我們看到他初期創作《雞翎圖》，在滿溢人道關懷的熱情中，也透露了傷逝悼往的基調，八〇年代後，他的眷村文學的作品，或魔幻寫實（〈將軍碑〉）、或戲仿嘲諷（〈四喜憂國〉），甚至幻想為武林高手的集散地（《城邦暴力團》），都已不見《雞翎圖》中的「現實主義」精神，從其眷村子弟身份對「虛幻」的敏感到對「真實」的否定，我們看到張大春「從寫實出走」的偶然（張大春的自我體會）與必然（眷村子弟身份對真實的質疑）。

總結以上的討論，我們知道張大春在創作初期，因符膺鄉土寫實精神，所以創作出了《雞翎圖》這一充滿人道關懷精神的鄉土文學作品，但也因為創作性格使然，使他同時創作了〈再見阿郎再見〉來質疑「鄉土寫實」，以及〈捉放賊〉、〈新聞鎖〉等質疑「真實」的作品，並在《雞翎圖》的序中為自己理出了「反寫實」的未來道路。且因為張大春對於介入鄉土文學的意識型態問題感到反感，也連帶使張大春質疑了鄉土文學所反映的「真實」的「真實性」。再者，張大春的外省第二代的身份，因眷村的政治優勢逐漸降低，其中眷村面臨的問題與中國符號的虛幻性都逐漸明顯，質疑政治的「真實」性之外，眷村子弟更質疑歷史的「真實」，使得「反寫實」的文學筆法成了他們創作時喜愛的選擇，而張大春在「反寫實」的道路上走的比其他眷村作家都來的遠，也就一去不回頭了。

---

[36] 梅家玲：〈八、九〇年代眷村小說（家）的家國想像與書寫政治〉，《性別，還是家國？——五〇與八、九〇年代台灣小說論》（台北：麥田出版社，二〇〇四），頁一六〇——一六一。

二、神州詩社對少年林燿德的影響

林燿德，本名林耀德，一九六二年出生於台北市城中區。林燿德雖然沒有眷村子弟身份，卻因緣際會地面臨了和張大春一樣的問題。在他高中時期，認識了讓他崇拜莫名的「大哥」溫瑞安，並加入了「神州詩社」，也在《三三集刊》上發表文章，跨出其成為專業作家的第一步。

神州詩社成立於一九七六年一月一日，是溫瑞安等人與天狼星詩社決裂後的產物。神州詩社本為天狼星詩社在台北的一個分部——「綠洲社」，此一由溫瑞安領導的分部於一九七五年與天狼星詩社正式分裂，而後改名成立「神州詩社」。

由「神州」之名我們知道，它一開始即表明了它對「文化中國」的想像與認同。且「神州詩社」的成員，大部分都是一九七四年由馬來西亞來台的華人，包括溫瑞安、方娥真、黃昏星、廖雁平等人。在馬來西亞建國之後，實行整合政策，也就是從透過政治、經濟、教育各方面來進行「馬來化」，華文教育也因此受到緊縮，華文學校被迫改制為國民型中學，「改制以後，校園校舍均拱手交給官方，基於現實的考慮，很多家長和他們的子女都傾向於接受變化，寧願放棄中文」，[37]一些對民族文化熱切擁護且想喚起華人對華文的熱情的馬來華人，開始有意識地反抗政府的「馬來化」運動。天狼星詩社就是在這樣的背景下產生的。「天狼星詩社」自始即在馬來西亞政府以「馬來文化」壓抑「中華文化」的背景下產生，由於外在環境的壓抑，反使詩社同仁對於中華文化抱有比一般人更為強烈的熱情，這樣的熱情隨著溫瑞安等人來台繼續以「神州詩社」為主體延燒著。林燿德在一九七七

---

[37] 黃錦樹：〈神州：文化鄉愁與內在中國〉，《中外文學》，二十二卷二期（一九九三年七月），頁一三四。

年開始其文學創作，其時還是高中生的他最早接觸的社團便是當時在台灣很活躍的「神州詩社」，加入神州後，林燿德與社中的成員相處融洽，一起寫詩、練武，並透過閱讀、歌唱等手段，歌詠中華山河，頌揚中華文化，這樣的活動內容，也正好對應了林燿德年輕人的壯志、豪情與理想，也造成他對中華文化的傾慕。林燿德最早發表的散文〈浮雲西北是神州〉正是發表在溫瑞安所編的《坦蕩神州》之中的，寫的是與溫瑞安及神州詩社人員的來往，文字情感都同於當時神州詩社的格調，鄭明娳曾說：「如果林燿德一直受到溫瑞安的照顧，跟著神州走下去，也許會繼續發展那豪氣干青雲、熱情溢四海的溫瑞安式感性散文路線吧？」[38]的確如此。

在溫瑞安創立「神州詩社」的一九七六年，正是鄉土文學論戰即將開始，鄉土派在文壇上頗受重視，鄉土文學的左翼色彩日益鮮明的時候，此一有著右翼色彩的文學社團便成了文壇年輕學子的又一選擇。劉紀蕙說：「七〇年代末期出現的『神州詩社』與『三三詩社』，是相對於同時期的『鄉土意識』的另一種磁場，吸引了另外一群嚮往中國文化而激烈企圖重建文化秩序的熱情年輕人」[39]；楊照也曾說：

> 我們不能忽略，和「鄉土派」爭鋒相對地，另外興起了一股右翼的文學行動主義熱潮。右翼文學行動主義的代表性團體是「三三集刊」與「神州詩社」，他們的集團特性是非常年輕，他們的集團理念是「以文學救國」。在行動上，他們熱情地串聯各地大學，堅決反對「鄉土派」，高舉文化民族主義的大旗；在文學上，尤其是小說的創作上，他們特別強調回歸到愛情上來化解抽象概念對立所產生的齟齬衝突。[40]

38 鄭明娳：〈回顧林燿德〉，《中國時報・人間副刊》，二〇〇一年十二月四—五日。

39 劉紀蕙：《孤兒・女神・負面書寫——文化符號的徵狀式閱讀》（台北：立緒出版社，二〇〇〇），頁五。

40 楊照：〈從「鄉土寫實」到「超越寫實」——八〇年代的台灣小說〉，《夢與灰燼——戰後文學史散論》（台北：聯合文學出版社，一九九八），頁一八一。

由此可見，「神州」與「三三」的出現，正好可以作為年輕學子面對鄉土寫實盛行時期的又一選擇。且存在於其中的右翼色彩，又使「神州」、「三三」與鄉土派的反官方意識型態走向相反的道路，可以說，「神州」與「三三」的理念正好與官方政策若合符節，所以面對的壓力自然較鄉土派為小。

但神州詩社組織精密，向心力強，引起情治單位的關切。一九八〇年九月二十五日溫瑞安、方娥真二人被捕。一九八一年一月十一日經軍法審判裁定為「為匪宣傳」，感化三年。後僅羈押三個多月，未經審訊遣送出境，後二人輾轉於大馬、香港等地，一九八三年底獲准在香港定居。此一「神州冤案」對當時的林燿德造成很大的衝擊。事情發生時，林燿德才十八歲，經歷過這次的政治事件後，林燿德開始少在作品中顯出私我的感情，到了大學時代，他的寫作方向也轉往了知性為主的都市文學。

如果說張大春的眷村身份，使他間接地感受政治變遷將改變歷史對「真實」詮釋的荒謬性，而走向「反寫實」的道路，那麼林燿德則是更直接地「被迫」改變其文學觀念，楊宗翰曾言：「反倒是發生於一九八〇年的『神州』冤案，擣碎了他之前完美而封閉的（文學）世界觀，也迫使他析離出自己身上前現代、浪漫與愛國主義的血液」[41]，在事件之後，林燿德面對即使與官方「同調」卻仍難逃官方逮捕的事實，一方面認清了政治優勢者將可無限擴張詮釋權的本質，一方面則拋棄了他在「神州時期」的愛國主義與浪漫精神。而神州詩社在七〇年代末期與鄉土派的「敵對」，也使得林燿德不在神州詩社垮了之後又加入鄉土派的行列，且更重要的是，對政治已心灰意冷的林燿德，對於八〇年代鄉土文學中政治意識型態的加入更為敏感與反感，觀察林燿德日後對於鄉土寫實文學的批評，也多半以鄉土文學後期政治意識的加入為批評重點。總而言之，林燿德雖然沒有眷村子弟的身份，卻因為少年時加入「神州詩社」，從馬來西亞華人那裡學到了張大春在眷村生活中由外省第一代所傳達給他們的愛國熱情以及對中華文化的傾慕，卻也一樣因政治的因素而認清了政治優勢者得以詮釋「真

41 楊宗翰，〈「現代派」的隔代會遇——施蟄存與林燿德〉，《幼獅文藝》，五七〇期（二〇〇一年六月），頁四一。

實」的荒謬性，所以，兩人不約而同地走向了「反寫實」的道路，也由此可證，八〇年代後的文學走向，確實與七〇年代的文學與政治環境變化有著不可分割的關係。

三、平路的鄉土寫實作品——《椿哥》

在七〇年代台灣整體大環境劇烈變遷的時候，平路正旅居美國，一九八三年時，以〈玉米田之死〉獲得當年聯合報短篇小說獎首獎，對應了當時政治立場曖昧的「懷疑論式政治小說」，雖然在起步上晚於一九七九年黃凡的〈賴索〉，但該文中描寫旅美華人原鄉失落並指涉國族立場曖昧的時代已然來臨，在「懷疑論式政治小說」中也頗具代表性，此將於後文詳述。到了一九八四年，平路出版的《椿哥》卻令人「意外」地走回了鄉土寫實的路線。如前所述，到了鄉土文學論戰後，鄉土文學陣營走向分裂，統、獨陣營壁壘分明，後又各自以政治小說寄寓其關於統、獨的政治理念，平路的《椿哥》雖然看似後知後覺地重回鄉土文學的舊路，卻也因身在美國不受台灣文壇影響，而撰寫出了有著台灣鄉土文學「初衷」的作品。

〈椿哥〉一文描寫一幼年喪母其父再娶的主角椿哥的一生。在故事中，有著台灣自日治時期至經濟起飛的環境變遷，有著椿哥內心渴求受人關愛卻只能委曲求全，十二歲輟學後賣饅頭、壓麵條，到後來串聖誕燈泡，只知道一心一意為旁人付出而無暇顧及自己的生活，即使到故事最後，他想的還是自己的姪兒而放棄了成家的機會，對自己的命運抱持著逆來順受而不去改變的態度。平路在撰寫〈椿哥〉的時候，用的不是他在〈玉米田之死〉中的形式技巧，而是以平鋪直述的方式來撰寫。這樣的寫作方法，頗近於六〇年代中後期開始撰寫鄉土小說的黃春明等人，因為平路的《椿哥》不論在故事題材與形式技巧上都接近於早期的鄉土文學作家，是平路給這些繼續被忽視的小人物的卑憫與關懷。

平路曾自言：「一開始寫作，比較希望透過文字去表達我的社會關懷」[42]，也就是說，在早期，她就如同其他的鄉土文學作家一般，認為文學應有其社會性與目的性，《椿哥》自然是她的具體實踐之一。但她出版《椿哥》時已值一九八四年，台灣文壇的發展已是政治小說與都市文學引領風潮的年代，存在其中的中立政治價值與形式技巧實驗也將使平路深受影響。所以，在《椿哥》之後，平路便沒有鄉土寫實的小說面世，反而是大量的後設技巧的實驗使平路成了台灣重要的後現代小說作家。而對此創作路線的改變，平路也是有所自覺的，她曾說：「現在覺得我的社會關懷可以透過做其他的事來表達，文字就留給自己可以意識到或無法意識到的部分」[43]，又說：「寫《椿哥》有比較明顯的想用文字表達社會關懷，可能與現在兼寫評論有關。現在如果真有強烈的感覺我就用評論快速的寫出來」[44]。再者，平路更認為，形式與技巧的實驗，是在現實主義的侷限已暴露之後更須「自我訓練」的，她說：「以我個人來說，在寫〈玉米田之死〉和〈椿哥〉時並沒有寫作技巧的訓練，情感也很素樸，可是，和外面的世界碰觸之後，就會發現那樣的情感會有時而盡，難以為繼。台灣文學史上的一些寫實作者也都面臨這個問題，所以在這同時，一定要訓練自己有關於實驗、遊戲的技巧，這些似乎都是為了最後的那本書所做的磨練」[45]，所以，平路之所以不再撰寫鄉土寫實作品，一方面是撰寫評論更能夠直接地傳達她的社會關懷，另一方面，她也認為現實主義的創作方法在傳達感情上是不足的。甚且，她所謂的「最後的那本書」更是寄寓了她對文學的理想，她曾說：「如果寫作對我有意義的話，必然會走向兩條道路，一是寫實主義下樸實的寫作心情，一是對於技巧、實驗、遊戲的掌握，我相信當兩個方面合而為一時，我們便可期待未

42 焦慧蘭採訪：〈從人工智慧到塵泥與血淚的關懷——訪作家平路〉，《幼獅文藝》，五二九期（一九九八年一月），頁六。
43 焦慧蘭採訪：〈從人工智慧到塵泥與血淚的關懷——訪作家平路〉，《幼獅文藝》，五二九期（一九九八年一月），頁六。
44 焦慧蘭採訪：〈從人工智慧到塵泥與血淚的關懷——訪作家平路〉，《幼獅文藝》，五二九期（一九九八年一月），頁八。
45 楊光整理：〈在時代的脈動裡開創人文的空間——李瑞騰專訪平路〉，《文訊》，一三〇期（一九九六年八月），頁八五。

來的真正作者」[46]，因此，在平路的心中，「兩個方面合而為一」才能產生最好的作品，此處平路等於以最簡易而白話的方式傳達了她試圖在小說中融合現實主義與現代主義的想法，而從這點也將可論證出筆者所謂台灣後現代小說作家仍有著從鄉土文學中傳承來的社會意識，而現代主義文學對後現代小說的影響主要體現在對形式技巧的重視上。

總結上述，鄉土文學在文壇達於鼎盛時，張大春雖有鄉土寫實作品出現，並以《雞翎圖》成為鄉土文學界重視的新秀，但卻也在寫作中發現了其寫作性格與鄉土文學的齟齬之處，而現實主義的侷限與不足也在張大春的創作實踐中認知到，因此，由於張大春是四人中最早踏入文壇的，所以他也親自扮演了「從鄉土寫實出走」後能「入室操戈」的「反寫實」最力的作家。而林燿德在鄉土文學鼎盛期也算文壇的一份子，但因加入了有著右翼色彩的文學社團——「神州詩社」，因此感染了對「中國」傾慕，然此一缺乏土地實質的符號最終證實了其虛幻性，而擁有「政治實體」的「中國」——「中華民國政府」，卻因忌憚該社團與日俱增的影響力而逮捕了溫瑞安、方娥真二人，使少年林燿德在面對巨變後選擇轉向，並在八〇年代創作了成功的都市散文，與黃凡、張大春共同引領都市文學——此一擁有「現代主義／後現代主義」過渡性格的文學潮流。平路則因長年旅居美國，所以在一九八三年重返台灣文壇後，一九八四年出版《椿哥》，反而寫出了六〇年代後期鄉土文學作家的「初衷」，但因個人創作理念的改變，以評論來反映社會現實，並期待能融合現實主義的創作目的與現代主義的寫作技巧，所以也離開了鄉土文學的創作路線，並成為台灣後設小說的重要寫手。總而言之，三人感受到鄉土文學現實主義的不足，不約而同地轉向，並在「懷疑論式政治小說」、「都市小說」與「後設小說」的路上碰頭，而對三人的路線導引最直接的，便是在七〇年代似乎影響力漸弱的現代主義文學思潮。以下，便進入對七〇年代現代主義文學的討論。

46　楊光整理：〈在時代的脈動裡開創人文的空間——李瑞騰專訪平路〉，《文訊》，一三〇期（一九九六年八月），頁八五。

第三節 現代主義小說的特質

在台灣，七〇年代以來鄉土文學風潮的盛行，使得六〇年代曾經獨領風騷的現代主義文學一度在文壇噤聲，因為怕被扣上晦澀、虛無的帽子，支持現代主義的創作者較少公開作理論的倡導，如此似乎現代主義文學影響力已減小，實則不然。雖然在七〇年代之後，由於國際情勢的陡變，以及政治、經濟上的外部環境變遷，使得倡導現實主義的鄉土文學立刻成為新進作家創作模仿的標的，但現代主義文學，尤其是小說，仍在默默地發揮它的影響力。[47]因為許多現代主義小說家，在七〇年代後也有著優秀小說的發表，如白先勇最著名的《台北人》於一九七一年正式集結出版，王文興的《家變》完成後也於一九七二年開始在《中外文學》發表，許多服膺現代主義的小說新手也於七〇年代後開始嶄露頭角，如李昂、施淑青、郭松棻、施明正等都是日後著名的現代主義小說家。因此，雖然現代主義創作在七〇年代的文學風潮中似乎成了眾矢之的，但在小說方面的成就仍高。而許多在七〇年代後期，也就是鄉土文學已發展成熟時新加入的作家群，仍明顯地汲取過現代主義的營養，本書的研究對象黃凡、平路、張大春與林燿德皆是如此，此在我們討論張大春《雞翎圖》的篇章時，發現現代主義小說與鄉土小說比例相當的情形就可以看出來，對當時的新進小說家來說，現代主義小說與鄉土小說

---

47 對於現代主義文學在七〇年代後的影響力，張頌聖提到：「七〇年代末期，台灣文壇益趨多元，然而現代主義文學運動的整體影響仍然到處可見。李昂、東年、黃凡和顧肇森等戰後嬰兒潮一代的年輕作家擅長處理個人價值與傳統倫理規範之間的衝突，卻仍對生命的意義和存在主義式的焦慮等議題持有相當的興趣。……他們已然充分吸收了現代派引進的文學技巧……」張誦聖：〈台灣現代主義文學潮流的崛起〉，《台灣文學學報》，第十一期（二〇〇七年十二月），頁一五九。

都是他們學習模仿的對象，兩者相悖的創作理念並不妨礙新進作家對兩者同時進行模仿與學習，這種現象在黃凡與平路的作品中表現地非常明顯。

進一步談，七〇年代鄉土文學論戰後的文學作品由於沾染了政治意識型態，創作出的作品不盡為新進作家滿意，轉回向現代主義文學取經也是可行的路徑。即使是倡言台灣寫實主義傳統的葉石濤，也不得不承認在這段時期的鄉土文學沒有現代文學的「前瞻性」，他說：

> 不過到了七〇年代鄉土文學論戰時，陸續出現的許多代表性作品都犯了同一錯誤，過份強調鄉土性和社會性觀點的結果，所有作品失去了獨特的個性，便成如同一個樂器奏出來的，單調又統一的旋律；顯然，鄉土文學所缺乏的正是「現代文學」的前瞻性。[48]

現代主義文學在七〇年代後看似將文壇主流的位置讓給了鄉土文學，許多在現代主義文學中已有精彩表現，或是受西方文學思潮影響的創新思維與手法，則留待受現代主義小說影響的作家傳承與發揚。同時，雖然鄉土文學在七〇年代末開始變質，但對這些新進作家來說並不妨礙他們在優秀的鄉土文學作品中汲取養分，所以，面對變質後的鄉土文學，新進作家雖然想轉回現代主義思考出路，但對現代主義也非全盤接受而是批判性的接受。以下，以「現代主義文學」的幾項特質，來討論「現代主義文學」的時代意義及優缺點所在。

---

48 葉石濤：《台灣文學史綱》（高雄：春暉出版社，二〇〇〇），頁一一九。

一、「落後的時間感」——「西化」——「菁英色彩」

近代西方於啟蒙運動之後，隨著資本主義的逐漸發達，「現代性」成了西方進步社會的表徵，十九世紀之後環繞於西方世界之外的國家，尤其是亞洲國家，由於現代化的不足，成了西方強權的俎上肉，也因此，從十九世紀末到二十世紀，只要是生長在被西方強權侵凌的國家內，便會嚴重的感到自己國家的「落後」與西方強權的「進步」之間的差距，一種強烈的「落後的時間感」便會產生。在中國，落後的時間感使清末的知識份子開始有了意圖改革圖新的行動，到國父孫中山先生時，落後的時間感化為革命的情感，進而創立了中華民國。而後的新文化運動、五四運動以及後來的一連串改革，不論是三民主義的改革，或是中共建國後的社會主義改革，都是試圖讓中國能夠在「落後」中逐步趕上，所以西方文化在這樣的歷史背景之中，總是以一種「強勢文化」與「高層文化」的姿態出現，台灣的現代主義文學正是一個重要代表。而有趣的是，現代主義在西方自始即有著對「現代性」的「追求」與「反抗」兩個面向，但台灣對西方現代主義的直接接受與推廣，則是將兩者混為一談，[49]且現代主義在西方主要以一八九〇到一九三〇年為其高峰，因為工業革命與資本主義高度發展，造成都市高度發展，對都市生活的厭倦與對人被「物化」的精神批判構成了現代主義中最重要的「疏離」美學。台灣的現代主義文學發展於五〇與六〇年代，當時正是政治高壓的戒嚴時代，官方推廣的文學以反共與戰鬥文藝為主，政治與文化的高壓使得知識份子對時局與社會的關心只能噤聲，無法對社會表達關心的知識份

[49] 張誦聖：「在某些方面，台灣現代主義文學和西方則恰好背道而馳。最明顯的是，台灣現代主義作家身為開發中國家的知識份子，但是和二十世紀西方現代主義者對於『現代性』的批判聲浪對比之下，除了一些表面修詞性的挑釁之外，缺乏任何貶抑『現代性』的看法。」張誦聖著、應鳳凰譯：〈台灣現代主義小說及本土抗爭〉，《台灣文學評論》，三卷三期（二〇〇三年七月），頁六一。

子彷彿與社會隔絕，現代主義正好給了台灣當時的知識份子一條出路，在西方，疏離感來自於經濟發展的結果，在台灣，疏離感則是來自於政治的高壓，所以現代主義雖然投台灣知識份子之所好，卻讓兩者有著本質上的不同。

再者，六〇年代在西方正是二次戰後經濟高度發展的年代，後現代主義也應運而生。然六〇年代的台灣，才正是現代主義文學高度發展的年代，在此，已是一種時間上的落後。且七〇年代之後盛行的現實主義，又是西方在十八世紀末期為抵抗浪漫主義末流而興起的文學思潮，所以此「落後的時間感」不但沒有迎頭趕上西方，反而在時間上更加地後退，雖然台灣興起現實主義自有其內部脈絡與外部環境的影響，但對於逐漸迎頭趕上的台灣的高度都會化時代的來臨，六〇年代現代主義文學作家因政治因素所感受到的疏離感，也開始因為台灣高度的經濟發展使作家的「疏離感」有了客觀的環境，此在作為現代主義文學與後現代文學最主要接縫的「都市文學」中表現地最為明顯。

如果說，現代主義文學自五〇年代開始盛行，且當時的台灣的客觀環境並未能完全對等於西方現代文學發達時的環境，加上政治上的高壓，使台灣與西方的現代主義文學有著本質上的差異，但對西方現代主義的模仿，也正好使台灣作家可以提早地思考身在資本主義發達環境下的人類共同境遇，張誦聖說：「也許，這種由西方而來的『移植』，有助於某些台灣作家在心理上對應他們自己社會遭到資本主義的衝擊……」[50]正是此意。再者，隨著七〇年代台灣經濟的高度發展，對於從小生長在都市中的新世代家來說，自幼所汲取的現代主義文學的營養正好得到了相對應的客觀環境，所以，「都市文學」正是在八〇年代接續現代主義的脈絡而來，而之所以可以銜接在一起，就是因為現代主義文學「提早」給這些作家對應八〇年代台灣環境變化的心理狀況與文學營養。然八〇年代的西方已進入後現代思潮發展成熟的階段，所以隨著西方思潮的再度傳入，「落後的時間

---

50 張誦聖著、應鳳凰譯：〈台灣現代主義小說及本土抗爭〉，《台灣文學評論》，三卷三期（二〇〇三年七月），頁五七。

感」又造成，這些新進作家又開始急起直追，又將西方面對晚期資本主義、資訊爆炸環境的文學理念傳入，在模仿之中又「預先」適應了台灣在九〇年代之後的環境。

現代主義文學與後現代主義文學雖然都是台灣知識份子由西方傳入的新思潮，但在時間上都是落後的，包括一九五〇、六〇年代將西方一八九〇年代就開始興起的現代主義，以及在一九八〇年代才將西方一九六〇年代開始興起的後現代主義傳入，但知識份子之所以願意引介西方的思潮進入台灣，主要是有著以「西化」引導台灣「進步」的動機，[51]我們看紀弦於一九五三年掀起台灣戰後現代派詩論爭的《現代詩》季刊創刊號的宣言中說：「我們認為，在詩的技術方面，我們還停留在相當落後十分幼稚的階段，這是無庸諱言和不可不注意的。唯有向世界詩看齊，學習新的表現手法，急起直追，迎頭趕上，才能使我們的所謂新詩達到現代化」；而一九六〇年三月五日《現代文學》的〈發刊詞〉中也說：「我們感於舊有的藝術形式和風格不足以表現我們作為現代人的藝術情感。所以，我們決定試驗、摸索和創造新的藝術形式和風格。……我們尊重傳統，但我們不必模仿傳統或激烈的廢除傳統。不過為了需要，我們可能作一些『破壞的建設工作』（constructive destruction）……」也是試圖以西方較「先進」的藝術形式來解決當下藝術形式不足的「落後感」，我們可以說，這些由較敏感的台灣知識份子所引進的現代主義思潮，自始即具有「菁英色彩」，是一種由上而下的感染，也是一種客觀環境尚未成熟就以文學形式「提前」地「預示」的情況。所以，「落後的時間感」造成知識

---

51 張誦聖曾說：「從許多方面來看，六〇年代的台灣和八〇年代的中國大陸頗有幾分相似，在政府的鼓勵帶動之下，台灣和西方國家互動頻繁，對社會各個層面產生顯著影響。對知識份子來說，與西方進行更為密切的溝通，不僅可以累積當代西方思想的知識，更能夠激起一種願景，試圖迎頭趕上世界各地最新的發展。現代主義文學能夠盤據全世界最新穎、最進步的藝術『主流』，起源於現代主義近來在西方學術界享有經典地位、以及戰後初期西方勢力在全球快速擴張，隨著西方文化產品在世界主義旗幟下昂首闊步，『現代性』這個觀念則已普遍存在各地，不論各個成員出處，都可是用於一套絕對的藝術準則。對台灣的年輕中國作家來說，這種說法尤其具有吸引力；因為他們常常敏銳意識到自己國家文化發展的落後，以及認知到台灣在國際舞台的邊緣地位。」張誦聖著、應鳳凰譯：〈台灣現代主義小說及本土抗爭〉，《台灣文學評論》，三卷三期（二〇〇三年七月），頁六〇。

份子對「西化」的追求，「西化」的追求由知識份子主導，其「高層文化」的「菁英色彩」造成由上而下的感染，而當客觀環境逐漸改變時，原本「落後的時間感」，反而因作家們的模仿與學習得到了提前的「預示」，只是知識份子在客觀環境變遷之後，又將引入更新的思潮，欲迎頭趕上西方的意圖使文學形式也有著不斷翻新的面貌，「都市文學」後的「後現代文學」就是如此產生的。

總結上述，我們知道，「落後的時間感」是在西方強權現代化之後，非西方強國的人民所共同面臨的感受，而身處該國的知識份子為了自己的國家能維繫下去，有了程度不等的「西化」論述，其中存在的邏輯便在於以西方的「現代化」挽救自己國家的「落後」，這樣的思維也將影響到文學藝術層面，所以當知識份子傳入西方的文藝思潮時，便不顧客觀環境的相通與否，逕從形式、語言、修辭上面加以模仿與學習，以台灣為例，現代主義傳入，有三〇年代的「風車詩社」，但影響不大，五、六〇年代後則獨領風騷，但由於客觀環境無法使現代主義扎根，所以予人「學舌」、「拙劣翻譯」甚至是「無病呻吟」的印象。但台灣的客觀環境不斷在改變，五、六〇年代不能與西方互通的客觀環境，在七〇年代中期尤其是八〇年代後，便有足以敷育現代主義的土壤，「都市文學」也就在此因運而生。但新進作家不滿足於以現代主義描繪當前環境，進一步使用了後現代主義的筆法，本著其「菁英色彩」，將西方的文學思潮再一次地以「高層文化」的姿態引入，又再一次地「預示」了未來台灣客觀環境的走向。

二、「大敘述的瓦解」與「禁忌的探究」

蕭義玲於其博士論文《台灣當代小說的世紀末圖像研究——以解嚴十年（一九八七—一九九七）為觀察對

象》中，以大敘述的瓦解來說明台灣解嚴後的文學現象。[52]在其中，她提出了國民政府遷台之後的戒嚴體制，不但以政治的高壓手段壓制知識份子的言論與媒體的輿論，更創造了關於「反共抗俄」的大敘述，以三民主義寫實主義與反共文學、戰鬥文藝等涵蓋官方詮釋的國家、歷史為立場，以籌組官方文學社團、廣發文學獎金、建立「正確」的文學創作與批評標準等方式，讓官方的大敘述得以配合當時的國際與政治情勢（在國際上，中華民國仍是聯合國常任理事國，由於韓戰的關係，美國與台灣關係良好，且不斷提供美援；在政治上國民政府憑戒嚴之便，仍享有最高的政治優勢，且對於反官方的言論，則以白色恐怖的方式羅織罪名壓抑之）而廣為流傳。但自鄉土文學興起後，情況就有所不同了。蕭義玲說：「真正使大敘述感到危機的，是七〇年代開始講究凸顯工人、農人等社會下層人物之掙扎的『現實主義』文學。」[53]鄉土文學興起的背景，是台灣正逢國際情勢岌岌可危，黨外人士力量漸大，政治高壓逐漸鬆動，文學潮流走向回歸鄉土、關懷中下層，提倡現實主義，並有著反官方意識型態的特質，鄉土文學在作品與論述上都讓官方感到壓力，後來的「鄉土文學論戰」所討論的並非文學本身，而是存在文學之中的左翼與官方思想的對決，也顯出鄉土文學所挑戰的不只是現代主義文學發展期間的作品，更是官方大敘述背後的政治強權。在台灣的政治與社會環境改變之後，政治強權支撐大敘述的力量，台灣社會對官方宣傳的信任度，都大大減少，至一九八七年的解嚴，正是官方大敘述瓦解的一個重要

---

52 「Grand Narrative」中文譯為「大敘述」、「堂皇敘事」或「正統敘事」，此語出於李歐塔的《後現代狀況》一書。李歐塔所謂的Grand Narrative原指西方啟蒙運動以來，所伴隨著以單一標準去裁定所有差異的「元敘事」（Metanarrative）而來的兩套冠冕堂皇的神話：一為科學求真，一為自由解放。這兩種神話為制度化的科學研究辯護，從而促使科學的突飛猛進。簡言之，大敘述是支撐「元敘事」使其合法化的敘事。台灣在解嚴時期「反共抗俄」的口號，加上各種箝制言論與媒體的手段，使其政權合法性得以建立在一套「我正彼邪」的大敘述上。參見蕭義玲：《台灣當代小說的世紀末圖像研究——以解嚴十年（一九八七—一九九七）為觀察對象》（台灣師範大學國文學系博士論文，一九九八），頁一二。

53 蕭義玲：《台灣當代小說的世紀末圖像研究——以解嚴十年（一九八七—一九九七）為觀察對象》（台灣師範大學國文學系博士論文，一九九八），頁六八。

指標。

但筆者要再補充的是，在官方大敘述盛行的時代，台灣的知識份子在政治高壓之下，對身處的社會產生疏離感，所以被迫「向內轉」，抒發個人的純粹經驗以及思考人類存在的共同境遇，而不對現實社會抒發太多個人情感，所以，即使五〇年代興起、六〇年代盛行的現代主義文學自始即以反對官方提倡的反共文學與戰鬥文藝並指引一更新更好的文學路徑為主要訴求，但並沒有對大敘述的本質（政治強權的支持）有所批判，因此對官方的大敘述影響並不大。然而現代主義文學雖較少觸及官方大敘述的根基（政治），卻對於官方的大敘述在主題思想上時有挑釁與衝突之處。所以，官方大敘述的瓦解，雖然以政治環境的改變為主因，但一直以來衝撞官方大敘述正當性的，現代主義文學仍該記一功。

中國文學有其溫柔敦厚的本質。五四以後，「感時憂國」的知識份子們引介寫實主義，並產生了許多成熟的作品，至國府遷台，為因應「復興中華文化」之國策，及為掃除社會主義思想，而禁絕所有留在「淪陷區」——「大陸」作家的作品；為了對反官方言論進行思想箝制，要求作品必須傳達道德的善、人性的美，其極端的表現就是一九五四年由「中國文藝協會」所發起的「文化清潔運動」，要求掃除文壇中「赤色的毒、黃色的害、黑色的罪」，所以作品中若有類似社會主義的主題或思想（赤），有深入談及性慾與性行為（黃），有對官方有所異議的文字（黑），都在禁絕之列；再如當時轟動文壇的「郭良蕙」事件，也是因為郭良蕙的《心鎖》涉及了叔嫂亂倫的問題而成為文壇群起攻擊的對象，甚至郭良蕙也因該書被「中國婦女寫作協會」除名，都可見得當時在官方大敘述之下對於文藝作品主題思想箝制之苛刻。所以，當五〇、六〇年代，現代主義的傳入，其實也打開了當時作家的視野，西方現代主義經典作品對於人的存在境遇，對於內心經驗的挖掘，都使有心模仿學習的台灣作家感到驚豔，所以在引介西方現代主義文藝思潮的同時，也開始創作類似的文學作品。張頌聖說：「現代主義作家大多顯露出對文學『深度』的執著：譬如他們專注於心理挖掘、追求詭秘風格、以及偏愛透過象徵手法表達真理。這些作家常常因此碰觸社會禁忌，涉及性慾、亂倫、罪惡等主題」[54]，此以一九六○年《現代文學》創刊之後更為明顯，歐陽子的病態心理描繪、七等生的怪誕行為表現、王文興對傳統家庭的抨擊，都碰觸了當時在大敘述之下對主題要求的「禁忌」。這樣的主題讓官方大敘述所依憑的中國文化傳統感到壓力，所以對這些現代主義小說多所批判，但現代主義小說所做的努力卻不因此被抹煞，在七○年代鄉土文學興盛，現代主義文學式微的年代，仍有許多向內挖掘的優秀小說面世，如李昂的〈有曲線的娃娃〉、王文興的《家變》、七等生的〈沙河悲歌〉等，白先勇以「同性戀」為主題，衝擊傳統家國論述的《孽子》也於一九七八年開始發表，這一方面反映了社會風氣的逐漸開放，一方面也顯現現代主義文學衝擊官方大敘述的努力於七○年代仍方興未艾。

也因此隨著七○年代環境的改變，官方大敘述逐漸瓦解，鄉土文學大行其道，現代主義小說也開拓了向個人經驗、社會禁忌等主題碰觸的文學領土，所以，當七○年代末期鄉土文學變質之後，一些原本傾慕鄉土文學的作家，由於現實主義與外部政治環境的夾纏不清，使這些作家望而生厭，轉向往現代主義文學汲取營養，而原本在鄉土文學的浸淫中所學習到的社會意識，再加上現代主義小說向內挖掘的嘗試，使八○年代的新進作家得以巧妙地將兩者加以融合，使作品於向內挖掘的同時又能表現作者的社會關懷，此以黃凡的政治與社會小說為最佳代表。

[54] 張誦聖著、應鳳凰譯：〈台灣現代主義小說及本土抗爭〉，《台灣文學評論》，三卷三期（二○○三年七月），頁六三。

三、「不確定感」——「形式實驗」——「藝術至上」

自五、六〇年代現代主義文學興起以來，現代主義作家對於作品形式的追求，總能引起文壇的關注。到了七〇年代，由於台灣國際與政治情勢的轉變，鄉土文學興起，為社會而藝術的現實主義風格大行其道，主張為藝術而藝術的現代主義文學則似乎在沒有「社會基礎」的情況下開始式微。但台灣的現代主義文學是否就真如鄉土文學論者所謂的「蒼白、虛無」，徒向西方學習模仿、而不將視角轉往台灣現實呢？邱貴芬於其〈翻譯驅動力下的台灣文學生產——一九六〇—一九八〇現代派與鄉土文學的辯證〉中持相反的意見。她於該文中認為，台灣的現代主義文學即使是來自於當時的政治高壓，迫使知識份子產生與社會的疏離感轉而讓作品向內挖掘，但現代主義文學中形式的實驗與對社會禁忌議題的挑戰，其實也對應到當年「充滿著不確定性」的台灣現實。

邱貴芬從台灣五〇年代以來的社會變動與文化角力著眼，詳細地說明了當時的台灣——尤其是台北所面對的社會變動，以及從中使知識份子所感受到的「不確定感」，她說：

> 一九六〇年代台灣所經歷的現代經驗不僅僅來自於從農業過渡到工業以及資本主義的效應，從日本殖民到國民政府接收，台灣在這過程經歷了差距相當大的文化視覺聽覺符碼的互相鑲嵌、撞擊、角力，隨後以美國為代表的西方文化符碼更大量湧現，台北作為台灣本土、日本殖民遺緒、中國移民文化、香港文化以及美國文化匯流的場域，多種文化交會撞擊所造成的震驚、興奮與惶恐，都促進台灣現代派文學的興

起與發展。[55]

所以對當時的台灣、尤其是在台北生活的都會知識份子來說，社會快速的改變也是造成人疏離與無所適從的主因。除了前述因落後的時間感使知識份子欲以向西方現代文學模仿以使台灣文學也能「現代化」的文化衝動之外，更重要的，是當時的知識份子急需一個能夠對應社會快速變動下的心理狀態的文學流派，現代主義文學也就順勢傳入，而其中最能與台灣知識份子相互對應之處，就是共同存在於西方與當時台灣的「不確定感」。以此再重看《現代主義》的「發刊詞」中所說：「我們感於舊有的藝術形式和風格不足以表現我們作為現代人的藝術情感。所以，我們決定試驗、摸索和創造新的藝術形式和風格」，就不能全以「西化」來概括台灣現代主義文學的努力。由此，我們也可以知道為何學者們在重看現代主義文學作品時，也多以「平反」的語氣，說明台灣的現代主義文學雖是向西方模仿學習，卻也能模仿出屬於台灣的風格，如陳芳明曾說：「從七〇年代鄉土文學論戰之後，他們一再被曲解為受到西方帝國主義的影響。從文化的意義來看，那個時代台灣文學的確受到美國文化的支配。但是台灣卻也有台灣的主體，在接受時並不是照單全收，而是把現代主義本土化、在地化。在借用西方的火種時，所採用的題材都是自己的」[56]，所以白先勇、王文興、王禎和的作品都非無中生有，將故事題材建立在架空的歷史背景中，而是對應到當時的台灣並準確地引出了台灣人面對當時社會的「不確定感」。

而與此「不確定感」最能夠相互對應的，並非存在於現代主義文學中「碰觸社會禁忌、涉及性慾、亂倫、罪惡等主題」的故事題材，而是現代主義文學最重視的形式實驗與技巧創新。形式、技巧，是西方現代主義對

55 邱貴芬：〈翻譯驅動立下的台灣文學生產——一九六〇—一九八〇現代派與鄉土文學的辯證〉，收於陳建忠、應鳳凰、邱貴芬、張誦聖、劉亮雅合著：《台灣小說史論》（台北：麥田出版社，二〇〇七），頁二一九。

56 陳芳明：〈從現代主義到後現代主義〉，《深山夜讀》（台北：聯合文學出版社，二〇〇一），頁一三一。

台灣文壇影響最深遠之處，在挑戰中國傳統文化溫柔敦厚特質的禁忌之餘，以形式與技巧來表現現代人的不確定感，也是現代主義文學能吸引優秀作家加入的主因。六〇年代的台灣社會，已面臨文化、社會的劇烈變動，西方現代主義的新技巧正是對應當時社會與人的時間感與空間感的變化而來。重要者如意識流，藉由將不同時間和空間的事件、場景拼湊、組合、疊加，表現故事主角在不同時間所發生的事件、記憶、甚至是創傷對於人心所發生程度不一的影響，且意識流的表現形式，打破了傳統小說的線性時空限制，表現人的意識跨越時空的跳躍與無序性。現代主義小說創新的形式與技巧，正是為了因應人身處於現代變動劇烈的時空中的「不確定感」，此「不確定感」更具體地延續到了七〇與八〇年代，因此，我們可以說，在台灣現代主義文學中留給後來的作家最重要的營養就在於，面對社會變遷的「不確定感」，不論是政治的不確定感，時間、空間的不確定感，或者是內心的不確定感，都有創新的形式與技巧可敷使用，更重要的是，這些形式與技巧對八〇年代的作家而言並不陌生，所以當後現代主義傳入，更具顛覆性與反叛性的形式與技巧實驗，能馬上為當時的作家所吸收與使用。以語言的形式實驗為例，當時現代主義文學已開始「重新檢視語言和指涉對象之間的不安關係、以及因而喚醒新的自覺，重新對待中國文字表義符號的特性。」[57]，現代主義小說家如王文興、王禎和、李永平便對文字的錘鍊以及其與人心的不確定感的對應保持高度的自覺。九〇年代後竄起的小說家舞鶴，也正是在文字的實驗性上承接現代主義，被視為「本土現代主義者」。

再進一步談，台灣現代主義作家之所以能夠在形式、技巧上有意識地實驗與創新，是因為他們自始即與西方現代主義作家一樣，相信藝術的自主地位，相信文學的自足性，張誦聖曾說：

> 現代主義作家能夠施展精緻文學技巧，不僅受到普遍肯定，甚至也得到對手的稱譽。在某個意義上說，正

57 張誦聖著、應鳳凰譯：〈台灣現代主義小說及本土抗爭〉，《台灣文學評論》，三卷三期（二〇〇三年七月），頁六八。

> 是因為現代主義作家堅持藝術自主的原則，才能夠獲得這種成就。尤其，他們相信藝術本身具有自主地位，相信文學作品本身具有獨立於社會功用之外的內在價值，因此能夠抗拒外來壓力，不必為滿足政治性和道德性而寫。因此，台灣現代主義作家為了他們自己，成功開創出一個不受侷限的藝術想像空間……。

七〇年代鄉土文學現實主義盛行，現實主義容易與外在現實環境的政治、道德標準相互夾纏，所以現實主義的創作手法雖然在台灣文學的發展中自有其脈絡，但總難逃政治、社會的侵擾，為社會而藝術的創作理念，也容易使文學成為現實反映的「工具」，因此，現代主義文學的存在，除了有著台灣知識份子菁英色彩的高層文化，是挑釁官方大敘述的社會禁忌議題的故事展演，是劇烈變動社會下的不確定感的形式呈現之外，更是台灣文壇延續藝術自足理念的論述與實踐的重要表現，所以，現代主義文學能夠「不必為滿足政治性和道德性而寫」，保持其「自主地位」與「內在價值」，且「成功開創一個不受侷限的藝術想像空間」，因此許多成熟的現代主義文學作品都出現在七〇年代，雖然現代主義的藝術至上論因台灣政治、社會、文化環境的改變而較少有發言機會，但卻在實踐上大放光彩，繼續延續在六〇年代的影響力，此一影響力延續到八〇年代，符膺現代主義為藝術而藝術、藝術自足自主、藝術至上論的作家，對於後現代主義的形式與技巧更具顛覆性的實驗雖感新奇都不致陌生，這都是現代主義文學所帶給七〇年代後期新進作家的營養所在。

---

58 張誦聖著、應鳳凰譯：〈台灣現代主義小說及本土抗爭〉，《台灣文學評論》，三卷三期（二〇〇三年七月），頁六四。

第四節　台灣後現代小說的前身——懷疑論式政治小說

七〇年代後期的作家，由於鄉土文學論戰看似將「鄉土文學」的討論帶向高峰，其實是以存在於文學中的「政治」為主要討論對象，鄉土文學於此也有所轉向，即以「政治小說」的型態延續鄉土文學「反官方意識型態」的本質，但也由於鄉土文學論戰中身處同陣營的陳映真、王拓、葉石濤開始有了政治統、獨上的歧異，所以政治小說也因作家「政治理念」的不同而有了不同的寄寓，各自以政治小說延續他們論述中的「中國民族主義」與「台灣本土論」。然於政治小說之中，有一派別雖以政治為主要故事題材，卻擺脫統、獨的爭議，不向中國民族主義看齊，不往台灣本土論靠攏，而是以嘲諷、冷誚、悖論的筆法描寫統、獨爭議與政治傾軋下無所適從的人民，在七〇年代此一政治環境不變，人民討論政治的風氣愈盛，作家在作品中介入政治意識型態的情形愈明顯的年代，此派別的政治小說作家反其道而行，嘲諷政治背後的意識型態，反走出了一條有別於當時政治掛帥的文學道路，並為八〇年代中後期盛行的後現代小說鋪好發展道路。此派政治小說林燿德名之為「懷疑論式政治小說」，筆者認為，「懷疑論式政治小說」便是台灣後現代小說的「前身」，且若沒有「懷疑論式政治小說」，「台灣後現代小說」是無法在後現代主義思潮傳入台灣後就立刻興盛起來的。以下，進入本節的討論。

一、台灣政治小說的產生與轉變

「政治小說」的興盛，有兩個重要的原因。一方面自一九七九年十二月發生美麗島事件後，政治反對運動一時噤聲，但為時十分短暫，一方面美麗島事件軍法大審，公開審判及開放國際媒體採訪的結果，使被告與辯護律師團成為政治高壓與言論箝制下的悲劇英雄，而後的選舉中，黨外人士開始獲得民眾廣泛的支持，原本戒嚴時期的大敘述有政治強權為後盾，但此時官方對言論的箝制卻顯得力不從心，一九八六年黨外人士集結並成立民主進步黨闖關成功，可算是國民黨政府戒嚴體制走向完結的一個重要指標事件，隔年蔣經國總統宣布解嚴，便是迫於無奈的大勢所趨了。政治環境的日趨民主以及政治談論自由度的增加，使得長久以來在政治高壓下必須對政治議題噤聲或以象徵、隱喻的筆法迂迴談論政治的台灣作家，終於得到可以將政治議題直接入詩或小說的機會，「政治詩」、「政治小說」於此時也大為興盛。

「政治小說」盛行的另一個重要原因在於，美麗島事件後，「台灣本土論」的討論獲得更多人的支持，而鄉土文學在七〇年代後，在反映現實社會、經濟議題的同時，也加入關於政治的思考，此以一九七八年宋澤萊的〈打牛湳村——笙仔與貴仔的傳奇〉最可為代表。正因為鄉土文學反映社會現實的成績已被眾人所接受，所以當政治環境丕變後，政治議題的加入對作家來說並不困難，只是將以往所要在作品中提出的「社會問題」，改成「政治問題」來加以發揮。這就是呂正惠所說的：「我們可以說，七〇年代的鄉土小說還只能算是『社會小說』，八〇年代的，就可以恰如其份的稱之為『政治小說』了」[59]的意思。

59 呂正惠：〈七、八〇年代台灣現實主義文學的道路〉，《戰後台灣文學經驗》（新店：新地出版社，一九九二），頁六〇。

有趣的是，雖然政治小說脫胎自鄉土小說，所符膺的仍是鄉土文學的現實主義，但政治小說比起鄉土小說顯得更為「琳瑯滿目」，不論是故事題材，或是意識型態，每個作家都有自己的呈現。林燿德於其〈小說迷宮中的政治迴路〉[60]中按政治小說中的意識型態來分類，將政治小說分為：一、左翼統派政治小說；二、懷疑論式的政治小說；三、右翼統派政治小說；四、後鄉土小說；五、獨派政治小說；六、女性主義小說；七、原住民自覺文學。筆者認為，其中以「左翼統派」、「右翼統派」、「獨派」與「懷疑論式」的政治小說最能代表八○年代初期台灣政治小說中的意識型態糾葛。「懷疑論式政治小說」是筆者所謂於統、獨爭議中另闢蹊徑的小說嘗試；「右翼統派政治小說」，則「在整體產量和內容的多元性等方面，源遠流長的右翼統派創作並非全然乏善可陳，宏觀而言卻缺乏重要的藝術貢獻」[61]，主要以返鄉小說與探親文學的主題呈現，影響力不大。因此，若單以台灣文學的發展脈絡來看，鄉土文學在「意識型態掛帥」[62]的年代，對於意識型態或擁抱或抗拒，共產生了三種重要的政治小說派別——一、左翼統派政治小說；二、獨派小說；三、懷疑論式政治小說。

然而政治小說的盛行，由於意識型態涉入太深，「理念先行」的筆法為人所詬病，且從鄉土文學傳承而來的現實主義，也因意識型態的介入而變調。呂正惠曾說：

> 到了七○年代，隨著台灣政治局勢的巨變，關心現實的鄉土文學在極短暫的時間內就被推上文學舞台。由

---

60 林燿德：〈小說迷宮中的政治迴路──「八○年代台灣政治小說」的內涵與相關課題〉，收入鄭明娳編：《當代台灣政治文學論》（台北：時報文化出版企業有限公司，一九九四），頁一六三──一八○。

61 林燿德：〈小說迷宮中的政治迴路──「八○年代台灣政治小說」的內涵與相關課題〉，收入鄭明娳編：《當代台灣政治文學論》（台北：時報文化出版企業有限公司，一九九四），頁一七一。

62 呂正惠曾說：「七○年代『意識型態掛帥』的傾向，到了八○年代，更加迅速的激烈化起來」。呂正惠：〈七、八○年代台灣現實主義文學的道路〉，《戰後台灣文學經驗》（新店：新地出版社，一九九二），頁六三。

> 於長時期的壓抑，新興的政治運動一發即不可收拾。剛剛崛起的現實主義潮流，也在這種急遽升高的時代氣氛下，匆匆忙忙的就與實際的政治運動掛了鉤，一下子就直接掉入意識型態的怒濤中，因無法保持適當的距離，而損害到了藝術的本質。[63]

如筆者於第一節所述，現實主義總難逃與外在政治現實相糾葛的命運，而台灣在七〇年代後期，現實主義與風起雲湧的政治運動也產生了聯繫，所以到了八〇年代興起的政治文學其實只是現實主義與政治環境的結合的一種形式展現而已。只是當時的政治氛圍，表現得較為「群眾性」，較為激烈、躁動，也連帶使得當時的政治小說看起來「精彩紛呈」，但藝術成就卻也跟著降低。張大春曾提及：「過去多少年來出現太多的『政治反小說』了，反小說可以有很多方式，但是『政治反小說』卻只有一條路可以走，一定是掛著寫實主義的招牌，或是藏著寫實主義的毒藥」[64]，認為若政治介入過深，實將否決小說的存在價值，且更以其中現實主義的變調作為主要的抨擊對象。

總而言之，在七〇年代後期政治、文學環境的改變之下，鄉土文學的政治意識型態掛帥日益明顯，到八〇年代政治文學當道，由於意識型態掩蓋，使政治文學難達到文學藝術的要求。而雖名之為政治文學，卻能夠自始即擺脫意識型態的糾纏，反而是站在統、獨爭議之外以旁觀者的角度，觀察混亂政治下的人民生活，觀察隨政治運動擺盪的小人物的心境，觀察統、獨理念的各自缺陷的「懷疑論式政治小說」，在文學表現上則不能與前述的政治小說混為一談。以下，從黃凡的〈賴索〉開始，來討論「懷疑論式政治小說」在台灣文壇的重要性。

---

63 呂正惠：〈七、八〇年代台灣現實主義文學的道路〉，《戰後台灣文學經驗》（新店：新地出版社，一九九二），頁六四。

64 張大春語。林燿德：〈世紀末的小說策略——和張大春對話〉，《期待的視野》（台北：幼獅文化事業公司，一九九三），頁三七—三八。

二、懷疑論式政治小說的起頭——〈賴索〉

在鄉土文學作家中，自六〇年代中期開始創作以來，也運用了許多的現代主義文學技巧，包括黃春明、王禎和、陳映真等都經歷過一段寫作現代主義小說的過程，後來他們的鄉土文學經典作品，如黃春明的〈兒子的大玩偶〉中的意識流技巧，王禎和〈嫁妝一牛車〉中的語言實驗及陳映真〈將軍族〉中徬徨蒼涼的氛圍皆可為例，所以，雖然鄉土文學以現實主義為主，但不妨礙現代主義文學技巧在其中出現。張誦聖曾說：「現代主義在台灣文壇獨領風騷在七〇年代陡然銳減，然而經由現代派小說家和與之同時的學院派新批評主義評論家積極推廣的現代小說技巧，卻早已扎根，成為當代通行文學符碼的一部份。不但新興的一批都市作家深深地受其潛移默化，除了七〇年代中部分作家有意識地抵抗炫耀式的現代主義技巧外，大部分的鄉土作家（包括和現代派同時起步的黃春明、李喬，新進作家吳錦發等）就創作形式而言，並沒有脫離現代派的格局」[65]就是此意。然如前所述，現代主義小說在七〇年代之後仍有成熟的作品出現，影響力仍在，所以對於在七〇年代後期的新進作家來說，浸淫於鄉土文學反映社會現實的風潮中，並不妨礙他們汲取現代主義小說的營養，便有了如張誦聖所說：「這十年中嶄露頭角的年輕世代作家不但汲取了現代派作家精緻成熟的文學技巧，也受到鄉土主義的影響而展現出相當程度的社會意識」[66]的現象。在八〇年代開始，兩者的優點，包括鄉土文學反映人民生活的社會意識，與現代主義文學的向內挖掘與各種創新的形式技巧便被新進作家巧妙地涵融在一起。

65 張誦聖：〈現代主義與台灣現代派小說〉，《當代台灣小說論：文學場域的變遷》（台北：聯合文學出版社，二〇〇一），頁一九。

66 張誦聖著、應鳳凰譯：〈台灣現代主義小說及本土抗爭〉，《台灣文學評論》，三卷三期（二〇〇三年七月），頁五四—五五。

〈賴索〉為黃凡初試啼聲之作，旋即獲得一九七九年時報文學獎甄選小說首獎，其獨特的創作姿態與筆法震驚文壇，不同於統、獨兩派於意識型態上相互對峙的政治小說，黃凡的〈賴索〉以中年賴索為主角，賴索幼年時，日籍教師諷刺其國籍（支那）；後來被台灣當時的左翼知識份子韓先生所影響，加入了社會運動陣營，國府遷台後被捕入獄，至三十歲才出獄，而後一事無成，渾噩度日；一九七八年在電視上看到韓先生回國，並在電視上發表對過去思想感到懊悔的言論，賴索想到電視台與韓先生碰面，好不容易見著面時才發現他原先所崇拜的韓先生已不認識他，

> 電視台巨大的陰影，彷彿一個無窮無盡的噩夢，一直延伸到街道的另一邊，整個世界忽然只剩下他一個人。「我是賴索，我是賴索，」他結結巴巴地說，「我只想說，說，好，好久不見了。」[67]

於此，賴索也失去了一切信仰，「這是一個結束、一個開始，一個起點和一個終點」，故事於此結束。

在〈賴索〉中，黃凡明確地質疑政治信仰的真實性，尤其他以台灣歷史作為賴索的的生長背景，夾以國族認同、社會改革等思想，韓先生這個角色作為賴索「最後一個崇拜的人」，其痛批「共產黨害了我！」大罵「國民黨憑什麼？」又靠攏「台灣民主進步同盟會」，一篇〈賴索〉對「韓先生」這個滿口政治卻跟著環境改變其思想的政客進行嘲諷，一次將林燿德對八〇年代政治小說所歸納出的「右翼統派政治小說」、「左翼統派政治小說」與「獨派政治小說」背後的政治意識型態一網打盡，並以「賴索」這一個角色涵蓋所有身在意識型態角力與傾壓下的台灣人民，描繪此時的台灣人民面對意識型態的兩極卻無所適從的心境，如王德威所說：「〈賴索〉出現的年月，正是台灣政治運動風起雲湧的時代。以後十年，島上要經歷一系列的喧嘩躁動。黃凡

67 黃凡：〈賴索〉，《賴索》（台北：聯合文學出版社，二〇〇六），頁一九四。

躬逢其盛，以小說見證了一個人心思變，而又莫知所從的社會」，[68]表現出黃凡〈賴索〉在「反映社會現實」上另闢蹊徑的成就。

再者，〈賴索〉最為人所稱道之處，除了其不理會意識型態糾葛的特立獨行姿態之外，便是其寫作形式的創新。張大春說：「在技法上，〈賴索〉則示範了一個更具自由度的敘述形式。黃凡似乎無視於當代稍早出現的前輩傑作所樹立起來的寫實典範，即使連那個陳舊且鞏固的敘事觀點也經常懶得持守……」，[69]強調黃凡不以鄉土文學現實主義進行創作。而黃凡在〈賴索〉中形式的成功，則明顯是從現代主義小說中所學習到的，白先勇說：「〈賴索〉的表現手法，異常突出，完全是現代的，運用時空交錯意識流技巧，將七十年代後期，台灣都市工業化後，急促喧囂的步調，表露無遺」，[70]其「完全是現代的」一方面表現〈賴索〉的表現手法可以對應到當時的社會型態，另一方面則說明了黃凡對現代主義小說形式技巧的模仿學習。而此形式技巧與所欲反映的政治「現實」相互指涉的寫作手法，也替「懷疑論式政治小說」樹立了良好的典範，郝譽翔曾說：「黃凡的〈賴索〉則是利用時代錯置的手法，打斷時序鎖鍊，將不同的時空的事件並置在一起，彼此之間相互指涉、拆穿，歷史的謬誤與政治的虛構性格在這裡作了一次精彩的演繹，而所謂信仰也在眾聲喧嘩間被徹底嘲弄並且顛覆掉。〈賴索〉一篇所展現出的獨特靈活的寫作手法，被視為是台灣政治小說嶄新型態的里程碑」，[71]可見黃凡的〈賴索〉為「懷疑論式政治小說」所開闢的正是一條有別於其他政治小說獨衷現實主義的路子。

最後，黃凡的〈賴索〉不論寫作技巧、敘事形式、創作姿態等都在當時的政治小說中獨樹一格，其「懷

---

68 王德威語。黃凡：《賴索》（台北：聯合文學出版社，二〇〇六），頁二〇七。

69 張大春：〈八〇年代的都市文學——一個小說本行的觀察〉，《文學不安——張大春的文學意見》（台北：聯合文學出版社，一九九五），頁一一七。

70 白先勇：〈邊緣人——賴索〉，收入黃凡著：《賴索》（台北：聯合文學出版社，二〇〇六），頁一九八。

71 郝譽翔：〈我是誰?!論八〇年代台灣小說中的政治迷惘〉，《中外文學》，二六卷一二期（一九九八年五月），頁一五七——一五八。

疑」的本質、嘲弄的「筆法」，不但影響了後來的「懷疑論式政治小說」，更間接影響了「台灣後現代小說」在面對社會、政治議題時的操作，邱貴芬說：「此篇小說諷刺政治理想的虛幻和生命的虛空，時空交錯的手法反映主角碎裂而無法完整拼湊、整理出一個頭緒的人生。這樣的創作姿態和文化思考角度預告了台灣『去中心』的後現代社會走向。……〈賴索〉標示了一九八〇年代這樣的文化趨勢，無怪乎黃凡獨領風騷，被視為開創了台灣政治小說的紀元，成為一九八〇年代台灣小說靈魂人物」[72]，因此，黃凡的〈賴索〉之所以能一鳴驚人，除了他在面對政治高壓下仍以嘲諷的態度創作並獲獎外，更在於其預示了八〇年代的文化主流，預告了新世代的文學走向。

三、懷疑論式政治小說的呈現

（一）黃凡的政治小說

在〈賴索〉之後，黃凡陸續撰寫了以政治為主題的小說，著名者如一九八一年八月發表的〈大時代〉、一九八二年十一月發表的長篇小說《傷心城》，同年十二月發表的〈一個乾淨的地方〉，一九八三年五月出版的短篇小說集《自由鬥士》中的〈夢斷亞美利加〉、〈將軍之淚〉及〈自由鬥士〉，一九八五年後雖以後設小

72 邱貴芬：〈翻譯驅動力下的台灣文學生產——一九六〇—一九八〇現代派與鄉土文學的辯證〉，收於陳建忠、應鳳凰、邱貴芬、張誦聖、劉亮雅合著：《台灣小說史論》（台北：麥田出版社，二〇〇七），頁二五〇。

說的創作為主，但仍有一九八八年收於《海峽小說——一九八八年度選代表作》的〈總統的販賣機〉及一九八九年的〈示威〉。若再加入二十一世紀黃凡復出後的著作，包括二〇〇二年十一月開始連載的長篇小說《躁鬱的國家》，同年十二月完成的〈聽啊！錢的叫聲多麼雄壯〉，二〇〇四年十月出版的《大學之賊》及二〇〇五年十二月完成的《寵物》。

細觀黃凡的政治小說，其故事的發生多有確定的年代，且年代多與其撰寫該小說的時間相近，黃凡並不避諱自己創作與當時社會的聯繫，他卻又能不使自己的政治小說落入影射小說的窠臼。綜觀黃凡於八〇年代後撰寫的政治小說，多半主題相近，蘊含於其中的「嘲諷」則是或以戲謔或以沈鬱的方式表現。

黃凡的政治小說，大部分都透過主角的設定，表現八〇年代的台灣面對工商業高度發展的社會，經濟考量大於政治理想，政治的熱情已隨著七〇年代的結束而遠去了。所以，在故事中，多有一代表七〇年代前不論是以「民主」或以「中國」為其政治熱情投向的角色，如〈大時代〉中的蔣穎超、《傷心城》中的范錫華代表的是「民主」的政治理想；〈夢斷亞美利加〉中的魏紀南之父、〈自由鬥士〉中的曾廣順等代表「中國」（但非共產黨的中國），在故事中，多有其以原先的政治理念痛罵、諷刺身處於八〇年代的主角的故事情節，而主角們又多以懷疑、質問、不屑或是不解的態度來面對這些代表七〇年代前的政治理想的配角們，如〈大時代〉中的希波、《傷心城》中的葉欣、〈夢斷亞美利加〉的魏紀南、〈自由鬥士〉中的俞新田，如此的角色設定，加上明確的年代背景，黃凡於這一類政治小說中一方面所要表達的是八〇年代是政治熱情已須被重新反省的年代，七〇年代前的政治理想將隨著時代遷移而沈寂；另一方面黃凡讓主角心中也有著許多疑惑，以上所提的諸位主角，身處在八〇年代，卻又顯得空虛、無聊、虛度、不知所從，這也使得黃凡的小說自始即沾有「都市」的意味，也就是說，黃凡是以「都市」的成形、經濟的發達來傳達政治失去以往的影響力，以及都市生活使人的生活更為空虛貧乏的想法。所以在這些小說中，多以寫實的筆法、沈鬱的筆調撰寫。

黃凡的政治小說，更重要的是呈現了政治的荒謬本質，如〈一個乾淨的地方〉中，印刷廠老闆曾祥林拜訪落選的孟子毅，於其競選總部與家中聽敗選陣營中人物的對話，其中對敗選的義憤填膺，對勝選對手的謾罵可想而知，然當落選者記者會開始時，孟子毅又是對對手一番恭維，面對孟子毅的前後矛盾，使原先崇拜孟子毅的主角曾祥林，想在清晨找一塊沒有競選布招與廣告的「一個乾淨的地方」吃早餐，表示對政客人前人後表裡不一的失望；〈示威〉則以一個小市民由於一輛卡車因失誤將瀝青倒於他的家中，他預備「跟流行」去舉布條抗議，而後卻在抗議的時候遇上統、獨兩派人馬的抗議行列，他的抗議口號也隨著陣營的不同而有改變，原本的「青天立法委員大老爺」成了「萬年老烏龜」，以一小人物的無知反諷當時政治運動的激烈與混亂；〈總統的販賣機〉則是以一突發奇想以總統為其販賣機打廣告的商人為主角，因其策略成功，販賣機生意大好，然遇到反對陣營的遊行隊伍包圍總統官邸，原先事業「發源地」的販賣機的總統照片遭到破壞，商人後來決定換上瑪丹娜的照片來繼續經營。此以更為荒誕與反諷的情節推衍表現政治與商業越來越密不可分，總統與瑪丹娜僅僅同為商業行為的一部份而已。可以發現，在這類小說中，「嘲諷」的力道多隨荒誕的情節推衍而來，且在一九八五年後的政治小說著作，其小說情節的荒誕性越高，嘲諷的力道也越強，而此風格更直接延續到黃凡於二十一世紀復出後的政治小說作品。

但有趣的是，這些政治小說多是以寫實的筆法完成，在〈賴索〉中表現時序與心境混亂的創新形式較少出現，有的只是表現今昔之比的意識流動的簡單形式，如〈大時代〉、《傷心城》、〈夢斷亞美利加〉、〈自由鬥士〉等皆是。而在故事中出現的都市場景與經濟行為，則讓黃凡部分政治小說可納入其都市小說的範圍。

（二）平路的政治小說

平路的小說，最早便以政治小說的形式出現，而後「政治」幾乎成其小說的主題。平路於一九八三年六月發表的〈十二月八日槍響時〉，同年九月發表並獲得一九八三年聯合報短篇小說獎首獎的〈玉米田之死〉，一九八四年十一月發表的〈大西洋城〉，一九九〇年一月發表並獲得該年聯合報短篇小說獎首獎的〈台灣奇蹟〉，同年四月獲得中國時報首屆劇本獎首獎的《是誰殺了×××》，一九九四年出版的《行道天涯》，一九九八年出版的《百齡箋》，二〇〇〇年獲八九年度小說獎的〈血色鄉關〉，及其以科幻形式寫就的政治小說，其政治小說的創作量可謂驚人，且其政治小說的寫作興趣一直延續到二十一世紀，只是蘊含其中的男性與女性的視角改變以及官方歷史與小寫歷史有著觀點轉換而已。但平路的科幻小說及九〇年代後的小說將留待後文討論。

如前節所述，平路因為住在美國多年，可以自外於台灣文學的環境，所以筆者稱她為「晚熟」的小說家。事實上，平路的「晚熟」不只表現在鄉土小說的寫作（《椿哥》），在政治小說方面，其也表現出了「晚熟」的一面。因為，在平路最早的小說集《玉米田之死》中所收錄的〈十二月八日槍響時〉、〈玉米田之死〉，都可納入懷疑論式政治小說的範疇，但其懷疑的「程度」卻遠不及早在四年前（一九七九年十月）已發表的〈賴索〉。因為，平路第一本小說集中的政治小說雖如郝譽翔所說：「寫於八〇年代初的〈玉米田之死〉，向來被視為平路的代表作之一。小說書寫回歸原鄉的失落，對甫轟轟烈烈落幕的鄉土文學和保釣運動而言，無疑是一大反諷，堪稱台灣政治小說從理想到嘲諷的重要轉折」[73]其可算是台灣懷疑論式政治小說的重要文本，但也可以被歸類為「留學生文學」。例如楊照曾說：「她的第一篇小說〈玉米田之死〉，是一篇傑出的思鄉之作。故事裡的敘事者『我』，以及死在玉米田裡的那個人，都是『異鄉症候群』的嚴重患者。小說一部份承襲了於梨華式『留學生文學』的主題，然而卻在寫作形式上翻新了許多。」[74]因為，小說都有一個共同的主題就是「思鄉」，不論是〈十二月八日槍響時〉中的越南人莫阿坪，〈玉米田之死〉中的敘事者「我」在平路筆下都是

73 郝譽翔：〈給下一輪太平盛世的備忘錄——論平路小說之「謎」〉，《情欲世紀末——當代台灣女性小說論》（台北：聯合文學出版社，二〇〇二），頁一四二。

74 楊照：〈迷離在異鄉——平路的《玉米田之死》〉，收入平路著：《玉米田之死》（台北：印刻出版有限公司，二〇〇三），頁一九二。

「猥瑣」的，身處於異國（美國），即使享有公民權，卻都無法忍受身在異國的感覺，回歸「原鄉」成為他們心中唯一的救贖。也就是說，即使平路在文中對於「故土」的思念已以「失落」的隱喻來呈現，但仍可見到平路以一身在美國卻關心台灣的知識份子[75]對於「原鄉」仍是以一「實體」擁抱之的，所以其「懷疑」其實是「不徹底的」，她仍在文中傳達一種對「原鄉」價值的擁抱。〈大西洋城〉也使用此一華人在美國的題材，描述一企管專業的華人，在美國賭城工作，最後成為賭城「最忠誠的一員」，雖看似描述一被美國資本主義說服的華人的故事，卻也讓主角說出「我終會把我們那面青天白日滿地紅國旗升起在大西洋城的藍天之下」[76]的話。

總的來說，平路的政治小說在「懷疑」上是不夠徹底的，由於她在小說中難免以原鄉的「失落」作為結尾，曖昧地傳達了欲求歸鄉之徒然的意念。再者，平路的政治小說幾乎明顯可見其受現代主義小說的影響，在〈玉米田之死〉中，其形式技巧上的成功也是其獲獎主因[77]，可見得平路自始即是不忽視形式技巧的作者。

（三）張大春的政治小說

張大春在第一本小說集《雞翎圖》中便已表現了對「真實」質疑的意圖，但還不明顯。然在一九七九年黃凡發表〈賴索〉之後，張大春也寫了許多的政治小說，且都可歸類於「懷疑論式政治小說」。一九八一年四月發表的〈新聞鎖〉，一九八四年九月發表的〈牆〉，一九八六年發表的〈旁白者〉、〈透明人〉、〈印巴茲共

75 平路說：「我有十七八年生活在美國，在美國時卻心繫台灣。」蔡逸君整理：〈凝脂溫泉VS尋找紅氣球——平路、李黎對談錄〉，《聯合文學》，一六卷一〇期（二〇〇〇年八月），頁一三五。

76 平路：〈大西洋城〉，《玉米田之死》（台北：印刻出版有限公司，二〇〇三），頁八〇。

77 當時的評審鄭樹森曾說：「〈玉米田之死〉全篇是偵探故事的形式，表現很大的主題，形式上非常完整，文字給人的感覺也最完美。」鄭樹森：〈評審委員的話〉，收於平路著，《玉米田之死》（台北：印刻出版有限公司，二〇〇三），頁一九〇。

和國事件錄——菲律賓政變的一個聯想〉、〈天火備忘錄〉，同年十月發表並獲得該年時報文學獎小說首獎的〈將軍碑〉，一九八七年十二月的〈四喜憂國〉，一九八八年十二月開始連載的《大說謊家》，一九九四年出版的《沒人寫信給上校》，一九九六年三月出版的《撒謊的信徒》，一九九九—二〇〇〇年陸續出版的《城邦暴力團》一至四冊，及其以科幻的形式影射政治的科幻小說，張大春的政治小說創作量可謂豐富。但因張大春一九八五年後開始的一系列創作便加入了魔幻寫實主義，後更以後現代主義為主，所以筆者此處僅以〈牆〉一篇作為討論。

林燿德曾說：「張大春是八〇年代中期最具震撼力的懷疑論者，他的短篇〈牆〉將政治對立者雙方視為本質相同的一丘之貉，是繼黃凡〈賴索〉之後的顛峰性傑作」。[78]所謂的「牆」只是一面大型的海報看板，上面曾是抒發政治理想的地方，男主角曾說：「我們永遠不會遺棄它，我們要永遠圍繞著它，不讓它倒下去！」所以，「牆」代表的是政治信仰，但在故事中的男女感情糾葛、權力鬥爭等都讓原先女主角的政治信仰逐漸瓦解，並且認清政治背後的權力運作。「牆」的意象也隱喻了對立雙方的意識型態，中間隔著一堵牆，所以各說各話，沒有溝通的空間。表達了張大春在一九八四年對於統、獨爭議的立場。

78 林燿德：〈八〇年代台灣政治小說〉，收於龔鵬程編：《台灣的社會與文學》（台北：東大圖書股份有限公司，一九九五），頁一二九。

四、懷疑論式政治小說與台灣後現代小說的承繼關係

(一)從「曖昧」、「質疑」到「徹底否定」

懷疑論式的政治小說自〈賴索〉開始就被認為有著「曖昧」的姿態。此曖昧的姿態所為何來?郝譽翔曾在其〈我是誰?!:論八〇年代台灣小說中的政治迷惘〉一文中提出了「我是誰」這樣的論點。的確,之所以在鄉土文學論戰以及美麗島事件之後,台灣會陷入統、獨的爭議之中,其中存在的不只是日本殖民、國府的白色恐怖的問題,在當時的台灣,一方面台灣本土論尚未完全建立屬於自己的歷史觀,另方面自國府遷台以來的「中國」教育薰陶下,以「台灣人」自居還是以「在台灣的中國人」自居的省籍情結其實各有自己的支持群,此尤以身在八〇年代的台灣知識份子為然。黃凡一開始便以〈賴索〉表現了不以兩方人馬為然的態度,但「晚熟」的平路,則仍以「中國人」自居,觀其以在美華人為主角的政治小說可見一斑。所以當「我是誰」的認同問題伴隨著混亂的民主運動而來,勢必隨著環境改變而有不同的答案。郝譽翔說:「在八〇年代中『我是誰』這個疑問已隨著時空轉變而產生不同的答案,它們交織著多重國籍、面貌與身份,彼此互相滲透疊合又互相指涉、質疑、瓦解,遂組成了一首喧嘩熱鬧的後現代樂章,然而主旋律卻已然失落在不斷變形的歷史之間……」[79],也正為我們串起了從「懷疑論式政治小說」到「後現代小說」的思考路線。因為此一認同問題在急速變動的環境中不斷衝擊著台灣人民,

[79] 郝譽翔:〈我是誰?!:論八〇年代台灣小說中的政治迷惘〉,《中外文學》,二六卷一二期(一九九八年五月),頁一五四——一五五。

加上當時工商業高度發展，經濟能力變強，曾經曖昧的政治認同，轉化為對政治本身的質疑，於是從平路的「曖昧」變成了黃凡的「曖昧」，所謂「曖昧」指的是黃凡身居旁觀者的位置嘲諷意識型態兩端的隱晦感，正因其質疑政治的信仰、運作、操弄，才不畏各方政治勢力的夾擊而寫出〈賴索〉。林燿德曾說：

> 政治主題和體制批判在「新世代」小說家筆下多元化發展，一方面以宋澤萊、林雙不為核心提倡「人權小說」，仍然著重於特定政治訴求的表態；另一方面以黃凡、張大春為首的前衛小說家，則對政治事態提出懷疑論的輕視與嘲謔。他們保持中立的價值觀，對一切政治性的符徵均採取審判態度。對於黃凡、張大春而言，問題並不在於選擇站在哪一個政黨或者不確定多數的、曖昧的群眾的任何一邊，而在於透過書寫行為洞悉政治互動的關係，以及歷史發展下權力挫折的悲劇，有時這種悲劇以喜劇的外衣演出，如黃凡的《示威》展現政治示威者反理性、令人啼笑皆非的本質；有時這種悲劇被置入作者冷酷的棋盤中，張大春的《牆》適為著例。[80]

因此，此一「對一切政治性的符徵均採取審判態度」的創作姿態，再進一層，便是後現代中以「後設」的角度來質疑一切的姿態，後現代小說只是從懷疑論式政治小說對「政治」的質疑，進一步轉變成對「小說」的質疑罷了。

[80] 林燿德：〈台灣新世代小說家〉，《重組的星空》（台北：業強出版社，一九九一），頁九〇。

（二）從「寫實」到「反寫實」

正因為懷疑論式政治小說以質疑政治的真實性為主，所以鄉土文學現實主義牽扯了意識型態之後，對作家來說「現實主義」反成了意識型態強烈者的招牌，所以林燿德說：「懷疑論式的政治小說作者往往會是一個文本主義者……用來貫徹作家各種意識型態於創作中的一些文學迷思，例如寫實主義教條，自然成為他們批判的對象」[81]，又說：「他們比起其他意識型態的作家更注意到敘述的特質，也對敘述的方式進行各種實驗。」[82]如前所述，政治小說是鄉土文學於八〇年代後的轉變之一，存在其中的現實主義筆法是最堪表現鄉土文學與政治小說的傳承之處。但自〈賴索〉開始便使用了現代主義的形式技巧，而後平路的〈玉米田之死〉也因形式上的成功而獲得評審青睞。而無形式上的創新，以傳統的寫實筆法寫就的政治小說，如黃凡八〇年代後的政治小說，則也必以「嘲諷」的敘事策略，傳達或喧鬧或沈重的政治亂象。可以說，因為八〇年代後的大環境的改變，若欲遠離意識型態的箝制，擁抱中立的政治價值，則真如游喚所說：「可是到了八〇年代，政治文本有了系統性的變革，就是民主與開放論述的出現……因著政治的真實而不得不改變策略的小說『言說』。」[83]因此，形式上的實驗在八〇年代初期黃凡等人仍延續現代主義的形式技巧，到了後現代文藝思潮傳入之後，便開始使用諸如魔幻現實、後設小說、反諷、諧擬、內心獨白、雙重聲音、拼貼、夾議夾敘等手法，不一而足。而有趣的是，如果八〇年代是台灣政治小說的鼎盛期，「懷疑論式政治小說」的作家在八〇年代中期之後，其政治小說的寫

---

81 林燿德：〈小說迷宮中的政治迴路——「八〇年代台灣政治小說」的內涵與相關課題〉，收入鄭明娳編：《當代台灣政治文學論》（台北：時報文化出版企業有限公司，一九九四），頁一六六—一六七。

82 林燿德：〈小說迷宮中的政治迴路——「八〇年代台灣政治小說」的內涵與相關課題〉，收入鄭明娳編：《當代台灣政治文學論》（台北：時報文化出版企業有限公司，一九九四），頁一六五。

83 游喚：〈政治小說策略及其解讀——有關台灣主體之論述〉，收於龔鵬程編：《台灣的社會與文學》（台北：東大圖書股份有限公司，一九九五），頁一一三。

作與形式技巧的使用顯得較八〇年代前期更為豐富，也就是說，後現代文藝技巧的傳入，並不妨礙作家進行對於政治真實性懷疑的創作，而這也正可反證「台灣的後現代小說」作家，並非以一「虛無」、「犬儒」的姿態避開台灣的政治問題，他們仍在後現代小說的創作中寄寓其政治理念——一種遠離意識型態維持中立價值的政治意識。因此，從「懷疑論式政治小說」到「後現代小說」之中其實存在的只是創作手法的不同，從現代主義與現實主義（但有嘲諷寓意）到後現代主義，其表現的是台灣文壇的傳承與創新，而存在其中從鄉土文學以來的社會意識卻是不變的。

再者，以政治小說的演變來看，八〇年代中期後現代主義思潮的傳入，也使得社會解構傾向更為明顯，如郝譽翔所說：「相較於鄉土文學支配七〇年代台灣文壇主流的現象來看，八〇年代文壇主流卻非那批亟欲建立『台灣文學霸權典範』的作家，諷刺的是當他們主張越激烈影響力就越小。所以八〇年代『反支配』的表現應為後現代社會的解構傾向，志在瓦解霸權而非建立一個新典範」。[84]因此，懷疑論式的政治小說自始所走的路線便是符合社會潮流的，雖然九〇年代之後政治小說的熱潮消褪，但懷疑論式政治小說的寫作仍能引起文壇關注，如平路的〈台灣奇蹟〉、《行道天涯》、〈百齡箋〉，張大春的《沒人寫信給上校》、《撒謊的信徒》等等皆可為例。甚至，如林燿德所說：「八〇年代戒嚴解除，言路大開，政治小說在觀念上所能提供的刺激和社會各種層面湧現的政治激情比較起來，頓成『小巫』，不再能具備『啟蒙』或『教化』的效用；在政治自覺普遍甦醒的『後解嚴時代』，要想在小說中求取任何新穎政治趣味，倒不如打開第四台的立法院質詢頻道」[85]那麼，看著八〇年代政治小說的暴起暴落，九〇年代的張大春、平路與二十一世紀復出後仍繼續書寫懷疑論式政治小說的黃凡，幾乎可說是政治小說傳承與延續的重要人物了。

84 郝譽翔：〈我是誰?!：論八〇年代台灣小說中的政治迷惘〉，《中外文學》，二六卷一二期（一九九八年五月），頁一六六。

85 林燿德：〈小說迷宮中的政治迴路——「八〇年代台灣政治小說」的內涵與相關課題〉，收入鄭明娳編：《當代台灣政治文學論》（台北：時報文化出版企業有限公司，一九九四），頁一八三。

總而言之，在台灣後現代小說尚未出現之前，「懷疑論式政治小說」便以前衛之姿挑戰了分裂後的鄉土文學，在政治小說中成為重要的一支，並持續發揮其影響力。也正因「懷疑論式政治小說」能夠符合「後美麗島」時代的政治環境的轉變，並在小說文本中的形式技巧上作了與政治文本的相互對應，所以當後現代思潮傳入，「解構」成為社會共同傾向的時候，「懷疑論式政治小說」反而走在前端，僅需將後現代主義的文藝技巧順勢納入小說，而不須改變其政治初衷，便能創作出許多同時具備後現代小說與懷疑論式政治小說性格的作品，所以筆者稱「懷疑論式政治小說」為「台灣後現代小說」的「前身」，再加上「懷疑論式政治小說」作為鄉土文學的一個變貌，則存在於「懷疑論式政治小說」從鄉土文學傳承來的社會意識，又將順勢地傳承至「台灣後現代小說」之中。如此可以解決學界普遍對「台灣後現代小說」全為「西化」產物、是對西方文藝思潮的簡單模仿學習、是重蹈現代主義的覆轍的誤解，我們反而應該說，因為台灣後現代小說自始即是從「懷疑論式政治小說」發展而來，因此台灣的後現代小說也自始即有台灣文學的發展脈絡在其中。後現代文藝思潮對台灣文壇的影響雖在，但台灣的後現代小說作品仍有其文學史脈絡的生命力。因此，台灣的後現代小說是有著台灣文學特色的作品，並非簡單的西方對後現代小說的理解即可加以概括的。

第二章　從都市文學到台灣後現代小說的興盛與轉型

第一節　具有「過渡性格」的都市文學

時序到了八〇年代，一九七九年十二月十日的美麗島事件發生之後，隨之而來的是全島大逮捕，在這樣的風聲鶴唳之下，雖然政治運動看似又被政府鎮壓下來，但隨後的軍法大審，以及「代夫出征」[1]的策略成功，使黨外勢力反而集結得更為強大。而國民黨政府尚未放棄其高壓手段，一九八一年發生的陳文成命案，以及一九八四年的江南案，台灣表面民主實則高壓的真面目更引起國際注目，[2]國民黨政府不得不在面臨「本土」與國際的壓力之下思考鬆動政治高壓的未來進路。而在蔣經國宣布蔣家人將不再接任總統，李登輝確定成為接班

1 晏山農：「美麗島軍法大審以後，黨外延續民主香火，推出受難者家屬周清玉、許榮淑等加入一九八〇年底的增額國代、立委選戰，雙雙以最高票入主國會殿堂。……其後，整個八〇年代林黎琤、方素敏、高李麗珍、莊姬美、藍美津、吳淑珍、周慧瑛、葉菊蘭都先後加入「代夫出征」的陣營……」晏山農：〈代夫出征〉，收入楊澤主編：《狂飆八〇——記錄一個集體發聲的年代》（台北：時報文化出版企業有限公司，一九九九），頁六三。

2 因陳文成為旅美教授，作家江南則在美國寓中被殺，兩件事情都引起美國新聞界譁然，並將矛頭指向台灣的情治單位。

人之後，蔣經國在七〇年代的「革新保台」政策，在八〇年代也已無法滿足人民，呼求落實真正民主的呼聲使八〇年代的政治運動不在美麗島事件後銷聲匿跡，反而如大浪潮般不斷衝擊政府的威權體制，至解嚴前夕，如南方朔所說：「八七年台灣全台大小群眾事件據稱有一千八百件之多。那是個狂飆的年代」[3]，確切地形容了當時已如狂潮般的民主政治運動，解嚴的到來也就順理成章了。

而此一民主運動高漲的年代，更夾帶七〇年代以來經濟起飛的背景，在八〇年代，高度的工商業發展也促使台灣高度的都會化，都市成為消費與大眾文化的溫床。而如前章所述，台灣現代主義文學在模仿學習西方的現代主義文學時，雖然「疏離感」的感知與傳達如出一轍，但前者來自於政治高壓下知識份子被迫脫離社會而來，後者則是隨著西方現代化進程所產生的對現代性的讚揚與排拒而來。可以說，在台灣五、六〇年代，西方面對「現代性」提出反省與批判的環境在台灣尚未完全成形，所以對於西方現代主義文學也只能停留於模仿的階段，但隨著台灣的經濟起飛，高度都會化的逐漸成形，培育西方現代主義的大環境在台灣也逐漸成熟，八〇年代興起的「都市文學」可視為西方現代主義環境在台灣已然成形的指標。筆者認為，此時興起的「都市文學」實則具有「現代主義」與「後現代主義」的過渡性格。如前節所述，是台灣政治環境的改變造成「懷疑論式政治小說」的蓬勃，而「都市文學」則是隨著台灣經濟環境的改變而興起。如果說，「台灣後現代小說」之中對信仰的質疑，已由「懷疑論式政治小說」為其投出問路石，那麼「都市文學」為「台灣後現代小說」所營造的，則是在經濟高度發展的都會化社會中人們空間感知與心靈狀態的不變。而筆者之所以將「懷疑論式政治小說」定名為「台灣後現代小說」的「前身」，是因為懷疑論式政治小說已為其鋪好「質疑」一切以至於「反寫實」的道路，但在後現代文學技巧的引入後，小說不論在文體、形式上都可看出區別，如張大春的〈牆〉與〈將軍碑〉之後的政治小

3 南方朔：〈青山繚繞疑無路〉，收入楊澤主編：《狂飆八〇——記錄一個集體發聲的年代》（台北：時報文化出版企業有限公司，一九九九），頁二八。

說，或如平路的〈玉米田之死〉與〈是誰殺了×××〉和《行道天涯》等皆便可為例。但「都市文學」卻在「台灣後現代小說」問世前便已有了後現代小說的雛形，所以筆者認為將之視為有與「台灣後現代小說」相涵涉的過渡性格的文類較為妥當。以下，先討論八〇年代開始興起的「都市文學」作為本章的起始。

一、八〇年代都市文學的題材、形式與風格

由上述討論可知，「都市文學」實隨著經濟大環境的改變而有著不同程度的書寫。廣義的「都市文學」，一般公認為以城市文化背景或都市生活的描寫為對象者即可涵蓋在廣義的都市文學範疇之中。而八〇年代後新興的「都市文學」則以林燿德的定義為主，林燿德狹義的都市文學最重要的定義便是——「都市本身即是正文」，身處於都市之中的創作者，對於都市空間與時間的感知以及都市的變遷與流動，得以透過形式的實驗及內容的創作表達之。而八〇年代後新興的都市文學也有著不同於傳統廣義都市文學的創作表現，以下，筆者分為「題材」、「形式」與「風格」三部分，討論八〇年代後都市文學的表現以及其與「鄉土文學」、「現代主義文學」以及「新世代作家」的關係。

（一）題材：都市文學與鄉土文學

表面上看來，「都市文學」與「鄉土文學」是相反的，然隨著七〇年代後台灣經濟的迅速發展，以及美、日外資對台灣經濟的重要性，許多鄉土文學家也創作以都市為故事背景的小說，如黃春明的〈兩個油漆匠〉、〈小寡婦〉、〈溺死一隻老貓〉都是以都市經濟發展對鄉村的衝擊為主題。我們可以說，「都市」在台灣的文

學傳統之中，多半扮演負面的題材，即使不以強調都市人的心靈空虛為主題，也讓在都市背景中的主角們感受到疏離與壓迫。但八〇年代興起的「都市文學」卻與此前的「都市文學」不盡相同，其中原因，則如張大春所說：「八〇年代以後（這個時代還沒結束），一些出版社所培養出來的新起作家，絕大部分只具都市成長的經驗，所以在八〇年代以後的小說，……最主要的特色是以都市為核心，以都市經驗為主要背景的作品大量出現。」[4]新作家的都市成長經驗使「以都市經驗為主要背景的作品大量出現」是一最直接的原因。林燿德言：「基本上，我們這一代的『現實』就是都市文化」[5]也是此意。所以我們可以說，當鄉土文學沒落之後，其留給政治小說的是社會意識，而留給都市文學的便是直視當下現實的精神。

（二）形式：都市文學與現代主義文學

如前章所討論的，台灣的現代主義文學為讀者「預示」了都市文明中的「疏離感」，也因應當時劇烈變動的台灣社會在小說中傳達了人的疏離感與無所適從的「不確定感」，而當八〇年代台灣高度都會化時代來臨時，這樣的「預示」則讓八〇年代後新興的都市文學作家能有足夠的文學技巧以因應社會的改變，如張誦聖所說：「現代主義在台灣文壇獨領風騷在七〇年代陡然銳減，然而經由現代派小說家和與之同時的學院派新批評主義評論家積極推廣的現代小說技巧，卻早已扎根，……新興的一批都市作家深深地受其潛移默化」[6]，說明的正是此一從現代主義文學到八〇年代都市文學的傳承關係。

4 張大春語。林紫慧記錄：〈八〇年代台灣小說的發展—蔡源煌與張大春對談〉，《國文天地》，四卷五期（一九九八年十月），頁三四。

5 林燿德：〈凱悅森林的北丐南帝——與王家衛對話〉，《將軍的版圖》（中和：華文網股份有限公司，二〇〇一），頁二五二。

6 張誦聖：〈現代主義與台灣現代派小說〉，《當代台灣小說論：文學場域的變遷》（台北：聯合文學出版社，二〇〇一），頁十九。

再者，八〇年代的都市文學作家，在經濟發達的都會化環境裡，加入自己的觀察，內容上更為深入地涉及到都市人的集體潛意識以及都市的深層文化批判，林燿德曾說：「八〇年代新世代作家思維的層面和深度顯然有超越前賢的經營甚至邁入集體潛意識與當代都市文化的深層批判，將意識、現實存有、並時的現象和貫時的歷史言談予以錯綜處理，黃凡（一九五〇—）的《都市生活》就是系列音響鏗鏘的交響曲演奏出動人的時代音籟」[7]。而為了因應對都市生活空間感與時間感的轉變，都市文學作家在形式上延續現代主義文學的創新精神，不僅改變了自七〇年代以來現實主義獨領風騷的素樸的寫實形式，且不斷使用「更複雜而繁瑣的敘事形式」[8]來呼應「這種重新認知都市事象的思維」[9]。現代主義文學對都市文學最大的影響，便是對形式重要性的認知，使作家們試圖找出最適合當代都市的文體風格，並對形式技巧多所實驗。周芬伶也曾說：「後現代小說家較傑出的表現不是魔幻或後設，應在都市文學這一塊領域特別鮮明」[10]，說明了後現代小說家與都市文學的密切關連。

（三）風格：都市文學與新世代作家

如前所述，在鄉土文學現實主義暴露缺陷之後，七〇年代後期的新進作家欲另闢蹊徑，除「懷疑論式政治

7 林燿德：〈意識的解放——論王幼華《熱愛》〉，《期待的視野》（台北：幼獅文化事業股份有限公司，一九九三），頁三。

8 張大春：「更複雜而繁瑣的敘事形式將在不久的未來出現，我們有了黃凡。」張大春：〈八〇年代的都市文學——一個小說本行的觀察〉，《文學不安——張大春的文學意見》（台北：聯合文學出版社，一九九五），頁一一五。

9 林燿德：「一九八一年王幼華發表〈健康公寓〉，可說是八〇年代都市文學的『第一篇』小說，出現在健康公寓裡的小人物已不再是盧卡其所謂的『典型』，而是隨機選取的個別換喻，張大春（一九五七——）的〈公寓導遊〉、黃凡的〈房地產銷售計畫〉等作品呼應了這種重新認知都市事象的思維」林燿德：〈意識的解放——論王幼華《熱愛》〉，《期待的視野》（台北：幼獅文化事業股份有限公司，一九九三），頁三。

10 周芬伶：《聖與魔——台灣戰後小說的心靈圖像一九四五—二〇〇六》（台北：印刻出版有限公司，二〇〇七），頁二一二。

小說」之外，「都市文學」則是他們走出來的一條新路，也就因此，「都市文學」自始即帶有「新世代」作家的性格。所謂「新世代」是林燿德所倡議的「名詞」，林燿德曾提出他對台灣新世代小說家的界說：

所謂「新世代」在未被確切定義前，是一個因時空轉移而產生相對詮釋的名詞，在此我們以出生序在一九四九年之後的小說家作為編選的主軸，並以四五至四九年間出生者作為彈性對象，就是一般而言「戰後第三代」以降的小說作者群。地域方面的範疇顯然以台灣為核心……一九四九作為斷代的基準，顯示了「新世代」特有的政治、文化空間，既有別於接受日本教養的老一代台籍作家，也不同於渡海來台，擁有大陸經驗的作家，他們成長的過程正是台灣工業化、都市化的過程，完整地誕生在資本主義的下層結構中；出生於一九六〇年以後的「新世代」更被全島都市化的資訊系統所包容。……筆者願意大膽斷言，小說言談的講台已非老一代小說家／小說批評家所能包攬壟斷，典範更替正在讀者所決定的文學史洪濤中波波行進。[11]

林燿德認為，「新世代」作家在前行代的文風之中成長，又受限於前行代掌握文壇資源，包括文學獎與文學刊物的編輯等，所以一方面要對抗前行代的所留下的成績典範，另一方面則要明顯地與前行代分道揚鑣，走出屬於自己的風格。他創造的「新世代」的名詞正是以一「團體」的力量與前行代作家相互抗衡。而「都市文學」便是「新世代」與前行代作家一最明顯的區隔，其原因首先表現在題材方面，如前所述，到了八〇年代，高度都會化的時代來臨，當作家說「我們這一代的『現實』就是都市文化」時，在題材的詮釋角度上足以與前行代做出區隔。林燿德在討論「八〇年代台灣都市文學」時甚至說到：

[11] 林燿德：〈台灣新世代小說家〉，《重組的星空》（台北：業強出版社，一九九一），頁八一—八二。

> 價值體系的崩潰是前行代作家的夢魘，因為他們過去在正文中所傳達的悲憤、憧憬以及孤絕的理想，還有對於「現實」一詞的認知、乃至整個世界觀都面臨毀滅性的威脅，威脅所及，竟也波及他們過去固有的、在批評市場上的價格和所期望的文學史地位。但我們不可忽略的是，瓦解與重建是並時發生的過程，換言之，嶄新的美學體驗和實踐正在當代急遽成形。[12]

林燿德開創文學新局的態度是激進的，其欲擺脫前行代作家典範作品「影響的焦慮」，使其對之甚至有火藥味十足的攻擊言詞。但也可由此證明林燿德正是期望「都市文學」此一新文體的成形將順利創造一新的美學型態來與前行代所建立的典範相抗衡。

再者，也正如前述，八〇年代之前鄉土文學面臨的是政治意識型態介入的問題，所以「都市文學」也正是新世代作家在意識型態的夾縫中另謀出路的表現。林燿德曾說：

> 台灣前行代中的左翼作家和鄉土派作家往往停頓在簡化的意識型態裡，欠缺對社會下層建築的細膩考察，對於島嶼都市化、農人的勞工化、白領階級藍領化等時代課題未能提出有力的見解，也未能提出呼應本身觀念的創作。[13]

因此其下結論說：「當代的都市文學有極寬闊的遠景，也是台灣新世代作家掙脫『民粹派』迷信，開創

---

12 林燿德：〈八〇年代台灣都市文學〉，《重組的星空》（台北：業強出版社，一九九一），頁二一五。

13 林燿德：〈台灣新世代小說家〉，《重組的星空》（台北：業強出版社，一九九一），頁九二。

新格局的契機。」而所謂「民粹派」，指的正是當時的「台灣本土論」與「中國民族主義」兩大陣營，所以，「都市文學」不僅代表題材的新穎，也代表了對意識型態的反抗。[14]

最後，林燿德曾說：「在八〇年代新興作家的筆下，無論是詩或小說，很明顯地凸露現代主義／後現代主義的過渡性格」，[15]因為台灣新世代小說家「有意識或無意識地展示截然有別的面貌：一方面質疑中間價值的存在，另一方面又致力於基礎價值的瓦解」，[16]又說：

> 在台灣新世代作家中，對於二元對立模式觀點的質疑和顛覆有許多不遺餘力的例子，他們質疑國家神話、質疑媒體所中介的資訊內容、質疑因襲苟且的文類模式，他們甚至意圖顛覆語言本身。這正是「八〇年代台灣都市文學」的重要特徵，我們可以說：「都市文學」是在舊價值體系下所形成的解構潮流。[17]

因此我們可以說，台灣自八〇年代以來戒嚴體制已窮途末路，政治高壓的瓦解與經濟的成長勢成反比，兩方面的改變都將台灣帶向一個更加重視商業與經濟發展的社會，而西方後現代社會的諸多特徵也在台灣展現，其中包括對一切信仰的「質疑」也具體地表現在「都市文學」之中，而「都市文學是在舊價值體系下所形成的解構潮流」，也表明了新世代作家欲藉「都市文學」挑戰前行代所建立的文學典範。

以下，筆者便以林燿德的「都市文學」作品，進一步討論「都市文學」的「現代主義／後現代主義」的過渡性格，而更重要的，是林燿德本身與其「都市文學」相互對應的「現代主義／後現代主義」的過渡性格。

---

14 林燿德：〈仙蒂瑞拉在都市——葉姿麟和《都市的雲》〉，《期待的視野》（台北：幼獅文化事業股份有限公司，一九九三），頁一三九。

15 林燿德：〈八〇年代台灣都市文學〉，《重組的星空》（台北：業強出版社，一九九一），頁二一三。

16 林燿德：〈文學新人類與新人類文學〉，《重組的星空》（台北：業強出版社，一九九一），頁一八四。

17 林燿德：〈八〇年代台灣都市文學〉，《重組的星空》（台北：業強出版社，一九九一），頁二一四—二一五。

二、林燿德的都市文學與其過渡性格

（一）林燿德的都市文學

本書以「小說」為討論主軸，但談到林燿德的「都市文學」創作，卻必須考慮到這位「文壇多面手」在「都市詩」、「都市散文」、「都市小說」的創作，因為林燿德此一具有「現代主義／後現代主義」過渡型的作家，其過渡性格具體地表現在其「都市文學」的創作上，而且不論是在內容上對商業、資訊、影像文化型態變動的感知，還是在形式上對應其都市空間型態轉變的實驗，從詩、散文到小說都有著連貫且強烈的個人風格。再者，「都市文學」可說是林燿德重要的創作成績，所以楊宗翰說：「八十年代的台灣文學界，一提及林燿德似乎就等同於『後現代』與『都市文學』」[18]，創作都市文學，不但是林燿德的創作興趣，也有著他欲以都市文學與前行代作家的創作相區隔的動機，詩人馮青稱林燿德為「現代詩壇革命之子」[19]，其所言「革命」便是此意。所以，綜觀林燿德的創作，在詩方面，從第一本的《銀碗盛雪》（一九八七），到《都市終端機》（一九八八）、《妳不了解我的哀愁是怎樣一回事》（一九八八）、《都市之薨》（一九八九）、《一九九〇》（一九九〇）到《不要驚

18 楊宗翰：〈書寫與消解——閱讀詩・人・林燿德〉，收入林水福編：《林燿德與新世代作家文學論》（台北：行政院文建會，一九九七），頁一八一。

19 馮青：〈帶著光速飛竄的神童——一個解碼者／革命之子／林燿德〉，收於林燿德著：《都市終端機》（台北：書林出版社，一九八八），頁二七五。

動不要喚醒我所親愛》（一九九六），存於詩集中的詩不論在內容、形式上，都有明顯的「都市文學」風格。而其散文集卻僅有《一座城市的身世》（一九八七）、《迷宮零件》（一九九三）及《鋼鐵蝴蝶》（一九九六）三本，且《鋼鐵蝴蝶》所收錄的是一九八二年至一九九三年林燿德較喜歡的散文作品，也重編了當時已絕版的《一座城市的身世》內容於其中，但存於其散文集中個人風格強烈的都市散文，卻是林燿德創作成績中最為人所稱道之處。林燿德的「都市小說」主要存於其短篇小說集中，有《惡地形》（一九八八）、《大東區》（一九九五）及《非常的日常》（一九九九），而其中《非常的日常》又是以當時已絕版的《惡地形》作為整編的藍本，而其長篇小說集如《一九四七高砂百合》（一九九〇）為歷史小說，《大日如來》（一九九一）及《時間龍》（一九九四）為科幻小說，似乎離「都市小說」較遠，但其實不論是其歷史小說中的語言與形式，或是其科幻小說中的都市場景，都與其「都市小說」有互通之處。而最重要的，是林燿德的「都市文學」中所表現的「現代主義／後現代主義」的過渡性格，以下，先概述林燿德的「都市詩」與「都市散文」以說明林燿德都市文學擺盪於現代主義與後現代主義之間的特質，並以之引入對林燿德都市小說的討論。

在林燿德之前，執著於「都市詩」開拓者非詩人羅門莫屬。他長期創作都市詩，挖掘探索都市主體，描寫人性在都市生活中的扭曲和異化，有著現代主義對「存在的迷惘」的觀照與批判，也以人文關懷的眼光去注視整個都市文明。林燿德在八〇年代，接續羅門在都市詩方面的成績，有所繼承也有所突破，與羅門的都市詩相比，林燿德明顯地加入了八〇年代後的後現代的形式技巧，如鄭明娳（凌雲夢）於《都市終端機》的「附錄」中所說：「至於林式的形式實驗，乃是建立在『後現代主義』的基礎上，林氏在一九八四年以解構觀點完成的〈線性思考計畫書〉可說是台灣後現代主義的宣言詩之一」[20]，可見得林燿德對羅門的繼承若可歸於現代主義的一脈，則林燿德更要發展的則是「後現代主義」的風格，於此，其「都市詩」的「現代主義／後現代主義」的

20 凌雲夢（鄭明娳）：〈詭異的銀碗——林燿德詩作初探〉，收於林燿德著：《都市終端機》（台北：書林出版社，一九八八），頁二六六。

過渡性格已十分顯明可見。王潤華曾說：「林燿德的都市詩沒有美學的主張，他的作品是一種自由無度、破壞性的文學。他醉心於反形式、反意義，尤其對傳統文學和現代經典的反叛更為激烈。為什麼會這樣？我的答案是：這是後現代主義的現象。」[21]更可為證。

在其都市散文方面，林燿德的文學生涯首度獲獎，是一九八二年第二屆全國學生文學獎散文獎，其得獎的散文即是〈都市的感動〉。而後當其發展出都市散文的獨特文風時，一如其都市詩，他描寫的不是都市的客觀背景，而是「都會生活形態與人文世界的辯證性」[22]，在內容與形式上，也有著「現代主義／後現代主義」的過渡性格。其散文承緒自現代主義影響最明顯之處在於其對抒情性的排斥，所以吳鈞堯稱其為「在感性的散文傳統下另闢獨樹一幟的知性散文」[23]。

林燿德的「都市小說」與其都市詩、都市散文都有著林燿德獨特的個人風格。朱雙一曾說：「短篇小說《惡地形》的大多作品直接以當代生活為題材。而這種生活的特徵，在於它是『都市』的，而且是機械文明發展到一個特殊階段——以電腦為中心的複製、傳播功能高度發達情況下人的行為和心靈的特徵。……這種對於資訊時代來臨的敏感和側重描寫，正是林燿德文學前衛性的重要體現之一，也是林燿德和黃凡等的同是『都市文學』卻具有的重要區別。」[24]的確，此種「對於資訊時代來臨的敏感和側重描寫」正是我們瞭解其小說創作的

---

21 王潤華：〈沈從文的「都市文明」到林燿德的「終端機文化」〉，收入鄭明娳編：《當代台灣都市文學論》（台北：時報文化出版企業有限公司，一九九五），頁三一—三二。

22 林燿德說：「我將『都市』視為一個主題而不是一個背景；換句話說，我在觀念和創作雙方面所呈現的『都市』是一種精神產物而不是一個物理的地點。……我的關切面是都會生活形態與人文世界的辯證性。」林燿德：〈城市・迷宮・沈默〉，《鋼鐵蝴蝶》（台北：聯合文學出版社，二〇〇六），頁二九〇—二九一。

23 吳鈞堯：〈散文創作的兩種現象——眾化與出位〉，收入林水福編：《林燿德與新世代作家文學論》（台北：行政院文建會，一九九七），頁八二。

24 朱雙一：〈資訊文明的審視焦點和深度觀察——林燿德小說論〉，《聯合文學》，一二卷五期（一九九六年三月），頁四五。

一個重要面向。無獨有偶的，劉紀蕙對於林燿德的小說也有著同樣的看法，劉紀蕙曾說：「林燿德企圖將此種抽離現實時空的時間，定義為呈現資訊思維特色與影像充斥的當代都市社會；他認為當下的都市已然與過去的都市截然不同，而都市的節奏與意象也全面地被影像膨脹的資訊社會所改變。」[25]林燿德對於時代的感知頗為敏銳，如果黃凡是將創作視角側重在觀察社會人心的改變，林燿德則是要將都市充斥的資訊影像透過語言與形式表現出來，我們先看其〈大東區〉一文的開頭：

> 足球場大小的舞池，七彩的透明壓克力板科幻般的空間，底下的燈光激放出萬花筒般的幻象；雷射光在幽闇的大廳四壁掃瞄出繽紛的圖形，機車、太空母艦，豹、獅、獨角獸、天狗、希特勒，形形色色的光影交疊、轉形，以秒為單位變異位置和體積。
>
> 一切不可能聯想在一起的事物，抽象與具象，被雷射激光的構圖規則聯繫在一起。
>
> 重金屬樂器強烈的節拍震動著寬大的舞池，以及青春的舞者們，他們的舞姿在明滅的燈光中，像是一幕幕時斷時續的停格，不連貫的肢體和吶喊，一寸寸被光的暴力切碎。
>
> 一切聲音，一切形體，一切光影，都在分離、剝落，都在節拍的秩序中喪失秩序。抽象與具象，光明與黑闇，青春與死亡，愛與仇，理性與非理性。[26]

「科幻般的空間」、「萬花筒般的幻象」、「一切聲音……都在節拍的秩序中喪失秩序」，此為林燿德對都市型態的感知，透過東區的舞廳，將都市充斥著重金屬音樂、炫麗的燈光、性與愛混淆的「莫名的情緒」，作為

---

25 劉紀蕙：〈從《大東區》到《藍色狂想曲》——淺談林燿德的映像世界．講評意見〉，收入林水福編：《林燿德與新世代作家文學論》（台北：行政院文建會，一九九七），頁一三八。

26 林燿德：〈大東區〉，《大東區》（台北：聯合文學出版社，一九九五），頁二〇——二一。

〈大東區〉一文的開頭，讓小說中人物的心境得到具體的背景說明，正是在這樣資訊、影像充斥的年代，使得都市中人的心靈空間被壓縮，所有深度的生命哲學沒有延展的空間，只能是短促、激情的本能衝動，所以小說中的小七和葛大為爭奪一名女生而飆車決鬥，春仔和阿呆為搶救女孩與流氓血腥扭打，而小克和喬芳妮則在舞廳一角發生性關係，如此以「青少年」為主體的小說之中沒有道德說教，反而是呈現世紀末頹廢色彩。此種都市空間的隱喻描寫，除了是表現林燿德對都市空間充斥影像資訊的感知之外，也藉由這種不穩定空間感與快速的情節跳動節奏，進一步隱喻林燿德對都市空間的理解。林燿德曾說：「都市小說這個次文類語彙，如果有什麼論述的價值與意義的話，……在於它能夠讓都市中的建築空間變成一種正文，充滿著立面的動感、方位的誘導性、透視感，進而提供讀者某種或多種空間交錯的可能性」[27]，此種對於都市空間交錯的塑造，在林燿德的小說中除了以之作為「背景」之外，更成為其在形式結構上的實驗基礎，所以，他的小說常以看似沒有關連的、邏輯跳躍的文句相連接，以突顯出小說敘事者思緒一如都市背景之混亂無序，如其〈一束光投擲在被遺忘的磯岩上〉首段：

海的存在，可說已經超越了人類的想像能力。
醜陋的人類怎麼能夠理解海洋？
至少對我而言，海洋和神是同義詞。
海，糖炒栗子，躲藏在黑暗中的魚類。
我只是接受它們存在的事實。
在岸邊，在潮濕的磯岩上，在一〇三號濱海公路，在媚的肚皮上，甚至在氣悶的公寓裡，海時時出現。

27　林燿德：〈空間剪貼簿——漫遊晚近台灣都市小說的建築空間〉，收入鄭明娳主編：《當代台灣都市文學論》（台北：時報文化出版企業有限公司，一九九五），頁二九〇——二九一。

……漂浮其上、潛隱其中，站在潮濕的磯岩上，讓直徑五・五公分的眼珠佈滿浪，佈滿浪思考的紋理，正是我的嗜好。

說實在的，我不懂海，它超越我的知識領域。[28]

……（中略）

所有的細節是否在事件一開始就已經全部完成？

全世界的銅像都在雨中罰站。

童年的本身成為我隱匿的啟蒙師。

在二號省道上，濤聲拍打緊閉的車窗。

路燈等距排列，疾速退後。

不知怎麼一回事，坐在後座的我特別勾起了溺水的記憶；這是一個悶熱的仲夏夜。

我猜今夜的月色是紅色的，可能會是一項災難預告。

但是將我夾在中間的兩名壯漢並不具備太多的幽默感，他們開始就一聲不吭。還有那個駕駛，在後視鏡中我只能看到他的墨鏡。

被挾持的敘事者「我」，小說開頭從「海的存在」開始談，談到「糖炒栗子」，再說到童年溺水經驗，來談自己對海既愛慕又驚懼的體驗，隨敘事者混亂的思緒回到現實世界，卻是他正被兩名壯漢挾持的現場。通篇小說便是以這樣的敘事方式進行，且敘事者連面對自己的生死都顯現出一種近乎冷漠的疏離感，這也是在林燿

---

28 林燿德：〈一束光投擲在被遺忘的磯岩上〉，《非常的日常》（台北：聯合文學出版社，一九九九），頁一一一—一一五。

德的小說中常出現的，也因此，林燿德的小說雖充斥著死亡的意象[29]，卻不會走向庸俗的推理劇與黑色小說的俗套，我們可以說，林燿德此種「近乎冷漠的疏離感」，是在其都市詩、都市散文與都市小說中「一以貫之」的態度，而此態度又如鄭明娳所說，是「都市」與「後現代」所造成的「感官麻痺、真偽不明的冷漠」。黃錦珠也曾說：「除了死亡，還有性愛，還有冷漠，還有偽裝……作品人物的疏離是無力、無奈、無以自拔的陷溺，作者心態的疏離卻似乎遠近寬密，緊鬆驟緩分寸拿捏得恰到好處……」[30]，這種「作者心態的疏離」，正是其都市小說得以有強烈個人風格的原因，也展現現代主義文學走向後現代主義文學的傳承痕跡。除此之外，朱雙一說：「超現實、魔幻寫實等手法頻繁使用以及氣度磅礡硬朗的語言風格等，使林燿德的小說透顯出『現代』和『後現代』相結合的特殊色澤……」[31]，在語言風格與創作手法上，林燿德從浸淫於現代主義到實驗後現代主義，使他的小說在形式上有著明顯的從現代主義到後現代主義的過渡性格，而台灣的都市小說以林燿德為最重要的代表人物，則「都市小說」在台灣小說史上作為從現代主義向後現代主義傳承代表則殆無疑義。

再者，林燿德的都市小說不只在形式上代表著現代主義向後現代主義的傳承，在內容上，也如朱雙一的分析，其小說創作的「獨特性格和特殊價值所在」，正是其在現代與後現代之間的「徘徊」，他說：

> 儘管「後工業社會」本身的優劣仍有待人們的評說，〈惡地形〉等作品也曾表露對它的排拒，但它畢竟是由工業文明發展而來的新的社會型態，需要相應的新的思維方式和新的角度的觀照。而「後現代」正是揚棄了前此的現實主義、現代主義等之後的一種新的藝術表現方式，是高屋見瓴地對以前的和當前的台灣現

29 如黃錦珠曾說：「初閱林燿德《非常的日常》，便驚詫於死亡意象之多見」。黃錦珠：〈都會與人心的惡地形——讀林燿德「非常的日常」〉，《文訊》，一七三期（二〇〇〇年三月），頁三六。

30 黃錦珠：〈都會與人心的惡地形——讀林燿德「非常的日常」〉，《文訊》，一七三期（二〇〇〇年三月），頁三七。

31 朱雙一：〈資訊文明的審視焦點和深度觀察——林燿德小說論〉，《聯合文學》，一二卷五期（一九九六年三月），頁四九。

實（特別是後者）作更有觀照的重要手段之一。林燿德正是以其前衛作家的特異稟賦，超前地接受和感應著資訊時代來臨的種種信息，並將它們及時地反映於作品中。但從另一方面講，他的小說中所展現的綿長時空幅度、所表現的對人類文明前景的深沈憂慮、對人的深層意識的縱向發掘、對死亡等問題的哲學思索、對歷史書寫真實性的質疑、對社會文化型態和內蘊的展現，以及對正在逝去的「現代」的濃郁鄉愁等，在在顯示出對於後現代的無高度、無深度、無歷史感的超越。敏銳把握最新的社會脈動又不失深刻的探源和前瞻，整體上採用後現代的觀照視角而又對後現代有所超越，這或許正是林燿德小說創作的獨特個性和特殊價值之所在。

現代主義與後現代主義根深柢固最大的不同，就是兩者對於「真理」的認同與追求，現代主義者仍保有傳統對「真理」的追求，只是他們揚棄傳統的作法，而以個人對世界的感知與理解來「實驗」他們追求「真理」的方法，可是後現代主義者卻否定真理的存在，所以，所進行的「實驗」也僅止於「實驗」的層面。對於林燿德來說，其「徘徊」於現代主義與後現代主義的原因，就在於他對後現代主義的實驗，是因為他對商業、資訊時代文化動態的「接受與感應」，以及為了以一新世代文學風格抵抗前行代的創作成績所做的改變。而此一對於「真理」、「深度」的追求，卻也不因其實驗與鼓吹後現代主義而改變，此正是林燿德的都市小說得以保有「現代主義／後現代主義」過渡性格的最重要原因。甚至我們可以說，林燿德「都市小說」的此一特質，更是「一以貫之」地貫串了他的「都市詩」、「都市散文」、「都市小說」，使林燿德在都市文學的具體實踐上，直接聯繫了他的文學思考上的「現代主義／後現代主義」的過渡性格。

（二）林燿德具「現代主義／後現代主義」過渡性格的文學思考

如前所述，林燿德的「都市文學」有著明顯的過渡性格，而此一過渡性格，又可與其文學思考作進一步繫連。所謂「文學思考」，筆者指的是林燿德對於從文學本身的追求到文學史觀的建立的一連串關於文學的理解，而在探討林燿德在這方面的論述時，我們會驚訝地發現，一位極力鼓吹後現代、拉拔新世代的作家，卻不自覺地返回到了現代主義的範疇，一方面證明了他的後現代的「不徹底」，另一方面則證明了他的「現代主義／後現代主義」過渡性格不僅止於文學創作的實踐上，更具體表現在他關於「文學」的思考論述中。

1. 顛覆現實主義、靠攏現代主義的創作路線

在七〇年代，鄉土文學現實主義正大行其道，而現代主義文學在當時的大環境下則聲勢漸弱，對當時作家來說，如果既不滿於現實主義的意識型態色彩，又不願重蹈現代主義的覆轍，無所適從之餘只求另闢蹊徑，林燿德也在這樣的文壇氣氛中成長，向陽曾說：

> 從七〇年代中期到八〇年代中期，我們可以看到寫實主義成為一種主流，在台灣的文壇，特別是現代詩壇當中，好像有一種摧枯拉朽的力量。台灣現代詩發展，也在這個階段裡到達一個高原階段，似乎不能再突破，或者不能再走出新的路子來。這對像林燿德這樣的新世代詩人，就他所說的「一九四九年之後出生的新世代的第二代詩人」來講，他們面臨的是一種選擇，選擇他自己的位置，是要向當時的寫實主義低頭，或者憑藉顛覆寫實主義，和現代主義掛勾，走出自己的新路來，這是我們在瞭解或者閱讀林燿德的作品

中，可以看到的一項特質。[32]

林燿德這樣的特質如前所述，不只出現於其詩作中，而是縱貫於其都市文學之中，向陽這段話中最重要的部分，是他指出林燿德是「憑藉顛覆寫實主義，和現代主義掛勾，走出自己的新路來」，也就是說，當林燿德試圖以新世代詩人之姿做出激烈的顛覆與反叛的同時，其實他是向現代主義重視形式實驗與創新的精神借鏡，所以不論是在結構上或是語言上的精進與苛求，都明顯帶著現代主義的影響，而其鼓吹後現代主義的事實，僅能代表其在現代主義的形式創新上繼續「精進」的行為，所以林燿德的「後現代計畫」，便如劉紀蕙所言：「林燿德的『後現代計畫』是要對寫實主義者開戰，向現代靠攏，以及重寫台灣文學史」，[33]「都市文學」在林燿德這裡，是傾向於現代主義文學的「向內轉」，轉向去挖掘人內心面對都市此一「終端機文明」時的心靈狀態，他延續了現代主義文學對「現代性」的批判與反省，而與現代主義文學不同之處，主要是在於其詩文中大量資訊影像的後工業文明徵候，以及其過度知性與疏離的書寫態度，但現代主義的哲學思考卻仍是其創作時的精神養料，所以羅門說：「林燿德確是帶著『現代』足夠的思想財源不是『空頭支票』，進入『後現代』向前邁進的實力派的傑出的詩人」，[34]因此，我們可以說，林燿德的文學思考中「現代主義／後現代主義」的過渡性格，是來自於對於現代主義的表面顛覆實質延續。

再者，林燿德與黃凡、平路、張大春最大的不同在於，他幾乎未曾受到鄉土文學的影響，因為在鄉土文學

---

32 向陽：〈都市與後現代——林燿德的詩論．講評意見〉，收入林水福編：《林燿德與新世代作家文學論》（台北：行政院文建會，一九九七），頁二一六。

33 劉紀蕙：《孤兒．女神．負面書寫——文化符號的徵狀式閱讀》（台北：立緒出版社，二〇〇〇），頁三八六。

34 羅門：〈立體掃瞄林燿德詩的創作世界——兼談他後現代創作的潛在生命〉，收入林水福編：《林燿德與新世代作家文學論》（台北：行政院文建會，一九九七），頁二四二。

現實主義盛行的年代，他加入了右翼的「神州詩社」，少年林燿德情感充沛的感性散文為其八〇年代前的創作紀念。八〇年代後，他以現代主義的創作手法，開始發表詩、散文，並一貫地保持對現實主義的反感，他曾說：「七〇年代寫實主義之風尚大熾，不僅止步於懷舊與過度簡化的世界觀之前，也同時造成小說語言粗糙、敘述模式如出一轍，情節結構與批判內容反覆雷同的僵局，可說是對現代主義小說的矯枉過正，終於形成因襲的思維以及創造力衰頹的現象」[35]，而這也正是林燿德直接棄現實主義取道現代主義的原因。所以，我們可以說，林燿德的都市文學其實正代表了「台灣後現代小說」從現代主義傳承而來的重要證據。所以，林燿德文學思考的「現代主義／後現代主義」的過渡性格，首先便表現在其「反對現實主義，擁抱現代主義」的層面上。

2.重視文學「史」的歷史意識

林燿德對於現代主義的靠攏，主要反映在他對現實主義的反感之上，因為七〇年代現實主義盛行後缺陷的暴露，以及對政治、司法「真實」的質疑，更加深林燿德對於現實主義的不信任與強烈批判。而其向現代主義的靠攏，更反映在他的文學創作上對於其所鼓吹的後現代主義「去深度」「反真理」的「表面認同」上，且此種「表面認同」對林燿德來說，並不僅只在創作的內容上，而是林燿德本身便是一個不斷追求「意義」的作家，如陳施明所說：「如果我們能夠站在一種整體的精神文化高度來看，作者不愧是一個人生和文學意義的頑強追尋者；他不願意承認平庸，承認一個沒有深度的文化時代，更不願受一種『無意義』的現實，而是極力地、拼命地在已被粉碎的過去文學的世界中尋求新的意義，並且試圖把它們提高到一個新的境界（而賦予意

35 林燿德：〈台灣新世代小說家〉，《重組的星空》（台北：業強出版社，一九九一），頁九二。

義）」，而林燿德所追求的「意義」的主要指涉又為何？首先，是表現在林燿德對於「歷史感」的追求上。[36]

單德興曾說：「雖然，他經常被刻畫為新世代、後現代的作家，卻有著強烈的歷史意識（這點可能受其父台大歷史系教授林瑞翰先生的影響），極為重視文學史」[37]的確，林燿德對於「文學史」的重視是學者們所公認的，在林燿德當選中國青年寫作協會會長之後，自一九九〇年起，逐年企畫、執行一系列的台灣文學專題研討會，並以八〇年代的文學為主要探討對象，討論主題如「八〇年代台灣文學」、「通俗文學」、「都市文學」、「情色文學」、「女性文學」、「政治文學」等多樣文類，又與鄭明娳合編《現代散文精選系列》（共十五冊），與黃凡合編《新世代小說大系》（共十二冊），與簡政珍合編《台灣新世代詩人大系》，又編有《甜蜜買賣——台灣都市小說選》與《浪跡都市——台灣都市散文選》及《水晶圖騰——面對新人類小說》，其舉行研討會與編選集等，不僅展現了林燿德的文學史觀，也藉此造成影響力，來「重寫」他所理解的台灣文學史。王浩威對林燿德的文學史觀曾有重要論述提到：

> （林燿德）他反對各種的既有文學價值觀，包括文學史、文學經典的選定，而選擇了後現代及解構作為自己的口號；然而，像上帝一般的使命卻讓他不斷地編各種文學選集、提倡不同的文學史觀，從而建立起文學的新世界。當它以為自己是在進行後現代的解構工作時，其實又掉進了前現代或現代的建構的巨大工程。[38]

36 陳施明：〈一個都市人的後設講評〉，收於林燿德著：《期待的視野》（台北：幼獅文化事業公司，一九九三），頁二四二。

37 單德興：〈八〇年代的文學旗手——林燿德的成績單．講評意見〉，收於林水福編：《林燿德與新世代作家文學論》（台北：行政院文建會，一九九七），頁六四。

38 王浩威：〈偉大的獸——林燿德文學理論的建構〉，《聯合文學》，十二卷五期（一九九六年三月），頁六一。

所以，雖然後現代主義所帶來的「解構」與「新歷史主義」等對「線性史觀」的重新反省也是林燿德的主要訴求，他卻無可避免地在努力建立與「重寫」台灣文學史，在此林燿德所表現的是亟欲擺脫前行代影響，而為新世代作家賦予文學史的定位與評價，以及改變以現實主義作為傳統所連貫下來的台灣文學史論述，而如此的作為，反而回到了現代主義的認定「真理」、「意義」之確有的努力追尋上，所以，王浩威認為，林燿德反而走的是「十分前現代的線性演進模式」[39]。

再者，劉紀蕙認為，林燿德之所以要「重寫」文學史，除了解構自鄉土文學之後所建立的現實主義傳統的文學史觀之外，也有欲衝撞台灣自五〇年代中期以來三大詩社壟斷台灣詩壇的動機，因為依劉紀蕙對林燿德的研究理解，她認為林燿德在一九八五年之前是備受文壇冷落的，[40]劉紀蕙曾說：「林燿德的『後現代計畫』是要鬆動掌控台灣詩壇數十年的三大詩派的體制。……而對他來說，『後現代主義』正是『瓦解』過去權力結構的『過渡性』策略，是一個『開放系統』，……我們很清楚的看出，林燿德使用『後現代』詞彙所在乎的是『新世代』促成的『世代交替』」[41]，的確，我們若觀照到林燿德的文學創作、評論以及編選作品，皆可見到其欲以八〇年代後的新世代作家的創作成績與前行代的成績做出區隔，所以引進「後現代」的非線性史觀的思考，造成文學史「斷裂」於八〇年代，且八〇年代後將不「接續」八〇年代前的創作成績而自成一格的「假象」，其

39 王浩威：「即使是去中心的後現代，對林燿德而言也是存在著一種無中心的焦慮。他的文學觀是隱含著進化論觀點的；在推崇後現代的同時，卻又預期著比後現代更具完整『新天新地』的未來，對他內心深處的邏輯而言，所謂的文學歷史是十分前現代的線性演進模式。」王浩威：〈重組的星空！重組的星空？——林燿德的後現代論述〉，收入林水福編：《林燿德與新世代作家文學論》（台北：行政院文建會，一九九七），頁三一四。

40 劉紀蕙：「燿德配合羅青而使用『後現代』，其實正是為了完成他自己的斷裂野心。他在一九八五年之前備受冷落忽視，也導致他對於詩社壟斷詩壇的現象深惡痛絕。」劉紀蕙：《孤兒・女神・負面書寫——文化符號的徵狀式閱讀》（台北：立緒出版社，二〇〇〇），頁三七九。

41 劉紀蕙：《孤兒・女神・負面書寫——文化符號的徵狀式閱讀》（台北：立緒出版社，二〇〇〇），頁三八一。

「新世代」一詞也因此原因而提出。也就是說，林燿德不顧「新世代」作家創作成績必然有著的前行代作家的影響，而「一意孤行」地欲以「新世代」的崛起造成「世代交替」，進而瓦解三大詩社壟斷詩壇而產生的僵化禁錮的氣氛。正如劉紀蕙所說：「他日後所使用的『後現代』或是『新世代』、『當代』，對他來說，都是要與前行代詩壇傳統宣稱斷裂的手段」[42]，劉紀蕙又說：他的『後現代計畫』所執行的，是對於前行代的斷裂動作；他企圖瓦解建構文學史者意識型態上的法西斯式壟斷以及線性史觀的謬誤，從而挖掘出『陸沈的島』」[43]有趣的是，林燿德在此正是以「十分前現代的線性演進模式」瓦解文學史者「線性史觀的謬誤」。

但必須強調的是，林燿德使用「後現代」一詞，主要也是為了突出「多元文本」的概念，以利自己進行對文學史的重新架構。如前所述，林燿德對現實主義反感，而實質上偏向現代主義，在面對七〇年代現實主義盛行後的缺陷暴露後，他順勢提出多元文本的概念，使其台灣文學史架構的另類思考能得到「合法性」。前段論述林燿德引進「後現代」是為了以非線性史觀的「斷裂」思考來造成「世代交替」，本段所要論述的是林燿德以「後現代」一詞的多元文本概念來打破台灣文學史有著現實主義傳統的經典論述，並牽出另一支標榜「前衛書寫」的文學史脈絡，劉紀蕙曾說：「然而，我們也注意到，林燿德的文學史斷裂，目的是要尋求中國與台灣文學中的『現代』與『前衛』脈絡，或是另一意識層次的書寫史」[44]。林燿德自己曾將一九四九年後的台灣詩分為三條主脈，第一條便是「一是以前、後期『現代派』運動掀起的前衛潮流，即令是八〇年代出現的『後現代思潮』，其出發點雖在於反動『現代主義』，也可歸納在此一追求前衛性的路線中」[45]，所謂前、後期的「現代派」運動，以台灣為範圍，前期現代派運動指的是楊熾昌的「風車詩社」鼓吹「超現實主義」，以及四〇年代的「銀鈴會」。若以中

42 劉紀蕙：《孤兒・女神・負面書寫——文化符號的徵狀式閱讀》（台北：立緒出版社，二〇〇〇），頁三七九。
43 劉紀蕙：《孤兒・女神・負面書寫——文化符號的徵狀式閱讀》（台北：立緒出版社，二〇〇〇），頁二八。
44 劉紀蕙：《孤兒・女神・負面書寫——文化符號的徵狀式閱讀》（台北：立緒出版社，二〇〇〇），頁二八。
45 林燿德：〈權力架構與現代詩的發展——與張錯對話〉，《觀念對話》（台北：漢光文化事業公司，一九八九），頁九九。

國為範圍，則前期現代派運動指的是三〇年代的新感覺派，此則是以「都市」為主的銜接。林燿德認為「都市文學」的發展主要有三個階段，分別為上海「新感覺派」、紀弦在台灣的「現代派」及「創世紀詩社」的現代派運動，「接下來則是我在八〇年代提倡的新世代『都市文學』」，[46]且他認為「上海『新感覺派』是中國現代文學史第一次完整而成功的『現代主義』運動」，[47]相較之下，林燿德主要以「新感覺派」作為現代主義脈絡源頭，[48]以求接續至八〇年代的「都市文學」。所以，林燿德「重寫」台灣文學史，雖以「八〇年代」、「都市」、「後現代」等詞彙為主，但他所試圖建構的是現代主義所代表的「前衛」書寫的脈絡，以求在台灣文學史現實主義的經典論述之外另立一支，由此也可見得林燿德歷史意識的強烈與自我要求，更由此可見林燿德雖鼓吹後現代主義，但其對歷史感的重視更應將之歸入現代主義之下而非後現代主義，無怪乎王浩威會說：「在他渾身骨子是前現代和現代的體質上，後現代只不過是他反霸權的有利武器罷了」。[49]

總而言之，林燿德的「現代主義／後現代主義」過渡性格，於文學創作上以及文學思考上，是其以「後現代」自我標榜，卻無法「徹底」服膺「後現代主義」，而不自覺地偏向現代主義範疇所產生的。事實上，林燿德身為一個鼓吹後現代，標榜後現代的新世代作家，卻有著這樣的過渡性格，便使台灣的後現代主義在推展上本身即存在著矛盾，而此種「不徹底」的後現代主義一方面受限於台灣雖有「接受」後現代、卻尚無自主「發

---

46 林燿德：〈以書寫肯定存有──與簡政珍對話〉，《觀念對話》（台北：漢光文化事業公司，一九八九），頁一八二。

47 林燿德：〈以書寫肯定存有──與簡政珍對話〉，《觀念對話》（台北：漢光文化事業公司，一九八九），頁一七一。

48 王文仁於其碩士論文《光與火──林燿德詩論》中曾論及，林燿德可能是因為資料所限，無法接觸到「風車詩社」的出土資料，但林燿德又特別詳述林亨泰，為其作註並編寫年表，將台灣此一參與「銀鈴會」、「現代派」的詩人，作為其銜接現代主義脈絡的跨越前現代、現代的重要人物，有著「藉林亨泰的視野，上溯台灣超現實根源的企圖」。王文仁：《光與火──林燿德詩論》（南華大學文學研究所碩士論文，二〇〇二），頁三二──三三。

49 王浩威：〈重組的星空！重組的星空？──林燿德的後現代論述〉，收入林水福編：《林燿德與新世代作家文學論》（台北：行政院文建會，一九九七），頁三一五。

展」後現代的環境，一方面則受限於鼓吹者本人對後現代的「策略性」使用。我們可以說，林燿德的都市文學的「現代主義／後現代主義」過渡性格，代表了八〇年代都市文學作家使用「後現代」時的共同傾向，此種過渡性格只有或輕或重的之分而已，都市文學代表了台灣現代主義文學向後現代主義文學接續的過渡階段，所以涵蓋在都市文學的文類之中，便有著現代主義與後現代主義成分的輕重之分，都市文學與後現代主義文學實是不能簡單切割的相涵涉的文類。

三、黃凡、平路與張大春的「都市小說」呈現

黃凡、平路、張大春三人與林燿德最大的差別在於，張、平二人皆有鄉土寫實文學的創作，黃凡則以「懷疑論式政治小說」起家，延續寫實形式並加入嘲諷、荒誕的創作思考，而林燿德則是幾乎未「沾染」過鄉土寫實，自始即保持對鄉土文學的反感與批判態度，所以其「都市文學」明顯有著從現代主義向後現代主義的過渡性格，而黃、張、平三人的「都市文學」則擺盪在現實主義與現代主義之間，但開始實驗後現代主義的創作手法之後，便與其前的創作有著「質」的差別，但也同屬於「都市小說」的範疇，三人的「都市小說」雖不像林燿德有明顯地「現代主義／後現代主義」過渡性格，但也可代表都市文學作為具有與「台灣後現代小說」相涵涉的過渡性格的文類特徵。

（一）黃凡的都市小說

談及黃凡的都市小說，也是要從黃凡的〈賴索〉談起。如前所述，〈賴索〉代表在黃凡在「台灣本土論」

與「中國民族主義」之間意識型態矛盾衝突中另闢蹊徑，闖出了一條「旁觀」、「曖昧」的路徑，帶起了「懷疑論式政治小說」的書寫風潮，使之成為政治小說中表現精采的一條支脈。而〈賴索〉之所以能在意識型態的夾縫中脫穎而出，除了他機智、疏離、嘲諷的書寫態度之外，更重要的，是其融入了台灣在經濟起飛後高度都會化的都市背景。白先勇說：

> 〈賴索〉……將七十年代後期台灣都市工業化後，急促喧囂的步調，表露無遺，小說中的主要意象是電視，以電視開場，以電視結尾，電視——這個「現代科技融合了夢幻、現實、藝術、美、虛偽、誇大的綜合體」，是現代化的象徵，是機械文明生活的尖端，在七十年代台灣社會裡，扮演了決定性的角色。電視節目是一種表演、一種幻覺，作者把韓先生與鄧麗君相提並論，他的「時人專訪」節目與「連環劇」混為一談，就是莫大的諷刺。政治表演，不也是一種「綜藝節目」嗎？[50]

的確，要能瞭解〈賴索〉之所以造成如此大的影響力，便要注意到存在於小說中台灣經濟發展的背景，而「電視」此一自六〇年代後期開始深入民間，在七〇年代更成為台灣資訊傳播的重要媒體以及文化的重要表徵，黃凡機智地將「政治」與「電視」相連結，使政治理想的表演性表露無遺，也達成了黃凡嘲諷意識型態的目的。且重要的是，在黃凡將政治融入了都會的背景後，不僅表現了政治的表演性，更以此造成了曖昧、虛偽的氛圍，郝譽翔曾論述說：「黃凡利用西餐廳『塑膠軟皮的沙發』與『曖昧、虛假的燈光』，襯托賴索衝撞於這充滿虛構與謊言的歷史之後的疲憊，在過去／現在的相互對照下，賴索不斷被歷史擺在不同的敘述位置，多重身份論述

[50] 白先勇：〈邊際人——賴索〉，收入於黃凡著，《賴索》（台北：聯合文學出版社，二〇〇六），頁一九八——一九九。

相承的結果，使他的內在剝離成為層層了無生氣的碎片」[51]，黃凡運用西餐廳刻意營造的浪漫、舒適的氛圍，讓賴索在其中睡著又驚醒，此正對應了賴索在韓志遠的政治理想牽引下的崇拜與滿足，以及重遇韓志遠後的心碎，也正是這樣的「都市」的文化表徵與「政治」相融合的創作手法，使〈賴索〉得以使政治思考增加了「都市」的維度，也因此更切合時代進展的脈絡。黃凡的「懷疑論式政治小說」大部分皆以「都市」為場景，如〈一塊乾淨的地方〉中的競選廣告、電視專訪，〈總統的販賣機〉中的飲料販賣機與總統玉照及小說末尾要換上的瑪丹娜的照片等等，一方面以都市的文化表徵作為其諷喻政治的利器，一方面以都市中人的心靈狀態反襯政治理想性衰退之必然。黃凡的「懷疑論式政治小說」正以此而獨樹一幟，而此創作方式自〈賴索〉以來即已建立，並延續至今。

黃凡的「都市小說」，自〈賴索〉後，〈雨中之鷹〉、〈最後的冬天〉、〈人人需要秦德夫〉、〈國際機場〉、〈歸鄉〉、〈守衛者〉、〈大時代〉、〈紅燈焦慮狂〉、〈東埔街〉、〈晚間的娛樂〉、〈命運之竹〉、〈梧州街〉、〈暴雨〉、〈電梯〉等短篇小說以及一九八二年十一月發表的長篇小說《傷心城》、一九八三年四月發表的長篇小說《天國之門》，一九八四年九月出版的長篇小說《反對者》，同年十月獲聯合報第九屆中篇小說首獎的〈慈悲的滋味〉，一九八六年發表〈如何測量水溝的寬度〉後進入「後現代文學寫作時期」，但一九八七年一月出版的《都市生活》一書便有著明顯的「都市小說」與「後現代小說」相涵涉的特質，同年五月發表的〈房地產銷售史〉也是顯例。此後一九八七年六月發表〈曼娜舞蹈教室〉、十一月發表〈聰明人〉，一九八八年十月發表《賴樸恩的小朝廷》（出版時改名《財閥》），一九八九年一月出版短文集《東區連環泡》，三月與林燿德合著長篇小說《解謎人》，前述「懷疑論式政治小說」中，〈一塊乾淨的地方〉、〈示威〉、〈總統販賣機〉也都以「都市」為場景。若再加上其科幻小說以及二十一世紀後復出之作，則黃凡的「都市小說」可說是其創作大宗，且其「懷疑論式政治小說」、「後現代小說」也幾乎皆可含納入其「都市小說」的

51 郝譽翔：〈我是誰?!：論八〇年代台灣小說中的政治迷惘〉，《中外文學》，二六卷一二期（一九九八年五月），頁一五八——一五九。

範疇之中，由此我們也可以知道，「都市」不僅是黃凡的創作題材、小說背景，更是其思考與關懷的重心所在。

郝譽翔曾說：「黃凡則對於逃竄於都市叢林的邊緣人最感興趣」[52]，的確，在黃凡的「都市小說」中，我們會看到熟悉的主角的身影，從〈賴索〉開始，身處在都市中的主角，都曾有著沮喪、疲倦、蒼白、了無生氣的面目，如〈雨中之鷹〉：「我把煙按熄，從車內反光鏡看到了一幅沮喪而疲倦的臉孔」[53]，〈人人需要秦德夫〉：「我便瞧著鏡中的自己，……只有一張滿佈皺紋，兩頰深陷，眼露血絲，一張倒了八輩子楣的臉」[54]等等，如此有著憔悴面容的角色出現在黃凡大部分的小說中，以都市人的外表表現其內心在都市中衝撞後的疲累，此尤以〈守衛者〉主角的妄想症、〈紅燈焦慮狂〉主角的強迫症、《天國之門》柯立時不時的歇斯底里最堪代表黃凡所觀察的都市眾生疲憊的心靈狀態。但這樣的疲累並不全因為貧窮，在黃凡的「都市小說」中，主角往往不需擔憂經濟來源，如《天國之門》中的柯立、《傷心城》中的葉欣、〈大時代〉中的希波、《反對者》中的羅秋南等等，都是有著良好經濟基礎的都市人，但他們也都不約而同的曾有著沮喪、疲倦的面容，他們內心的苦悶非來自於經濟因素，而多是與主角的社會關係有關，不論是親情、友情，不論是政治、商業因素，都可能使主角的社會關係生變，發展至一九八七年所撰的〈曼娜舞蹈教室〉變成了從頭至尾如連環套的騙局，主角們都沒有得到原先設局所求之物，得到的只是在騙局的網羅中所看到的人性。黃凡以一個社會觀察家的角度寫「都市小說」，也使其「都市小說」幾乎等同於「社會小說」，呂正惠曾言：「跟認同小說有些類似，但並沒有認同小說那種鮮明立場的，是社會小說。……不過，八〇年代寫作這一類型小說最重要的作家當數黃凡。在創作的企圖上，黃凡不像陳映真、李喬、宋澤萊、林雙不等人那樣重視政治立場的表明，反而更

52 郝譽翔：〈論一九八〇年前後台灣新生代文學的發展〉，《中外文學》，二八卷一一期（二〇〇〇年四月），頁一六五。
53 黃凡：〈雨中之鷹〉，《賴索》（台北：聯合文學出版社，二〇〇六），頁二二。
54 黃凡：〈人人需要秦德夫〉，《賴索》（台北：聯合文學出版社，二〇〇六），頁一三〇。

像一個社會學家，想要探索動盪不安的台灣社會的種種面向。」[55]表現了黃凡的「都市小說」實為其社會觀察的具體呈現，但因為黃凡仍保持其冷漠、疏離的角度，於小說中不作道德性、理想性的說教，所以在虛構小說角色、情節時也是在對應現實社會，因此，黃凡的「都市小說」實較延續鄉土寫實文學的文風，只是他去除了鄉土寫實的道德包袱，而關懷中下階層的社會責任感，則被「懷疑」的書寫態度所取代，周芬伶曾說：「以懷疑取代悲憫，是現代作家的必要惡德。如黃凡的《反對者》、《慈悲的滋味》倫理的意圖十分強烈，懷疑的精神也很強烈」[56]，因此，黃凡的「都市小說」一如其「懷疑論式政治小說」，皆以「懷疑」為主軸，只是一者是對政治信仰的懷疑，一者是對道德信仰的懷疑。

再者，黃凡的「都市小說」與鄉土寫實文學相近之處，也在於黃凡對於都市的描寫除了刻畫切近當時讀者的都市氛圍外，也融入了都市變遷中小人物的心境轉變，如〈東埔街〉、〈梧州街〉都以主角成長地點為故事背景，由幼時至成年以都市一角象徵都市整體的轉變，此尤以《命運之竹》最堪為代表，其中找主角母親買地的連城伯「作了一生最偉大的預言。果不其然，卅年後，他吐痰的地方，成為全國有名的觀光道路——仁愛路。在上面步行，絕對會對得起你的人格和鞋子，同時，它也是台灣現代化象徵之一。它寬暢、乾淨、井然有序的行道樹（它們是在某一年的植樹節一起種下的），以及其上每坪售價十二萬元的大樓，都會使得你不好意思向上面吐痰……」[57]，而當年沒將地買下的主角母親，則因為這塊地連年飆漲，後悔的情緒使她精神恍惚而住進了療養院。此以都市的變遷作為故事主軸，黃凡仍是保持其嘲諷的書寫態度，七〇年代鄉土小說家的社會責任感被懷疑、旁觀、嘲諷的書寫態度所取代，也具體表現了八〇年代小說家面對鄉土寫實時的反叛與顛覆。

關於黃凡的「都市小說」，最值得一提的是其「都市小說」與「後現代小說」兩者無法確切分割的現象，

55 呂正惠：〈八〇年代台灣小說的主流〉《戰後台灣文學經驗》（新店：新地出版社，一九九二），頁八〇——八一。

56 周芬伶：《聖與魔——台灣戰後小說的心靈圖像一九四五——二〇〇六》（台北：印刻出版有限公司，二〇〇七），頁二〇二。

57 黃凡：〈命運之竹〉，《你可以活兩次》（台北：希代出版社，一九八九），頁一三九。

因為黃凡曾出版其自編的《都市生活》（一九八七）及《黃凡後現代小說選》（二〇〇五），若以其一九八五年十二月所撰的〈如何測量水溝的寬度〉為「斷代」，從一九七九年撰〈賴索〉以來至一九八五年左右，為其「政治與都市文學時期」，一九八五年至一九九三年出版《冰淇淋》並停筆之前可稱為其「後現代主義文學時期」，但有趣的是，收入於其自編的《黃凡後現代小說選》中，有著一九八一年所撰〈紅燈焦慮狂〉一文，而一九八七年出版的《都市生活》，一九八二年十二月陸續發表的〈一個乾淨的地方〉及〈晚間的娛樂〉等都市小說收入其中，〈如何測量水溝的寬度〉、〈系統的多重關係〉、〈不斷上昇的泡沫〉則既收入《都市生活》中，也收入於《黃凡後現代小說選》，被視為其「後現代小說」的代表作，也就是說，在黃凡的觀念中「都市小說」與「後現代小說」之區隔是不明顯的，而「後現代小說」之收入於名為「都市生活」的「都市小說」集中，也代表了黃凡認為「都市」與「後現代」之不可分割的相生關係。其中，又以〈紅燈焦慮狂〉一文最值得深入討論。

〈紅燈焦慮狂〉發表於一九八一年九月，內容是描述一個逐漸步入老年但仍有失業壓力的男子莫景明，在面對家庭與事業的壓力下，得了每天算紅燈數的焦慮症。該文以「超過三五個紅燈就會遲到」的焦慮症患者表現在當代都市生活中被時間壓迫的現代人緊繃生活，別具新意。而該小說中最重要的，是不斷地以內心獨白、意識流的現代小說形式與只有人物科白的劇本形式交叉呈現，在文類的混雜上，實已具有後現代小說的特點。然以〈紅燈焦慮狂〉發表的時間，是黃凡的「政治與都市文學時期」（一九七九—一九八五），以該文表現都市生活的層面來看，的確是其都市文學的佳作，然若以該文的寫作形式來看，該文也該屬於後現代小說的範疇，如此我們甚至該把「台灣後現代思潮的興起，可以相當準確地劃定在八〇年代的中期」[58]的說法推至八〇年代初期了。然此處吾人反而可以從中瞭解黃凡所欲透顯的訊息，因為該文雖然用了文類混雜的手法，但該文

58　呂正惠：〈反鄉土小說現實主義傳統的『後設』敘事理論〉，收於黃凡著：《黃凡後現代小說選》（台北：聯合文學出版社，二〇〇五），頁五。

大部分仍屬於「現代主義」的範疇，黃凡於都市及政治文學中，擅長以有強迫症、焦慮症或精神疾病的人為主角，一同於現代主義小說常以精神症狀挖掘人類內心共同情感的筆法（如李昂〈有曲線的娃娃〉等），此除了〈紅燈焦慮狂〉（焦慮症）外，還有〈守夜者〉（妄想症）、〈賴索〉（強迫症）及《躁鬱的國家》（強迫症）等可為例。而如前所述，黃凡偏愛以有著精神疾病的「都市邊緣人」作為小說敘事者，如此便於以內心獨白、意識流的方式連綴成篇，並以之挖掘都市中人心情的紊亂與焦躁。此處黃凡將〈紅燈焦慮狂〉一文編入《黃凡後現代小說選》，其所要透顯的主要訊息即在於，台灣的「後現代小說」與「都市文學」是不可分的，如果說，「後現代主義」真如詹明信所言是隨「晚期資本主義」發展出的文化邏輯而來，則都市是最接近此文化情境的地方，所以台灣的後現代小說，可以說正是由都市文學所發展出來的作品，黃凡也才會在一九八一年便撰寫出了有後現代意味的〈紅燈焦慮狂〉，只是該篇作品尚未成熟，到一九八五年〈如何測量水溝的寬度〉時，由於其文本厚度引起了學界的討論，才順勢引起了後設小說的風潮，台灣的後現代小說也彷彿出現了代表作一般可以讓文學界恭迎後現代風潮的來臨。廖咸浩指出：「城市的並時性格（synchronicity），多重面貌，在在都與後現代互為表裡，毋寧是最好的後現代象徵」[59]，也說明了黃凡的都市觀察與後現代表徵的接軌，使其「都市小說」與「後現代小說」相涵涉的過渡性格更加顯明。

（二）平路的都市小說

平路的小說，可準確劃入都市小說者數量上較少，但從其第一本著作《玉米田之死》中，便幾乎皆以「都市」為其小說的故事背景，例如〈十二月八日槍響時〉及〈玉米田之死〉同以美國華府為故事背景，〈大西洋

59 廖咸浩：〈離散與聚焦之間〉，收於文訊雜誌社編：《台灣現代詩史論》（台北：文訊雜誌社，一九九六），頁四四四。

城〉更將場景拉到以賺錢為最高原則的「賭城」，但在這段時期，平路多是以類似「留學生文學」的敘事角度，在故事中傳達海外「都市」中的華人對中華民國的鄉愁。而〈妒魔〉及〈繭〉二作則一同於黃凡所刻畫的都市中人心靈上的疲累狀態。而在一九八四年的《椿哥》此一平路的「鄉土寫實」文學問世之後，一九八六年發表了〈按鍵的手〉此一有著科幻與後設意味的小說後即進入平路的「後設小說時期」，「晚熟」的平路在「都市文學」時期正盛之時，她反而創作了《椿哥》此一鄉土寫實作品，因此，其「都市小說」與「後現代小說」實已無劃分的必要，這也可以當作是長年旅居海外的華人作家與台灣文壇產生「時間上的落差」的有趣現象。

（三）張大春的都市小說

張大春自一九七六年開始發表小說以來，其小說類型從不受限，在《雞翎圖》中，有鄉土寫實的《雞翎圖》等，有以都市為背景的〈再見阿郎再見〉、〈捉放賊〉等，也有歷史、武俠小說如〈練家子〉、〈蕩寇津〉等，其後的〈新聞鎖〉及〈牆〉則表現了其對「真實」是否存在的質疑，也可納入「懷疑論式政治小說」的範圍。因此，我們可以說，張大春的「都市小說」與林燿德、黃凡兩人以都市文學為寫作重心的作家相較，在比例、數量上都要少得多。即使如此，張大春的「都市小說」也在都市文學中佔有重要地位，但由於其「都市小說」與「後現代小說」頗為接近，所以其大部分「都市小說」作品留待後文討論，但於此我們也可以知道張大春的「都市小說」與「後現代小說」也必然有著相涵涉的過渡性格。於此，我們以其同屬「都市小說」與「後現代小說」的名篇〈公寓導遊〉來作進一步解說。

如前所述，八〇年代興起的「都市文學」並非單純以都市為背景的小說，而是要將都市視為一「正文」，且小說中不僅含納入都市生活形態，八〇年代後的都市文學是將都市人的心靈狀態與都市空間變動的感知，都成為都市文學形式創新的思考背景。所以，在〈公寓導遊〉中，我們看到許多的出場人物，但每個人物都沒有一個完整的故事，且小說中沒有主角，敘事者的敘述視角跟著情節作隨機變動，所以，在這篇小說中，主角並非住在公寓中的房客，而是「公寓」本身。公寓此一空間不大但容納多戶人家的都市重要表徵，成為該小說形式創新的對應物，張大春巧妙地以其小說敘事隱喻公寓的空間設計，也由公寓的空間拓展到都會的空間，其小說結構的隨興組合，也一如都會空間的劇烈變動。再者，雖然小說中人物關係看似錯綜複雜，卻並不重要，也對應到都市人心靈狀態的孤獨與冷漠。而更重要的是，〈公寓導遊〉作為「都市小說」的重要代表，卻也是「台灣後現代小說」的重要代表，該文隨機變換的敘事視角，刻意削弱的人物性格，疏離又帶遊戲性質的書寫態度，都是後現代小說的重要特徵。

對於都市文學與後現代小說相涵涉的特質，張大春認為，這是從七〇年代鄉土文學現實主義便已留下的問題——「最值得掌握的現實是什麼？」——他說：

> 最值得掌握的現實究竟是什麼？這個疑惑在都市小說的關切之下喚起眾聲喧嘩的答案，構成這個世紀末台灣文壇的交響主題，它們是遠比七〇年代以前質樸單純的懷舊愁鄉、感時憂國更令人錯愕的、也更令人不得不逼視的迷宮，挑戰著小說家面對赤裸裸的各種鬥爭與支配課題：權力、資源、財富、性和身份認同。他們蝟集於都市，構成難以辨認的糾結體，也反而勾引小說家放棄那個「最值得掌握的現實是什麼？」的疑惑，他們自己構築現實，經營歷史，甚至顛覆小說家敘述的本質。[60]

在七〇年代鄉土寫實文學盛行的時候，反映社會現實，刻畫小人物的處境與真性情，都是現實主義作家表

60 張大春：〈八〇年代的都市文學——一個小說本行的觀察〉，《文學不安——張大春的文學意見》（台北：聯合文學出版社，一九九五），頁一二二。

現真實的作法，但如第二章所討論，「真實」與現實主義所反映的「真實」仍有著距離，到了八〇年代，高度發展的都會環境使「真實」顯得更為曖昧，身處其中的小說家面對這樣的改變，只得轉向「自己構築現實，經營歷史」，並最終走向「顛覆小說家敘述的本質」，如此，便將都市文學與後現代文學嫁接在一起，兩者之間是相互涵涉與影響的，可以說，隨著都市文學的進展，後現代文學將隨之而生，因為都市文學對於都市本質的探究，使得存在其中的後現代徵象更為顯明，而即使轉向了後現代文學，存在其中的關於都市的思考仍使其不脫都市文學的範疇，總之，「都市文學」與「後現代小說」相涵涉的過渡性格，正是在於前者發展為後者生起的重要原因，「都市」與「後現代」的「互為表裡」，也使得台灣的都市文學在文學史上更顯重要。

總而言之，台灣的都市文學產生於鄉土寫實文學之後，一方面代表了「新世代作家」的另闢蹊徑，一方面也代表了台灣整體環境的改變，從「反映社會現實」到反省何謂「最值得掌握的現實」，使都市文學有鄉土文學傳承的影子（如黃凡），又與鄉土文學有著本質上的不同，而此本質上的轉變，仍是來自於現代主義文學所持續發揮的影響力，所以自林燿德開始，現代主義的內涵與技巧，都是他開創都市文學的主要養料，也因此，使林燿德的都市文學，有著現代主義文學的內涵，也有著現代主義與後現代主義的創作技巧，再加上林燿德「後現代文學旗手」的鮮明形象，更使林燿德有著表面上的後現代主義與實質上的現代主義，其現代主義／後現代主義的過渡性格不僅只出現在他的都市文學的創作中，更縱貫了他的文學思考，而林燿德鼓吹後現代主義卻實質保有現代主義的特質，也是我們理解「台灣後現代」之所以「不徹底」的重要證據。因此，我們可以說，台灣的後現代小說，一方面以「懷疑論式政治小說」為前身，因為其對政治信仰的懷疑，其因應政治文本所做的小說文本的形式創新，成為台灣後現代小說問世前的重要準備，「懷疑論式政治小說」質疑的是政治信仰，而台灣後現代小說卻質疑一切。而都市文學對台灣後現代小說的重要性比之「懷疑論式政治小說」則更顯重要，因為當作家將視角轉向劇烈變動中的都市時，便如廖咸浩所言，都市的多元、並時性格，實與後現代相表裡，專注於都市觀察的作家，也將在其中發現後現代狀況出現的徵象，並以詩、散文、小說等文學形式將之表現出來，所以，都市文學的發展將順勢帶出後現代文學的創作，而後現代文學的創作又無法離開與之關係最密切的「都市」，一者發展在前，一者創新在後，都市文學與台灣後現代小說便具有了相涵涉的過渡性格，此在林燿德、黃凡與張大春的都市文學中都具體可見。

都市文學的過渡性格的確認，使我們在討論台灣的後現代小說時得以不將之視為全然「西化」、「模仿」的產物，因為即使後現代主義真是鼓吹者不顧台灣社會現實的粗劣嫁接，其也有著文學史的傳承意味，七〇年代鄉土文學，在作家的反省與轉向中興起了八〇年代初期的政治小說與都市文學，而八〇年代中期之後的後現代文學，也無法自外於八〇年代初期政治與都市文學的影響，所以即使台灣的後現代是「不徹底」、「一知半解」的，也有著台灣後現代小說家傳承與轉向的自覺意識存在。有了這樣的認識之後，便可進入台灣後現代小說興起的討論。

第二節　順勢而起的「後現代思潮」

「後現代」發展於西方先進國家，二次戰後世界各國正百廢待舉的時候，美國因較晚加入戰局，不似英、法、德長期陷入戰爭之中元氣大傷，並在勝利後得掌聯合國的龍頭地位，其旺盛的經濟力與商業發展，加上民主自由文化的普世價值的吸引力，使美國頓時成為全球最先進的國家，與堅持共產主義的蘇俄成為兩強對立，全球進入冷戰時期。而美國一方面在十九世紀末以來受歐洲國家現代主義的影響，一方面現代化在美國已得到高度呈現，再加上商業的高度發達，使得美國在現代主義對「現代性」的反省批判之外又有所進展，英法等歐洲各國也在戰後經休養生息有了在經濟上的長足進步，所以「後現代主義」思潮成了歐美各國在思想上的大轉向。這些生成後現代思潮國家的共同點在於，都有著「自由民主」、「高度商業化」、「跨國資本主義」、「高消費能力」等特徵。安德森（Perry Anderson）說：「它（後現代主義）卻巨大無比，因為這個霸權並非是區域性的現象；有史以來，它首次傾向於呈現出一種全球性的範疇」[61]，「後現代」正是以一新的文化主流的姿態出現並在全球化潮流下傳播到全世界的。

後現代主義對「現代性」的抗衡，可概括瞭解為「後現代主義典範」取代「現代主義典範」的過程，此一「典範」主要著眼於知識論與哲學本體論，是自哥白尼衝撞前現代神學崇拜之後所逐漸建立的科學典範，而自一九八〇年代由波特萊爾等對工業革命與資本主義合流之後的都市進行對「現代性」的觀察與抗拒，則是我們一般所談論的、對台灣影響甚鉅的「現代主義」。「現代主義」於二十世紀前半發展至極致，但新的環境變遷（主要來自商業的高度發展）使此極盡而衰竭的現代主義已不敷使用，後現代主義即為繼承與發展此一現代主義以因應世界新局而生。

「現代主義典範」與「後現代主義典範」的劃分，依據多爾（W.E.Doll）的觀點，如果使用科學作為組織的框架，便可以將西方思想史化分成三個後設典範，亦即前現代、現代和後現代。這三個典範前後相互聯繫，後者是對前者的超越而非斷裂，其中哥白尼與愛因斯坦則是現代典範的二極界限，他們分別位於前現代轉向現代、現代轉向後現代的兩個轉折點上。[62]黃永和進一步說明到：

> 在前述Doll的科學典範分類中，現代典範乃意指自十六世紀科學革命以來，由哥白尼、刻卜勒、伽利略所

61 安德森（Perry Anderson）著，王晶譯：《後現代性的起源》（台北：聯經出版事業股份有限公司，一九九九），頁八一。

62 轉引自黃永和：《後現代課程理論之研究：一種有機典範的課程觀》（台北：師大書苑有限公司，二〇〇一），頁九。

發起，而由笛卡兒及牛頓促使其臻於完善的一種數學性與機械性的科學哲學思想，此一思想也被後繼的生物學家、心理學家、社會學家、哲學家及教育學家擴展到各個學門領域。由於此一思想的主要特徵是以機械作為根源隱喻，而牛頓則是此一思想的集大成者與實現者，因此也被稱為「牛頓機械典範」。此外，有些學者為強調笛卡兒在此典範中扮演著全盤構思者的重要角色，因而它也被稱為「笛卡兒——牛頓機械典範」。[63]

正是這樣的科學思維的興起，造就了西方的科學革命，西方科學便從此進入了科學革命與啟蒙時代，他們相信技術不僅可以征服自然，更可以運用於社會改革，以科學方法改善人類的狀況。在經濟上，工業革命改善了人類生活，也提高了生產力；在政治上，人民與政府達成契約關係，民主方式決定政府決策，社會福利與教育也能藉此爭取並普及；組織形式上，也因這種科學思維，造成了所謂「科層體制」等以專業分工、層級節制為主要管理方式的公司形式。總而言之，自從「笛卡兒——牛頓機械典範」在西方世界興起後，西方便進入「相信科學技術的系統化發展，以及理性在社會和經濟生活中的作用，能夠改造自然並使社會不斷進步」[64]的時代。但「笛卡兒——牛頓機械典範」的思維在證明了它的實用性後，卻反被自己所帶來的進步社會所淘汰，後工業社會由於資訊流通迅速，世界瞬息萬變，當時要求線性、秩序的科學思維已不敷使用，可以說，現代科學思維雖尚未終結，但已走向衰竭卻是不爭的事實，因此，一九九〇年代後，吉諾克斯（H.A.Giroux）強烈地感受到新時代的脈動，而做出下列的宣言：

63 黃永和：《後現代課程理論之研究：一種有機典範的課程觀》（台北：師大書苑有限公司，二〇〇一），頁一一。

64 張文軍：《後現代教育》（台北：揚智文化出版社，一九九九），頁八。

> 我們已經進入一個新時代，一個權力、父權、權威、認同和倫理都面臨危機的時代。來自各種領域的學者將這個時代稱為後現代的時代。這是一個現代主義善果與惡果之間撕裂的時代，是一個科學、技術、理性不再確保社會進步的時代，是一個人文主義主體不再能控制自身命運的時代，是一個解放的巨型敘事可能帶來恐怖和壓迫的時代，是一個文化不再是被視為保存白人男性在文學、藝術、科學等高級文化的貢獻的時代，以歐洲文化或文明模式將知識合法化的現代主義論述將遭到強力挑戰。為了民主而展開的鬥爭，可視為對啟蒙以來的現代主義的某些特質鬥爭，並轉而重組現代主義和民主的關係。[65]

後現代主義思潮，也在這樣對「現代主義典範」的抵抗下陸續出現。在歐陸地區，有米歇爾・傅科（Michel Foucault）的知識／權力／主體性觀點，他駁斥理性、解放、進步間的等同性，認為理性不代表進步，更進一步強調權力與知識之間已產生了一種新的支配性，因此質疑現代的知識形式、理性、社會制度，以及看似理所當然，實則為權力所支配建構出的主體性；尚・布希亞（Jean Baudrillard）則分析消費社會中的客體和符碼，提出「擬象」及「超真實」的概念，說明這個世界，擬象與真實之間越來越難以區隔，甚至模擬出的實體取代真實成為判斷的標準，而超真實性與日常生活之間的界線也已消失；李歐塔（Jean-Francois Lyotard）則探討後現代的知識論，他反對後設論述、霸權論述，並提出將知識「解合法化」，以及關注「小巧敘事」（pettit narrative）的論點；德里達（Jacques Derrida）則是解構主義的代表人物，其從拆除現存秩序入手，瓦解形上學的基礎，打破西方哲學對中心、本源的追求，試圖瓦解對「邏各斯中心主義」的支配地位。在美國地區，則有吉諾克斯（H. A. Giroux）的邊界教育學，教育學生有批判能力來閱讀文化符號，並且「解地域化」，贊同人們放逐確定感與熟悉的經驗，藉這種反記憶的過程來發展出新的解放和政治認同感；有羅逖（Richard Rorty）的後哲學文化，打破傳

---

65 轉引自周珮儀：《從社會批判到後現代——季胡課程理論之研究》（台北：師大書苑有限公司，一九九九），頁一三三。

統形上學中心性、整體性的觀點，倡導綜合性、無主導性的哲學，追求的是差異和不確定等等。

「現代主義」與「現代主義典範」是兩個相近似又有所差異的概念，以上所談的是「後現代主義典範」取代「現代主義典範」的過程。「現代主義典範」實包含著自科學革命以來的文化主流，此與十九世紀後因工業革命與資本主義結合，促使人們產生對「現代性」排斥的「現代主義」彼此相含涉卻又有所不同，不同於「後現代主義典範」以反對「現代主義典範」而生，後現代主義對此「現代主義」則並非排斥與取代，而是有所揚棄與繼承。

「現代主義」自「現代性」孕育而來，一開始便有著對現代性的讚揚（如未來主義）與抗拒（如達達主義）的各種姿態，但現代主義在發展時，西方國家正是當時的強權，帝國主義與社會達爾文主義、工業革命與資本主義，使西方強權的政治與經濟凌駕其他國家之上並開始擴張侵略，所以，當現代性在發展張揚的同時，其內在的威脅與缺陷也漸漸明顯，兩次的世界大戰粉碎了現代性的啟蒙美夢，現代主義也被迫從反思現代性更進到批判、甚至是拔除現代性的根基，如此的文化危機反成了一個轉捩點，再加上戰後西方強權休養生息後的高度經濟發展，使得此文化轉向增加更多的商業元素，而發展出後現代主義。於此，我們可以說，後現代主義是在現代主義對現代性的反省批判的繼承之後的再進發，它破除了現代主義身處在現代性的影響下的迷思與盲點，以一後設的姿態重思二十世紀前半的思想發展，在現代主義的反叛姿態之後做出更大程度的、更接近本質層面的顛覆與破壞，如此，造成後現代主義的「不確定性」的特質，此特質也連帶使後現代主義的文學藝術呈現了與現代主義文學藝術不同的面貌。

總而言之，在西方，後現代主義的生成與發展自有其歷史縱深，其生成與發展代表的是典範的轉移，也是文化危機的轉捩，雖然不盡完美，卻是最能符膺時代發展的新文化。台灣在八〇年代中期開始引進後現代主義，缺乏生成發展後現代主義的歷史縱深，台灣學者作家們以何種態度引入後現代思潮？後現代思潮又是為何在台灣得以迅速發展並造成影響？這都是本節所要討論的問題，以下，便以「台灣」後現代文藝思潮的「初始性格」，作為我們討論台灣後現代小說的起點。

一、台灣後現代文藝思潮的「初始性格」

如前所述，後現代思潮在歐美經濟強權國家發展出來後，有著高度經濟發展背景的文化主流以先進的面貌出現並入侵其他國家，涵蓋全球的通訊系統使後現代思潮以更快的速度影響至第二、第三世界，台灣也是如此。路況曾說：「單就實然的層面而言，我們就無法免除後現代問題的牽連。問題不在於台灣是否已進入資本主義的階段，而在於台灣並無法自外於整個資本主義的世界體系，無論它是處於一個什麼樣的地位。隨著交通工具與傳播資訊媒體的驚人發展，今日發生在世界上任何一個小角落的事件，一旦進入資訊媒體的世界舞台，其意義就不能只是一個場域的孤立事件」[66]因此，不論台灣在八○年代中期後現代思潮傳入時是否已有足夠的社會條件去符合西方先進國家的社會條件，在資訊全球化、在資本主義已無遠弗屆的年代，台灣自然無法自外於後現代文化所產生的社會生活的轉變。但即使後現代思潮在生成之後以高度文化的姿態影響其他國家，但我們也不應該高估後現代思潮的影響力。研究後現代思潮起源的學者Perry Anderson也必須承認：「今天，全球的通訊體系確保了從第一世界對從前的第二或第三世界無可比擬的文化入侵。在這種情境下，後現代形式的影響變得無從避免。……但是這樣的影響卻不一定具有絕對的支配力量」[67]。所以，在瞭解後現代思潮在台灣的傳播與發展的時候必須建立的重要觀念是，後現代對台灣有一定程度的影響，但此影響並非全面性的，所以即使是推

66 路況：《後／現代及其不滿》（台北：唐山出版社，一九九二），頁四。

67 Perry Anderson著，王晶譯：《後現代性的起源》（台北：聯經出版事業股份有限公司，一九九九），頁一五四。

廣後現代思潮的作家學者如羅青，曾羅列台灣可茲與西方後現代狀況相比附的社會變遷，用來作為在台灣「鋪陳」後現代思潮的前導，但如此在台灣尋找適當的、可以與西方後現代狀況相比附的社會情境的努力，其實更反證了台灣當時並未具有全面性的後現代性格。

所以，西方後現代思潮傳入台灣時，台灣與西方一方面在社會政經結構上與西方先進國家仍有差距，一方面台灣也有自身的歷史發展背景，所以西方後現代主義的發展歷史對台灣來說，並沒有太大的實質意義，且在引進初期雖然台灣在某些層面已有後現代成形的跡象，但畢竟後現代思潮在西方的發展有其歷史縱深，所以台灣在接受西方後現代思潮時，不論是鼓倡者的過度解釋或是使用者的片面理解，都會使西方的後現代思潮在傳入台灣後因環境的不同而有所變質，要理解這個變質的過程，就要先瞭解後現代思潮在八〇年代中期時的「初始性格」，此一「初始性格」取決於台灣在八〇年代中期的政治、經濟及文學發展的背景，「台灣後現代小說」的生成也在這樣的「初始性格」中出現。以下，便從台灣在八〇年代在政治上的「解嚴」，在經濟上「消費社會」的成型以及在文學發展「策略性」來理解台灣後現代文藝思潮的「初始性格」。

（一）政治：解嚴後文化價值的轉換與文學的轉變

台灣歷史學者李筱峰曾說：「從歷史縱線觀察，一九八六年（民國七五年）到一九八七年之間，是台灣政治、社會的轉型年代，可稱是自中國國民黨政府播遷來台灣以來，在政治、社會方面最具突破性發展的時刻」[68]，而造成這種突破性發展的主因，除了多年來不斷挑戰政府當局威權體制的黨外運動之外，就是自七〇年代至八〇年代中期以來逐漸加溫與衝突日益劇烈的各種反對運動對人民所產生的影響，在黨外人士及民意對體制的衝撞

68 李筱峰：《台灣史一〇〇件大事（下）》（台北：玉山社出版事業股份有限公司，一九九九），頁一二八。

下，自一九四九年以來長達三十八年的戒嚴體制終於結束，在一九八七年七月十四日蔣經國總統發佈命令宣告台灣自十五日零時起解除戒嚴，十二月一日行政院宣布自明年元旦起解除報禁，接受新報登記並且開放增張。報禁、黨禁、大陸探親的陸續開放，一連串的改革，使台灣政治有了新氣象。

「解嚴」是台灣邁向自由民主的一個重要里程碑。在政治上自由度的增加，所代表的不僅僅是人民言論、思想的開放，更重要的，是台灣終於改變了中華民國代表「中國」政治實體的虛妄幻想，原先為因應反共復國國策的各項在政治、思想上的箝制措施不再有效，台灣與中華人民共和國也從敵對國轉為一個中國各自表述的表面和平現狀，統、獨爭議的理念抒發可更加揮灑自如，人民也不再因政治思想與國策抵觸而有入獄的危險，所以，原先為了維持中華民國代表「中國」的合理性所營造的各種「大敘事」，諸如「反共復國」、「遵從領袖」、「保國衛民」等口號也隨著「解嚴」的到來而式微。所以，台灣的「解嚴」對台灣引進與接受後現代思潮最大也最重要的影響在於，台灣解除的不僅只是政治上的箝制，而是瓦解了原先為維持戒嚴體制所創造的各種大敘事，蕭義玲所謂：「解嚴後的台灣，客觀環境是正統敘事瓦解，這種文化環境正是後現代思潮著床的最佳時機，在反中心、反支配的策略上，台灣正好與後現代文化同調」[69]，正說明了後現代思潮傳入台灣的正逢其時。在長期統治台灣的「中心」思想自行宣告瓦解的同時，強調「去中心化」與「解構」的後現代思潮正提供了台灣學者與作家反省戒嚴時期官方對人民各類箝制的思想武器。

而此大敘事瓦解後的台灣，文化底蘊也面臨著新舊價值轉換的時間點，此一轉換的重心，也可以一「去中心化」概括之，所以，從七〇年代末逐漸強大的台灣本土論的學者與作家，其「台灣意識」的堅持便是對國民黨政府長期堅持的中國立場的「去中心化」；對原住民族而言，「去中心化」則是在打破台灣長期以來在歷

69 蕭義玲：《台灣當代小說的世紀末圖像研究——以解嚴十年（一九八七—一九九七）為觀察對象》（台灣師範大學國文學系博士論文，一九九七），頁二〇。

史、政治、經濟上的漢人優勢；對女性而言，「去中心化」在打破台灣傳統倫理觀念下的男尊女卑，進而爭取女性的各種自主權；對同志族群而言，「去中心化」便是對抗主流的異性戀文化並替同性戀者爭取生存的空間。但有趣的是，所謂的「去中心化」雖看似對威權的抗拒，卻是隨時可能因觀察者位置不同而使「中心」產生各種「位移」的，例如堅持「台灣意識」者所建立的「台灣認同」成了必須受檢驗的另一個中心論，反對激進女性主義的新世代也開始詬病女權運動的偏激與自虐等，所以，後現代思潮的「去中心化」一方面成了台灣在解嚴後的文化性格，一方面也在此層層的位移中為台灣各類問題的思考增加了更多的可能性。劉乃慈說：

> 作為政、社、經、文快速變遷與複雜形構的抽象表徵與象徵之一，解嚴後的台灣文學帶有鮮明的「反建制」（anti-establishment）與「去中心」（decentralization）的文化特性。活躍在這個階段的台灣文學創作者，開始以較接近後現代主義的邏輯思維來思考問題，並且行諸於創作；大量翻譯轉介的西方思潮，為台灣當代文化場域提供反叛舊秩序的理論基礎。這兩者為台灣當代藝術提供源源不絕的靈感觸媒和現實動能，文學創作表現出前所未見的駁雜性與多變性……。[70]

因此，解嚴所帶來的大敘事的瓦解，所帶來的新舊價值的轉換，所帶來的「去中心化」的文化特性，使台灣有了適合後現代思潮著床的良好環境，而在後現代思潮引進的同時，身處於台灣文壇的作家們，也開始使「後現代」不論在思想、邏輯、技巧上都成為其創作的一部份。

在此我們要進一步討論的是，「解嚴」所帶來的文學走向的轉變。「解嚴」發生在一九八七年七月十五日，但「解嚴」此一象徵思想解放的政治事件並非一日的巨變，而是在政治運動開始蓬勃以來便逐漸醞釀的文

70 劉乃慈：〈九〇年代台灣小說與「類菁英」文化趨向〉，《台灣文學學報》，第十一期（二〇〇七年十二月），頁五四。

化性格的轉變，所以「解嚴」於此不能當作單一的「台灣史的大事」，而應視為一個「轉變期」中的具體標的物，許多與解嚴後的文化性格相關的社會現象早在一九八六年甚至更早便已出現，我們在這裡要討論的正是在台灣「文學」在因應此「轉變期」時所做的改變。

1. 多元文學時代的來臨

首先，「解嚴」所帶給台灣文學的轉變，是一個「多元文學」時代的真正來臨。廖炳惠在討論八〇年代中期的台灣小說時說道：

> 七〇年代末期的反對政治運動雖以美麗島事件收場，然而進入八〇年代後，隨著政經發展及本土人才的輩出，台灣的解嚴民主時代已經來臨，八〇年代遂成為多元的後認同時代，社會逐漸流行女權、後現代主義、冷嘲理性（cynical reason）、實用主義等思潮，由早期的緊張社會倫理轉為個人主義式的享受與解放，這些潮流在八〇年代中期以後更是風起雲湧，瞬息萬變，令人目不暇給，台灣似乎在邁向八〇年代時，突然發現到自己已由匱缺的社會走進了富足的殿堂……。[71]

葉石濤在其《台灣文學史綱》中給八〇年代的文學下了「邁向更自由、寬容、多元化的途徑」的標題，的確，七〇年代在一九七九年十二月的美麗島事件中結束，八〇年代初代表著的是台灣意識、台灣文學本土論的力量集結，是政治、都市文學的蓬勃發展，也是文學商業化時代的來臨。七〇年代及其以前的「國族」、「體

71 廖炳惠：〈近五十年來的台灣小說〉，《聯合文學》，一一卷一二期（一九九五年十月），頁一三五。

制」對文學的深刻影響頓失憑藉，而一逐漸邁向全面自由、民主的台灣社會，在瀕臨瓦解的傳統敘事之外，開始尋找自己的施力點，所以「解嚴」此一轉變期中的「去中心化」的文化特性，反造成「多重中心」，每個族群皆可依自身特性而建構一個「中心」，在打破了傳統單一中心的大敘事之後，「後現代思潮」的多元紛呈又帶給作家各種不同的刺激，而有了更活潑多樣的文學樣貌出現。所以，我們可以說，在解嚴之前，各種類型的文學仍依違在現實主義與現代主義之間，八〇年代中後期後現代思潮傳入後，新的刺激才真正出現。

當然我們也必須想到，後現代思潮是接續在八〇年代初在都市文學中普遍表現的對現代主義文學的重新發揚之後而來，後現代文藝接續了現代主義的前衛性格，也接續了現代主義的「個人主義」傾向。如前述討論的，劉紀蕙認為八〇年代的後現代文學是接續三、四〇年代的超現實主義與五、六〇年代的現代主義而來的「變異書寫」，周芬伶則認為後現代文學是接續前兩者的「前衛運動」，而呂正惠則認為「在現代主義的潮流『中斷』了將近二十年之後，他們再度揭舉『前衛』的大旗，提倡所謂的後現代文學」。[72]所以，後現代主義接續自現代主義的「前衛」、「變異」、「個人主義傾向」，則「解嚴」此一轉變期為台灣文學帶來的影響正在於「個人意識的高張」，由個人出發所理解的「族群」在「去中心化」社會中成為另一個「小中心」，類型文學較此前更為多種多樣。擺脫了「政治正確」、「工具價值」等現實主義傳統對文學施加的壓力，走回對文學本身的反省。「解嚴」對「單一中心」的瓦解，「緊張社會倫理轉為個人主義式的享受與解放」，造成了八〇年代後期開始的「多重中心」，「多元文學」的年代也正式展開。

[72] 呂正惠：〈台灣文學的浮華世界——一九八八年的觀察〉，《台灣戰後文學經驗》（新店：新地出版社，一九九二），頁一四二。

2.對傳統敘事模式的質疑、顛覆與實驗

如前章所討論的，現實主義的缺陷暴露在其被高度張揚的七〇年代末期，新世代作家如林燿德等人對現實主義抱持強烈的批判，雖然在八〇年代，現實主義仍為台灣本土論者所堅持，但隨著「解嚴」此一轉變期的到來，新世代作家反抗現實主義傳統得到了更有力的社會條件，在一片「去中心化」、「解構」的呼聲中，新世代作家將現實主義傳統視為又一個必須打破的「中心」，所以蕭義玲說：「解嚴前後社會文化的變遷與外來因素的刺激，一一促使小說家對『寫實傳統』的本質與侷限做出反思」[73]；楊照說：「台灣小說界從八〇年代末期延伸到九〇年代一個重要的共同關懷，便是對傳統敘事模式的質疑、顛覆、實驗。在這過程中，稍具份量的小說作者幾乎都寫出了明顯向傳統舊敘事挑釁的作品，明白而且艱苦地希望和舊習慣劃清界限、分道揚鑣」[74]，所以，自「解嚴」之後，此一對「舊」的現實主義傳統批判有了較以往更為強烈的衝擊，以黃凡為例，在八〇年代前期，其以政治小說與都市文學名，但其小說可說是現實主義與現代主義的綜合體，在批判現實、檢驗社會問題以及小說的寫實形式上，都是受現實主義的影響，而其小說中的結構、語言、意識流則是黃凡對現代主義的學習表現，但到了八〇年代中期發表了〈如何測量水溝的寬度〉後，其對形式語言的實驗促使其小說進入了「後現代文學」時期；張大春在八〇年代前期，其政治小說如〈牆〉、科幻小說如〈傷逝者〉等，不論內涵如何，在形式上仍屬於寫實的範疇，而在八〇年代中期發表〈公寓導遊〉後便有了明顯的改變。可以說，「解嚴」為後現代思潮的著床創造了良好環境，也對應了在八〇年代以來亟需另闢蹊徑的新世代作家的文學需要，進而更成為了一個影響廣泛的文學潮流，台灣的後現代文學也在這樣的環境下生成並壯大。

73　蕭義玲：《台灣當代小說的世紀末圖像研究——以解嚴十年（一九八七——一九九七）為觀察對象》（台灣師範大學國文學系博士論文，一九九七），頁二七四。

74　楊照：〈年少卻蒼老的聲音——評駱以軍的《我們自夜闇的酒館離開》〉，《文學的原像》（台北：聯合文學出版社，二〇〇〇），頁六六。

必須強調的是，這樣的影響可說是台灣剛開始接受後現代文藝思潮的新刺激時所做的改變，但是在缺乏西方後現代思潮發展的歷史縱深而強加利用的結果，雖可使後現代文學在台灣獨領風騷一時，卻也容易在時間的推移之後走向衰落。而由此我們也可以知道，「解嚴」的背景造成後現代在台灣的順利著床，人民正處於國族大敘事與個人小敘事的新舊價值轉換期，其間夾雜的興奮與徬徨可想而知，所以即使後現代思潮得以成為其解構傳統，反省寫實的思想利器，也必須面對台灣文學外部與內在需求的檢驗。

總而言之，「解嚴」此一威權體制的正式結束，帶給台灣社會一個更加多元、活潑的社會環境，提供人民省思過去與探望未來的政治自由，也提供了後現代思潮傳入台灣的有利環境，台灣文學面對社會的轉變也將有所因應，一個真正多元文學的時代也宣告來臨。然而，對於長期待在戒嚴體制下的人民終於「解嚴」後爭取到完全的政治自由，正面臨新舊價值轉換的台灣社會，舊價值已然瓦解，新價值正在建立，對於後現代思潮的吸收也多依「個人需求」接納之，所以即使後現代思潮可以迅速進入台灣，卻也非後現代思潮的「全貌」與「原貌」，如此也才將發展具有台灣特色的後現代小說。正如葉維廉所說：「假如我們有『後現代主義』，也該是完全適合於我們自己社會文化的『後現代主義』」，[75] 舊價值瓦解的徬徨，新價值建立的亢奮，正是台灣後現代思潮傳入時的「初始性格」，解嚴代表與後現代內在自由度的相互呼應，也代表了台灣在接受後現代時的歷史狀況，「適合於我們自己社會文化」的「台灣後現代小說」便由此開始發展起。

75 葉維廉語。見林燿德：《觀念對話》（台北：漢光文化事業公司，一九八九），頁一三六。

（二）經濟：消費社會的形成

歐美等西方強國所發展出來的後現代思潮，正是伴隨其跨國資本主義的高度經濟影響力而來，而西方的後現代思潮也如前所述，是在二次戰後資本主義發達、高度商業化與資訊全球體系化的背景下出現的，也因此，二十世紀前半發展到極致的現代主義對「現代性」的反省批判在後現代中，卻必須面對個人對商業的需求與安全感，所以兩者雖然都反叛現代性，但卻有著不同的文化底蘊。安德森（Perry Anderson）所謂：「後現代主義在前所未見的、具有相當高水平消費能力的富裕資本社會中，以文化的主流出現」，[76]說明了「高度經濟」、「高水平消費能力」與「富裕」正是促成後現代文化現象出現的主因。

後現代思潮於八〇年代中期傳入台灣，台灣為「迎接」後現代思潮所作的「預備」除了「解嚴」此一新舊價值轉換的轉變期之外，更重要的，便是台灣從七〇年代開始的經濟起飛，到八〇年代，已是高度都會化與商業化的社會，所以，也給後現代思潮的引入創造了極有利的空間。正如張誦聖所說：「解除戒嚴和強勁的經濟榮景，終於在八〇年代末正式引進了一個新的世代」，[77]在這個新世代裡，解嚴的政治自由化與經濟發達的資本自由化，都是改變八〇年代後台灣環境的重要因素。

如前節所討論的，台灣的都市文學是在台灣經濟環境轉變的情況下興起的，它的出現一方面代表了新世代與舊世代的分道揚鑣，一方面也具有與「台灣後現代小說」相涵涉的過渡性格，所以它在後現代思潮引入前便預示了都市空間形式與文學文本的相互影響，也讓後現代思潮引入後立刻可將後現代文學技巧引進作品之中而不生齟齬。所以我們會看到，寫作都市文學最力的作家，也都是較早創作後現代文學的作家，如黃凡、張大春

---

76 Perry Anderson著，王晶譯：《後現代性的起源》（台北：聯經出版事業股份有限公司，一九九九），頁一五三。

77 張誦聖：〈台灣七、八〇年代以副刊為核心的文學生態與中產階級文類〉，收於陳建忠、應鳳凰、邱貴芬、張誦聖、劉亮雅合著：《台灣小說史論》（台北：麥田出版社，二〇〇七），頁二八二。

與林燿德等，而三人許多著名篇章，如〈如何測量水溝的寬度〉、〈公寓導遊〉、〈大東區〉等，都是既屬於都市小說又是後現代小說的佳作。

我們知道，台灣的經濟自國府遷台以來，主要是依靠美援而逐漸成長壯大，到六〇年代中，美國停止金援台灣，政府更著力於培植台灣的中小企業以及鼓勵外資進駐，七〇年代，在政府、人民皆為提昇台灣經濟而努力的背景下，台灣經濟起飛，而開始有了高外匯存底與生活水準，進而也擴大了都市空間、提升了消費能力。台灣的消費空間卻仍難脫美、日的影響，王佳煌分析道：「台北市或大台北地區的消費空間卻是從一九七〇年代以後因全球化或西化影響，搭配日據時代遺產與日本流行文化，在壓縮的時空架構內，快速地、大量地模仿、複製、移植美式與日式的消費空間，而且學習、跟進的步調越來越快」[78]，也就是說，台北作為台灣都市的最重要代表，由於都市對於商業文化吸收之迅速，使台北成為一個紛雜、混亂的商品集中的大雜燴，所以王佳煌進一步說：「從一九八〇年代末期到一九九〇年代初期，台北市的消費空間似已進入後現代階段。在二十世紀末期，完全進入消費的後現代階段」[79]，而所謂都市消費空間的「後現代階段」，指的是「都市的生活空間與消費空間結合起來，形成錯綜複雜的空間分佈、切割與組合」[80]，所以，在後現代的消費空間中，商品與生活已不可分，都市空間被商品切割、組合，台灣的都市在八〇年代尚未能發展出都市特色之前，歐美的商品已形成一股強烈的文化入侵力，台灣都市因消費而造成的後現代都市空間，比歐美各國更加呈現出紛雜、混亂的大雜燴局面，所以王佳煌說：「就此而言，台北市的消費空間可以說比美國都市的消費空間更加後現代」[81]。所以我們知道，台灣籠罩在跨國資本主義之下，在文化方面也深受經濟強勢國家的影響，所以台灣都市呈現出更多的

78 王佳煌：《都市社會學》（台北：三民書局股份有限公司，二〇〇五），頁一二五。
79 王佳煌：《都市社會學》（台北：三民書局股份有限公司，二〇〇五），頁一二三。
80 王佳煌：《都市社會學》（台北：三民書局股份有限公司，二〇〇五），頁一二一。
81 王佳煌：《都市社會學》（台北：三民書局股份有限公司，二〇〇五），頁一二五。

後現代的拼貼、混雜，此一在消費空間上的「後現代」為後現代思潮的引入與發展預備了更為有利的環境。

且資本主義最主要的文化表徵——商品，充斥在後現代消費空間之中，台灣在高度商業化與都會化後，消費文化也開始轉型。所謂「消費文化」，即是消費社會的文化，大眾的消費運動是伴隨著商品符號生產、日常體驗和實踐活動所共同組構而成，而當代的消費文化，主要是遵循著個人享樂主義、商品多元流動、滿足於商品的虛擬幸福感等特質而發展，所以，商品此一資本主義的文化表徵便進一步在晚期資本主義的世界中影響人們，後現代理論名家詹明信便把後現代文化看做是戰後晚期資本主義的消費社會文化。所以，消費文化與後現代文化在當代世界可互相指涉，而這也正是在現代主義的基礎上發展出來的後現代主義與現代主義最大的不同之處，也就是筆者前謂的「戰後西方強權休養生息後的高度經濟發展，使得此文化轉向增加更多的商業元素」的意思。消費邏輯成了文化邏輯，商品特質成了文化特質，如此被商業完全籠罩的社會，促使社會中人的感知結構產生改變，所以諸如文化的碎裂感、生活的不確定本質、生活步調的加速、無深度的文化、歷史感的消失、拼貼與擬象充斥等等，皆成了當代社會受消費文化影響後的後現代特質，這樣的特質發生在西方，也發生在轉型中的台灣，所以後現代思潮的引入，一方面帶著啟蒙的意圖，一方面也是為呼應轉型中的台灣。

可進一步討論的是，台灣的高度都會與商業化一方面增加了高消費能力族群，一方面也使得台灣人民對於經濟的熱衷度將高過於政治，張誦聖說：「從八〇年代中葉至八〇年代末，籠罩著七〇年代台灣社會的危機感，被一種由超高的外匯存底、繁榮的經濟景氣，和對政治自由化的憧憬所激發的幸福意識所取代」[82]可以為證。

總而言之，八〇年代台灣的經濟發展也為後現代思潮傳入台灣預備了良好環境，由於台灣本身在經濟前進的同時並未有自主性的文化發展，在文化上受其他經濟強國影響，所以在都市空間中表現出更多的拼貼與混

82　張誦聖：〈台灣七、八〇年代以副刊為核心的文學生態與中產階級文類〉，收於陳建忠、應鳳凰、邱貴芬、張誦聖、劉亮雅合著：《台灣小說史論》（台北：麥田出版社，二〇〇七），頁二九六。

雜。且消費文化隨著商品的擴張而影響都市人的感知結構，如碎裂、無深度、不確定、拼貼、擬象的充斥等等，而隨著解嚴時期大敘事的瓦解，個人小敘事盛行，再搭上消費文化中的個人主義傾向，使得八〇年代中期後的文學在個人的主體性上隨之高張，也因此決定了台灣後現代小說的主要走向。

（三）文學：對後現代「去脈絡化」的策略性運用

到了八〇年代中期，鄉土文學的現實主義精神由台灣本土論者繼承，而都市文學論者則揚棄現實主義以及鄉野小人物的刻畫，重拾現代主義的文學技巧，以都市為主要場景與題材，在八〇年代後逐漸增加其影響力。到了八〇年代中期，「解嚴」轉變期的到來，都市消費空間的後現代色彩逐漸顯明，後現代思潮因政治、經濟的有利環境而迅速傳入台灣。但在西方歷史脈絡下產生的後現代思潮畢竟在台灣沒有相同的歷史作支撐，使後現代思潮的強勢引進，必須不顧台灣的歷史脈絡而有著一廂情願的崇信以及以偏蓋全的比附，此現象之所以發生，一言以蔽之，是「去脈絡化」的結果。

在台灣，羅青無疑是最早引進後現代主義的作家，他整理「台灣後現代主義年表」，為陳克華、赫胥氏、林燿德、也駝及柯順隆五人的詩合集《日出金色》所撰寫的序〈後現代狀況出現了〉[83]，便期許五人可以突破現代主義另創新局，並撰《什麼是後現代主義》，將台灣在政治、經濟方面可與歐美國家後現代狀況相比附之處一一列出。而後，學者方面如蔡源煌、孟樊，作家方面如張大春、林燿德、黃凡等皆開始鼓吹並迎接「台灣後現代文學」的到來，報章雜誌如《中國時報》、《當代》、《文星》開始刊列「後現代主義專輯」以及後現代

[83] 可參羅青：〈總序．後現代狀況出現了〉，收於《日出金色》（台北：文靖出版社，一九八六）。

理論大師如詹明信等的介紹，「後現代」可說是以一「思想時尚」[84]之姿流行台灣文藝界。不論哲學、社會學、文學、戲劇等學門多以西方後現代思想、作品馬首是瞻，「後現代」儼然成了流行寵兒。廖炳惠說：「台灣學者對後現代主義的瞭解，基本上仍圍繞著本身的需要與政治或美學目的，去加以界定、挪用、扭轉，而且往往於欣然接受或惱怒排斥這兩極反應之間擺盪，很少人真正深入去分析後現代主義在其他世界的發展脈絡」[85]；蔡詩萍也說：「後現代主義格在八〇年代台灣的上空飄揚，當然有與西方社會迥異的形成條件，並非像西方社會自有一條衍生現實主義、現代主義、後現代主義風的土壤，而毋寧是居於西方學術邊陲位置下一種『拿來主義』的呈顯」[86]，對於羅青等鼓吹後現代主義的學者、作家來說，台灣的「後現代」是來自於台灣的社會諸多現象可與西方後現代狀況相比附，而非台灣思想脈絡發展的結果，所以台灣學者作家基於個人及群體的「需要」而表示對西方後現代思潮的擁抱與崇拜，如此無台灣歷史縱深的思想雖然在初始時「象徵」著西方的「進步」，而成為一種文化趨勢與時尚，卻不得不在九〇年代極盛而衰，被文化研究、新女性主義、後殖民理論、酷兒理論等的聲勢蓋過。

但在此必須說明的是，在西方後現代主義思潮傳入台灣時，由於台灣沒有可以發展後現代思想的歷史縱深，只有可以相比附的政治、經濟的劇烈變動中的大環境，但這並不妨礙台灣學者作家以一「啟蒙者」的身份將後現代思潮「去脈絡化」的引入以求取思想文化上的新刺激。而這樣的「去脈絡化」最根本的原因，是緣於後現代主義在初傳入台灣時，它僅是一種「策略性」的使用，所以「後現代」在台灣的初始性格是一種「未完

84 呂正惠、趙暇秋以「後現代『時尚』」稱八〇年代後現代思潮傳入台灣時的情形。呂正惠、趙遐秋：《台灣新文學思潮史綱》（台北：人間出版社，二〇〇二），頁三五三。

85 廖炳惠：〈比較文學與現代詩篇：試論台灣的「後現代詩」〉，《中外文學》，二四卷二期（一九九五年七月），頁六九。

86 蔡詩萍：〈八〇年代後都市散文的新世代性格——林燿德的一種嘗試〉，收入林水福編：《林燿德與新世代作家文學論》台北：行政院文建會，一九九七），頁一〇一。

成的」、「開放的」、「引導的」思想新刺激，學者作家將之去脈絡化的引入實是為了對台灣文壇有所刺激與改變，所以與其說他們對後現代是全盤接受，不如說他們在推廣與實驗後現代文藝技巧的時候，他們是「樂觀」地看待後現代的「未來發展」，所以「後現代」至少在八〇年代，僅能是一種「手段」，一個「過程」。以林燿德為例，他曾說：

「現代主義」和「寫實主義」都是密閉系統，而我追尋的是一個開放系統，這個開放系統目前或暫時可以「後現代主義」來作「其中的一個方向」。不過我必需強調「後現代主義」絕對是過渡性的，不能把它推為「一言堂」，它的功用之一正是在瓦解過去的權力架構。[87]

這段話重要之處在於，對於鼓吹並追求後現代文學的林燿德來說，後現代主義是「一個開放系統」、「一個方向」，而且「絕對是過渡性的」，也就是說，後現代主義在台灣的存在是為了造成一種轉變，是為了打破舊有的文學典範——這對林燿德來說正是一種「過去的權力架構」，所以，後現代主義是一種「策略」，一種造成轉變的「手段」，對此，林燿德也直截明白地說到：

「後現代主義」沒有目標，只有策略。它只是為了期待一個更大的理想而作準備。[88]

後現代主義之所以「去脈絡化」的引入，正因其不脫「策略」性質，是為了「期待一個更大的理想」，甚至

87 林燿德：〈權力架構與現代詩的發展——與張錯對話〉，《觀念對話》（台北：漢光文化事業公司，一九八九），頁一二〇。
88 林燿德：〈權力架構與現代詩的發展——與張錯對話〉，《觀念對話》（台北：漢光文化事業公司，一九八九），頁一二〇。

於，引入的後現代主義其內涵是如何並不甚要緊，重要的是，它「彷彿」與林燿德所期待的一個「新方向」若合符節，他說：「我們可看到結構已在瓦解，新方向已在形成，然而無以名之。基本上這是一個語言問題，其實我知道我在作什麼，方向已在眼前我用創作來實踐它，只是過去的語言環境中找不到一個適合的名詞來標示它」。[89]所以，此一「無以名之」的「新方向」，在過去並沒有一個「適合的名詞」，而「後現代主義」正是最「近似」於此一新方向的新名詞，如此，林燿德等在後現代主義中注入自己的理解與期待進而更改擅動後現代主義的內涵也是可想而知了。另一位鼓吹後現代主義最力的學者蔡源煌也曾說：「在充滿焦慮，面對著舊有思想依歸的虛脫，青黃不接之際，後現代主義帶來了新的文化慰藉。目前它所能提供給我們的慰藉也許還不夠多，可是無論是它的理論或實際作法都顯示出無限的動力與潛力，值得注意」[90]，正是這有著「無限的動力與潛力」的「文化慰藉」，使得台灣的學者作家以樂觀的態度看待引進後現代主義後的台灣在思想與文學上的未來。

不管在引用與實踐上，後現代主義初入台灣時，由於政治、經濟以及文學都有其在台灣的發展背景，後現代在初傳入台灣時，看似是以一新思想刺激來引導新方向，實則是用來呼應台灣正在發展中的新方向，所以其被「去脈絡化」地使用也是勢所必然，但即使如此，「策略性」地使用後現代主義，也足以使其在台灣喧騰一時，其內在原因正如劉亮雅所說：「去脈絡的挪用後現代更大的尷尬在於它往往僅能非常浮面地挪用後現代主義手法。然而後現代的進步性應在於其解構、去中心的思維，恰恰呼應了當時台灣集體潛意識裡的去中心、企求多元文化的欲求」[91]。這種與當時環境的相互「呼應」，正是後現代思潮在台灣迅速著床與發揮影響力的主因。

---

89 林燿德：〈權力架構與現代詩的發展——與張錯對話〉，《觀念對話》（台北：漢光文化事業公司，一九八九），頁一二一。
90 蔡源煌：〈揭開後現代的序幕〉，《從浪漫主義到後現代主義》（台北：雅典出版社，一九八九），頁二四三。
91 劉亮雅：〈後現代與後殖民——論解嚴以來的台灣小說〉，收於陳建忠、應鳳凰、邱貴芬、張誦聖、劉亮雅合著：《台灣小說史論》（台北：麥田出版社，二〇〇七），頁三二九。

二、台灣後現代小說初發展時的重要形式——「魔幻現實主義」與「後設」

台灣後現代小說初發展時有許多形式實驗，筆者以兩個主要的形式——「魔幻現實主義」與「後設」來概括之，前者可說是台灣後現代小說家受現代主義影響之後所選擇的新的敘事模式，「後設」則是後現代思想的小說形式轉換，前者繼承現代主義，後者發揚後現代主義，台灣的後現代小說幾乎可以兩者做概括歸納，也以此說明了台灣後現代小說初發展時實停留在模仿以及選擇合適形式的階段。而兩種形式之所以在台灣得以迅速流行，則又必須對應到後現代文學本身對於現實主義文學的反省批判，此正是新世代作家力求建立成績以與前行代相區隔所需要的理論依據。以下，便從後現代文學對現實主義文學的反省批判開始討論起，來理解台灣後現代小說初發展時的兩種重要形式及其形式技巧所表現的內涵所在。

（一）對現實主義文學的反省批判

如前所述，後現代主義向現代主義繼承與顛覆之處，主要在於以「不確定性」完成對現代性的「理性中心主義」、「形式主義」等根基的拔除。反觀台灣，並沒有後現代主義對現代主義反省批判的歷程，而是因為現代主義在五、六〇年代的「橫的移植」，造成七〇年代台灣鄉土精神彰顯時，以現實主義對抗現代主義文學在社會性方面的欠缺，然在現實主義開始暴露其缺陷的同時，又遇到八〇年代台灣高度商業化與都市化的時代以及政治環境「解嚴」此一轉變期的來臨，原先使現實主義高張的文學環境在八〇年代已然改變。所以，簡單地說，台灣的後現代主義文學並非對現代主義文學的反省批判而來，其藉用「舶來」的後現代思潮所戮力抗衡批判的是現實主義文學，所以不同於西方後現代主義以對現代性根基的拔除完成對現代主義的繼承與超越，台灣主要「藉助」後現代思潮來拔除現實主義的根基，所以有趣的是，在西方，現代主義已完成了對現實主義的批判，台灣卻在八〇年代由所謂「新世代」以及前衛學者作家運用後現代思潮對現實主義作一連串的猛攻，其中不論是形式創新的正當性，文學自主性的重新發揚，這些原本在現代主義文學中便該完成的「未竟之功」，都在此時又重新被拿出來討論一次。如蔡源煌在〈西方文學給我的一點啟示〉一文中，便明顯地表達了對現實主義的不滿，他說：

> 但是，在七十年後的今天，如果台北文壇依舊喊寫實主義，也實在是老僧入定，功力太高了。不幸的是，事實上我們所看到的現象也正是如此。今日報章上刊登的一些小說作品，還是寫實主義的模式，看不出有突破的跡象。不只是報社如此，文化界的人士，一樣是講寫實主義，要求文學反映社會現實，從而為文學家以界說，並且還賦予它任務，說文學要批評生命，反映生命。我個人倒認為，這是最愚蠢的事，因為我們根本無理由去界說文學是什麼；文學能作什麼才是最重要的，而且，盡量不要使文學淪為政治的運用。[92]

此則是重提文學不應被社會責任感所框架，而應回歸文學本質的老問題。所以吾人對後現代思潮傳入的又一點認識是，對現實主義的反省批判正是此時學者作家引介運用後現代主義的主調，幾乎所有對後現代主義文學的討論，不論是介紹西方二十世紀的文學及文學理論的發展，或是實驗創新形式的自覺認知，皆是圍繞著「對現實主義的反省批判」而轉。因此，後現代主義等於在對現實主義的批判上繼承了現代主義，且又往前推進了一大步，如周慶華所說：

92 蔡源煌：〈西方文學給我的一點啟示〉，《當代文學論集》（台北：書林出版社，一九九六），頁二七。

後現代主義文學對寫實傳統的拒斥，跟現代主義文學一樣，也許可以看做前者承襲了後者。但是後者的表現手法（如表現主義、超現實、意識流、魔幻寫實等）無非在擴大和加深寫實效果，而前者卻從根本上揭露寫實傳統的虛幻性，彼此並不相侔。因此，與其說後現代主義文學繼承了現代主義文學對寫實主義的批判，不如說後現代主義文學反對任何形式的寫實主義。[93]

後現代主義對現實主義的拒斥於焉可知。且如前所述，在八〇年代，都市文學的興起代表著新世代文學作家藉由現實主義的反省批判以完成文學的「世代交替」，然在都市文學的撰寫時也苦無新文學技巧以與前行代互別苗頭，所以林燿德雖然開創了都市散文的新局，然仍是現代主義的詩化筆法，而黃凡的都市小說紅極一時，卻是以寫實形式為主，現代主義技巧為副。所以，當後現代思潮傳入後，都市文學又多得一新的表達技巧與形式，後現代的思想刺激又使他們得以對現實主義作更深層的批判，加上都市有著後現代主義文學實踐最適合的環境，所以都市文學作家們多以後現代的形式技巧繼續其都市文學的創作，都市文學所具有的與後現代文學相涵涉的過渡性格於此更為顯明。

因為台灣後現代文學以對現實主義的批判為其主調，所以對西方後現代文學形式技巧的模仿學習也以此為出發點。在後現代文學的形式技巧中，最常為台灣作家所運用的便是魔幻現實及後設的形式技巧，此正是來源於台灣後現代文學作家對現實主義的反動，周芬伶曾說：

93 周慶華：〈形式與意義的全方位開放——後現代主義文學評述〉，《秩序的探索——當代文學論述的省察》（台北：東大圖書股份有限公司，一九九四），頁十七。

> 寫實主義文學曾在台灣掀起兩次高潮，一是戰前二、三〇年代，一是戰後六、七〇年代的鄉土文學運動，然自一九七七鄉土文學論戰以來，對寫實主義的探討與批判可謂激烈，它或許沒有結論，論戰之後，本土作家力主堅持寫實路線，然新一代的作家，對於傳統的寫實主義已感到不足，這時「魔幻寫實」與「後設小說」傳入台灣，剛開始是全面接受，後來是選擇性接受，如早期的張大春與黃凡皆曾全面接受魔幻寫實主義與後設小說，寫出如〈將軍碑〉〈賴索〉、〈寫作百無聊賴的方法〉、〈測量水溝的寬度〉……等實驗性作品，在美學上還說不上成熟。然對小說家的創作自覺與敘述藝術已開闢另一蹊徑。[94]

陳正芳則從台灣採取前衛書寫以批判現實主義傳統的脈絡來看台灣後現代文學的發展形式，其結論與周芬伶可謂殊途同歸，她說：

> 從楊熾昌、林亨泰到林燿德，不管是現代主義亦或是後現代主義的，都是採取前衛書寫來批判寫實傳統與抗拒意識型態的框架。由此可知，諸如現代等前衛風潮的產生與傳承是有共同理路可循。特別是八〇年代從「鄉土」轉化到後現代主義的書寫形式，就是魔幻現實主義和後設小說。[95]

再如林燿德也提到八〇年代新世代作家對「魔幻現實、後設技巧」的使用，是台灣文學對抗模擬論的小說新場域的開拓，他說：

---

94 周芬伶：《聖與魔——台灣戰後小說的心靈圖像一九四五—二〇〇六》（台北：印刻出版有限公司，二〇〇七），頁二〇〇。

95 陳正芳：《魔幻現實主義在台灣》（中和：華文網股份有限公司，二〇〇七），頁一一一。

台灣小說家中，出生於一九五〇年後的變革者，自黃凡（一九五〇—）以降已在八〇年代形成了新的「型態形成場」，他們為一度流行不輟的模擬論打開一道道缺口，開拓出小說的新共振、新場域。然而放大視野，溢出台灣的人文地理侷限，我們又可發現這些開拓者所開拓出來的「新的可能」又與整個世界文學、哲學發展的「共振」有密切的關係，魔幻寫實、後設技巧乃至各種後現代主義種種名目，正與歐美和拉丁美洲文學潮流隱隱呼應。[96]

由以上學者意見的討論可知，八〇年代的後現代文學最早也最顯明的突出變化在於魔幻現實主義和後設小說形式技巧的使用。以下，我們便以魔幻現實和後設小說作為我們討論八〇年代中期後現代思潮傳入台灣後，台灣小說對後現代的吸收與實踐，而此也正是台灣後現代小說的最初形式，形式也從此蓬勃發展，並進一步以主要形式技巧融入到台灣九〇年代以後的小說之中。

（二）魔幻現實主義

前述陳正芳的論點中最重要的是「特別是八〇年代從『鄉土』轉化到後現代主義的書寫形式，就是魔幻現實主義和後設小說」，她一方面概括了台灣在接受後現代文藝思潮引介時的具體實踐方向，另一方面則點出了台灣在接受後現代思潮時所具有的特殊背景——「鄉土」文學曾經獨領風騷的文學歷史。

鄉土文學在八〇年代後的式微原因已在前面討論過，而在八〇年代對於鄉野小人物的刻畫雖漸少，但對社會問題的觀察以及對小人物的掙扎、無奈的刻畫卻也不亞於鄉土文學，如黃凡的都市小說便接近「社會小說」

96 林燿德：〈慾望方程式——論陳裕盛的小說創作〉，《期待的視野》（台北：幼獅文化事業公司，一九九三），頁八三—八四。

的路數，其被視為鄉土文學的承繼與轉變者，也正是因為其小說與鄉土文學的內在聯繫。所以，在台灣接受後現代思潮時，除了解嚴、消費文化等多元價值的環境因素之外，鄉土文學發展以來所建立的對台灣本土的熱愛、對社會的關懷卻不隨之減少。以此角度觀察，台灣在魔幻現實主義的接受上就顯得直接與迅速。

一九八二年，賈西亞・馬奎斯（Gabriel García Márquez）的《百年孤寂》（Cien años de soledad）獲諾貝爾文學獎，拉美魔幻現實主義受到全球矚目，一系列馬奎斯和拉丁美洲的作品中譯進入台灣市場；傳入台灣的大陸文學作品如莫言及韓少功等的小說也深具魔幻現實主義的特徵；一九八六年張大春以〈將軍碑〉獲第九屆時報文學小說甄選首獎後，其中運用的魔幻現實主義也引起相當廣泛的討論。在學者與作家的推波助瀾下，魔幻現實主義開始影響台灣。

魔幻現實主義在拉美文學中的藝術表現手法，主要是將神話觀念融入小說內容，不在乎故事時空，即使情節推衍荒誕不經，卻依循服從於神話觀念，所以在開發中國家此種現代性與民俗性仍僵持不下的國度運用起來最能得心應手，這也是其發展於拉丁美洲國家的主因。再加上拉丁美洲連年的戰亂，政治、歷史的虛偽性也隨著民主觀念的逐漸流傳而暴露出來，文學家欲在作品中寄寓政治批判卻仍須擔心政治的高壓，因此，一嶄新且能結合當地神話觀念，並以荒誕不經的情節寄寓作家對政治、歷史的批判的敘事模式——「魔幻現實主義」，便產生並進而影響其他國家。與台灣相較，拉美國家的政治發展環境與台灣長達三十八年的戒嚴體制實有若干相符之處，所以此一寄寓現實批判於超現實技巧與荒誕情節中的敘事模式便以文學商品的形式傳入並進而影響台灣。

但如陳正芳所觀察，台灣對魔幻現實主義的認知「還是比較流於表面字意的層次」[97]，「細觀其創作底蘊，也僅是抓取了拉美魔幻現實主義小說的部分手法或精神」[98]，而筆者認為，台灣之所以對魔幻寫實既吸收又流於

97 陳正芳：「無論如何，台灣對於魔幻現實主義的認知，還是比較流於表面字意的層次。」陳正芳：《魔幻現實主義在台灣》（中和：華文網股份有限公司，二〇〇七），頁一二六。

98 陳正芳：《魔幻現實主義在台灣》（中和：華文網股份有限公司，二〇〇七），頁七。

字意的層次的原因則如前述，是台灣自七〇年代以來現實主義文學精神在發揮作用。因為所謂魔幻現實主義，如遠浩一於〈現實主義的新發展——讀拉美魔幻現實主義小說有感〉一文中所說，它的定義是：

> 第一、魔幻現實主義本質是現實主義的，它的許多似乎怪誕的手法恰是為寫實服務的。第二、它在寫實之上又加了超現實主義的成分，其作用是象徵。如果說前者是客觀地反映現實，後者便是以幻化的形象概括作者對客觀世界的認識。[99]

「魔幻現實主義本質是現實主義的」以及「它在寫實之上又加了超現實主義的成分」，兩句話雖是為魔幻現實主義下定義，但卻具體而微地概括了台灣對魔幻現實主義得以迅速吸收的原因。前者說明了魔幻現實主義與台灣自七〇年代以來現實主義文學所建立的文學社會性、本土性有本質上的相聯繫，所以當鄉土文學於八〇年代式微，由政治、社會小說承繼其社會意識後，魔幻現實主義雖刻意以魔幻的手法製造神奇效果，隱藏在事物背後的真實卻因此而反映出來，頗利於當時欲另闢蹊徑的台灣新世代作家運用；而後者則說明了魔幻現實主義有利於新世代作家嫁接現代主義文學中的超現實技巧，讓原先在已開始運用的意識流、心理時間等現代文學技巧得以在一個全新的敘事模式中順暢地呈現。所以，研究台灣魔幻現實主義的學者陳正芳有項論點頗為重要，她說：

> 淺白的說，八〇年代的書寫採取全新的敘述模式，是要擺脫走離現實，亦即政治化的書寫情結，並非去政

[99] 遠浩一：〈現實主義的新發展——讀拉美魔幻現實主義小說有感〉，收入柳鳴九主編：《未來主義 超現實主義 魔幻現實主義》（台北：淑馨出版社，一九九九），頁四三四。

治、或去社會化的文字遊戲。因此，後現代理論的崛起不應視作政治、社會小說沒落的因素，而應當視為促使政治、社會小說改變風格的契機。[100]

這也正是筆者一再強調台灣後現代文學並非全是西化的產物，因為強悍的台灣文學基礎對此文化入侵是選擇性的接受，即使曾有理念先行的實驗作品流行一時，也終究要在台灣的文學環境中沈澱回歸台灣文學本質。而政治、社會小說的流行，對台灣本土論的作家而言現實主義仍有堅持的必要，但對新世代作家而言，他們一方面要批判現實主義，一方面又不願意過度遠離社會性與本土性而重蹈現代主義文學覆轍，所以後現代理論便如此地成為他們將政治、社會小說轉型的一大利器。

再進一步談，魔幻現實主義之所以在台灣能夠造成一股風潮，除了存在其中的現實批判精神以及其與台灣文學發展脈絡的暗合之外，更重要的，是魔幻現實主義使台灣的神話基礎重新得到張揚，此以張大春的魔幻現實小說最具代表性，他於小說中靈活運用鄉野傳奇及原住民神話作為推演情節的基礎。張大春於一九八四年十月發表的〈蛤蟆王〉已具魔幻寫實的雛形，故事中一隻被抓來治敘事者眼疾的蛤蟆被取出肝臟後放回，結果又被敘事者遇著，接下來「這時我才看見，牠身後的田溝裡忽然竄出成千上萬的大小蛤蟆，隨在牠屁股後頭此起彼落地穿過路面，霎時間我眼力能搆著的地方全是竄高蹦低的蛤蟆，彷彿夏日午後場子上的雨漩子」[101]便已有了如鄉野傳奇般的誇張場景。接下來〈最後的先知〉（一九八五）、〈飢餓〉（一九八六）、〈走路人〉（一九八六）、〈將軍碑〉（一九八六）等小說皆以魔幻現實的筆法為主，而〈最後的先知〉與〈飢餓〉便結合了原住民的神話傳說，〈走路人〉則預設了一群「有神話般能力」的山中人，頗富盛名的〈將軍碑〉則讓武

100 陳正芳：《魔幻現實主義在台灣》（中和：華文網股份有限公司，二〇〇七），頁一二一。

101 張大春：〈蛤蟆王〉，《公寓導遊》（台北：時報文化出版企業有限公司，二〇〇二），頁二二。

鎮東將軍擁有穿透時間的能力，使故事不斷以將軍自己回到歷史現場反駁兒子武維揚講述將軍生平事蹟的演講內容，並以此指涉歷史的不確定性。後來的《大說謊家》（一九八九）、《沒人寫信給上校》（一九九四）、《撒謊的信徒》（一九九六）等也都摻雜了魔幻現實，以完成其對政治、歷史真實性的批判。由此我們可以看出，是以台灣為主體的歷史，加上台灣神話基礎，使魔幻現實主義在台灣也能夠「本土化」，創作出有本土風味的魔幻現實主義作品。

總而言之，魔幻現實主義隨著馬奎斯得諾貝爾文學獎而在台灣流行一時，當作家欲使用魔幻現實主義時，由於其現實主義本質與台灣自七〇年代以來所建立的文學社會性相連繫，又能突破現實主義的寫實形式而與現代主義文學的許多技巧相銜接，給予新世代作家反抗寫實形式及維持社會意識的全新敘事模式，再加上台灣特有的神話基礎，不論是鄉野傳奇或是原住民族神話，也給了台灣魔幻現實主義作品一「本土化」的空間，因此也成了台灣政治、社會小說轉型的新契機。然魔幻現實主義在台灣主要還是如陳正芳所說是僅抓取其部分手法與精神創作，其手法雖影響久遠，但對現實主義的批判僅止於寫作手法的改變，而真正讓新世代作家所喜愛的卻是「後設小說」，因為其對現實主義的摧毀，正如後現代主義對現代性根基的拔除，是全面且超越的。

（三）後設小說的形式特徵與代表意涵

後設小說在後現代主義風潮之中有其獨特的意義。其意義獨特之處在於，後設小說幾乎可說是後現代主義思想在小說此一文學形式上的具體落實。簡單來說，後現代主義對哲學本體論的反思，會成為後設小說在小說本體論的反思；後現代主義在思考上的高度自由，會成為後設小說在創作上高度自由；後現代主義對現代性根基的拔除，會成為後設小說對現實主義根基的拔除；如果後現代主義的本質可一言以蔽之曰「不確定性」，則此「不確定性」又將成為後設小說創作時的最高準則。以下，以後設小說與後現代主義思想間的相互對應為主，來討論後設小說的技巧與形式特徵及其代表的意涵所在，以及此代表意涵與當時的台灣文學所冀求改變的相對應之處。

1. 對終極真理體系的否定

後現代主義與現代主義最大的不同點在於，現代主義相信絕對真理的存在，但後現代主義否決了真理的存在，如此的改變一方面拒絕了思想的深度模式，使後現代文化走向表象與平面化，一方面也因否定真理的存在，使哲學本體空無化，從尼采的「上帝已死」到傅科的「人已死」，對主體的否決與批判成為後現代思潮的特徵所在。可以說，西方文化在發展過程中，其對絕對真理體系的追求，在現代主義文化發展到極端之後，優點與缺點同時暴露，所以後現代主義的文化基調，便建立於對西方傳統文化核心的不斷批判與摧毀，一種徹底否定的精神也連帶使充滿「不確定性」的文化產生。但是反過來說，正是對真理確然存在的否定，使本體失去了原先頑強的固定性，所以對本體的探究反較之前更為深入，更可以說，對本體探究構成了後現代思想最重要的一環。所以當代理論家卡林內斯庫（Matei Calinescu）曾說：「後現代主義寫作的主因是本體論（ontological）的。亦即，後現代主義寫作旨在提出以下問題：什麼是世界？有些什麼類型的世界？它們是如何構成的，又有怎樣的區別？……什麼是文本的存在模式，什麼又是文本所投射的世界（或諸世界）的存在模式。」[102]也因此，對世界構成模式的重新理解，也連帶地使文學的構成模式成為後現代文學所著重之處。

如果將後現代主義對西方傳統文化核心的批判反映到文學上，我們可以說，後現代文學家對寫實主義傳統能表現的「現實」所提出的質疑與批判，正是使文學本體徹底轉向的關鍵所在。蔡源煌說：

102 Matei Călinescu著，顧愛彬、李瑞華譯：《現代性的五副面孔：現代主義、先鋒派、頹廢、媚俗藝術、後現代主義》（Five faces of modernity modernism, avant-garde, decadence, kitsch, ostmodernism）（北京：商務印書館，二〇〇二）。

> 無庸置疑的，一九六〇年代以來，美國小說當中較為嚴肅的經典之作都不約而同的對「現實」這項觀念產生質疑，小說家對「現實」的質疑，像一劑催生針，帶來了所謂「虛構派」（fictionalist）的作品。……最重要的這些作家將「虛構」的本質發揮得淋漓盡致，一方面固然是由於他們對「現實」一詞的見解與寫實主義傳統的觀點截然不同，一方面則是由於他們對小說的前途之關切。對「現實」的新探討使他們能夠將虛構創作和新的「再現」說法演化成一種遊戲。就這一點來看，這些作家對小說救亡圖存的貢獻是文學史家絕不能忽視的。[103]

我們可以說，當後現代主義思潮逐漸成形的同時，對傳統的質疑批判已到了對「根基」進行「破壞性摧毀」的程度。而文學作品一直以來受語言媒介、受社會環境、受作者意圖影響所反映出來的「真實」，是在現代主義階段仍被認為可戮力以求的「絕對真理體系」，而後現代主義文學所否定的正是這個「真實」，所以，在這樣拒絕「真實」追求、質疑「現實」呈現的大方向下，後現代主義文學有了較現代主義文學更大的破壞性。

在現代主義文學中，各種違反寫實傳統的表現手法，是為了更能貼近生活的真正現實，所以以意識流表現人物心理空間的跳躍，以自動書寫引導潛意識的表露，以超現實表現濃烈的象徵意味等，現代主義為追求文學的真理，本著「為藝術而藝術」而有了各種技法的表現。但到了後現代主義的階段，對真理的否定更帶來了「反藝術」的思想，高宣揚說：「嚴格地說，後現代反藝術和反美學的創作遊戲，實際上是從十九世紀現代主義的所謂『純粹藝術論』發展而來的。現代性或現代主義文學藝術的基本口號是『為藝術而藝術』。從現代主

103 蔡源煌：〈當代美國小說對「現實」觀念的探討〉，《當代文學論集》（台北：雅典出版社，一九九八），頁一四。

義到後現代主義的轉變，實際上就是從『為藝術而藝術』到『反藝術』的過程」[104]，然而，這樣的「反藝術」又有積極的因素在其中，高宣揚又說：

> 所以後現代反藝術同時具有否定和肯定兩面。就否定的一面而言，它是反傳統形而上學、邏輯中心主義和語音中心主義的必然表現和結果；就肯定的一面而言，它是將藝術從傳統的定義中，也就是從理性中心主義和語音中心主義的牢籠中解脫出來而返回自然和生活中去，它是對於藝術的生活本體論意義的確認，也是藝術本身從自然界和人的生命活動中獲取其生命力而同自然並存繁榮的保障。[105]

所以即使是「反藝術」，也並非代表藝術的「墮落」，早在第一次世界大戰結束後，便有了「達達主義」此一打著「反藝術」大旗的運動潮流，其對現代性根基的摧毀使後現代主義者得以遙奉達達主義為遠祖，當時達達主義者離經叛道的反藝術的行為，實是為了打破傳統對藝術的認知，更加擴大與加深藝術可能展現的內涵，所以，後現代主義的「反藝術」行為也有其積極面，此一積極面在於，否定了終極真理之後，對生活本體論意義的確認，落實在文學上，則是對文學定位與追求的重新掌握。正如曾豔兵所說：「實際上，後現代主義是在否定共同特徵的同時，又試圖確立自己的特徵：用無中心來充當中心；用不確定來給予確定；用零散化來構建整體」[106]，後現代主義文學正是以此建立不同於現代主義文學的風格。以此觀念與小說相比附，則小說傳統由「虛構」指向「真實」的特性也會在後現代主義成形時逐漸受到質疑，而產生了因「不追求真實」（對文學反映真實可能性的否定）而「回歸虛構本質」（對文學本體的重新掌握）的「後設小說」。

---

104 高宣揚：《後現代論》（北京：中國人民大學出版社，二〇〇五），頁四四五。

105 高宣揚：《後現代論》（北京：中國人民大學出版社，二〇〇五），頁四八一。

106 曾豔兵：《西方後現代主義文學研究》（北京：中國社會科學出版社，二〇〇六），頁二三。

後設小說（Metafiction），又稱為「元小說」、「超小說」或「自覺小說」，是對小說本身的一種「後設」式的反省，而創作者「自覺」其虛構歷程，並將之展現在讀者面前，所以，小說的「虛構」本質被放大成本體，小說家藉由各種手法，探討小說的虛構過程，表現出以虛構呈現真實的不可能性。在後設小說的表現手法中，以「自我指涉」最能夠展現後設小說以虛構為本體的文學觀，所謂「自我指涉」，是作家在小說創作時談論小說創作，凸顯寫作的刻意性，「自覺」其寫作行為，並在寫作過程中，使用「後設語言」對小說的人物、情節及進行方式進行檢驗與分析，以此凸顯並提醒讀者小說的虛構性及不可信任。並再進一層，破除了原先要求小說以虛構反映真實的核心之後，面對的是小說原先組成架構的瓦解與重新反省，所以，原先在現實主義與現代主義文學中作者的權威地位被打破，小說重新探討作者與讀者的關係；原先在現實主義或現代主義文學中對架構完整的要求的被否定，使架構持「開放性」，使作品在內容與形式上更為碎裂、散逸，否定架構的統一、情節的完整、作者的全知全能等，並使作品永遠處於一種「未完成」的狀態。蔡源煌在〈後設小說的啟示〉一文中對後設小說作了如下的通論概述：

> 後設小說（一）聲揚想像創造的能力但是它不想武斷地主張其權威，也不要讀者非相信它不可；（二）它顯示出小說家對語言、文學形式以及對小說的書寫過程充分的自覺，至而敘事的文體便具有高度的自我反射性（self-reflexivity）；（三）它對人們歷來所執著的經驗論（empiricism）感到不安，因此，乃強調現實亦經由人為詮釋而認定，其性質與虛構無異；（四）它經常諧擬表面上看起來平淡而不足為奇的文體，引起讀者的樂趣或警覺。[107]

[107] 蔡源煌：〈後設小說的啟示〉，《從浪漫主義到後現代主義》（台北：雅典出版社，一九九八），頁一九二。

其中（一）（二）（三）點皆是筆者前述的後設小說對於傳統文學的顛覆部分，如此的強調虛構至高無上，以極端的手段突出了傳統的寫實主義的缺陷。且在否決了終極真理體系，拒絕在小說中表現對「真實」最高追求之後，反而突出了多元價值的必然性，因為它在拒絕終極真理之後，表現了真理的相對性與多樣性，也更服膺二次大戰後的民主自由的風氣。

反觀八〇年代的台灣，正經歷過鄉土文學此一對現實主義的激情，而在現實主義的缺陷暴露之後，新世代作家亟欲尋求一新的形式，則後現代主義對「真實」的批判便成最有力的武器。所以，當時創作後設小說名於文壇的張大春便曾在受訪時說道：

> 寫實主義在台灣於七〇年代興起，發展到七〇年代末期、八〇年代，還有人在寫，甚至現在在校園裡還有年輕人在寫。問題是那個無以復加的道德、政治和超乎一切的情感負擔已經消失，使得小說的寫實精神早就瓦解了，……有人說我是反寫實的，其實我不是，當寫實已經異化成另外一種東西時，你要如何去承認它是寫實呢？[108]

正是此種被「異化」了的現實主義使新世代小說家感到不耐，而後設小說對於傳統寫實主義的批判力道強大，容易為新世代小說家所接受與使用，並在八〇年代後期帶起了一股創作後設小說的熱潮，即使評者對後設小說的褒貶不一，也無法遏止後設小說席捲文壇的聲勢。

108 張大春語。楊錦郁記錄整理：〈創造新的類型，提供新的刺激──李瑞騰專訪張大春〉，《文訊》，九九期（一九九四年一月），頁八八。

2.高度自由的遊戲精神

後設小說對傳統小說架構的破壞已如上述，也相對地使其形式上顯得更為碎裂，但也更為開放，此也是因為後現代主義對傳統文化的顛覆使然，高宣揚說過後現代主義者「將追求形式和各種形式表現看做否定力量加以拋棄」[109]，在這樣的追求中，形式的創新才能更不受傳統限制而開發出來，這正是後現代主義尋求最大限度的自由的創作方式。高宣揚進一步引入「遊戲精神」來闡釋後現代主義的創作自由，他說：

> 後現代主義者在遊戲活動中，特別發揮了自由創造的基本精神，將原本屬於人類一般實踐基本模式的遊戲，自覺地提升成為超越和批判傳統文化以及創造新文化的最高活動。因此，後現代思想家超越近現代西方文化的最自由途徑，一方面是在遊戲中不斷創造和冒險，另一方面又是對原有的文化抱持著遊戲的態度，這就是所謂遊戲文化或「玩」文化。[110]

如前所述，當後現代主義否定終極真理體系的存在之後，給予真理一「多元」的相對性與多樣性，且也使得文化走向表象與平面化，前者為後現代主義提供多元活潑的發展性，後者則限制了後現代主義的追求範圍，以免其重蹈現代主義的覆轍，「遊戲精神」一方面代表了後現代主義的「自由」、「創造」與「冒險」，另一方面又去除了現代主義者的嚴肅態度以及其菁英色彩。前述後設小說的「自我指涉」特質及其對傳統小說中架構、情節、人物等成規的破除等皆可算是其在遊戲精神自由創造的表現。而「諧擬」，或是渥厄所說的「滑稽

109 高宣揚：《後現代論》（北京：中國人民大學出版社，二〇〇五），頁一五。
110 高宣揚：《後現代論》（北京：中國人民大學出版社，二〇〇五），頁四八。

模仿」是後設小說的另一運作方式，也就是前述蔡源煌概述後設小說的特點時的第四點：「它經常諧擬表面上看起來平淡而不足為奇的文體，引起讀者的樂趣或警覺」，但其實此「諧擬」實不止在於「文體」上，也可對文學主題、風格進行戲擬。然此處要提出的是，後現代主義的遊戲精神加上對真理的否定後帶來的文化平面感，去除了過去現代主義者的菁英色彩，其嚴肅作家與通俗作家的界線愈加模糊，張大春便曾稱黃凡：「他最近不論公開或私底下都強調他寫作是為了好玩，不只是他自己覺得好玩，更重要的是讀者覺得有趣，它用大量寫雜文的方式，有意無意地訓練他寫小說的筆調，另一方面也摻雜了許多胡說八道的雜文式枝蔓，你甚至可以說它與主題無關、與結構統一無關，旨在加強它的小說在讀者閱讀時的吸引力、說服力、趣味性」[111]此種在創作中作家與讀者同時增加的趣味性，都是「好玩」的遊戲精神所帶來的，所以，提升了小說虛構的主體地位，又可多元發展創造新形式，也正扣合了台灣八〇年代政治環境所經歷的解嚴此一轉變期的多元價值，而嚴肅與通俗界線的泯除，也迎合了在解嚴前後政治高壓瓦解及經濟發展消費社會成形後的市民文化，所以，後設小說在八〇年代台灣能夠迅速受到歡迎並造成影響絕非偶然。

總結上述，後設小說因後現代主義的幾項中心特質轉換而來，後現代主義對終極真理的否定帶來後設小說以虛構為本體的特質，其創造的高度自由如同遊戲精神，作家在形式創造時也增加了無限的可能性，而遊戲精神及文化平面性所帶來的菁英色彩的去除，嚴肅與通俗界線逐漸泯除等等，在在都貼合了台灣八〇年代中期的政治、經濟、文學環境，所以後設小說的形式在傳入台灣之後迅速獲得迴響，而由於後設小說與後現代主義各方面的貼合與切近，使得使用後設手法，或是以後設小說成名的作家，也被稱為「後現代小說家」，本論文所觀察的林耀德、黃凡、張大春與平路四人正是因撰寫後設小說的質與量均豐而成為台灣後現代小說的重要觀察

[111] 張大春語。林紫慧記錄：〈八〇年代台灣小說的發展——蔡源煌與張大春對談〉，《國文天地》，四卷五期（一九九八年十月），頁三五。

對象。以下，便以四人的作品為例，討論台灣後現代小說於後現代思潮傳入後的展現，並進一步分析後設小說的各種創作手法。

第三節　台灣後現代小說的興起、流行與轉型

以下，先從對黃凡、張大春、林燿德與平路在八〇年代中後期以至九〇年代前期的小說為主要探討對象，說明台灣後現代小說的主要表現手法與內涵，並進而說明隱藏其中可能促使後現代小說式微與轉型的原因。台灣的後現代小說，最早須從黃凡的〈如何測量水溝的寬度〉開始談起。

一、台灣後現代小說的起始——〈如何測量水溝的寬度〉

正如黃凡的〈賴索〉在政治小說中所投下的震撼彈一般，他於一九八五年十一月二十四日發表在《聯合副刊》的〈如何測量水溝的寬度〉可算作是台灣後現代小說的一個重要的界碑。如前所述，台灣後現代小說以政治為主要題材的作品可以算做是「懷疑論式政治小說」的變貌，而在都市小說中，也已存在著從現代主義轉向後現代主義的過渡性格，但真正使評論者不得不為一嶄新的作品加入後現代理論的探討並重新為此文類定名的作品，便是黃凡的〈如何測量水溝的寬度〉，也因為這個作品的出現，使台灣的「後現代小說」正式誕生，如呂正惠與趙遐秋所言：

總的來講，由於八〇年代中期與黃凡小說創作的蛻變，也由於張大春、蔡源煌對「黃凡蛻變」所提出的理論性陳述，台灣的「後現代小說」就此誕生。[112]

前節所談到的學者作家對後現代思潮的引介，以及黃凡〈如何測量水溝的寬度〉一文的出現，使台灣的後現代小說在理論與實踐上得到結合，加上政治、經濟及文學環境的轉變，黃凡該作一出，使「都市文學」的「過渡性格」正式走到了「後現代文學」的一端，台灣的後現代小說也正式宣告誕生。而筆者曾謂，台灣後現代小說的出現有歷史的必然與偶然，大環境的改變造成後現代思潮的迅速流行為歷史之必然，但黃凡此一成功的具體實踐的出現卻是偶然的。在呂正惠與黃凡的對談中，呂正惠談及黃凡對台灣後現代小說潮流的帶動時，黃凡回應道：

剛才呂教授講我〈如何測量水溝的寬度〉和張大春、蔡源煌聯合起來推廣後現代，不是這樣的，批評家有時候看到這些人的成就與作為，就把他聯想在一起。〈如何測量水溝的寬度〉現在還有人誤解說我是引進西方的很多技巧，其實我根本不喜歡，也不想看到技巧、理論啊，因為那樣寫起來就沒意思。……〈如何測量水溝的寬度〉是這樣來的，那時候電視的雙向溝通，大家都在討論，我那時也寫科幻小說，我在想雙向溝通跟多元化的方式，可不可以應用到文學上面？我當時在思考這個問題，因為我那時並不知道後設小說、後現代；有一天我經過台北市的堀公圳，我跟一個朋友講：「你信不信我能夠寫一篇小說叫做如何測量水溝的寬度？」他說不信，我說寫給你看，發下這種豪語之後我在想怎麼寫啊？這種題目怎麼去寫小

112 呂正惠、趙遐秋：《台灣新文學思潮史綱》（台北：人間出版社，二〇〇二），頁三四五。

說，你們想想看，所以就開始思考，很費力地終於把它寫好，寫好我就投給〈聯合副刊〉，他們也看不懂只好找一些學者來研究，結果蔡源煌似乎知道這個東西，他就做一個專題開始徵求其他的文章，因為蔡源煌也寫一篇，其實那等於是我的一種遊戲之作，寫實批判寫得煩了，我就來開開大家的玩笑，結果就變成張大春、蔡源煌來研究黃凡的蛻變，開創了後現代文學。這個東西很好笑啦，就是這樣子。他們誤以為我這個人精通了各式各樣的理論，其實不是這樣。[113]

黃凡在對談中自稱，自己在偶然（途經瑠公圳、對朋友發豪語、開讀者玩笑）的情況下寫了這篇文章，而此一標誌著「黃凡的蛻變」的作品，卻也順勢地開創了後現代小說的領域，可以說，原先在等待著可符應大環境轉變的新文學型態的作家們，在黃凡因緣際會地發表了〈如何測量水溝的寬度〉之後，終於有了明確的方向。

而該段話更重要之處在於，黃凡撰寫這篇文章並不引用西方的理論與技巧，也不刻意迎合台灣的文學評論環境，這篇文章之所以成形，是黃凡對於「電視的雙向溝通」的理解與反省而來。其中「雙向溝通」，代表著在該篇小說中必然出現的對「作者——讀者」的高低位階的改變，並進而打破小說框架使作者得以透過文本與讀者直接溝通，「多元化」則對應了當時的社會在「解嚴」期間追求多元價值以及創作時突破傳統框架的自由度，而「其實那等於是我的一種遊戲之作，寫實批判寫得煩了，我就來開開大家的玩笑」則更進一步將「遊戲精神」帶入了小說創作之中。

黃凡曾說：「不成熟的哲學觀說不定也能造就出偉大的小說家」[114]，所以，當羅青、蔡源煌、林燿德等亟欲

113 陳南宏記錄整理：〈偶開天眼覷紅塵，可憐身是眼中人——黃凡的小說及其時代〉，《徬徨的戰鬥——國立台灣文學館・第三季週末文學對談》（台南：國立台灣文學館，二〇〇七），頁一三一—一三二。

114 黃凡語。引自林燿德：〈慾望方程式——論陳裕盛的小說創作〉，《期待的視野》（台北：幼獅文化事業有限公司，一九九三），頁八五。

在理論層面上為台灣與後現代思潮作連結，卻擺不脫其對後現代思想「工具」性質地「去脈絡化」地使用時，黃凡卻不以後現代思潮作為其創作小說的理論根基，而巧合地以其敏銳的社會觀察，將高度媒體化與多元化的台灣社會徵象轉化為他的小說形式與技巧，由此更可證明台灣的後現代小說絕不是單純的「西化」的產物，而是小說家以其敏銳的觀察將台灣劇變中的社會型態轉換為小說形式，加之評論家的推波助瀾，以及其他小說家的模仿使用，使台灣正式進入了後現代小說蓬勃發展的年代。以下，便以黃凡〈如何測量水溝的寬度〉一文中所表現的後現代小說手法，來看在這篇台灣後現代小說的「處女作」中，已表現多少足供後來的後現代小說模仿與學習的技巧。

（一）「開放」的文體

在〈如何測量水溝的寬度〉一文中，開頭一再重複的「如何測量水溝的寬度」使小說既點題又離題：

> 不管怎麼說，測量水溝永遠不會是個有趣的話題。當我們用言語來娛樂朋友時，最常被提到的是：男女關係、經濟、醜聞、電影和笑話。……
>
> 聽我說話談不上享受，但也不會是種苦刑：除非我一不小心溜了嘴，提到如何測量水溝寬度這回事。……
>
> 至於本文的題目——如何測量水溝的寬度。這個問題一般可以接受的答案是個反問句：你如何測量靈魂的寬度？[115]

115 黃凡：〈如何測量水溝的寬度〉，《黃凡後現代小說選》（台北：聯合文學出版社，二〇〇五），頁三八—三九。

在此，小說開頭讓議論進入小說的正文，此正是前節所引張大春所說黃凡小說「摻雜了許多胡說八道的雜文式枝蔓」，如此的枝蔓一方面使文體保持了「開放」狀態，隨時可再繼續插敘入其他的議論文字，而另一方面，也在此「胡說八道」的議論加入後，使小說的嚴肅意圖被沖淡。

（二）「自我指涉」、「後設語言」與「括弧按語」

「自我指涉」是指小說的敘事者是「自我意識型」的敘述者，在小說進行中不斷告訴我們小說的想像世界是從何而來，在小說中，我們看到作者提到這篇小說的創作動機、小說創作時可能遇到狀況（如被扯出題外）、談論小說的功能、甚至是對讀者說出你已「涉入」故事中成為故事主角的文字：

> 因此，我必須從這一天的清晨開始說起，讓大家看看測量水溝的動機究竟是如何發生的。[116]
>
> 當你閱讀這篇小說時，你也「涉入」了這個故事，只是你跟兩位小姐涉入的方式有著明顯的不同。這個不同是：「你」不是一個清楚的特定對象，但如果你在某一天的早報上讀到這篇文章，在文章還沒有結束之前，及時與我取得聯繫，你便有可能在我的作品中真正插上一腳。[117]

如此的寫作手法，可以進一步迫使讀者思考「現實」也可能是被「寫成」的。如Patricia Waugh所說：「後設作品不僅表明『作者』的概念不過是先前的和現存的文學與社會的文本所產生的，而且通常被用來稱做『現實』的東西也是以同樣的式樣構成的和傳播的。在這層意義上，『現實』就是『虛構的』，而且可以通過適當

116 黃凡：〈如何測量水溝的寬度〉，《黃凡後現代小說選》（台北：聯合文學出版社，二〇〇五），頁四四。

117 黃凡：〈如何測量水溝的寬度〉，《黃凡後現代小說選》（台北：聯合文學出版社，二〇〇五），頁五三。

的閱讀過程來加以理解」[118]，就是作者要在小說中表現的現實與小說之不可分，「現實」對作者所產生的干擾，以及讀者所可能對作者產生的影響，小說文本也在此成了一種流動、開放的文本。而在小說中不斷出現地對小說人物、情節的中斷式的討論，便是「後設語言」的呈現，「自我指涉」的文體通常有大量的「後設語言」以凸顯小說的虛構本質。

後設語言（meta-language）是對語言本身詮釋、說明的語言，也就是語言中的語言。如前所述，後設語言在自我指涉性質明顯的後設小說中是重要元素，它可以突出作者寫作的遊戲性質，挑戰讀者的閱讀習慣，並使敘述中斷，增加對小說形式虛構性的強調。所以〈如何測量水溝的寬度〉中，我們會看到如下的文字：

> ※故事進行到這裡，可能有部分讀者感到不耐煩。那麼我有如下的建議：
>
> 一、你可以立刻放棄閱讀，再想辦法把前面讀的完全忘掉。
>
> 二、你一定急著想知道作者如何測量水溝的寬度，那麼我現在告訴你，我們當時帶了一把弓箭，把繩子綁在箭尾，射到僅靠溝旁的樹幹上，把箭拉回後，再量繩子的長度，答案就出來了。
>
> 三、假如你對上述兩種建議都不滿意，那麼我再給你一個建議，暫時不要去想如何測量水溝的寬度，請耐心地繼續閱讀。[119]

如此後設語言的嵌入，也可以使小說的開放架構更形明顯，因為其挑戰傳統小說的敘述成規，也突出了技巧在小說中的重要性。

---

118 Waugh, Patricia著，錢競、劉雁濱譯：《後設小說——自我意識小說的理論與實踐》（板橋：駱駝出版社，一九九五），頁一九。

119 黃凡：〈如何測量水溝的寬度〉，《黃凡後現代小說選》（台北：聯合文學出版社，二〇〇五），頁五〇。

與後設語言相近似的是在小說中「括弧按語」（parenthetical expression）的大量出現，如小說中：

> 於是，我停下手邊的工作，跑到文具行去買了一盒彩色筆，以及找了一張紙片。
>
> （上面這段文字是在從文具店回來時寫的。如果有讀者問，為什麼選擇彩色筆而不是蠟筆或鉛筆？我的答案是，那家文具行只賣彩色筆，或者我到文具行裡，我的眼睛只看到了彩色筆，價格是十八元。）
>
> 我要開始畫了！
>
> （編輯先生：能否將這張圖印成彩色，打破副刊的傳統。）
>
> 按：這張圖的比例大約是一百到一百五十比一，但是讀者諸君千萬不要拿出尺來量圖上水溝的寬度再乘以一百五十，這樣做就變成你在測量水溝，而不是作者我在測量水溝。至於在色彩上，跟實際的顏色也有頗大的差異，況且如果編輯先生拒絕我的建議，那麼這張圖會變成黑白色，水溝則呈灰色。正如你們最近看到的河水顏色。不過，當時河水的顏色的確不一樣，即使水溝裡的水。在此，我順便提醒諸位一句：不要讓嫦娥笑我們的河水髒。[120]

這便是「括弧按語」的具體呈現。如此的手法可以產生「雙聲」並置的效果，讓括弧中的話語與作者的敘事話語相挑戰，並打破傳統敘事規則，使敘事顯得更為零散與開放。但如果看此段文字，我們看到括弧中的話語是在做一種「多餘」的解釋，包括文具行的色筆種類、彩色筆的價格；而下一個括弧中對「編輯」的請求，則加深了讀者對於作品與媒體之間關係的印象；後來的按語則又是作者對讀者閱讀行為的叮囑，而從印刷顏色引致的環保議題則在嬉鬧的語氣中顯得無意義，也表達了該文對道德意涵的排除。

[120] 黃凡：〈如何測量水溝的寬度〉，《黃凡後現代小說選》（台北：聯合文學出版社，二〇〇五），頁四八。

（三）「雅俗界線的泯除」

在藝術層面，普普藝術的出現，代表著雅俗界線被重新思考的重要時機。如前所述，商業的加入是後現代主義與現代主義繼承與轉化之間最重要的元素，所以在普普藝術之前被知識份子所瞧不起的商業文化，如今也可以成為高級藝術，而「現代藝術的商品化在藝術市場上迅猛的擴張，現代主義喪失了它們尖銳的批評和反叛性的稜角，變成了消費社會的裝飾」[121]，也因此，現代主義菁英掛帥的年代也隨之消逝，「後現代主義者唾棄了菁英主義，而把『高雅』和『低級』的文化形式在美學上的多元主義和民粹主義結合起來」[122]，工業創造文明，商業主導文化，成了最明顯的後現代徵象。表現在小說之中，便是「雅俗界線的泯除」，此與後現代小說中崇尚的「遊戲精神」也有精神上的互通，高度自由化的創作使得原先被現代主義者所不屑的媒介有了與高雅文化相抗衡的地位，所以，俗字粗言穢語在後現代小說中的使用不僅常見，重要性也被提高，前述黃凡的〈如何測量水溝的寬度〉將「水溝」與「靈魂」並舉便是顯例，再如在小說中所提到的：

> 水溝是城市的排泄管，就像你我的肛門，沒有人喜歡談論它，但總得有人關心。何況它們正迅速的自我們的視野內消失，像蚯蚓一樣隱入地層，在我們的腳底下喘息著、呻吟著、蠕動著，如果可能，還會打個嗝，臭氣便從柵欄形的水溝蓋縫隙衝出。[123]
>
> 我們五個人繼續走，一路上又跳又叫，彷彿要告訴別人我們有多快樂似的。……再過一會兒，我們聞

---

121 Steven Best、Douglas Kollner合著，陳剛等譯。《後現代轉向》（南京：南京大學出版社，二〇〇四），頁一二九。

122 Steven Best、Douglas Kollner合著，陳剛等譯。《後現代轉向》（南京：南京大學出版社，二〇〇四），頁一二九。

123 黃凡：〈如何測量水溝的寬度〉，《黃凡後現代小說選》（台北：聯合文學出版社，二〇〇五），頁三九—四〇。

到了雞糞的味道（也可能是狗糞，時隔多年，憑回憶很難確定究竟是哪種氣味。）……[124]

不論是以肛門比喻水溝，強調如打嗝沖出的臭氣及雞糞狗糞味道的記憶思索，都是把原先被認為低俗不雅的詞彙提高成為討論的重心，如此對於雅俗界線的泯除實有帶領的效用。再進一層談，台灣在七〇年代鄉土文學大行其道，對於文學被賦予的社會責任感與使命感，黃凡以〈如何測量水溝的寬度〉此一漫無邊際不知所云自由揮灑的無意義的題材做小說題目，並在小說內文中不斷地提高「測量水溝寬度」的重要性，甚至將之與「兒時記憶」、「核戰」等做連結，更是在以形式之創新及內容的無意義去挑戰文學被哄抬過高的工具價值，而如果鄉土文學現實主義是在將文學往「社會責任——雅」的路線上推，則黃凡此作則是反其道而行，以「內容之無意義——俗」來相互挑戰。而此也正是後現代小說與現代主義小說最大的不同點，因為後現代主義否定終極真理體系，現代主義即使在形式創新的同時仍兼顧內容意涵的挖掘，後現代主義則是在否定內容意涵之重要性後從事高度自由的形式技巧創新。雅俗界線的泯除，對後來的後現代小說影響甚大。

除了前述三項後現代小說的重要特質外，黃凡亦在該文中表現了打破學科語言疆界的努力，將小說語言與哲學語言混同，表現出對小說的旁觀與疏離，也符應了後現代社會中學科疆界被打破的現況；再如其一反傳統小說結構，以冷眼旁觀的態度，讓此一無意義的故事題材有了表現的機會，卻也因為內容的隨機發想，使得傳統小說以人物、題材、情節引人入勝的寫法無用武之地，最終以一開放結構做結，實反叛了傳統小說的結構，亦是後來台灣後現代小說表現的標準樣貌。

總結上述，在黃凡對社會的敏銳觀察以及對「雙向溝通」及「多元化」的思考下，有了〈如何測量水溝的寬度〉問世，而其在不參照西方理論與技巧的情況下所創作出來的小說，卻幾乎已有了西方後設小說的諸多形

124 黃凡：〈如何測量水溝的寬度〉，《黃凡後現代小說選》（台北：聯合文學出版社，二〇〇五），頁四七。

式，所以蔡源煌在該小說發表後，便撰〈欣見後設小說〉[125]一文以說明該小說的性質及其與西方後設小說相嫁接之處。所以，我們可以說，黃凡〈如何測量水溝的寬度〉是在不參引西方理論與技巧的情況下由敏銳的作家自主發展出來的，在形式與技巧上尚顯稚拙，內容則刻意地「以無意義為意義」，該小說一出後加上蔡源煌的理論加持、張大春的小說實踐，理論的加入以及形式技巧的探究，使台灣的後現代小說在質與量上皆有所增長，後現代小說的潮流也就此展開。

二、黃凡、平路、張大春與林燿德的後現代小說

在黃凡〈如何測量水溝的寬度〉之後，歸屬於新世代作家、懷疑論式政治小說、都市小說陣營的小說家們紛起效尤，影響所及，七〇年代已有文名的李昂、朱天文、朱天心等作家亦有後設小說的創作。而本書主要的觀察作家黃凡、平路、張大春與林燿德四人，在一九八六年至一九八九年，便有大量的後現代小說的撰寫。在此，筆者不以「後設小說」作為四人在八〇年代中期後小說實驗的全稱，而稱之以「後現代小說」，是因為後設小說主要以形式技巧出現在四人的小說之中，但部分作品側重於形式技巧屬於後設小說的範疇，部分作品則側重在內容意涵上對應於後現代主義，所以筆者以「後現代小說」稱之。

125 蔡源煌：〈欣見後設小說〉，收於《如何測量水溝的寬度》（台北：聯合文學出版社，一九八七），頁二一一—二一三。

（一）後設形式技巧的加深加廣

從黃凡開始了後設小說的創作之後，原先策略性地鼓吹後現代，企圖以新刺激改變文壇風氣的林燿德，也開始將後設小說的形式技巧帶入小說中，但吾人可以在他的八〇年代中後期的小說中發現明顯的現代主義的牽絆，所以在三人中，他的後設小說的份量是明顯較少的；而張大春此一在《雞翎圖》中便以表現對「寫實」懷疑的小說家，在黃凡〈如何測量水溝的寬度〉之後，似乎發現了尋找已久的「目標」，以其旺盛的創作力大量寫作後設小說，將後設小說所可能使用的形式技巧皆帶入了他的小說中，且至二十一世紀仍未休止。以下，便以三人後設小說中出現的形式技巧以及重要作品作深入解析。

在黃凡的〈如何測量水溝的寬度〉之後，主要接續後設技巧並有所突破者首推張大春。張大春對「寫實」的質疑，於此開始直露地以議論的方式表現在小說中，如於一九八六年一月發表的〈走路人〉中說：「你們這些一天到晚接觸資料、整理資料、運用資料的人憑什麼去相信資料呢？的確，只要資料之間合理，就值得相信。的確這樣麼？你們這個世代的人因為有理可循，便不再有多麼觸目驚心的事了」[126]，文中不斷以「你」的第二人稱指稱讀者，並在文中隨劇情發展大發質疑寫實的議論，且前引之「只要資料之間合理，就值得相信」，更是其《本事》一書中試圖以真實或虛構的「文獻資料」相互嫁接「創造」讀者將信以為真的「偽知識」，來拔除知識的根基。與此相關的言論陸續出現在一九八六年，如〈走路人〉中有：「你們如果不健忘的話，或許還記得我打一開始說過：記憶是會隨著時間而生長和改變的」[127]、「無論你們相信誰的記憶，它都會在相信之後變成最真實的故事」[128]，在否定「記憶」的真實性，並強調「記憶」將創造「故事」，且「故事」又將充滿虛構之後，〈旁白者〉

126 張大春：〈走路人〉，《公寓導遊》（台北：時報文化出版企業有限公司，二〇〇二），頁五八。
127 張大春：〈走路人〉，《公寓導遊》（台北：時報文化出版企業有限公司，二〇〇二），頁六〇。
128 張大春：〈走路人〉，《公寓導遊》（台北：時報文化出版企業有限公司，二〇〇二），頁六四。

開始將矛頭指向小說作者的「權威性」：「對我來說：作家的input和output簡單又隨意，認不得真的」[129]；到了〈寫作百無聊賴的方法〉，作家成為故事主角，其為求增加小說的「故事性」的努力，在小說中自我坦誠的部分顯得格外諷刺：「如果我的寫作事業不是這麼忙碌，以致經常讓我把故事裡的角色和身邊的人物搞混的話，也許我能更正確地說出百無聊賴這個傢伙今年幾歲？」[130]；又或是對作家創作理念將影響其觀察立場的自嘲：「作家往往相信這些：比方說一個人的職業會影響他的語言，決定他的聲調。我的作家朋友們大都不願意承認這一點，不過我堅決地相信。他們之所以如此，又不肯承認，其實也是職業使然，寫作使人的語言更有強烈的歧異性和虛構性」[131]；小說中更進一步以作家考慮如何書寫「百無聊賴」的思考來嘲諷後現代文學之前的主要文學類型：

> 其中最令我頭痛的問題是：我不知道該用哪一個學科的方法去敘述百無聊賴這個人和他的遭遇。到今天這個時代，試管嬰兒已經多如牛排（編按：「排」字可能有誤，原本疑作『毛』，姑且存真），如果還用科幻小說這種古老的文體去寫，我就太不愛羽毛了。如果用寫實主義的方法來鋪陳百無聊賴這個人和他的故事，又缺乏衝擊性的張力，必定沈淪於悶。如果用意識流的方法去呈現百無聊賴的內心世界，我又實在想不出像他這樣一個平凡的現代國民會有什麼驚人而深刻的省思。[132]

該段文字將通俗文類、現實主義及現代主義文學一網打盡，嘲諷通俗文體之俗套，寫實主義之需要衝突性張力以避免沈悶，及現代主義之以刻畫畸形怪異心靈為主的陳規。當作家在文中「談論」小說人物的書寫方式時，

---

129 張大春：〈旁白者〉，《公寓導遊》（台北：時報文化出版企業有限公司，二〇〇二），頁六七。

130 張大春：〈寫作百無聊賴的方法〉，《公寓導遊》（台北：時報文化出版企業有限公司，二〇〇二），頁七六。

131 張大春：〈寫作百無聊賴的方法〉，《公寓導遊》（台北：時報文化出版企業有限公司，二〇〇二），頁七八。

132 張大春：〈寫作百無聊賴的方法〉，《公寓導遊》（台北：時報文化出版企業有限公司，二〇〇二），頁八八。

便是運用了「後設語言」來凸顯小說的虛構性。所以從〈走路人〉、〈旁白者〉到〈寫作百無聊賴的方法〉，原先便以「反寫實」為務的張大春，終於在黃凡的〈如何測量水溝的寬度〉後有了具體形式技巧的實驗方向，連續三篇小說，表現出其難忍寫實形式的不耐，而在小說中大發議論，並使用後設語言來造成自我指涉的效果。文中的「我真無聊，說著說著就把這一段寫下來了，真奇怪」「好了，我扯遠了」也都突出了作者的寫作是「進行中」的開放形式。而前引的「試管嬰兒已經多如牛排（編按：「排」字可能有誤，原本疑作『毛』，姑且存真）」，則是「括弧按語」的寫作手法。再如小說中的「我甚至可以說被百無聊賴催眠般的聲音和生命洗腦了，以致現在可以完全不用翻揀資料便能寫下他四歲時有一次用右手小拇指在鼻孔內往復挖鼻孔一千兩百三十四次的芝麻小事」[133]，也是在凸顯後現代雅俗界線泯除的特質，以低俗的詞彙及無聊的芝麻小事入小說，以「俗」破「雅」泯除雅俗界線。這幾篇小說，其實並未突破黃凡〈如何測量水溝的寬度〉所建立的後設形式技巧的實驗，及以無意義為意義的內容主旨的寫作方向，而後的〈印巴茲共和國事件錄——菲律賓政變的一個聯想〉及〈天火備忘錄〉才算是有所突破，以報導文獻的形式書寫一虛構的故事，前者藉一虛擬的國度來反諷政治圈的內鬥與紛擾，後者以假想核電廠爆炸後的台灣來影射官僚文化及凸顯新聞資料及個人記憶記錄歷史方式的不同，但其實二文仍未脫後設小說的「諧擬」文體的形式技巧，然此一以新聞文體來創作虛構故事的技巧，一直延續到〈晨間新聞〉、《大說謊家》，再加上其以文獻資料的文體來創造「假知識」的《本事》及「假歷史」的《城邦暴力團》，張大春以後設技巧來表達後現代主義「一切皆須質疑」的哲學意涵，幾乎成了其創作的最重要目標。

反觀黃凡於一九八六年開始，〈不斷上昇的泡沫〉以一家庭失和且在校不受歡迎的男童為主角，視角的轉換增加文本的碎裂感，內心獨白符合童趣卻又直指都市人孤獨扭曲的心靈；〈系統的多重關係〉中，則以「學校」做為主角，具體而微地表現學校與社會之間的複雜的權力及金錢關係的雷同。在小說中，每大段都以不同

133 張大春：〈寫作百無聊賴的方法〉，《公寓導遊》（台北：時報文化出版企業有限公司，二〇〇二），頁九五。

文體形式來呈現，「補充說明」則中斷小說敘述，岔出來補述與小說無關的事情。全篇便以碎裂的文本形式及對學校教育的嘲諷為核心組構成篇。在其中，「補充說明之二：超級市場」以「貨品明細」的形式呈現，到了「補充說明之三：校長在超級市場」則以戲劇科白的形式呈現，主角學童仲達的內心獨白及自由聯想，更使小說文本充滿流動性，也藉由此形式映襯現代社會關係之複雜與捉摸不定。若再加上其〈東區連環泡〉一篇，短篇幅的小說中出現各樣的人物，每樣人物的登場以前一登場人物的視角移動或是思考所及來出現，真正具體展現以文本形式的開放流動與當代都會的開放流動相呼應的文學技巧。而此文學技巧，早在張大春的〈公寓導遊〉中，便得到了成功的展示。

張大春於後設小說的實驗興趣濃厚已如上述，而在〈公寓導遊〉中更使後設小說的美學風格與當代都會得到更深刻的銜接。小說開頭便說：「各位千萬不要期待從我這裡聽到什麼故事，我只是個導遊而已」[134]，點明對小說故事性的取消，而從小說敘事者轉為「導遊」，其意涵在於將傳統小說敘事的線性時間感，轉變為空間導覽的形式，既保持了後現代小說的文本流動性，又呼應了都會高度發展後的空間結構變化。而其比重平均，出場隨張大春興之所之的角色們，以及小說的情節推演，在冷眼旁觀的「導覽」過程中，沖淡了各種對於道德的想望，如此，則在形式技巧上充分應和了當代都會人心靈的浮動與孤獨感。

我們可以說，當後設技巧與台灣都會經驗相結合時，後設小說的形式技巧所傳達的內涵會得到充分的呼應。台灣後現代小說家將後設技巧與台灣都會現實相結合，更能凸顯後設形式與台灣文學的契合度，上述黃凡的小說及張大春的〈公寓導遊〉便可為例。而在實驗後設形式時從未離開過都市範疇的，則非林燿德莫屬。

林燿德在一九八六年有〈惡地形〉一文，其小說有明顯的特徵，如小說中人物、情節、場景、對話等構成小說的元素非但不夠具體，且充滿散漫、錯置的混亂排列；情節推移主要來自跳躍性的意象閃現，並無統一

134 張大春：〈公寓導遊〉，《公寓導遊》（台北：時報文化出版企業有限公司，二〇〇二），頁一六五。

的情節結構可言等。這些特徵使〈惡地形〉充滿向傳統小說挑戰的味道，因為林燿德主要以「意象」串連人物與情節，所以沒有傳統小說架構的完整性，反而是混亂、無次序的自由聯想，表現了後現代小說的「混雜」、「去中心」、「不確定」等特徵。且林燿德也在文中頻繁地使用「後設語言」，以未完成、括弧按語、文字語氣故做天真等方式，甚至還煞有其事地以理性、客觀態度滔滔不絕，把後現代小說善用語言虛構現實的文字遊戲充分展現出來。此外，林燿德又刻意營造充滿神秘、詭譎、突兀的意象世界，不管是真實的地景、明信片上的圖樣、「我」與「B女」及「G女」、屍首與魚的想像、地圖上啃囓鐵道的蠶、牆上的石英鐘等種種不盡相關的意象，也在林燿德的刻意描繪與烘托之下，變成一種有著象徵意味的意象符號。

在〈惡地形〉之後，另一個可為林燿德後現代小說代表者為〈大東區〉一文，在〈大東區〉中，我們較少看到後設形式的實驗，但文中以幾個青少年在大東區的夜間生活組構成篇，其中有飆車、鬥毆、輪姦、一夜情，將當代社會亂象集中於一篇小說之中，並藉由對整體都市氛圍的刻劃所製造出來的混亂與碎裂感及青少年的偏差價值來反襯都會中人在精神方面的疲乏、軟弱。「都市文學」與「後現代小說」的切合性在林燿德的小說中最明顯，對小說實驗的興趣並不影響其對都市的關注，而其「現代主義／後現代主義」的過渡性格，也使得其未能否定對文學意義的追求。如果我們說，後現代文學是在思想層面上否定了終極真理的存在，那麼林燿德身為受現代主義影響極深的作家，其小說中反而出現兩者的拉扯，一如其〈惡地形〉的象徵形式，或是其〈大東區〉中的都會刻畫。所以朱雙一曾謂：「如果說以前的作品反映的多是面對『現代』的田園情結的話，那〈惡地形〉表現的卻是面對『後現代』的『現代』情結，因此顯現了作者格外敏銳的現實觸角和作品的前衛性，同時也透露了台灣年輕一代作家對新的時代又迎又拒的複雜心態」[135]，如前所述，林燿德的「後現代」只是一種對文壇未來有所期許的「策略」，但後現代主義對現代主義根基的拔除卻讓林燿德「欲拒還迎」，這也使

135 朱雙一：〈資訊文明的審視焦點和深度觀察——林燿德小說論〉，《聯合文學》，一二卷四五期（一九九六年三月），頁四五。

得林燿德的後現代小說有著獨特的風貌。

在後設形式實驗方面，一九八六年算是小說家們在〈如何測量水溝的寬度〉的基礎上不斷加深與探索的年代，其中又以黃凡與張大春對此興趣最濃。而平路的加入，更使後設實驗在語言等方面有有所突破。一九八七年五月，黃凡發表了〈小說實驗〉與〈房地產銷售史〉。在〈小說實驗〉這篇直接指明為「小說實驗」的小說中，「黃孝忠」與「黃凡」成為小說主角，前者為巧遇黃凡而無辜被捲入謀殺案的讀者，後者為在小說中先以「自囚」的方式進行「小說實驗」的小說家，後卻成為殺人嫌犯。小說中有著節奏明快的荒謬劇情推演，且小說家黃凡隨時杜撰出來的「故事大綱」，則成為情節推演的依據。在小說中，虛構的黃凡與現實的黃凡時常互相指涉，例如文中黃孝忠對黃凡的印象：「至於黃凡這位作家，我倒是讀過他兩本書《反對者》和《都市生活》，我認為他是位很穩重的作家，雖然有點虛無，不過當代作家大半具有這類傾向」[136]；而該文也時常與現實的文壇相互指涉，如黃凡在結束其「小說實驗」打破玻璃櫃逃出後必須面臨合約賠償的問題，黃孝忠與黃凡的對話：

「你不能說明那一擊也是小說的一部份。」

「那個豬頭，才不懂什麼是小說。」

「能不能請德高望重的人去說項，譬如王文興。」

「他不會肯的，他會說故事以入獄收場很不錯。」

「張大春呢？這位作家花樣很多。」

「他把我的一個短篇〈如何測量水溝的寬度〉貼在標靶上天天用飛鏢射。」[137]

136 黃凡：〈小說實驗〉，《黃凡後現代小說選》（台北：聯合文學出版社，二〇〇五），頁一一八。

137 黃凡：〈小說實驗〉，《黃凡後現代小說選》（台北：聯合文學出版社，二〇〇五），頁一二八。

也就是在此虛構小說與現實世界的相互對話中，讓讀者得以在小說中看著另一篇小說的成形，雖然其中的情節荒謬，卻是透過荒謬的小說構想，嘲諷偵探小說、愛情小說以及間諜小說，也進一步嘲諷了受通俗小說庸俗情節限制的小說讀者。而在小說中最重要的是，都會商業文化及文化的無深度感已被巧妙地運用進小說之中，該小說中的「小說實驗」，便是在書商炒作之下的作家「寫作行為」的表演，其中類似「火車壽司」的書籍銷售方式及小說家受書商合約束縛也是等同於文化受商業操作的現象。而在〈房地產銷售史〉中，後設形式的實驗仍在，不論是括弧按語以及多種文體的相互交叉，都在破除傳統小說的框架，而其中的粗俗文字及大量無意義的議論文字，則是黃凡後設小說的基本特色。但更重要的是，這是一篇探討「後現代建築與人文精神」的小說，小說主角卓耀宗，他在建設公司所提出的「智慧型大樓」的構想是讓買屋者依自己需求設計想要的房間，再將所有房間組合拼湊成同一棟大樓，黃凡以此荒謬的構想來凸顯當代社會個人主義張揚及文化拼貼無深度的亂象。總而言之，在〈如何測量水溝的寬度〉此一以無意義為意義的小說之後，黃凡的後設技巧愈為精進，且對於當代都會現象的嘲諷力道也加深，在都會中發現後現代亂象並以後設的形式呈現在小說之中，成為黃凡後現代小說的主要特色。

而張大春在一九八七年九月發表的〈如果林秀雄〉，以打破線性敘事的筆法，開頭與結尾都以「如果林秀雄並未出生……」做起始句，以此造成一敘事上的循環。而當每大段皆以「如果林秀雄……」作為起始句時，每大段都自成一個故事，每個故事情節可互不相關，且時間不斷的倒錯又加深了讀者對人生偶然性的思考。文中打破線性敘事的筆法一同於〈將軍碑〉，後設與魔幻現實的結合，使〈如果林秀雄〉成為成功之作。而到了一九八八年，張大春的《大說謊家》則是台灣後設形式實驗的最高峰。楊照稱《大說謊家》是「向前行代小說理念全面宣戰」[138]，所指的不僅是其中的後設實驗，而是在該小說中藉由新聞的立即性、真實性來與小說的故事

138 楊照：〈誰在說謊？為何說謊？如何說謊？——評《大說謊家》〉，《文學、歷史、社會想像——戰後文學史散論》（台北：聯合文學出

性、虛構性來相對舉又相融合，使小說與新聞變成不可明確分割的文體。而此文體之所以有產生的可能，一方面是張大春在一九八八年擔任《中時晚報》的副刊主編時因「客觀環境」而有了寫「新聞小說」的構想，請黃凡與林燿德寫新聞小說，但兩人合寫的《解謎人》並非張大春理想中的新聞小說[139]，另一方面，是後設小說的形式技巧實驗在張大春自一九八六年以來便幾乎成為其寫作的主要目標，所以不斷進行的形式技巧實驗已在其小說中表現殆盡，面對了如何能夠走出後設小說的新境的問題，張大春走的是「自創」後設小說的新形式的路子，此也是張大春著名的「類型雜交論」，他說：

> 其實在「大說謊家」，我已經開始在嘗試各種文類。我以為文學家的類型如果不雜交的話，就生不出創造性的東西，類型只有透過雜交才有新的變化，產生新品種。否則偵探小說只能是偵探小說，科幻小說就只是科幻小說。[140]

這段話給了後設形式在台灣新的發展方向，《大說謊家》的特出之處不僅在小說與新聞的結合上，其中所結合的偵探、言情、科幻等通俗文類的文體，也使得該小說更為精彩，也在當時造成了一股風潮。然而，從這段話也可以看出張大春的盲點。因為「如果不雜交的話，就生不出創造性的東西」說明了他在後設小說

版社，一九九五），頁一八六。

139 張大春：「我在民七十七年擔任中時晚報副刊主編時，請了作家黃凡和林燿德來寫新聞小說，可是由於兩個人之間筆觸不一，以致沒有真正寫出新聞小說的特質。後來我自己卸任主編後，心想非得把自己對新聞小說的這個概念寫出來不可，因為在全世界，只有華人地區的報紙每天有副刊，而也只有在台灣的人每天有機會這樣寫，而在台灣，更只有我有條件寫，因為我本身寫小說，又在晚報工作，晚報除了截稿時間很急外，沒有其他限制，我想全世界大概只有我能發明『新聞小說』這種文類，這倒不是說我有多利害，而是因為客觀條件的配合。」楊錦郁記錄整理：〈創造新的類型，提供新的刺激——李瑞騰專訪張大春〉，《文訊》，九九期（一九九四年一月），頁八七。

140 楊錦郁記錄整理：〈創造新的類型，提供新的刺激——李瑞騰專訪張大春〉，《文訊》，九九期（一九九四年一月），頁八七。

的實驗之後，將「後設」至於「前頭」，以形式實驗至上，文學「技術」要求也因此提高，所以能否完善使用此種文學理論也需視作家的寫作能力而定，如此，則將落入「個人英雄主義」與「技術至上」等陷阱，此將於後文論述。

台灣的後設風潮在張大春的實驗之下，在形式技巧上更為多變與創新，如此的實驗必將引起新進作家的模仿與跟進，而使後設小說得以造成更大的影響力。而在加入後設形式實驗後便能另創新局者，當推平路。

平路在一九八六年時發表〈按鍵的手〉，已有後設實驗，但為科幻之作，留待第三章討論。而其一九八七年發表的〈五印封緘〉，則使平路成為台灣後現代小說的重要作家之一，如葉言都認為〈五印封緘〉：「這是一篇水準很高的後設小說，足以收進任何一本七十六年度的小說選集」[141]，楊照則說：「台灣有很多人談後設，但將後設小說寫到令人佩服的當推平路，她的《五印封緘》絕對應該寫入台灣文學史」[142]，可見得〈五印封緘〉之作的成功；即使如王德威認為「〈五印封緘〉就嫌過於賣弄」，但還是認為「參看她前此的寫實小說表現，以及她對政治、社會議題持之以恆的關懷參與，我們必須對她的『遊戲』之作，另眼相看」[143]，王德威此處所言，正如筆者前引的平路自述：「如果寫作對我有意義的話，必然會走向兩條道路，一是寫實主義下樸實的寫作心情，一是對於技巧、實驗、遊戲的掌握，我相信當兩個方面合而為一時，我們便可期待未來的真正作者」[144]，所以在鄉土文學（《椿哥》）與政治小說（《玉米田之死》）後，平路開始其小說技巧的實驗，藉由形式的變化來加入她對政治、社會議題的關懷，一種「未來作者」的明確意識使後現代小說的形式技巧也必然成為其模仿學習的對象。〈五印封緘〉為其後設形式實驗的代表作，正如王德威所說「書內情境與閱讀狀況混雜

141 葉言都：〈評《五印封緘》〉，收於平路著：《五印封緘》（台北：印刻出版有限公司，二〇〇五），頁二二二。

142 鄭美里紀錄：〈訪平路、楊照虛構的魅力——閱讀小說〉，《中國時報》，一九九六年六月五日，第四一版。

143 王德威：〈想像台灣的方法——平路論〉，《跨世紀風華：當代小說二十家》（台北：麥田出版社，二〇〇二），頁一〇〇。

144 楊光整理：〈在時代的脈動裡開創人文的空間——李瑞騰專訪平路〉，《文訊》，一三〇期（一九九六年八月），頁八五。

不清，迷離幻境與真實人生若即若離，天啟式的預言與通俗小說影劇的陳腔濫調交互穿插，在在凸顯了後設作品的註冊商標」[145]，該文由一個失意的中國女子在美國一家中國餐館研究籤語餅內的箴言寫起，一個在洛杉磯的已婚中國女子和她，因為籤語餅、電話、小說、電影等而彼此不斷地在對方的思想或幻覺裡出現，如此的層疊結構已顯得格外開放流動，而在其中穿插的小說〈傾城之戀〉、電影《竹籬笆外的春天》及《前世有約》、港劇《上海灘》以及篇名來源《聖經・啟示錄》第五章，則刻意留下互文與後設的書寫痕跡，並考驗讀者的閱讀經驗。再加上其中籤語餅的作者自道，開始層層將讀者帶入「讀者——被讀者，被讀者——作者、小說——人生間的辯證關係」[146]的思考。總而言之，在後設小說形式技巧實驗已開始大量進行的時候，平路以相互交纏的結構、細膩又犀利的文字風格，創作出風格強烈的後設小說，是台灣後現代小說的重要代表作。

在八〇年代中期之後，隨著後現代主義思潮的影響漸增，以及對小說實驗興趣的濃厚，使後設風潮盛行一時，而黃凡、平路、張大春與林燿德在這個時代並不缺席，並以個人創作興趣加之後設技巧實驗，將後設形式實驗加深加廣，如林燿德將後現代與現代主義筆法相融合，黃凡以後現代映襯都會人心靈狀態，張大春以後設形式技巧的實驗為務，而平路以更為開放流動的文本將後設形式實驗提昇至新境。總而言之，後設的形式技巧作為一種創新的文學手段，目的在於延續現代主義對形式創新的渴求，但後設技巧的實驗有時而盡，即使如張大春提出「類型雜交論」以求後設實驗得以延續，但已非張大春不易為之，所以後設形式在加深加廣的同時，其本質缺陷也逐漸顯露，九〇年代之後後設聲勢漸弱於此時也算已露端倪。

145 王德威：〈在邁向巨星的年代裡——評平路的短篇小說集〉，收於平路著：《五印封緘》（台北：印刻出版有限公司，二〇〇五），頁二一四—二一五。

146 劉紀蕙：〈讀〈五印封緘〉〉，收於平路著：《五印封緘》（台北：印刻出版有限公司，二〇〇五），頁二一八。

(二)「魔幻現實主義」的廣泛使用

魔幻現實主義，以神話為基礎，加之以魔幻但荒誕的情節，來反映社會、政治的現實。如前所述，在台灣，「魔幻現實主義」的「現實」部分，貼合到了台灣自七〇年代以來鄉土文學現實主義所建立的社會意識，而「魔幻」的部分則延續了現代主義文學的形式創新，且又應和了新世代作家對全新敘事模式的渴求，所以在台灣得以迅速流行。

台灣的魔幻現實主義，如陳正芳所述，可以張大春的〈將軍碑〉一文為明顯的起點。但周芬伶認為，早在黃凡的〈賴索〉一文中，便已有魔幻現實主義的使用，她說：「較早使用魔幻寫實手法的小說家當屬黃凡，一九七九年的〈賴索〉，他藉一政治犯的荒誕情境來表達政治的冷酷無情」[147]，在此，「荒誕」、「超現實」成為台灣八〇年代後魔幻現實主義的「先聲」，由此我們也可以發現，「魔幻現實主義」對台灣作家來說，與其說是後現代文學的範疇，不如說是現代主義文學的當代運用。所以，具「現代主義／後現代主義」過渡性格的林燿德對「魔幻現實主義」的運用相對較多。在林燿德的小說之中，為呼應都市亂象及人心的異化與疏離，以凸顯都市人的心靈在文明中被擠壓、扭曲的現象，在其都市小說呈現上，荒誕的情節推演、超現實的詩化筆法一直是表現都市人心靈狀態的主要創作方式，如其於〈惡地形〉中意象的跳躍連接便可為例。而其他的都市小說，如〈賴雷先生的日常〉、〈粉紅色男孩〉、〈氫氧化鋁〉、〈一束光投擲在被遺忘的礁岩上〉、〈白惡魔堡〉等也都有特定象徵意象的相互跳躍銜接，此幾乎成為林燿德都市小說的共同特徵，而其超現實、意象、象徵的廣泛應用，也說明了現代主義在其都市小說中所佔的比重。

但陳正芳於研究台灣魔幻現實小說時，對林燿德有一特別的觀察，她說：

147 周芬伶：《聖與魔——台灣戰後小說的心靈圖像一九四五—二〇〇六》（台北：印刻出版有限公司，二〇〇七），頁二〇〇。

林燿德的作品大多不易找到他個人的身影、家世、傳統等特質，他原是後現代書寫的好手，但在否定台灣鄉土文學存在時，卻透露他採行魔幻現實主義的機轉，因為鄉土文學只是「假鄉土派扛著寫實的旗幟，骨子裡卻以浪漫的聲調，模糊地觀察失焦的圖像」，反而是拉美的魔幻現實主義有可能提升鄉土文學書寫的層次。[148]

的確，魔幻現實主義有其反映現實社會、政治的一面，這正是魔幻現實主義得以在台灣流行的原因之一，所以陳正芳認為，這是林燿德在尋找新的敘事模式及反映台灣現實兩相權衡下的文學技法。而「魔幻現實主義」成為林燿德的主要寫作技法，是因為魔幻現實主義與後設技法相較之下，是較接近於現代主義的，所以在《大日如來》中大都會台北區成為聖與魔之使者相拼搏的修羅場，在《一九四七高砂百合》中，原住民獵頭的場景也與泰雅神話相結合。林燿德在使用魔幻現實主義時，一方面是表現其對「台灣」的後現代理解，一方面也表現其都市文學上的進境。其魔幻現實主義之作以《大日如來》及《一九四七高砂百合》二書最重要，而前書屬於通俗文類近於科幻，後書則屬後現代小說的轉型，因此二書都將留待後文討論。

但於此筆者要提出的是，魔幻現實主義不同於後設形式，其「荒誕」、「超現實」的表現實證明了其較近於現代主義，而台灣的作家受現代主義文學影響頗深已如前述，所以在使用魔幻現實主義時並不會覺得陌生。且魔幻現實主義傳入台灣並發生影響的時間可定於八〇年代中期，對應到了新世代作家對新敘事模式的渴求，所以魔幻現實主義在台灣時常與後設形式相結合，以之凸顯後現代的思想諸如歷史與記憶之文本性質、現實與虛構之模糊界線等。所以，魔幻現實主義可算是在台灣嫁接現代主義與後現代主義最主要的文學技法，再加上

---

148 陳正芳：《魔幻現實主義在台灣》（中和：華文網股份有限公司，二〇〇七），頁一九二。

其得以反映現實社會、政治議題，使其影響力一直延續至二十一世紀，魔幻現實主義幾乎是當代作家書寫小說文本時必用的筆法，而林燿德於此所做的正是魔幻現實主義與當代都市相結合的最佳示範。

張大春的情況則有所不同。其魔幻現實主義的運用則主要是對應其反寫實並質疑一切的創作目標。所以在一九八六年一月發表的〈走路人〉中，他雖創造了一支有著神秘能力的民族，但重點仍置於「記憶」與「故事」間真實性的辯證。到了同年十月發表並獲第九屆時報文學獎小說首獎的〈將軍碑〉，因文學獎的影響及張大春對魔幻現實主義的成熟運用，使魔幻現實主義蔚為文壇新潮流。在〈將軍碑〉一文中，張大春讓主角將軍有著「穿透時間，周遊於過去與未來」的特殊能力，營造出蔡源煌所說的「現實與幻境，夢幻感與真實感交互滲透」的魔幻寫實主義的效果。而蔡源煌所說「（魔幻現實主義）主題上這種手法偏重於現實的感知與扭曲之探討；此外，它也經常涉獵人在時間的軌道上遊幻的經驗，忽而過去，忽而未來——這個母題之用意是在交代人的記憶往往會隨時間沖淡而遺忘或變形」[149]，其使用魔幻現實主義的目的在於，表現出「記憶——歷史——演說」之間相齟齬以及隨時間和個人意志而對歷史的真實性所做的改變，此也一同於其在後設形式實驗中所力圖表現的質疑一切的努力。

在一九八七年，張大春發表了〈自莽林躍出〉，該文以遊記體書寫，描寫敘事者「張」遊歷南美亞馬森河並涉足女人國的奇遇。其中奇幻怪誕的物事與情節很多，包括神秘的「斐波塔度」，及紅鼻子酋長的乾縮人頭等等，該文以亞馬森河此一充滿神秘感與原始感的地域作為背景，所欲呈現者，則仍是張大春戮力以求的「質疑一切」的創作目的，所以在該文中，對於語言文字、一切「符號」的質疑成為該文的主旨，該文中：

> 我、卡瓦達還有癩子狗全飄了起來。

149 蔡源煌：〈超現實主義與魔幻式的寫實〉，《從浪漫主義到後現代主義》（台北：雅典出版社，一九九八），頁一九九。

衝進我腦袋裡的第一個念頭是：拍張照片。可是這個念頭在下一剎那被我繼續上升的浮力給吹走了。我越是浮高一點，就越覺得拍照、寫生、錄音甚至寫作……等等，是多麼多麼乏味的舉動。想著想著，不覺就笑了起來。卡瓦達和癩子狗的嘴角微揚（卻不像是笑），說不出有多麼滿足地看著我。我很想對他們說：就在漂浮起來的片刻裡，我忽然瞭解「符號」這個東西真是蠻無聊的；而鼻子這玩意而又真是蠻管用的。可是我什麼也沒說出口。恍惚之間，我隱約地知道他們也深深地呼吸著，分享著我的感受。[150]

藉由去除掉影像（視覺）、聲音（聽覺）而直接以鼻子（嗅覺）才能體會「斐波塔度」的神秘力量的故事傳達，張大春是以一奇幻的故事情境來行後現代的懷疑之實。所以該文一同於〈將軍碑〉，魔幻現實主義的筆法所要呈現的仍是質疑一切的反寫實意圖。

而張大春重要的魔幻現實主義之作〈最後的先知〉及〈飢餓〉二文，則是將台灣的原住民神話做為魔幻現實主義的依憑，並以之對原住民的議題表示關懷，如〈最後的先知〉中的蘭嶼核廢料問題及〈飢餓〉中的原住民生計問題等。如同現實主義者對於邊緣族群議題的關懷，張大春藉由二文為原住民發聲，且在魔幻的部分又能展現原住民族的神話傳統，現實主義的精神、魔幻現實的形式，二者相輔相成之下，魔幻現實主義也成了台灣原住民文學最重要的表現形式。也因此，朱雙一稱二文屬於張大春「更嚴格意義的魔幻寫實作品」[151]，便是著眼於小說中所呈現的問題意識。

150　張大春：〈自莽林躍出〉，《四喜憂國》（台北：時報文化出版企業有限公司，二〇〇二），頁八七。

151　朱雙一：「張大春一波又一波的藝術實驗開始於八〇年代中期，其中較為引人注目的，是所謂『魔幻寫實』的創作，……嚴格意義的屬於中國的魔幻現實主義，應是作家對客觀存在於中國土地上的具有神秘色彩的現實的發現，它要反映中國人（或部分中國人）心目中真實的然而卻是神奇的事物。以此觀之，將民族神話和台灣現實狀況扣合在一起的〈最後的先知〉、〈飢餓〉等，才可說屬於更嚴格意義的魔幻寫實作品。」朱雙一：〈語言陷阱的顛覆——張大春論〉，《聯合文學》，十一卷八期（一九九五年六月），頁十三。

〈最後的先知〉主要描寫原住民在面對文明入侵時的衝突與無奈，其中所提到的「伊拉泰」家族及蘭嶼與受外界文明入侵的歷史，原住民的生活與形象，則以魔幻現實主義的筆法來呈現，茲舉一例：

女記者早已舉起胸前的相機對準街上陽光理一群紛紛閃避的光屁股小孩，其中一個被馬老芋仔養來過冬的黑狗絆了一跤，跌倒在飛揚的塵土之中：事後他將永遠記得：三歲那年有個頭頂上也長了兩隻大黑眼睛的女霸枯砍舉起胸前的第三個乳房向他射擊的往事。[152]

然張大春在該文中，仍不忘情他對虛構與現實關係的辯證：

兩年後的一個冬夜他帶著屈辱睜眼對燈，長嘆而逝。死前他困惑地想著：究竟女記者說的是真話還是假話？自己說的是真話還是假話？如果女記者說的是真話，自己就是個騙子；如果自己說的是真話，女記者就是個騙子。但是發黃的舊報紙不只是屈辱，還有他的榮耀，那麼究竟屈辱是真的還是假的？榮耀又是真的還是假的？[153]

〈飢餓〉則是延續自〈最後的先知〉，主角巴庫是伊拉泰十五個兄弟姊妹中的一個。其特出之處在於他很能吃，到了大都市中，商人「運用」了他的能力來做廣告表演，張大春於此表現都市文明對原住民的侵擾與利用。由於該文延續了神話傳統，所以還是可以看到許多魔幻現實的場景，而其中以巴庫肚子撐破的場景描寫最為特出：

152 張大春：〈最後的先知〉，《四喜憂國》（台北：時報文化出版企業有限公司，二〇〇二），頁一三四——一三五。
153 張大春：〈最後的先知〉，《四喜憂國》（台北：時報文化出版企業有限公司，二〇〇二），頁一五四。

……巴庫肚子撐破了。所有他曾經吃下去的東西：廖醫師的糖果、飛魚、山芋、檳榔、饅頭、釋迦、大香腸、精點齋的各種米麵美食、巧克力糖球、速食麵……這一切一切從未經過巴庫消化的東西又重新出現在這個世界上，它們的數量實在太多，很快地便充塞在整棟樓的空間之中，歷經短暫昏死的人被陣陣五穀雜糧的香味（或臭味）驚醒，一個個奪門而逃，他們確實是以逃亡的姿勢離開當時幾乎可以算是台北市最高的地方，因為他們的身後，數以千萬件、類以十萬計的各種生食熟食正在以越來越快、也越來越洶湧澎湃的姿勢追趕出來，有如天女散花般覆蓋著我們這個首善之區。[154]

張大春在此以巴庫的肚子撐破後眾人奔逃的場景，影射都市文明對原住民居住地的侵擾，而以原住民族的神話背景，象徵神秘的大自然力量，張大春於此所表現的大自然將對人類反撲的意識也很明顯。

一九八七年十二月，張大春發表〈四喜憂國〉，張大春在該文中將《雞翎圖》中對外省老兵所表現的人道關懷，轉而為藉由眷村老兵來反諷現實政治宣傳的不可信。該文最精彩的部分自然屬於朱四喜草擬（仿擬）的「文告」，以粗淺的文字、不通的邏輯來表現總統文告本身的虛妄性。該文更以類似鄉野傳奇的「托夢」來表現人鬼共處的世界，其中朱四喜對楊人龍的崇拜及念念不忘，使楊人龍似乎仍存在於朱四喜四周，所以在小說中有如下的場景：

「誰說我不在了？」楊人龍厲聲斥道：「國家多難，社會上又這麼亂，共產黨遲早要包圍打台灣的。瞧瞧你這副精神——像是能打仗的樣子麼？」「我頭疼，脖子也疼——」「放屁！」楊人龍喝道：「你根本是

154　張大春：〈飢餓〉，《四喜憂國》（台北：時報文化出版企業有限公司，二〇〇二），頁二一八。

> 他娘的沒志氣！安了家、落了戶，你不想回去啦？別盡顧著保老婆！……」[155]

正是如此的人鬼對話，使眷村老兵的現實生活又增加了神秘的魔幻成分。

統觀張大春的魔幻現實之作，其「魔幻」的成分延續現代主義的超現實筆法，有時襯之以原住民的神話傳統，並表現其社會意識。但在其魔幻現實主義的小說中，又因為過多的後設成分，以及其企圖在小說中表現「一切都必須質疑」的創作意圖，使「後設」在其「魔幻現實」中時常「喧賓奪主」，其得以表現社會意識的作品也多半被其戲耍的後設技巧所沖淡。但自〈將軍碑〉以來，張大春喜愛以魔幻現實主義的筆法來解構與重構歷史，並質疑政治信仰，懷疑論式的政治小說也在其小說實驗的作品中得到了新的呈現，再加上其「新聞小說」文體的創造，其後的《撒謊的信徒》及《沒人寫信給上校》便可算是其魔幻現實主義與後設形式相結合的懷疑論式政治小說的範例。

（三）台灣後現代小說的轉型

台灣的後設與魔幻現實主義風潮在黃凡等人的帶領之下，成為文壇的流行時尚。然而在過度實驗之下，後現代小說的缺陷也很快就暴露出來，在文壇上，一方面有著堅持現實主義的一派堅決反對後現代小說的實驗性格，一方面支持後現代小說實驗的作家們也在小說實驗無法完全滿足其創作需求後暗自離開。然而，在九〇年代之後，雖然在小說中進行後設實驗的風潮似乎逐漸聲勢漸弱，但其實代表的是後現代文學的形式技巧在鼓吹後現代文論者的過度哄抬之後，退回到「形式技巧」的位置，而在多元對話的族群生態之下得到相對應的內

155 張大春：〈四喜憂國〉，《四喜憂國》（台北：時報文化出版企業有限公司，二〇〇二），頁一二七。

容，完成了台灣後現代小說的轉型。所以，後現代小說聲勢漸弱，代表的是其被台灣歷史脈絡所「糾正」、「修改」後得以適應台灣社會的轉型契機，在黃凡等人的小說中，便表現了後現代小說轉型的可能。

首先，在後現代小說盛行的年代，堅持現實主義者已對後現代小說表現了不耐與抨擊，如台灣文學本土論的代表人物葉石濤，便認為後現代文學將造成台灣文學危險的「質變」[156]；而呂正惠更認為後現代文學的流行代表著「文學的沒落」：「六〇年代把文學當作是解決人生問題的『工具』，七〇年代把文學當作是解決社會問題的『工具』，他們看待文學的方法雖然不同，但他們絕不會把文學看成了『nonsense』。但是到了八〇年代，尤其到了八〇年代後半期，文學的地位開始改變，到了現在，社會上還把文學看做是『東西』還肯承認文學具有某種『意義』的恐怕已經不多了」[157]。這是明顯指著後現代小說自〈如何測量水溝的寬度〉以來在內容上刻意「以無意義為意義」而僅以形式技巧來傳達後現代意涵的創作手法。

再者，在後現代小說方面，雖則形式技巧的實驗有如小說家的技術展演，但其形式技巧主要用來傳達後現代的抽象哲學思維，所以小說家若意圖在小說內容中反映社會現實或是都市生活，仍容易被形式技巧給喧賓奪主，因此，即使是鼓吹後現代小說的作家們也不得不提出建言與警告，如張大春便曾說：

> 九〇年代的台灣文學出現三個新的文學潮流：第一個潮流是「新馬潮」，不是新馬克思主義，是新馬奎斯；第二個是「仿昆潮」——以前我叫它「米蘭風」，是模仿米蘭・昆德拉；第三個是「後設潮」。在台

---

156 陳芳明於研究葉石濤的台灣文學史觀時提到：「無可否認的，他對於八〇年代的多元化文學不免抱持悲觀的態度。他認為隨著消費文化的到來，台灣文學逐漸產生『質變』。這種質變，見諸於新世代作家的『作品題材，充滿虛幻性，並不扎根於現實土壤，所以作品往往有很大的遊戲空間，變成文字的角逐場所』。他所見證的作品，應該是指後現代文學而言。」陳芳明：〈葉石濤的台灣文學史觀之建構〉，《後殖民台灣——文學史論及其周邊》（台北：麥田出版社，二〇〇七），頁六一——六二。

157 呂正惠：〈文學的沒落——八〇年代文學在台灣的困局〉，《戰後台灣文學經驗》（新店：新地出版社，一九九二），頁一六三。

灣文學發生的這三個潮流，簡而言之，「新馬潮」是小說中所謂的「魔幻寫實」這種表現形式；「仿昆潮」是在小說中充滿大言洶洶的雄辯或議論；「後設潮」則是不斷暴露作者的寫作意圖或過程，甚至試圖直接面對讀者——當然這是根本不可能的嘗試。「新馬潮」是顛覆破壞在台灣盛行多年的天真或素樸的寫實主義，基本上是一種不耐煩的態度；「仿昆潮」是顛覆以情節導向為主要表現型式的大眾通俗小說；「後設潮」則是對整個敘述傳統進行質疑。這三種潮流，在台灣基本上是跟風的，……這些作品仍然是在沒有自覺意識或欠缺自主性的創造。[158]

因此，形式技巧的過度實驗造成作品主題意旨的失落，如此「跟風」的後現代文學風潮，自然將因後現代小說的缺陷暴露而式微。而在後設實驗中並未忽略內容的經營者，當推平路。朱雙一曾說：

平路的部分作品採用了後現代的藝術方法，具有鮮明的後現代色彩，但她的創作整體又具有理性、深刻和現實批判性強等特點。這是和一般後現代主義的平面感、去中心、無深度等特徵不相符合的。這一不協調的現象，再次說明了台灣的後現代文學，未必全然從外國引進，而是在作家的具體創作中呈現出了本土的特色——具有較強烈的社會性、政治性和現實性。[159]

我們可以說，「晚熟」的平路在加入「後設」行列的時間相對較晚，反而避開了早期為了推廣後現代文學技巧而產生的弊端，且由於其社會意識，使其不斷地去尋找足以相對應的內容來與形式技巧相配合，而此也

158 張大春語。曾蕙蘭記錄：〈焦點座談：文學的未來〉，《聯合文學》，八卷十二期（一九九二年十月），頁二十三。

159 朱雙一：《戰後台灣新世代文學論》（台北：揚智文化事業股份有限公司，二〇〇二），頁三八八。

正透露了台灣後現代小說從式微到轉型的契機。若單以形式技巧為主的後設小說，平路也在技巧實驗上得創新境，如前述的〈五印封緘〉，及一九九一年所撰的〈禁書啟示錄〉更直接在語言文字上「故弄玄虛」，該書男主角發現了一本「禁書」，此書類似一本辭典，但對每個字詞都有A、B兩種相對的詞義解釋，而使沈湎於書中的男女主角從感興趣到對之增補延伸，但兩人卻自陷語言的非A即B的歧義之中，最後禁書被丟進火堆，然而語言文字對世界的控制仍在。在此，平路借用後設的形式，傳達對語言文字固定意義功能的反叛，也強調了語言文字控制世界的力量，並對應後現代思想對語言文字的重新審視。

而除了在後設形式再創新境之外，平路小說的現實批判色彩仍重。其於一九九〇年一月以〈台灣奇蹟〉一文獲聯合報短篇小說獎首獎，四月以〈是誰殺了×××〉獲得中國時報首屆劇本獎首獎，二文都是針對台灣的經濟、政治現實而發。在〈台灣奇蹟〉一文中，主角是駐海外記者，在美國發現國內已有「台灣化」的跡象因而撰文報導。該文以一「未來」小說的喜劇形式呈現，書寫九〇年代中期美國社會的亂象，但其實是藉由美國「台灣化」後的亂象紛呈，來反諷當時台灣在社會、經濟、政治上的各種亂象，以及民間文化（包括「改運」「明牌」「六合彩」「大家樂」等）的高張。而有趣的是，在此之前，平路幾乎是以男性為主體發聲，刻意弱化女性聲音（包括在〈玉米田之死〉中的女性不懂去國懷鄉的遊子心情的貶抑角色），而到了〈是誰殺了×××〉後，平路小說的敘事主體開始有了轉向。該文以劇中劇的後設形式呈現蔣經國與章亞若的愛情秘辛。但實則以「劇本」的形式呈現故事，已確定了其虛構性，且故事又聚焦於蔣經國、蔣孝嚴及導演和女演員之間的感情糾葛，在劇本中表現「蔣經國——章亞若」、「導演——女主角」故事劇情、人物心境相互對應又相互牽扯的後設技巧，其以「名女人」為故事主角而順勢探討政治大敘事與女性個人小敘事的書寫已然形成。而至《行道天涯》後，便完成了其以後設形式向女性主義的接合。

而其一九九三年發表的〈天災人禍公司〉，開頭便說：「你想想看，如果索馬利亞與塞拉耶佛都不是真的，只存在於世界新聞的畫面裡，那是多麼驚人的一場騙局？」[160]以近乎「科幻」的「騙局」呈現出媒體資訊發達的當下，一種商業介入媒體將造成資訊操縱的可能威脅，透過一個虛擬公司製造災難幻象以供閱聽人感受到自己的安全與幸福的故事，再襯之以後設的形式，實是一篇將後現代狀況以後現代形式呈現的佳作。在早期，如黃凡與林燿德，都會將後現代文學的形式技巧與都會生活相結合，以之對應當代都會人的心靈狀態。而在台灣的後現代狀況逐漸明顯之後，將台灣的社會、政治等具後現代特徵的現象做為小說內容，以後設、魔幻現實等形式相配合來呈現，這是台灣後現代小說家所做的嘗試，在後設實驗風潮漸褪之後，這樣的作品反而能因文學內容與形式的相互配合而繼續影響文壇。如前所述，平路認為「真正的作者」要能夠將寫實主義的內容與形式、技巧的實驗、遊戲相配合，所以其作品也在實驗後不忘要求內容的深刻。

在台灣的後現代狀況逐漸明顯之後，曾經實驗後設等文學技巧的作家因身處都市及對後現代理論的熟悉，使其在小說中加入對台灣後現代狀況的討論，這些小說中，有以後設形式呈現，如前述平路的〈天災人禍公司〉；也有以寫實形式呈現，如前述黃凡的〈總統販賣機〉將政治與商業作連結以呈顯兩者對人民操縱的虛妄性；也有以近科幻的形式呈現者，如前述平路的〈台灣奇蹟〉等，都是以「後現代」入題而不拘形式，如此的小說，亦應屬於台灣後現代小說的範圍，在此，也等於預示了台灣後現代小說發展的又一方向——在後設形式實驗已令人生厭之後，台灣的後現代狀況卻逐漸顯明，因此不拘形式地對台灣後現代狀況作描繪便成為台灣後現代小說的一個重要轉型。我們可以說，對張大春而言，自開始使用後設形式之後，便以後設等文學技巧表現後現代質疑一切的主要意涵為創作目標，所以其開拓的是以形式技巧展演的一條台灣後現代小說道路；但如黃凡及平路等，則主要將注意力置於小說內容與台灣後現代狀況的對應上，所以，在後設風潮過後，平路轉向女性視角，黃凡於二十一世紀復出後有大量描繪台灣二十一世紀後現代狀況的小說。我們甚至可以說，形式技巧實

160 平路：〈天災人禍公司〉，《禁書啟示錄》（台北：麥田出版社，一九九七），頁一五五。

驗有時而盡，所以張大春在二十一世紀撰完《城邦暴力團》此一形式展演的極致之作後便有了明顯的轉向，而黃凡、平路等的作品卻得以繼續適應文學發展潮流，所以即使如後現代小說這種有著質疑一切特質的文類，也在作家與讀者對文學內涵的要求下必須妥協，而尋找相適應的邊緣族群（如平路）或是直寫當下社會狀況（如黃凡）來延續與拓展後現代小說的內涵。此將留待第四章詳細討論。

黃凡一九八七年發表的〈曼娜舞蹈教室〉便可視為黃凡在後設形式實驗之後轉回以台灣後現代狀況作為內容的代表作，小說主角是一名男老師，而舞蹈教室老闆唐曼娜是主角早年的學生，因信相遇後開始了一傳串的「連環套」，每個角色之間勾心鬥角，感情在其中也容易因金錢利益關係而虛幻不實。文中主角於陷入這套金錢互利互害的關係之後，有著如下的心理剖析：

> 現在盤據我腦袋的，除了錢還有一些事——重要的、與錢有關的事，這個時代凡是牽涉到金錢的事情都變得重要起來。就在這一刻，我覺得自己也變得聰明起來，我的眼睛張開了，我看到了一個實實在在的世界，在這世界裡，人去除了所有的偽裝，以動物的本能互相撕咬。不錯！真的不錯，當文明發展至極致時，人會恢復原始面貌，邪惡將取代歷史書上的德性，但這種邪惡也非教科書中針對善良說的邪惡，這是一種純淨的邪惡，是依存於本性但被教條與規範所壓抑的邪惡，這種邪惡是一種藝術一種美。[161]

黃凡試圖藉由小說來呈現商業社會中過度擴張的功利關係，而「邪惡」的重新詮釋，則是新的社會關係開啟後的適應方式，如此的邪惡是最「原始」，也最「當代」的。且在故事中的「連環套」，每個角色都違反了該角色的社會期望，師不師，妻不妻，監守自盜者亦有之，黃凡在此所對準的是高度經濟發展下台灣的金錢關

161 黃凡：〈曼娜舞蹈教室〉，《曼娜舞蹈教室》（台北：聯合文學出版社，一九八七），頁三八。

係。而在一九八八年十月發表的長篇小說《賴樸恩的小朝廷》（出版時改名《財閥》），則是以大財團的崛起與宮廷般的明爭暗鬥來與台灣經濟力凌駕一切的現象相對應，全書以寫實形式襯之以超現實、意識流等現代主義技法，且又對應到當下的台灣社會現實，也由此可見黃凡自〈如何測量水溝的寬度〉之後，仍未忘懷其「社會小說」及「都市小說」，並未因後現代文學的影響而專注於形式探索及創作自由而忽略其社會觀察的創作初衷。

在當時的後現代小說中，一有趣的形式發展是有了作家聯手合著的作品出現，最著名者為平路與張系國合著的《捕諜人》，以及黃凡與林燿德合著的《解謎人》。《解謎人》於一九八九年三月起由黃凡與林燿德合寫，並於《中時晚報》連載至十一月，如黃凡自述：「此書由《中時晚報・副刊》主編建議，我和林燿德每人持續寫八天接力演出，沒有確定的主題，完全即興，此為後現代的小說的新嘗試」[162]，然如促成兩人聯手創作的張大春所言，該書並未寫出新聞小說的特質，且該書雖雜揉了科幻、偵探、武俠、經濟、社會小說等文類，可惜由於故事性不足，兩人的筆觸不一，該書並未能成為一成功之作。但平路與張系國的《捕諜人》卻是如楊照所言的「這兩位作家聯手……成功了一本既可供普通讀者充分享受、又可供學院文學理論挖掘、詮釋的重要後設小說」[163]，更認為該書「在這裡這兩位作家合寫一本小說的後設意涵，被平路、張系國發揮得淋漓盡致，甚至遠超過後設大家如卡爾維諾（Italo Calvino）隻手寫作所能支應的範圍」[164]，的確如此。該書的故事主線是中國間諜「金無怠」（董世傑），然這又是一以後設手法撰成的「關於故事的故事」，所以不論是故事的動機、故事的發展，總會被作者的構思過程打斷，而又因為是男、女兩位作家合著，前者刻意呈顯出的男性中心及寫實筆法來與後者的女性主義及後設筆法相對應，再加上在文中刻意的爭執、勃谿，更增加了故事變化的可能性，更

162 黃凡：《黃凡後現代小說選》（台北：聯合文學出版社，二〇〇五），頁三〇四。

163 楊照：〈「後設」的道德教訓——評平路、張系國的《捕諜人》〉，《文學的原像》（台北：聯合文學出版社，二〇〇〇），頁一一三。

164 楊照：〈「後設」的道德教訓——評平路、張系國的《捕諜人》〉，《文學的原像》（台北：聯合文學出版社，二〇〇〇），頁一一四。

重要的是，在小說中，張系國所使用的傳統寫實筆法，反而增添了許多個人的虛構成份，而平路所使用的後設筆法，則反使強調虛構的形式更貼近真實面，所以就在此層層疊加又層層解構的後設筆法之下，「虛構——真實」、「寫實——後設」、「男性——女性」在故事中成為環環相扣的故事外的故事。而其中「男作家致女作家的信」及「女作家致男作家的信」是真實事件或是另一種文學虛構，也使「小說虛構」與「現實世界」又有了對話的空間。總而言之，在台灣的後現代小說中一特殊的形式——「作家合著」，在此有了典範之作，《捕諜人》是一個後設質素強烈又濃重的文本，可算是後設形式實驗的高峰，後設的形式技巧所代表的後現代意涵也於該書中得到絕佳的呈現。

而於台灣的後現代小說中，林燿德的《一九四七高砂百合》亦是一形式與內容相結合的佳作。在該書中，林燿德不以當代都市生活為場景，反以魔幻寫實與後設的筆法書寫台灣歷史，並以台灣史上最具爭議性的二二八事件發生前夕，做為故事發生的時間背景。在台灣的歷史小說書寫中，由於建構台灣歷史主體性的書寫意圖，小說家多使用現實主義的筆法，書寫台灣歷史發展的線性歷程，如此正服膺台灣本土論者對於在文學中建立台灣主體性的衝動。而林燿德自八〇年代以來，便以鼓吹都市文學與後現代文學及批判現實主義為職志，其歷史小說不同於台灣本土論者的建構衝動，而是以新歷史學的史觀來重新審視台灣歷史。且不同於台灣本土論者強調台灣歷史的線性發展，林燿德將都市文學的空間結構感知置入歷史觀察，所以雖然是以決定台灣歷史轉變的二二八事件作為小說主要場景，但卻只聚焦於一九四七年二月二十七日的午後至二二八事件發生前夕，並以泰雅族、日本人、閩南人、漢人、西班牙傳教士等多民族作為多重視角來敘述故事，如此的形式也結合了其強調台灣歷史有著多重主體性的創作目的。林燿德該書不僅作為台灣後現代歷史小說的典範之作，更是其對台灣本土論所建構線性歷史的挑戰。其效果如曾麗玲所說：「即便歷史真實中的二二八事件所引致的台灣人集體精神創傷雖已成事實，然而小說裡想像的層次仍可賦予它不僅看似與其大相逕庭、甚至異想天開的另類想像的可能性，從而製造相對、不定的殊異效果，進而鬆動、反駁、推翻該事件留給台灣人民滯固、封僵的心靈恐怖」[165]，此為新歷史觀與後設及魔幻現實主義相結合之後對於現實主義線性史觀的超越之處，超越了台灣本土論將二二八事件視為悲情歷史的定見，也超越了二二八事件對台灣史觀建構的可能箝制，且在如此的鬆動、解構之下，更解消了台灣本土論在二二八事件的歷史反省中所建立的一種壓迫的二元對立思考（外來政權／本土）[166]。在該書中，林燿德將「漢人」的位置放低，凸顯其他民族在台灣的存在事實，且在其中，魔幻現實主義的筆法不只出現在泰雅族人的出草儀式、與祖靈的對話，更出現在漢人的書房、二二八事件發生地點中，現實與虛構之間的界線更為模糊，削弱了書寫者的主體意識，使各民族得以各自發聲，突出了以往台灣歷史小說以漢人為中心的格局，也更符合後現代「去中心化」的中心意旨。

總結上述，在後現代小說的實驗風潮中，後設等實驗技巧成為創作中心之後缺陷逐漸顯露，所以鼓吹後現代小說並戮力實踐的作家，多能夠另闢新局，改變後設小說將因形式過度高張而忽略內容的可能缺陷。所以，在後設技巧的突破上，有了平路的〈五印封緘〉、黃凡的〈小說實驗〉；在內容與後現代狀況的貼合上，有不拘形式的後現代小說，如黃凡的〈曼娜舞蹈教室〉、平路的〈台灣奇蹟〉；而在形式技巧與內容同時對應後現代理論的小說上，有了林燿德的《一九四七高砂百合》，及平路的〈天災人禍公司〉。如此正為台灣後現代小說建立了主要的轉型方向。張大春在此一轉型的過程中，其「類型雜交論」讓他在大說謊家此一「新聞小說」

165 曾麗玲：〈「一九四七高砂百合」、「尤利西斯」與歷史／小說的辯證〉，《中國現代文學理論季刊》，第九期（一九九八年三月），頁九〇。

166 如陳淑卿所言：「……林燿德在橫向而共時的時間軸上去觀看殖民問題，同時處理多重國家史與地方史的經緯。……由於這些人物主體性的複雜與分裂，使得殖民者與被殖民者遭遇之時，產生許多詭譎而不可預料的情境，超越了壓迫者與被壓迫的二元對立狀態。」陳淑卿：〈書寫原住民歷史災難：《倒風內海》的空間歷史與《一九四七高砂百合》的歷史空間〉，《中外文學》，三〇卷九期（二〇〇二年二月），頁七五。

之後，又建立了「大頭春系列」的「日記小說」及更貼近台灣歷史、政治現實的《撒謊的信徒》與《沒人寫信給上校》，為台灣後現代小說的回歸台灣現實寫出重要的作品。

張大春於一九九一、一九九三及一九九六年分別出版「大頭春系列」的《大頭春的生活週記》、《我妹妹》及《野孩子》。在三書之中，「張大春」或以青少年之姿出現在生活週記之中，以接近「新聞小說」的形式表現時事，又藉由週記的形式，體現教育的問題與青少年的躁動與愁悶，其中的嬉笑怒罵與無厘頭的語言既表現了「大頭春」的輕浮與不正經，也以一「問題學生」之姿反寫教育問題，因為如楊照所提示，[167]該書以「週記」此一形式呈現，而教育體制藉由「週記」的格式與教師評語來箝制學生思維，所以張大春以「大頭春」的週記所試圖呈現的便是一不受限制的問題少年對教育體制的衝撞。而在《我妹妹》中，張大春在「我爺爺」、「我奶奶」、「我爸爸」、「我媽媽」等角色的書寫上，繼續其創造怪胚與嬉笑怒罵的風格，且張大春又以現實入小說，使現實的張大春與小說的「我」又產生了現實與虛構的疊合，如在小說中，「我妹妹」便曾對「我」指出「我」在作品中撒謊的部分：

> 比方說：她認為我的名作〈將軍碑〉是拿我爺爺當模特兒的，但是我爺爺從來沒當過將軍、沒住過山上的別墅、沒有穿越時空的能力、也沒有精神錯亂過；而我非但把我媽媽精神異常的狀況移植到我爺爺身上去，又把將軍的兒子描述成愛穿白色風衣（很像我爸爸）的同性戀。[168]

書中以青年的「我」與青少年的「我妹妹」去看社會關係、倫理關係上的荒謬與可笑之處。而《野孩子》

167 請參楊照：〈多重文本的滲透、對話——評《少年大頭春的生活週記》〉，《文學、社會與歷史想向——戰後文學史散論》（台北：聯合文學出版社，一九九六），頁一九八—二〇三。

168 張大春：《我妹妹》（台北：聯合文學出版社，一九九三），頁九二。

一書主角又從二十七歲的青年回到青少年時期，「野孩子」綜合了大頭春的輕浮與躁動，又有著「我妹妹」的憂鬱沈思，在離家出走後認識街頭混混並知道社會的黑暗面。然該書不同於俗套的「成長小說」，「野孩子」還是以張大春「質疑一切」的創作目的出發，所以在文中，最重要的一段話在於：

> 「我記得我學會了忘記；可是我不記得我忘記了什麼。」阿妮說。
> 「我不想知道妳忘記了什麼。」我說：「可是我想知道妳是怎麼忘記的。」[169]

在「大頭春系列」中，不論是「週記」的紀錄形式，或是「我妹妹」中的記憶追索，張大春都延續了其於〈走路人〉、〈將軍碑〉中探討記憶「正確性」的創作手法，而「野孩子」想知道的是記憶的消褪或變造的過程，此一主旨可說是貫穿「大頭春系列」。

而在「大頭春系列」發表的同時，張大春又將《大說謊家》的「新聞小說」文體發展到政治現實之中，而有了《沒人寫信給上校》與《撒謊的信徒》的出版。張大春的《沒人寫信給上校》以轟動一時的「尹清楓命案」做為故事主體，現實中與命案直接或間接相關的人物，都化名成為張大春小說中的角色。該書以報刊連載的方式呈現，但故事的敘述卻不跟著章節走，除了其以後果推前因及虛構的命案情節使該書有著明顯的時間錯置感之外，更重要的是，敘事者刻意地以「名詞」銜接各章節，其中有意義或無意義的名詞解釋，則成為張大春打斷故事敘述及延宕情節發展的主要技巧。在該書中，我們常可看到類似如下的文字：

169 張大春：《野孩子》（台北：聯合文學出版社，一九九六），頁二一五。

二一、謎團

謎團之難解乃是因為設謎的人各有一套解釋和答案。如果我們相信：上校之死背後有陰謀，那麼這個陰謀是很多相互利用或打擊的人各自製造了整個共犯結構的一部份。

……白大光拎起那只黑色滾銀邊的手提箱，神情蕭索有如一個詩人或街狗。

二二、街狗

街狗通常沒有名字，有過名字的則往往失去了叫喚那個名字的主人。只有很少的街狗走狗運，被人領養，給起了名字。比方說：一隻叫「墾丁」的街狗如今就住在西德的布萊梅。

二三、布萊梅

布萊梅是德國的造船工業中心。……我們可以不必討論東西德統一對近年來整個聯邦重工業的影響如何，因為這個題目和「墾丁」沒什麼關係。

二四、墾丁

墾丁是南台灣素負盛名的風景區。它獨特的珊瑚礁岩層地形是數萬年前因太平洋板塊和歐亞大陸板塊的擠壓運動而崛然突起於海中的。……[170]

如此的敘事形式將使小說的故事情節弱化，隨時被「名詞」牽引的敘事邏輯足供張大春大發議論，並耍弄其安

170 張大春：《沒人寫信給上校》（台北：聯合文學出版社，一九九四），頁二二—二三。

排故事支線、主線或無意義片段交互出現的技巧，使小說對於此一真實案件的影射性被如此的敘事技巧給沖淡。而如果後設小說的自我指涉性質，是讓小說家在小說進行的過程中談論小說創作，則張大春在該書中是讓小說作者在命案偵察的進行中又得以進入故事「記錄」其針對命案蒐證與推理的過程，如其「五〇、電話」一節中說：

> 電話這種通訊器材是為方便人類溝通而發明的。有些時候，電話則構成干擾。寫作《沒人寫信給上校》的這位小說家在寫東西的時候就很容易被電話干擾。這樣的干擾也許和小說本身的連載發表有關。比方說：有一位聲音顫抖的女士在某一日的上午就打了通電話來，憤怒地抗議小說家在影射部分真人實事的時候又亂以虛構捏造的情節，而且穿插了一些真有其名而卻無其事的內容，為當事人帶來極大的傷害。小說家最初以為這是涉及軍購案的一大票混蛋派人來搗蛋，還有點義憤填膺呢。[171]

張大春一方面成為小說人物，一方面又在小說中直指現實世界發生的事情，真實與虛構之間的界線更為模糊，更遑論張大春時常在小說中與其小說人物碰頭或「偶然性」地發現證據的情節了。

張大春在該小說中，將後設的形式技巧「表演」地淋漓盡致，且又以此虛構、現實之間的交融，影射政治、軍事圈中官官相衛的利益糾葛，《沒人寫信給上校》此一內容指涉明確的故事，卻被後設小說所強調文學的虛構本質特性削弱了真實性，如此則影射不為影射，小說家的虛構與想像成為故事主體，張大春對於「真實性」的質疑，在此一撲朔迷離的命案中藉由後設形式表露無遺。所以，該書做為張大春於後設形式技巧實驗風潮過後的轉型，其以最貼近台灣政治、社會現實的新聞入小說，再襯之以高超的後設形式技巧，表達了張大春質疑一切的創作目的，也完成了一內容與形式相結合的佳作。

171 張大春：《沒人寫信給上校》（台北：聯合文學出版社，一九九四），頁六〇。

《撒謊的信徒》出版於一九九六年，是懷疑論式政治小說在九〇年代的又一嘗試，張大春以比《沒人寫信給上校》更為直接的「影射」，在該書中直指當時的執政者李登輝。其以魔幻現實的筆法，將李登輝曾經涉及政治忠誠度、族群認知等的經歷藉由人物更名的方式書寫出來，並以「撒謊」為主軸，刻畫書中主角李政男在政治圈中隨時改變立場而自欺欺人的可鄙性格。陳正芳曾評該書說：「張大春顯然刻意解構『元首』的威權，於是藉由李政男的個人歷史建構國家的歷史（從日本殖民到國民黨的李登輝政權），就充滿了顛覆的嘲弄感，這似乎就是從〈將軍碑〉以來的歷史記憶書寫特質——建構與解構同時並存。這是相當後現代的批判，也凸顯張大春持續站在邊緣抵制中心的魔幻現實主義精神」[172]，說明了該書懷疑論式政治小說的基本性格，也連帶說明了自〈將軍碑〉以來張大春藉小說引政治入題之作實皆有著顛覆解構的意圖。但也正如楊照[173]與王德威所言，張大春在該書中表現出極為憤怒與義憤填膺的態度，反使該書遊走於「撒謊」的宿命論與自主性之間，而凸顯其在後現代的「質疑一切」與反映政治現實之間的矛盾與不平衡：

> 看來什麼都不在乎的張大春，其實在乎不少事情吧。他極力耍酷的政治姿態，難掩一股義憤之情。從《大說謊家》到《沒人寫信給上校》到《撒謊的信徒》，他對時政的不義不公，總有話要說。但我仍認為他尚待找出一種更適當的敘述方法，糅合他的嬉笑與怒罵，這使我想起他較早的《四喜憂國》。那個故事裡，小人物四喜不斷草擬老掉牙的「告全國軍民同胞書」，在偉人不在、政治解嚴的年代裡，繼續反攻復國。以鬧劇方式寫時代錯置的悲劇，張大春譏誚之餘，仍有一種悲憫感情。但在《大說謊家》以後的作品裡，

---

172 陳正芳：《魔幻現實主義在台灣》（中和：華文網股份有限公司，二〇〇七），頁一八五。

173 楊照：「在《大說謊家》中『撒謊』是宿命的，是生命中逃脫不掉的情境，到了《撒謊的信徒》，『撒謊』變成一種道德上的缺點，張大春用非常憤怒的態度去處理，因為他覺得李政男怎麼可以撒謊。這是相當自我矛盾的。」魏可風整理：〈文學外遇——張大春VS.楊照談「撒謊的信徒」〉，《聯合文學》，十二卷七期（一九九六年五月），頁十三。

> 我們只聞笑謔，不及其他。[174]

由這段文字我們可以知道，張大春此一後現代小說家，雖則在後設實驗風潮之後走向藉由形式技巧表達質疑一切的創作態度而不復返，但張大春本身為知識份子，對於社會、政治現實的關懷態度仍在，正如筆者前述，懷疑論式政治小說，雖看似「曖昧」、「虛無」，卻也是一種政治立場。所以即使後現代文學技巧蔚為風潮，懷疑論式政治小說家仍試圖在小說中表達其政治認知，所以王德威說張大春「其實在乎不少事情吧」。但也相對地，在張大春誇張戲耍後設與魔幻現實的形式技巧之後，形式的鋒頭遠過於內容，質疑一切的文學態度又與其對政治現實憤慨的政治意識相矛盾，《撒謊的信徒》較之《沒人寫信給上校》更加凸顯此一問題，所以張大春在《撒謊的信徒》之後，便無相關的政治小說問世，在最佳也是「最後」的形式展演——《城邦暴力團》之後，便轉向「家族史」——《聆聽父親》及「知識」、「說部」、「傳奇」相結合的《春燈公子》、《戰夏陽》及《一葉秋》的創作。而其《本事》一書該算是張大春對「知識」的正當性顛覆挑戰最劇的創作，但該書與其二十一世紀後的創作《戰夏陽》有密切聯繫，因此將留待第四章討論之。

黃清順曾整理了台灣後設小說從初始至盛行至式微的過程，他說：

> 台灣的「後設小說」若依時序區別，略可劃分為三個階段：第一，前期的引介與發展，其特色在於形式創新的建構與批判寫實的迷思……；第二，中期的流行與多元觸角的展現，除了引領風潮的張大春外，平路的風格轉變，乃至於「眾聲喧嘩」的文本競騰，均為觀察重點，年限段落約以一九九五年為度；第三，後

---

174 王德威：〈大頭春的憂國新招——評張大春《撒謊的信徒》〉，《眾聲喧嘩以後——點評當代中文小說》（台北：麥田出版社，二〇〇一），頁三四——三五。

期的沒落與變革之作，純粹的後設文本，已難得再見，不同的技巧的融合運用，乃成為主要特色，由於「風潮」已過，除了張大春與平路之外，堅守「後設崗位」的作家實寥寥可數……。[175]

而如同前述對四位台灣重要的後現代小說家的文本討論，自黃凡的〈如何測量水溝的寬度〉之後，後設與魔幻現實的筆法，及形式技巧所傳達的後現代意涵已逐漸為人熟知，而身處於後設陣營的作家，對於後現代文學技巧的優點與侷限的認知更加清楚，所以都自覺地將原先向形式探索的熱情轉回到當下的社會現實中。所以在林燿德，我們看到後現代的文學技巧與「都市」的相結合；在黃凡與平路，我們看到「不拘形式」而以台灣後現代狀況為內容的小說；在張大春，我們又看到了形式技巧不斷向上提昇最後所需面對的矛盾與侷限。總而言之，在這段為後現代小說進行實驗的推廣過程中，我們看到了文學發展從引介、試探到轉型的過程，但由於九〇年代之後，林燿德早逝，黃凡停筆，以及後現代小說看似極盛而衰的聲勢，後現代小說似乎走到盡頭，然此正是筆者一直強調的，台灣後現代小說在這段過程的發展與轉型，反使「後現代」的影響更為深遠。若我們將時程放大，看後現代小說從八〇年代中期至二十一世紀發展，那麼這段式微的過程其實反而是擴張影響力的重要轉捩點。周芬伶於討論台灣後設小說的風潮時曾說：

> 魔幻寫實與後設小說為台灣現代小說打開新的契機，在小說美學上也有新的開拓，然寫作路途似乎更為艱險，林燿德英年早逝，黃凡逃禪，中輟寫作十年，再出發已不復當年銳利；張啟疆作品稍零碎，只剩下張大春獨扛大旗，然他們追求真相的勇氣，與前衛的美學姿態，影響後來的小說家極為深遠，他們可說大力

175 黃清順：《台灣小說的後設之路——「後設小說」的理論建構與在台發展》（國立台灣師範大學國文研究所碩士論文，二〇〇二），頁七〇。

耗損本土寫實派，這之後，新起的本土作家，也不得不魔幻後設一下，觀之舞鶴與童偉格，以跳脫傳統鄉土寫實的傳統，在美學的姿態上相當前衛。[176]

所以，後現代小說家們「追求真相」、「前衛」以及對本土寫實派的「大力耗損」，正是這段實驗過程的具體貢獻。而此一式微與轉型的過程，也確立了後現代小說做為台灣自八〇年代之後文學發展的兩支主流之一的文學史地位。

三、後現代小說本身的可能缺陷

台灣後現代小說曾經引領風潮，但也在盛行的過程中暴露了缺陷，這些缺陷一方面代表了後現代小說式微的主因，一方面也預示了其轉型的方向。以下，筆者分三方面加以討論。

（一）跳出「語言」牢籠，落入「技術」牢籠

後設小說的實驗風潮，從黃凡的〈如何測量水溝的寬度〉開始，刻意「以無意義為意義」，而後蔡源煌、張大春又將此風潮帶向以實驗形式技巧、以後設與魔幻現實來反現實的道路。如此則出現了許多形式技巧上已臻至成熟的篇章，如〈寫作百無聊賴的方法〉、〈如果林秀雄〉等，以後設的方法脫離現實主義及打破現代主

176 周芬伶：《聖與魔——台灣戰後小說的心靈圖像一九四五—二〇〇六》（台北：印刻出版有限公司，二〇〇七），頁二一四。

義對真理的追求，如渥厄（Patricia Waugh）所說：

> 後設是對於一種基本的兩難處境的高度自覺：如果人們開始去「表現世界」，他們就會迅速意識到，這個世界正是如上所說的，是不能夠「被表現的」（represented）。事實上在文學小說裡能做到的不過是「表現」這個世界的「話語」。如果有人試圖分析一組語言關係，而又要用同一組語言關係作分析的工具，語言就立刻變成了「牢籠」（prison house），而逃脫的可能性是極其微小的。[177]

後設對於語言的不信任以及後現代對於終極真理體系的否定，使「文學之外無表現」的觀念被刻意帶進台灣文壇，而為使小說能受後現代主義的「檢驗」，刻意表現對傳統小說成規的顛覆與挑戰，使小說成了「以形式技巧為意義」的小說。如此的現象在張大春的小說中最為明顯，因其自《雞翎圖》中表現了對「寫實」的不信任之後，在八〇年代前期仍在摸索反寫實的手法，卻只能在寫實形式中表現反寫實，其自相矛盾之處自然使張大春亟欲尋找一新的創作方法來表現對寫實的不滿，黃凡的〈如何測量水溝的寬度〉終於實踐了形式的反寫實，所以張大春自八〇年代中期之後便以與寫實決裂的姿態撰寫了質與量均豐的後現代小說，以求脫離語言的「牢籠」，不再誤入以語言反映真實的陷阱之中。

然而，文學畢竟由語言所構成，在理解了語言傳達真實的不可能之後，張大春等人又試圖在小說中傳達「語言不可能傳達真實」的「真實」面，所以，在後現代小說中表現對形式技巧內涵的崇拜，實則只單方面地強調後現代文學在形式開發上的貢獻，而陷入了以反真實為真實的陷阱之中。以張大春為例，從〈旁白者〉開始，中間如〈天火備忘錄〉、〈晨間新聞〉、《大說謊家》，到九〇年代後的《本事》，都是以後設技巧的展

177 Patricia Waugh著，錢競、劉雁濱譯：《後設小說——自我意識小說的理論與實踐》（板橋：駱駝出版社，一九九五），頁四。

演來表現真實之不可能，如此的後設技巧又在他實驗成熟之後加入了台灣的社會或政治現實，如《沒人寫信給上校》直接以「尹清楓命案」為小說底本，《撒謊的信徒》則直指當時的總統李登輝，此雖是筆者前述的轉型，但不能否認，開放流動的文本、張大春本人化身小說人物在小說中的穿梭等形式技巧，對語言「牢籠」的解脫與遠離，才是張大春所欲表現的主旨。對一切事物的質疑與不信任，可說是服膺於後現代思潮的核心思想，但當大量使用後設技巧至「戲耍」的程度，也不得不受到「賣弄」與「特技表演」的質疑[178]，所以，技術的「牢籠」成形──後設技巧是反抗語言干擾的利器，但對語言的棄絕卻也使之不僅無法突破格局，反被侷限。黃錦樹曾說：

> 小說是一種彈性很大的文類，可以走向詩，也可以侵入論文；可以很輕，也可以十分沈重。它的特徵是諧擬、模仿、似真的演出，且具有無可抵禦的腐蝕性和侵略性。然而當技術層面的問題解決之後，剩下的便交付價值和信仰。認為可以任意操弄語言、把它玩弄於鼓掌之上的人，最後必然遭到語詞無聲的報復；台灣後設小說不幸的就走到了這樣的險地。藉小說以展現「語言無非是說謊、自我解構」這種教條化的陳腔濫調，且刻意清除自己的世界觀、想法和感性以維持形式的純淨度，結果除了寫出作者的貧乏和愚昧之外，小說終究幾乎一無所有了。[179]

因此「牢籠」之外的「牢籠」，指的便是在突破語言牢籠後的「教條化」的形式技巧內涵的展現，一種技

178 正如劉亮雅曾說：「八〇年代媒體寵兒張大春對後設技巧的耍玩便被視為過於知性傾向的賣弄和特技表演，甚至內化了『商品美學機制』。」劉亮雅：〈後現代與後殖民──論解嚴以來的台灣小說〉，收於陳建忠、應鳳凰、邱貴芬、張誦聖、劉亮雅合著：《台灣小說史論》（台北：麥田出版社，二〇〇七），頁三二八。

179 黃錦樹：〈再生產的恐怖主義〉，《夢與豬與黎明》（台北：九歌出版社，二〇〇一），頁二。

術的「牢籠」反框架住文學內涵加深加廣的可能。周慶華曾持平地說明了後設小說的侷限與貢獻，他說：

後設小說終究要回歸小說的流派（這是它比較正常的走向）。不然，它就得面對它所做社會批判及其依據都不可能等困境（目前後設小說家似乎還未意識到這個事實）。雖是這樣，後設小說揭發了語言構設現實以及小說家掌控小說寫作（不是什麼成規在制約）等事，可以說是它給小說理論或敘事理論的貢獻。[180]

這一段話具體而微地說明了台灣八〇年代中後期後現代小說的走向，從黃凡開始對形式技巧的實驗，增加了作家以形式技巧的創新服膺當代社會走向的可能性的注意，也因為當時的流行，使台灣文學界在小說與敘事理論無法自外於後現代小說的挑戰。但當形式技巧內涵已普遍為學界所接受時，後現代小說以形式技巧取勝者如後設小說，便必須要回歸到小說的流派，才能繼續其文學與社會相結合的可能。如若只是一味地想以形式技巧來說明真實之不可能，語言之不可取，則是另一座框架作家的牢籠。所以，八〇年代中後期一度流行的後設風潮必然走向式微，但其實這樣的「式微」可算是台灣作家對後現代文學的反思與改革，九〇年代後，將「後設」擺在小說之「前」成為小說主旨的作品已減少許多，而後現代文學技巧主要用來表現小說家對「中心」族群的挑戰，對歷史、信仰的不信任，以及當代都會人的心靈狀態等等，向小說內容的回歸也使得台灣後現代小說在初始時期的「侷限」消失，「內容」與「形式」的相輔相成使得後現代小說正式成為台灣文學的一支主流。

180　周慶華：〈台灣後設小說中的社會批判〉，收入龔鵬程編：《台灣的社會與文學》（台北：東大圖書股份有限公司，一九九五），頁一六三。

（二）「英雄中心」、「形式主義」、「理念先行」

八〇年代的後設風潮，或許對許多新世代作家來說，是一種遲來的、等待許久的新刺激，以林燿德為例，他在八〇年代初便以一挑戰前行代的形象影響文壇，以「新世代」、「都市」為名，抗衡七〇年代以來現實主義定義、框架文學的現象。以「影響的焦慮」的觀點看，文學史的進展正是林燿德等試圖在前行代的典範作品之外另闢蹊徑而往前推進的，所以不論是出於誤讀或偏見，新文學型態的展現都是文學得以自由發展的證明。然如本章第一節所討論的，林燿德的「後現代計畫」其實是以「十分前現代的線性演進模式」去進行「後現代」的「解構」工程。而在此處所產生的矛盾是，認同後現代文學的作家們大部分認為台灣業已進入後工業時代，所以一最能服膺台灣社會轉變的文學形式便是後現代文學，而在鼓吹後現代的「多元化」、「自由化」的同時，卻在他們的認同之中確立了後現代的「獨尊」地位，所以一如林燿德，在高舉後現代的大纛試圖引領風潮時，以「解構」對抗前行代典範，卻也同時「建構」新世代典範，「啟蒙」的意味帶出了林燿德的「英雄」色彩。而在黃凡的〈如何測量水溝的寬度〉之後，黃凡、張大春等的後現代小說，不論是形式技巧的實驗，還是刻意以無意義為意義、以「遊戲」「好玩」為後現代精神等，都成為受後現代文學吸引的作家們學習模仿的對象，與林燿德的引領風潮也有相同的英雄色彩。然而，以創新實驗引領潮流作自我標榜，會刻意放大與前行代不同之處，一些反傳統、與過往不同的創新作為將成為寫作的要務所在，然矯枉過正的結果，必將造成文學的缺陷。如前節所引黃凡曾提寫作是為了「好玩」，張大春也頗為贊同此一遊戲精神，便引起學者呂正惠的批判：「大春和黃凡等人卻把『好玩』、『有趣』當作要務，認為這是新時代的『敘述藝術』，這實在是『買櫝還珠』，是對文學的極大的扭曲。這等於說，高級的敘述遊戲或文字遊戲也是一種極有價值的文學，而這就是所謂『後現代精神』」[181]，此批判再加上前文所提及的形式技巧的展演，則如黃錦樹所言：

> 這種以敘述凌駕一切的形式美學其實是以個人為中心的，蘊含一種以作者為中心的英雄主義，真正主角在表演者自己，不是語言，不是情節，當然更不是人物。預設了否定的理性，然而卻是主體過度的理性和意志……作者雖然宣稱所有繁複的形式設計都是為了增加文本的多義性。打破既有的閱讀成規，然而在表演者無所不在的輕蔑笑聲裡，看到的都一種反啟蒙的啟蒙者的偏執與獨斷。[182]

一句「反啟蒙的啟蒙者」道盡了在八〇年代中期後現代小說初始發展的具體形象。評者如黃錦樹、周芬伶等注意到八〇年代中期後現代小說家的「英雄中心」傾向，周芬伶說：「這種以作者為中心的英雄主義並非西方後設小說家的本色，只能說是張大春的特色，與他同時的黃凡、林燿德也有此傾向」。[183]如果說後現代的核心價值在於否定一切真理、理性與中心，那麼在傳達此一核心價值以求「啟蒙」大眾的同時，便已自相矛盾，成了反啟蒙的啟蒙者。而這種矛盾形象最大的問題在於，當啟蒙的目的已然達成時，「反啟蒙」的中心價值卻無法帶領群眾繼續向前。所以雖然張大春有「類型雜交論」等試圖增加後現代文學的形式變化的努力，但仍舊是被困於「反啟蒙」的後現代文學理論中而停止不前。

再進一層談，這種英雄中心的色彩，使得台灣作家從事後現代實驗時更可能犯上「形式主義」的謬誤。當八〇年代的小說家反對現實主義者徒具寫實形式，也不願重蹈現代主義因形式主導而內容蒼白無力的覆轍時，

181 呂正惠：〈八〇年代台灣小說的主流〉，《戰後台灣文學經驗》（新店：新地出版社，一九九二），頁九二。
182 黃錦樹：〈謊言的技術與真理的技藝〉，《謊言或真理的技藝：當代中文小說論集》（台北：麥田出版社，二〇〇三），頁二二〇—二二一。
183 周芬伶：《聖與魔——台灣戰後小說的心靈圖像一九四五—二〇〇六》（台北：印刻出版有限公司，二〇〇七），頁二〇六。

以遊戲精神主導高度的創作自由，回歸向現實生活取經的雅俗界線泯除，都給了台灣後現代小說家對此文類的無限期待。然而，後現代文學於文學之外無所求，所以反覆探討小說的形式技巧變化所代表的文化內涵總將有時而盡，加上其原為西方的理論，台灣作家主要以西方文學作為模仿對象，而爭相仿效的結果，造成形式凌駕於內容，於形式之外無所求的「反形式」的「形式主義」。

最後，「理念先行」其實是造成台灣後現代小說初始時有著「英雄中心」與「形式主義」的主因，思潮引介的初期不論是理論的介紹還是形式技巧的實驗，後現代小說的創作呈現都需回頭向後現代主義「求證」，所以，依照理論做文學形式的轉換，便能吻合後現代主義的要求。我們可以說，後現代小說主要是以文學形式來表達抽象的思維，傳達哲學的深度，起始就以後現代主義作為最高指導原則的結果，便是後現代作家對現實主義作家在政治意識型態介入後所抨擊的「理念先行」，會成為自己未能認知的盲點。

總而言之，後現代小說屬於西方理論的文學形式轉換，在引介與實驗的過程中，不論是「啟蒙者」的「英雄色彩」，以個人為中心的美學風格，「反形式」至上的「形式主義」或是「理念先行」的形式技巧實驗，都使台灣的後現代小說在發展初始便自相矛盾，也使得台灣的後現代小說只能流行一時。只有當引領潮流的英雄色彩消褪，形式主義的錯誤被普遍認知，及打破「理念先行」的創作習慣，台灣後現代小說才能走出屬於自己的道路。八〇年代中期後現代小說的風潮雖然在短暫流行後走向式微，但筆者認為，其實「式微」的原因是後現代小說流行初始時的缺陷暴露，缺陷的改進與內容的變革，才使九〇年代後的後現代小說更有影響文壇的價值。

（三）「本」的固異與「末」的求同

劉亮雅在分析台灣後現代小說流行漸褪的原因時曾言：「例如台灣並無西方那樣深固的模擬再現觀和現代

性及理性主義傳統，足以讓人顛覆」。[184]的確如此。「模擬論」、「現代性」、「理性主義」這些名詞雖則在中國文化中有可相比附之處，但仍是有著屬於西方歷史脈絡文化意涵的外來名詞。後現代文學，突出形式變化而以形式表達抽象思維及後現代意涵，以及其「反文化」、「反藝術」等對終極真理體系的否定與顛覆後的文學表現，在在都表現出「後現代」的「外來性格」，在此一「去脈絡化」的「策略性」引進與使用之下，後現代文學與台灣文學實有著磨合與交融的過程。

再者，我們將在後現代文學中看到，一些作家徒勞地強調該物之非是，然所表現的仍是簡單的後現代主義的思想意涵。張大春可算是台灣實驗後現代小說形式最力的作家，且由於其旺盛及鬼才般的創作力，以「質疑一切」為旗幟，在《公寓導遊》之後便以挑戰傳統小說成規、模糊真實與虛構界線為職志，進而有了《大說謊家》此一徹底混淆現實與虛構的新聞小說出現。但如此的「質疑一切」的創作標的卻反過來成為張大春的困擾，楊照曾言：

> 張大春利用小說來梳理的這套問題，正好是解嚴前後台灣社會共同的疑惑。……張大春在文壇興風作浪，和這波威權崩潰的迷離互為因果、彼此加強，到《大說謊家》而臻至幾乎要「打倒一切敘述」的極點。然而這樣「打倒一切敘述」其實不能徹底解決問題。……在一些場合裡他開始對敘述陳規打破後冒頭的光怪陸離顯現出相當程度的焦躁不安。他也開始在文學講評審會議上支持敘事手法平實的作品，並且力斥某篇實驗性極強的小說為「不知伊於胡底的任意書寫。」[185]

---

[184] 劉亮雅：〈後現代與後殖民——論解嚴以來的台灣小說〉，收於陳建忠、應鳳凰、邱貴芬、張誦聖、劉亮雅合著：《台灣小說史論》（台北：麥田出版社，二〇〇七），頁三二七。

[185] 楊照：〈青春的哀愁是怎麼一回事？——讀大頭春的《我妹妹》〉，收於張大春著：《我妹妹》（台北：聯合文學出版社，一九九六三），頁一八二——一八三。

楊照此段論述也可幫助我們理解台灣後現代小說所以式微的主因。因為台灣的後現代主義實為兩面刃的使用，一面打倒箝制文學的意識型態與前行代傳統，另一面則反過來箝制後現代文學作家以文學反映社會及人生的具體意圖，正如楊照對張大春思路轉變的說明——在「打倒一切敘述」之後原先所期待的文學的光明大道，卻反而顯得狹窄甚至不通。所以即使如張大春此一選擇以形式技巧展演為主要創作內容的作家，仍將現實政治、社會、教育議題入小說以延續與加深後現代小說的內涵。

正因為後現代主義是「舶來品」，台灣只是有相應的政治、經濟與文學環境而無生成後現代主義的歷史脈絡，所以後現代文學在台灣初始時，總是帶有「指導」性質，如同黃凡的〈如何測量水溝的寬度〉問世後，需要蔡源煌的導讀文章〈欣見後設小說〉說明之才得以推廣，而許多實驗性質強烈的後現代文學作品，也幾乎是後現代思想的文學形式轉譯，僅以文學形式傳達抽象的後現代思維，彷彿成了後現代思想的文學教科書，這都是因為台灣沒有相對應的後現代思想基礎所造成的。

總而言之，在台灣，沒有如同西方生成後現代主義的「本」，所以在引進初期，只能以表面形式的模仿轉換來求「末」之同，如此的作為雖非徒勞，卻是不可避免的缺陷。再加上前述「牢籠之外的牢籠」及「英雄中心」「形式主義」等缺陷，後現代小說的式微實勢之難免，但也就在這些缺陷暴露之後，後現代小說的轉型也有了具體方向，前述後現代小說的各種轉型型態則使後現代小說的影響更為深遠。

四、台灣後現代小說的時代意義

台灣的後現代小說在八〇年代初期至九〇年代中期，歷經初始到盛行到式微與轉型的過程，其在文壇所造成的影響力不容小覷，而對八〇年代中期後的台灣文學史來說，台灣後現代小說的發展有其時代意義。以下，便以「懷疑論式政治小說的時代變貌」、「為都市小說加深加廣」及「台灣八〇年代後小說兩大主流的初步確立」三個方向進行討論。

（一）「懷疑論式政治小說」的時代變貌

台灣的「政治小說」發達於八〇年代前期，可算是鄉土文學在政治意識型態介入後的一種時代變貌，而「懷疑論式政治小說」在統獨爭議中表現出價值中立的立場，對意識型態採取嘲諷與冷眼旁觀的態度，所以，撰寫「懷疑論式政治小說」的小說家，難免遭到「虛無」與「犬儒」之譏。筆者認為，在當時的時代氛圍中（一九七九年），黨外力量集結、民主呼聲正高，官方對黨外與民意的打壓也提高力道，左、右派的統、獨「政治小說」也自然地強迫讀者「選邊站」，因此，「懷疑論式政治小說」在夾縫中突圍，實也為讀者提供了一個喘息的空間。

而「懷疑論式政治小說」雖然因保持政治立場的中立被譏其「曖昧」，於激昂的政治小說中顯得對國民黨政府批判力道的不足，但他們卻是在夾縫中表現出政治意識，這樣的政治意識在七〇年代末顯得特立獨行，但到了八〇年代中期「解嚴」轉型期的到來，「政治小說」如林燿德所說批判力道已弱於立法院質詢，然隨著後現代小說的成形，新的形式與技巧使「懷疑論式政治小說」得以不被淘汰。我們看在一九八六年後以後現代小說的形式撰成的政治小說，包括平路的〈台灣奇蹟〉、〈是誰殺了×××〉及張大春的〈透明人〉、〈印巴茲共和國事件錄——菲律賓政變的一個聯想〉、〈天火備忘錄〉、〈將軍碑〉、〈四喜憂國〉及長篇小說《撒謊的信徒》、《沒人寫信給上校》，林燿德的《一九四七高砂百合》等，我們可以說，後現代小說的形式技巧並沒有讓這些小說家忘記了他們的政治意識，反而是在其中藉由後設與魔幻現實等技巧的呈現來加深其原先在「懷疑論式政治小說」便已建立的政治意識。

我們在這些作品中，會看到政治小說一直討論的議題，包括直接對應政治史的白色恐怖（如〈透明人〉、《沒人寫信給上校》）、領袖的無能與秘辛（《撒謊的信徒》、〈是誰殺了×××〉）；或是對應台灣的族群爭議（如《一九四七高砂百合》、〈四喜憂國〉、〈將軍碑〉）等等，都讓台灣的懷疑論式政治小說反而因為後現代小說形式技巧加入後而更顯活絡，只是後現代的「解構」主軸及後設形式對現實的虛構性的鋒芒搶過了其中的政治意識，但實際上小說家對政治議題的關心仍屬熱切。一個有趣的事實是，在解嚴之後，台灣社會步入高度民主化與自由化，意識型態問題主要由「台灣本土論」者堅持並儼然成為台灣文學的一支主流，但隨著台灣整體大環境的變遷，家國大敘事被個人小敘事所取代，所以從八〇年代後設小說聲勢漸弱後，於九〇年代仍堅持將政治問題納入小說中的，除了「台灣本土論」者之外，就是這些曾在八〇年代獨領風騷的後現代小說家，所以，二十世紀末張大春的《城邦暴力團》又納入了台灣的政治、歷史議題，而黃凡復出後，二〇〇三年的《躁鬱的國家》，二〇〇五年的《寵物》更是不嫌直露的直接點名政黨輪替後的執政黨，更可證明八〇年代曾經發生影響力的後現代小說家對政治仍難以忘懷。由此可知，台灣後現代小說的一個重要的時代意義在於，它延續了在「懷疑論式政治小說」中的政治意識，且讓逐漸式微的政治小說有了得以對應解嚴後轉型期的形式技巧，加上小說家不在小說中單純談論政治議題而是參之以後現代主義的思考，使政治小說在意識型態的糾葛之外又增加了理論的深度，一種政治小說的時代變貌便在台灣後現代小說的範疇中產生，成為在「台灣本土論」的政治小說之外另一重要的屬於後現代範疇的政治小說。

（二）為「都市小說」加深加廣

「都市小說」在八〇年代初期由於林燿德等人在理論與創作上的鼓倡而蔚為風潮，而由於都市文學生成環境與後現代文學相近，以及都市小說作家試圖在小說中依都市空間結構轉變而做的形式實驗又近於後現代小說的形式，使得台灣都市小說與後現代小說有著相涵涉的過渡性格。而都市文學在八〇年代中期之後，隨著環境的改變及後現代思潮的引進，後現代主義對現代性根基的拔除必然最早影響到在都市文學中力圖尋找改變的施力點卻仍未有具體方向的作家們，加上都市文學本身欲以「新世代」取代前行代典範的特殊性格，所以後設形式對傳統小說成規的顛覆性破壞也必然迎合了都市小說作家群的需求。總結以上原因，都市小說在光譜上開始從以現代主義為內涵的小說往以後現代主義為內涵的一端移動。

都市小說之所以會有如此的轉變，是因為台灣在八〇年代中期之後，雖然後現代思潮是屬於策略性的去脈絡化使用，但如羅青等曾經為了說明台灣已有產生後現代主義的條件所「蒐集」的台灣後現代徵象卻越來越多，所以當都市中不斷產生後現代徵象，敏銳的作家必然在小說中呈現出來，如前述黃凡的都市小說〈紅燈焦慮狂〉便已有了後現代的文體拼貼的技巧，〈如何測量水溝的寬度〉也是在沒有西方理論奧援之下完成的。而四人在一九八六年後所創作的後現代小說可納入都市小說範疇者，在黃凡便有〈不斷上昇的泡沫〉、〈角色的選擇〉、〈系統的多重關係〉、〈小說實驗〉、〈房地產銷售史〉及與林燿德合著的《解謎人》；以及平路的〈五印封緘〉、〈台灣奇蹟〉、〈世紀之疾〉、〈天災人禍公司〉；張大春的〈寫作百無聊賴的方法〉、〈公寓導遊〉、〈晨間新聞〉、〈長髮的假面〉、《大說謊家》、《少年大頭春的生活週記》、《我妹妹》、《野孩子》；林燿德的〈迷路呂柔〉、〈惡地形〉、〈我的兔子們〉、〈氫氧化鋁〉、〈史坦答併發症〉、〈聖誕節真正的由來〉、〈龍泉街〉、〈粉紅色男孩〉、〈一束光投擲在被遺忘的磯岩上〉、〈一線二星〉、〈對話〉、〈賴雷先生的日常〉、〈杜沙的女人〉等。在這些後現代小說中，有對商業規則的嘲諷（如〈小說實驗〉、〈房地產銷售史〉、〈杜沙的女人〉），對媒體與亂象的描繪（如〈晨間新聞〉、〈天災人禍公司〉），有以開放流動的文本來表現後現代都市人心靈狀態的形式呈現（如〈五印封緘〉、〈惡地形〉），更有以「青少年」此一易感與躁動的形象表現台灣在面對新舊價值轉換期間的普遍心靈狀態（如林燿德的〈粉紅色男孩〉、〈大東區〉、〈龍泉街〉及張大春的「大頭春系列」），可以說，台灣的後現代小說主要以都市為場景來呈現，為了對應都市環境的劇烈變動、都市人心靈狀態的空虛破碎及都市空間結構的重新組成所做的形式技巧實驗，在在都是在都市小說中早已被描繪與注意到的主題。所不同者在於形式技巧的更形「明確」，以及後現代思想的加入使原先對都市現象的敏銳觀察有了理論的加持，此在黃凡依「電視雙向溝通」所撰的尚顯稚拙的〈如何測量水溝的寬度〉至平路對媒體深刻反省的〈天災人禍公司〉便可見得。

「後現代小說」雖然與「都市小說」有著相涵涉的過渡性格，但從八〇年代中期開始「都市小說」已明顯由早期的現代主義內涵轉向後現代主義，且後現代思想與文學技巧的加入，使都市小說的內容更形深刻、技巧也更為多樣，所以，九〇年代後雖已無明確的「都市小說」的文類，但這是因為後現代小說對之的加深加廣而使之得到了各種轉化的可能，「都市小說」的內涵已轉化在各種當代小說之中了。「後現代小說」增加與擴大了都市小說的影響力，是後現代小說的又一個重要的時代意義。

（三）台灣八〇年代後小說兩大主流的初步確立

如前所述，台灣後現代小說的發生有其在台灣政治、經濟及文學環境的具體影響，所以雖然後現代思潮的是一種策略性的引進，台灣本身在歷史脈絡上的頑強性也進一步改變了後現代小說的內涵，使其向台灣靠攏，而不是單純的「西化」與「橫的移植」，而是一種後現代小說「本土化」的可能。

我們看四人在後現代小說創作上的脈絡發展，可以看到，從黃凡的〈如何測量水溝的寬度〉問世後，一種「以無意義為意義」，即以遊戲精神為主導的後設小說形式出現，新的文學型態的成形也引起了一陣紛起效尤，黃凡的〈小說實驗〉，張大春的〈寫作百無聊賴的方法〉、〈旁白者〉、〈如果林秀雄〉，平路的〈五印封緘〉都是以形式技巧的實驗探究為主要目的，也使台灣的後現代小說在形式技巧上有了高度展現。但到了黃凡的〈房地產銷售史〉、〈總統販賣機〉，平路的〈台灣奇蹟〉，張大春結合新聞時事的《大說謊家》及平路與張系國合撰的《捕諜人》等等，我們看到了這些後現代小說家將視角轉向台灣現實的可能，將台灣現實結合新的文學形式呈現，這是在一味追求後現代文學技巧後的反思，所以，雖然台灣的後設小說風潮至九〇年代初迅速退燒，但其形式技巧所代表的內涵則已被九〇年代後的作家內化吸收。

後現代「去中心化」的思想主軸，對應了解嚴後家國大敘事與個人族群小敘事的新舊價值轉換；其具遊戲精神的高度創作自由，又對應了現代主義對形式技巧的高度自覺；其對現代性拔除的破壞性摧毀，則對應了八〇年代後對現實主義的反思，所以，「後現代小說」在八〇年代中後期的盛行，不但是對應了當時台灣社會的期待，也預示了台灣文學傾向於個人主義、形式自由與現代主義的一支主流走向。

自美麗島事件發生後，鄉土文學中屬於「台灣本土論」的一派，以其反官方意識型態的鮮明色彩，獲得台灣群眾的同情並逐漸壯大，至八〇年代後，雖面對來自新世代作家、懷疑論式政治小說、都市文學等的挑戰，但仍擇善固執地堅守現實主義的精神基盤，並藉由「笠詩社」等文團的集結，以及逐漸普遍為台灣人民所接受的「台灣意識」為訴求主軸，「台灣本土論」在八〇年代之後逐步成為台灣文學一支難以動搖的主流，至二十一世紀仍是如此。一些新興的文類如「自然寫作」、「台語文學」、「地方文學」、「原住民文學」等以現實主義筆法進行創作，以文學反映社會問題的責任感來自我要求，且不在作品中刻意炫奇與進行形式實驗的文類都可劃歸於「台灣本土論」之中。這項主流雖看似反時代潮流而行，未能深刻反省現實主義之不足，未能將當代之空間重組、時序紊亂等徵象做文學形式轉化，但隨著「台灣意識」自八〇年代起的逐步推廣與增大的影響力，「台灣本土論」對現實主義的固執也使其不斷吸納新進作家而成為一支具有明確政治立場的文學主流。

而自八〇年代以來，由於台灣政治、經濟環境不變，產生了諸如都市文學等銜接現代主義重形式實驗，並認為文體應「與時俱變」的文類。八〇年代中期的「解嚴」轉型期、後現代思潮的引介及後現代文學的大量創作，使台灣後現代小說在形式技巧上的實驗臻於成熟，而逐漸切合到台灣現實的「本土化」的內容，實延續了台灣後現代小說的影響力。所以，雖然台灣後現代小說在九〇年代看似式微，實則其形式技巧的普遍應用以及「去中心化」、「解構」等思想主軸的影響力逐漸擴大，又貼合到解嚴後台灣逐漸成形與聚合的族群，包括女性主義者、同志等，所以雖然已不標榜後現代小說為其創作文類，但普遍存在於這些當代小說中的開放流動的文本，後設、魔幻現實、黑色幽默、荒誕劇等形式技巧，承續自現代主義的個人色彩，反現實主義的形式實驗，及以邊緣族群挑戰中心的後現代精神，還有都市文明中被異化與疏離的人物、充滿猜忌、恐懼、焦慮等被扭曲的性格，以及都會環境所造成的陌生與孤獨、暴力與亂象等等皆時常出現於小說文本中。所以，八〇年代自都市文學以來，其與「後現代小說」相涵涉的過渡性格，使後來深受後現代小說影響的當代小說家，皆延續都市小說的都會場景、現代主義內涵，以及其中的後現代思考。可以說，八〇年代中後期的後現代小說風潮，雖看似式微，卻是已建立了一條與「台灣本土論」可分庭抗禮的文學主流。至九〇年代末出現的「後鄉土小說」，也被范銘茹納入了「後學」的脈絡中思考，[186]反而不屬於「台灣本土論」的脈絡，就可見得「後現代」在台灣九〇年代後的文壇仍有巨大的影響力。

總而言之，八〇年代初期的文學發展，尚未有清楚的兩條文學主流出現，但隨著「解嚴」之後「台灣意識」的逐漸擴張，「台灣本土論」得以持續發揮影響力；而後現代思潮的引介及後現代小說的創作，也確立了九〇年代之後當代小說的發展方向。這兩條文學主流在八〇年代中期後開始初步確立，至九〇年代之後便成為影響台灣文學最重要的兩支主流，這便是台灣後現代小說最重要的時代意義所在。

186 可參照〈後鄉土小說初探〉一文。范銘如：〈後鄉土小說初探〉，《台灣文學學報》，第一一期（二〇〇七年一二月），頁二二一—四九。

第三章　台灣後現代小說家的科幻小說嘗試

黃凡、平路、張大春與林燿德四人，在台灣後設小說盛行的年代皆是主力戰將，綜觀四人的創作成績，一十分有趣的現象在於，四人皆曾有「科幻小說」的撰寫。台灣科幻小說的發展時間並不長，且早期主要是作家的偶一為之（如張曉風），或是致力於科幻寫作作家的披荊斬棘（如黃海、張系國），到了八〇年代，林燿德等作家試圖將之拉入「正統文學」之中，使之主流化、嚴肅化、去通俗化，並且純文學化，給了科幻小說新的面貌，雖然影響不大，卻是台灣科幻小說史不可忽略的一頁。而觀察四人的科幻小說寫作，並以之與四人的後現代小說相對照，筆者發現，四人的科幻小說的撰寫時間，都早於四人的後現代小說撰寫時間，而在後現代小說開始撰寫後，科幻小說的撰寫並未停止；且在內容上，依撰寫時間的不同，或可與其「懷疑論式政治小說」、「都市小說」及「後現代小說」相為比附與映照。因此筆者於本章所要討論的是，台灣的科幻小說與後現代小說是否在潛質上有可相與對應之處？兩者是否可以相與發明？與後現代思潮的興起是否有相同的背景成因？四人的科幻小說與懷疑論式政治小說、都市小說、後現代小說又有何內在的對應之處？都將是本章所討論的重點所在。以下，進入本章的討論。

第一節　西方與台灣的科幻小說發展

科幻小說又稱「science fiction」，是西方在科學革命之後興起的一個通俗文類，以下，便先從科幻小說在西方與在中國、台灣的發展作討論，以瞭解在八〇年代之前，台灣後現代小說家所面對的科幻小說背景，也可以此理解台灣後現代小說家選擇科幻小說作為他們在政治小說、都市小說及後現代小說之外的書寫文類的主因。

一、西方的科幻小說簡史

科幻小說起源於西方是毋庸置疑的。因為在十七世紀時，歐陸歷經科學革命、工業革命及啟蒙運動，將原先在希臘時代便開展的「人文精神」經文藝復興運動的喚回之後，進一步以科學觀念的開展，使人的地位超越中古時期以神獨尊的文化環境，其標榜「理性」與「實證」的科學思考，成為促進西方社會不斷進步的文化主流。「科學」對西方國人所帶來的自信心與吸引力，更使得科學觀念進而成為文化主導，西方社會也因此進行了與中古時代截然不同的文化轉型。

科學的發展並非一蹴可及，在西方科學發展的過程中，牛頓（Sir Isaac Newton，一六四三—一七二七）對運動定律的發現，達爾文（Charles Robert Darwin，一八〇九—一八八二）提出生物演化論的證據，機械科學配合工業革命需求的日新月異，在在都對文化轉型期中的人民產生莫大的衝擊，而如電報、印刷等技術的演進，改變地不僅只是通訊、傳播的技術，更使社會整體結構及人類心靈狀態皆產生轉變。在如此的文化轉型下，科幻小說此一文類也於焉而生。對科幻小說家而言，對於「科學」的信心，使其不斷地虛擬未來世界在科學上的可能發展，甚至架構出一幅幅充滿理想與樂觀的未來圖景；相對地，也由於小說家敏銳的社會心靈，其對科學發展的隱憂與提出的警告也具體地表現在其科幻小說之中。科幻小說便是在這樣的背景下產生的。

西方科幻小說的發展可分為「萌芽草創初期」、「黃金時代」、「新浪潮」與「新浪潮以後」四個階段[1]。在「萌芽草創初期」，被科幻小說史家公認的第一本科幻小說是瑪莉・雪萊（Mary Shelley，一七九七—一八五一）於一八一八年所出版的《科學怪人》（Frankenstein），因為其運用了當時才發現的「電肌肉生理學」而創造了科學怪人這個角色。雖然《科學怪人》難脫「恐怖小說」的本質，但在該小說中，主人公佛蘭肯斯坦（Frankenstein）因為創造出科學怪物卻又無法使怪物得到人類世界的理解與同情，最後因向人類復仇而被迫放逐飄流至北極荒原，此已表現了面對科學高速進展所提出的人性與科技相質詰的科幻小說的共同母題。而後，法國的儒勒・凡爾納（Jules Verne，一八二八—一九〇五）與英國的H. G. 威爾斯（H. G. Wells，一八八六—一九四六）創作了質量均豐的科幻小說。凡爾納的《地心遊記》（A Journey to the Center of the Earth，一八六四）、《從地球到月亮》（From Earth to The Moon，一八六五）、《環遊世界八十天》（Around the World in 80 Days，一八七三）等等都是其著名的科幻小說著作。然而，凡爾納的科幻小說卻也受到質疑，如呂應鐘、吳岩所說：「他筆下的人物千篇一律，沒有深刻的內心生活，他也不試圖去表現技術所帶來給人的內心衝突。結果，他的小說成了科技成果的大展覽，成了未來的預言書。這也正是後來一部分評論家誤入歧途，把

1 第四階段——「新浪潮以後」，也有稱之為「賽伯龐客（cyberunk）時期」，即通稱的「電腦叛客」，主要書寫電腦時代來臨之後所帶給人們的興奮與緊張感。見吳明益：〈在已知與未知的世界漫遊——科幻小說概述（上）〉，《幼獅文藝》，五八九期（二〇〇三年一月），頁三三。

科幻小說當成科學發展啟示錄的主因」[2]，由這段話我們也可以知道科幻小說在定義上的內涵——科幻小說對於人類「內心」衝突面的書寫，可能更凌駕於對「科學想像」本身的要求。威爾斯的著作則主要有《時光機器》（The Time Machine，一八九五）、及「世界大戰」（The War of the World，一八九八）等，威爾斯在科幻小說界的地位要明顯地高於凡爾納，因為他不但在小說中牽涉到時空變換、元素與化合物等更深奧的東西，更藉由科幻小說去影射與反諷其當時的西方社會。所以，在《時光機器》中，我們看到在公元三〇二七年，地球人分為兩支民族，一支為埃歐依族（Eoi），生活在地球表面，每天得以不勞而食，受莫洛克族（Morlocks）的供養，這支民族不斷地勞動，為埃歐依的世界創造財富。在當時的讀者眼中，一看便明白威爾斯是在影射當時資本主義發展之下資本家剝削勞工的不公平的社會現象。如此藉由科幻小說影射現實社會的作法，被許多科幻小說家所承襲，張大春的〈傷逝者〉，也藉由兩個不同民族之間政治優勢者對於弱勢者歷史的湮滅作為主題，以討論歷史成立所可能受到的侵擾。而威爾斯的《世界大戰》一書，外星人憑藉其高科技欲對地球進行殖民行為，並對地球人進行大屠殺，也是威爾斯將人道主義關懷置入小說之中，反對當時西方強權（包括作者自己的國家——英國）的帝國主義擴張，及藉由戰爭手段殖民弱勢國家的行為。威爾斯作為重要的科幻小說家，其最重要之處便在於他加深了科幻小說的「社會」內涵，使科幻小說此一次文類也有了與主流文學要求的可能疊合處。在此我們也可以知道，科幻小說與社會小說兩者並不衝突，純文學與科幻小說也有了相結合的可能。

到了「黃金時代」（三〇年代至六〇年代），大量的科幻作者投入科幻小說的創作。這個時期出了許多聞名後世的科幻小說家，如艾西莫夫（Isaac Asimov）、安森・海萊因（Robert A. Heinlein）、亞瑟・克拉克（Arthur C. Clarke）、菲力普・狄克（Philip K. Dick）、雷・布萊伯利（Ray Bradbury）等。艾西莫夫的《我，機器人》（I, Robot）所創的機器人三條法則，以三條邏輯法則束縛機器人以保障人類安全，作品隱含邏輯法

2 吳應鐘、吳岩合著：《科幻文學概論》（台北：五南圖書出版有限公司，二〇〇一），頁一〇四。

則面對瞬息萬變的環境時實是捉襟見肘，人類是否該繼續扮演上帝的角色讓科技進步到人類無法掌握的境地等問題；而艾西莫夫的《基地三部曲》與克拉克於一九六八年與史丹利・庫伯力克（Stanley Kubrick，一九二八—一九九九）合作拍成的科幻電影《二〇〇一太空漫遊》（二〇〇一:A Space Odessey，一九六八），則是對應當時科技進展到人類幾可接觸地球之外的行星、衛星的時代，展示了太空的壯闊與奧秘；海萊因的《夏之門》（The Door into Summer，一九五六）則是引用了「時光機器」的概念，也為後來的科幻電影「回到未來系列」預示了可行的故事鋪敘方式。可以說，科幻小說在西方的黃金時代使科幻作品在讀者的心目中佔了一定的位置，但其次文類的形象卻仍未改變，所謂「正統的」、「主流的」文學尚未接納科幻小說此一文類，必須待「新浪潮」時期此一現象才有所改變。

「新浪潮時期」，發生於六〇年代中期至七〇年代中期，反觀這段歷史與「黃金時代」的差別，正是吾人討論現代主義與後現代主義發生背景的差別所在，現代主義雖以批判與反省現代性為主，但仍處於對科學的未來性充滿信心與質疑、恐懼的矛盾時期，所以有著如未來主義對科學的禮讚，也有著達達主義對科學理性根基的挑釁，正如在科幻小說中表現對科技未來世界刻畫的興趣以及對科學發展的深層質疑一般；而到了「新浪潮時期」，正是二次大戰結束，戰爭、核爆等科技進展帶來的惡果已為世人所熟知的時代，而接下來的冷戰與核武競賽更令世人反省過往對科學的迷信與盲從；此時也是後現代主義發展，文類混雜、通俗與主流的雅俗界線逐漸模糊的年代，所以，部分試圖描寫當時社會現象、文化危機與力圖將科幻作品納入主流文學範疇的作家出現，如莫考克（Michael Moorcock）出任英國《新世界》（New Worlds，一九四六—一九七〇）雜誌主編，物理學等正統科學不再被當成主要內容，而重視心裡學、社會學、政治學甚至神學。此時出現的作家有巴拉得、阿爾迪斯、法爾馬等，原本在科幻小說中被讚頌的未來世界，在這些作家的作品中都呈現冷灰、陰鬱的色調，對未來抱持不確定且悲觀的看法。且由於新浪潮時期的作品多使用現代主義的筆法，諸如意識流、意象隱喻等，所以科幻小說本身的通俗性被破壞，原先組成科幻小說的成分皆被新浪潮時期的作家所揚棄，然卻也因此使得科幻小說界對這樣的改變反感，認為這樣的科幻小說雖得以進入主流文學界，卻反而失去科幻小說的原貌，且對於科技進展與人類生存的關連性減弱，所以，新浪潮時期只維持短短十數年，在「新浪潮之後」，便進入了所謂「賽伯龐克時期」。

在「新浪潮時期」，雖然科幻小說有了躋身主流文學的機會，可是也有不少人反對，認為如此將使科幻小說失去其自身的價值，原本面貌將被模糊於主流文學之中。而如此尋求科幻小說的回歸，便進入了「賽伯龐克時期」（八〇年代之後）。所謂「賽伯龐克」（cyberpunk），指的是某一類以具有超越傳統和極端未來主義觀念的電腦技師，以他們為主角的作品為「賽伯龐克」作品，作家稱為「賽伯龐克」作家，後則意指科幻小說中以未來世界的電腦網絡為題材的作品。最著名的作家為美國的吉卜森（William Gibson）和斯特靈（Bruce Steeling），最著名的作品則當推《神經漫遊者》（Neuromancer，一九八四）。此時期的作品由「新浪潮時期」偏向心理、社會、政治的軟科幻轉回硬科幻，並且增強了此一網路文明日新月異的科學發展與人類心靈與社會環境的聯繫，使當代人得以透過科幻小說對電腦與網路的剖析，瞭解潛藏其中的心理及社會危機。[3]

二、台灣科幻小說的發展

在清末民初，中國知識份子為救亡圖存而翻譯與創作科幻小說，當時的台灣正處於日治時期，日本為求殖民地台灣能更有效率的生產以求取更大的利益，對於現代化的推行自是不餘遺力，台灣的知識份子的心境實

3 以上分類及科幻作家作品介紹主要參自《科幻文學概論》一書。吳應鐘、吳岩合著：《科幻文學概論》（台北：五南圖書出版有限公司，二〇〇一）。

處於對現代性與民族性的抗衡與迎拒之中。而如王昭人所言：「在三〇年代，美國已然出現大量的科幻雜誌，科幻文學的商業化情形相當熱絡，並由於科技的進步、新理論的提出，刺激了歐美作家們對於未來、宇宙等題材的創作，於此同時，台灣受到日本帝國殖民，文人藉由日本翻譯引進的國外新知，也加入了這股科幻浪潮之中」，[4]所以，由於日本的科學進程自是發展地較中國與台灣為早，所以台灣文人在日治時期並無自主翻譯科幻小說的紀錄，台灣對於科幻小說的理解，多來自於日本的翻譯作品。一般認為，台灣最早的科幻小說為張曉風的〈潘渡娜〉，但其實在日治時期的台灣，科幻文壇並非一片荒蕪，鄭坤五未發表的科幻小說〈火星界探險奇聞〉已為學術界所知，小說寫地球各國組成聯合隊向太空冒險的故事，已具科幻小說的雛形，該文的出土對於台灣科幻小說史深具意義。

國府遷台後，不同於中國建國初期的熱烈氣氛，台灣正處於風聲鶴唳的戒嚴時期，科幻小說仍屬於翻譯的形式，而一九五六年趙茲藩將有關太陽系的系統知識，以祖孫對話的方式撰寫成一套少年科學叢書，有《飛碟征空》、《太空歷險記》、《月亮上看地球》，若以科幻文學的定義來看，其屬於科學大於文學的科普叢書。但要直到一九六八年張曉風的〈潘渡娜〉發表於中國時報後，台灣科幻小說史才算是真正掀開。

黃海曾說：「台灣之所以沒有馬上發展出『科普文學』是因為早期台灣的報章雜誌都是文人主政，作家沒有寫科學文章的思路，在兩岸音訊隔絕的情況下，更無從見識『科普』。台灣一開始就以科幻小說出現，是得力於文人感受到科學的衝擊，有感而發的寫作衝動」，[5]張曉風的〈潘渡娜〉一開始便以「軟科幻」的形式呈現，可以說台灣的科幻小說自始即建立了人文哲思「先於」科學的基本方向。該文一同於瑪麗・雪萊想像科學「造人」而寫成《科學怪人》，亦以「人造人」為主題，但〈潘渡娜〉主要探討人類永遠不可能也不應該僭越

4 王昭人：〈日治時期台灣科幻小說——鄭坤五〈火星界探險奇聞〉〉，《幼獅文藝》，六五七期（二〇〇八年九月），頁八〇—八一。

5 黃海語。賴玉敏：〈乘著想像的翅膀，少年科幻小說的開拓先鋒——黃海專訪〉，《兒童文學學刊》，第九期（二〇〇三年五月），頁一七六。

神的領域，自製屬於人類的「生育神話」，如此違反神聖規律的結果必將使自己招致毀滅。同年十月，張系國在《純文學》發表其第一篇科幻小說〈超人列傳〉，主角放棄「凡人」的肉體而被改造成鋼鐵軀殼的「超人」，不為家人所接受，只能不停在外太空流浪，最後回到家鄉卻恍如隔世。十二月，黃海於中華日報副刊發表〈航向無涯的旅程〉，一九六九年便出版短篇科幻小說集《一〇一〇一年》，且開始了大量的以外星探險為主題的科幻小說創作。基本上，在台灣科幻小說開始發展時，由於起步較晚，所以透過翻譯而來的科幻作品實已做了各種方向的示範，[6]所以，以一九六八年開啟台灣科幻新頁的三部作品來說，人類對自然法則的僭越、太空冒險與時空穿梭等古典科幻小說的元素皆已齊備。

劉秀美說：「七〇年代中期以後，台灣科幻小說進入了繁榮期，科幻雜誌的發行和出版社積極推動科幻作品的出版，都標誌著科幻小說逐漸獲得社會大眾的普遍重視」。[7]一九七五年，淡江大學創辦《明日世界》雜誌；一九七六年，張系國於聯合報副刊開闢「科幻小說精選」譯介西方科幻作品；一九七七年十一月，呂應鐘創辦台灣第一本科幻雜誌《宇宙科學》；一九七八年，中國時報人間副刊開始連載倪匡的科幻小說，同年張系國開始於聯合報發表《星雲組曲》，該書並於一九八〇年出版，是台灣科幻小說的代表作；一九八〇年，照明出版社成立，出版一系列的科幻作品，有呂金駮的《科幻文學》、黃海的《銀河迷航記》以及譯作如《銀河帝國三部曲》、《二〇〇一太空漫遊》、《時光機器》等；一九八二年張系國成立知識系統出版社，成為台灣本土科幻小說出版的大本營；一九八九年張系國又獨資創辦《幻象》季刊，於一九八九年前後帶動一波科幻寫作

6 正如劉秀美所說：「六、七〇年代的台灣，科幻小說雖然已開始朝向自創邁進，但是這些創作仍然受到翻譯小說的影響。張曉風的〈潘渡娜〉把背景設定在美國紐約，小說主角「潘渡娜」的命名也是西式的。張系國〈超人列傳〉中的角色，除了裴人傑是中國人之外，其他科學家都是西方人。黃海的《一〇一〇一年》也有類似的情形。」劉秀美：《五十年來的台灣通俗小說》（台北：文津出版社，二〇〇一），頁一七三。

7 劉秀美：《五十年來的台灣通俗小說》（台北：文津出版社，二〇〇一），頁一七五。

風，張大春、平路、林燿德等皆有作品於《幻象》刊登，然發行了三年共八期之後便停刊。向鴻全說：「（張系國）一九九〇年創辦《幻象》專業科幻雜誌，幾乎成為喜好科幻文學的『梁山』，我們也可以從創刊號所載之編輯成員中，看到在到七〇至八〇年代間台灣最重要的科幻作家群，那段時間也可謂是台灣科幻文學的一個黃金時期」[8]。台灣的科幻小說熱潮便於報章雜誌及有志於科幻文學創作的作家的用心推廣下而開啟。

而八〇年代一更重要的現象在於，科幻小說已有進入主流文學之勢。一九八一年，黃凡的《零》獲得該年聯合報中篇小說獎；一九八二年，陳克華的科幻長詩〈星球紀事〉獲該年中國時報敘事詩優等獎，科幻文學頻獲主流文學獎，也因此有了科幻是否可融入主流文學的討論。一九八四年，中國時報開始將科幻小說獨立給獎，該年因此產生了許多質量均豐的科幻作品，張大春的〈傷逝者〉及范盛泓的〈問〉合得該年的科幻類首獎，一九八五年，葉言都〈我愛溫諾娜〉獲時報文學獎科幻類首獎，此外如黃凡的〈戰爭最高指導原則〉、林燿德的〈雙星浮沈錄〉皆發表於一九八四年；一九八六年時報文學獎改附設「張系國科幻小說獎」直到一九八九年為止，一九八六年裘正〈窺夢恨〉、一九八七年廖志堅〈深藍色海洋〉、一九八九年葉李華〈戲〉便是獲得該獎項；一九九一年《幻象》舉辦世界華人科幻藝術獎，韓松〈宇宙墓碑〉榮獲小說組首獎；一九九四年張啟疆〈老大姊注視你〉獲《幼獅文藝》科幻小說獎首獎；一九九五年紀大偉〈膜〉榮獲聯合報文學獎中篇小說獎。從一九八一年黃凡的科幻小說《零》獲得聯合報中篇小說獎，到一九九五年紀大偉的〈膜〉獲聯合報中篇小說獎，主流文學家總能夠將科幻小說拉回主流文學的園地，然則在這樣的主流文學與科幻文學之間，實已有著暗潮洶湧的「正統化／非主流」的爭辯。劉秀美說：

[8] 向鴻全：〈我們正在挖出時空膠囊……〉，收於向鴻全編，《台灣科幻小說選》（台北：二魚文化事業股份有限公司，二〇〇三），頁一三。

這些科幻文壇的新秀，如黃凡、張大春、林燿德等人，大部分都是文人小說界的出類拔萃者，因此可以想見，他們創作科幻小說的態度應該和上述黃凡所說一樣，懷抱著創作嚴肅文學的崇高理想。帶著某種理想性來創作科幻小說，原本應該有助於維持科幻小說的水準使不流於庸俗；但是他們大部分都忽略了作品內容的通俗性，因此新一代的科幻小說往往令讀者有種比前代作品更迷離難解的觀感。當今台灣科幻小說的讀者大多還是喜歡張系國、倪匡等人的小說，而對新一代作家則顯得陌生而缺乏興趣。[9]

筆者認為，這些所謂主流文學家書寫科幻小說的行為，正是在後現代文學尚未傳入台灣前藉由通俗文學的形式來泯除雅俗界線的具體實踐。

總而言之，台灣雖無發展科幻小說的有利環境，但正如黃海所言科幻小說是文人感受到科學對人的影響而創作的，所以對於科學的人文反省反而成為作品的重心所在，而在這樣的反省之下，潛藏其中的對科學的「後現代思考」也逐漸明顯。

第二節　科幻小說潛藏的後現代性格

西方在科學革命發生後「科幻小說」才有了發展的可能，無獨有偶地，現代主義典範也可以科學革命作為與「前現代」的斷代，如前章所引的「現代典範乃意指自十六世紀科學革命以來，由哥白尼、刻卜勒、伽利略

9 劉秀美：《五十年來的台灣通俗小說》（台北：文津出版社，二〇〇一），頁一七九。

所發起，而由笛卡兒及牛頓促使其臻於完善的一種數學性與機械性的科學哲學思想」。[10]而後現代主義典範作為對現代主義典範的抗衡與超越，自科學革命以來在現代主義典範中所確立的科學精神、理性與秩序的張揚以及對終極真理的確認與追求等皆是後現代主義典範所抵抗的對象；科幻小說雖然是以科學精神作為其創作底蘊、以科學進展作為其題材創新的依據，但其實科幻小說作為「科學」與「文學」的綜合體，能否在科學幻想的同時注入高度人文哲思的思考幾乎是科幻小說能否流傳後世的主要指標，因此，科幻小說對於「科學」——此一現代主義典範主要內涵所在——樂觀期許者有之，反省批判者亦有之，而其反省批判便自然地與後現代主義典範對現代主義典範的科學精神底蘊的抵抗有若合符節之處。筆者認為，科幻小說與後現代主義典範在對於科學精神的反省批判上立場相同，正是台灣後現代小說家選擇科幻小說此一通俗文類從事創作的主因。以下，便從科幻小說本身「反科學」、「反烏托邦」、「反寫實」的特質及台灣八〇年代的文化現象入手，來討論科幻小說所潛藏的後現代性格，並以之分析台灣後現代小說家如黃凡等為何皆撰有科幻小說的可能原因。

一、「反科學」的傾向

重看西方科幻小說發展史，瑪莉・雪萊的《科學怪人》做為學界公認的第一篇嚴格意義的科幻小說，自始即帶有「反科學」的傾向。故事以科學家造人而逆反自然法則終至難拾殘局的故事情節，對科學的發展進行了反思。而後，凡爾納與威爾斯在法國與英國各自開創了科幻小說的兩個主要走向。前者的科幻小說以嚴謹的科學推測為基礎，作品中有豐富的科學技術的成分，且對於科幻的未來充滿期許的熱情以及藉由科學探索而演繹

[10] 黃永和：《後現代課程理論之研究：一種有機典範的課程觀》（台北：師大書苑有限公司，二〇〇一），頁一一。

了在人類世界之外的科幻場景，所以其《從地球到月球》、《地心遊記》、《環遊世界八十天》等皆可見凡爾納對科學的未來有著正向期許。

曾效業說過：「由文藝復興所催生的西方近現代科學發端於懷疑宗教的天啟真理而產生對理性真理的思考，以及不堪忍受宗教教義對人性的束縛，而產生對人性解放的追求，因此一開始它就帶有人文主義的色彩」[11]，所以，人文主義對「人」的思考才是推動科學革命的主因，而後的科學進展則由於科技對世界全貌的改變而使人忽略其對人性主體的斲傷，科學觀念成為主流文化後，必須要到人類嚐受到科學進展的苦果時才能有所反思。所以當威爾斯發表科幻小說的時候，正是西方強權國家挾科技之勢行帝國主義擴張的年代，其《世界大戰》、《時光機器》等作品，皆隱含著其對科學進展背後社會與人心變化的思考。接下來在科幻小說發展的黃金時代，雖然對科學未來深致期許的小說仍多，但著名的科幻小說家如艾西莫夫、克拉克、海萊因等都因其對科學的反思而使其作品得以永存後世。因此，當科幻小說中的科學能退位於人文哲思之後，科幻小說的價值才得以彰顯，其「反科學」的本質實已不言自明。

而有趣的是，後現代思潮的發展背景，正是在兩次世界大戰後，科學帶來的戰爭災難已普遍為人所知的年代。現代主義中形象鮮明的達達主義（dadaism）做為摧毀西方「現代性」根基「理性主義」的先驅，其理念與成績便主要為後現代主義所繼承。所以，後現代主義自始便立於推動科學進展的理性主義的對立面。

在台灣，黃凡、張大春與林燿德在後現代思潮尚未傳入台灣時，科幻小說「反科學」的本質首先吸引了他們的注意，且自張曉風發表〈潘渡娜〉以來，台灣的科幻小說便走著與威爾斯相近的，以科幻小說反映社會、人性的人文哲思高於科學想像的方向，正如黃海所說：「相對的，台灣（科幻小說）卻一直都是在文學旗幟下

[11] 曾效業：〈科學對社會的影響〉，轉引自王泉根、焦華麗：〈在起起落落中跋涉前行——八、九〇年代中國科幻小說創作現象滲透〉，《兒童文學學刊》，第五期（二〇〇一年五月），頁七六。

長大的」[12]，所謂「文學的旗幟」，指的正是在科幻小說中「科學」與「文學」比重的差異，所以當他們在撰寫都市小說的同時，「科幻」也成為他們創作小說時的想像根基。再更進一層談，中國學者王淑秧曾言：

> 平路的〈按鍵的手〉、林燿德的〈雙星浮沈錄〉、張大春的〈傷逝者〉等，把現實發展幻想得很可怕，……這類作品也有它們獨特的社會功能，就是它們那慧言警示的作用。但它們對科學的懷疑主義和否定主義傾向，卻深藏著人類對科學失控的恐懼。[13]

正是這種對科學的「懷疑」與「否定」，服膺了科幻小說的「反科學」傾向，而中國學者所觀察的平路、林燿德與張大春又「巧合」地皆是台灣後現代小說的代表作家，更可見得後現代與科幻「反科學」本質立場的相近似。

二、「反烏托邦」——「反秩序」——「反理性」

烏托邦（Utopia）意指理想的國度，但又有「烏有」的想像成分，也就是說，烏托邦的作者並不認為這樣的國家可能實現。從柏拉圖（Plato, B.C.四二七－B.C.三四七）的《理想國》（Republic）到摩爾（Sir Thomas More，一四七八—一五三五）的《烏托邦》（Utopia，一五一六），哲學家們鋪陳出美好、無私心、理性、有

12 黃海：〈科幻小說往何處去（下）——科幻寫作的方向〉，《師友月刊》，四四一期（二〇〇四年三月），頁五二。

13 王淑秧：《海峽兩岸小說評論》（北京：中國人民大學出版社，一九九二），頁一二四。

文明秩序的理想國度。然烏托邦又屬於社會理論的一環，因為創造出「烏托邦」一詞的摩爾，對於當時社會現實的不滿而想像出一理想國度——一個以農業為主，而無須以專長分工且財產公有共享的社會——幾乎可說是共產主義宣揚的理想國度的縮影。隨著西方對烏托邦的探索與歷史、思潮的演變，逐漸由「烏托邦」而有了「反烏托邦」，且在二十世紀初俄國共產革命成功之後，對「烏托邦」的想像破滅，「反烏托邦」想像有了具體的施力點，於是有了「反烏托邦」三部曲的出現——俄國薩米爾欽（Yevgeny Zamiatin，一八八四—一九三七）的《我們》（We，一九二四）、赫胥黎（Aldous Huxley，一八九四—一九六三）的《美麗新世界》（Brave New World，一九三二）和歐威爾（George Orwell，一九〇三—一九五〇）的《一九八四》（Nineteen Eighty-Four，一九四九）。三書中所描繪的未來世界都有一個共同的主題：例如在《我們》中所描繪的年代為西元二十六世紀，全世界統一成一個稱為「一體國」的國家，該國家是一個由透明玻璃構造的城市，所有的人民都以字母和數字編號，且隨時遵守作息表生活，過著沒有靈魂卻「幸福」的生活；在《美麗新世界》所描繪的西元二十五世紀中，人是由試管所培植出身，一出身便隸屬於五種階級之一，該社會的宣言則是「共有、劃一、安定」，所以反對私有欲甚至鼓勵雜交，以防私有欲製造社會動亂；在《一九八四》中，則想像在西元一九八四年，世界分為歐亞國、東亞國及大洋國三大國，大洋國是集權國家，不容許個人、感性的事物存在，所以四處都有監視器，「老大哥」隨時都在注視你，如有「不正確」的行為則將被政府逮捕，甚至處以酷刑。可以說，「反烏托邦」的科幻小說，幾乎都描寫了一個以理性取代感性、以集體取代個人、以集權建立秩序的表面「幸福」實則暗潮洶湧的國度。而之所以以「高度」理性與秩序建立的國度會使主角幾近瘋狂崩潰的原因，不僅只在於政府的集權統治，更代表著人對於理性被高度張揚的環境的反撲。因此，「反烏托邦」在很大程度上代表的正是「反理性」、「反秩序」的時代精神。

在後現代主義的思想核心中，一重要的部分在於對建構西方近現代文化的理性主義根基的拔除，所以科幻小說中的「反烏托邦」——「反秩序」——「反理性」的連結，則成為其與後現代主義若合符節之處。台灣八〇年代之後的小說，「反烏托邦」成為一股熱潮，如黃海所言：「台灣從一九八〇年代起，關切環境生態蔚為風潮，反烏托邦色彩的科幻小說更呼應了喬治・歐威爾的《一九八四》」，並說：「黃凡的〈零〉中篇科幻小說，就是明顯模仿了歐威爾的作品」。[14]台灣「反烏托邦」科幻小說之所以盛行，一方面是藉由「烏托邦」所表現的集權化與法西斯化反諷當時的台灣政局，另一方面也可證明台灣作家所醞釀一股在科幻小說中表現對高度理性與秩序的反感，走得較遠的，便在後現代文藝思潮傳入後將對理性與秩序的反感表現為對文學形式技巧的創新與顛覆，黃凡與張大春正為顯例。

三、「反寫實」的創作基調

如前章所述，台灣的後現代主義自始即具有「反現實主義」的基調，其所反的是現實主義過度發揚之後所產生的弊端，所以針對現實主義與現實政治、社會環境的交互糾纏，以及以文學為工具等現象都有所抨擊。在具體實踐上，則有新世代作家延續現代主義創新形式技巧的筆法，以新的敘述模式取代傳統的寫實形式。而筆者在此要提出的是，所謂全新的敘述模式，如前章所討論的，主要以魔幻現實主義和後設筆法為主，但兩者的傳入時間多在八〇年代中期，是在都市文學已有所發展的時候才經由國外作品的翻譯及學者的引介討論才流行，而在八〇年代中期之前，在傳統寫實形式之外，是否能有一「反寫實」的形式可供新世代小說家們「暫時」使用？科幻小說便以其「反寫實」的基調在此時成為新世代小說家的首選。所謂「反寫實」的基調，指的是科幻小說創作時以科學基礎及作家的想像力為根基，其天馬行空的想像並不囿於現實主義對模擬真實的獨

14 黃海：《科幻文學薪火錄（一九五六—二〇〇五）》（台北：五南圖書出版有限公司，二〇〇七），頁七〇。

衷，所「反」的是組構小說的情節、場景的「寫實」。正如林建光所言：「八〇年代寫實主義文學依然盛行，但『後設』、『後現代』等書寫形式已漸漸蔚為風氣，甚至頗有喧賓奪主的氣勢。後者基本上可視為前者的顛覆僭越：一種『超越寫實』的衝動欲力表現……八〇年代台灣科幻小說在這場寫實／超越寫實……的論辯傾軋中也未曾缺席」，[15]指的正是「後設」、「後現代」與「科幻」在「反寫實」、「超越寫實」立場上的近似。所謂科幻小說的「反寫實」基調，其實所「反」的僅是組構小說的情節、場景的「寫實」，科幻小說若為主流文學家所用，仍能保持及表現嚴肅意圖的用心。

然而，科幻小說雖然有其「反寫實」的基調，但其實其「反寫實」的層級與後現代主義對於「寫實」根基的顛覆與拔除是不可相提並論的，而當台灣的後現代小說家如黃凡於書寫科幻小說時，雖已受後現代主義影響，卻仍保持科幻小說的「寫實形式」，林燿德曾說：

> 單就黃凡本身的創作軌跡來看，它的科幻小說比起他的其他小說類型竟然更為接近通俗見解下「中規中矩」的小說創作。在短篇小說集《都市生活》（一九八八）中，那些日常的生活化題材以令人震驚的敘述方式呈現出來；但是在科幻作品集《冰淇淋》裡頭，我們發現各種超乎現實、天馬行空的玄思也嚴謹而完整的傳統小說敘述模式娓娓道來，六個科幻短篇的旨趣不約而同地指向現實世界的省思批判。[16]

林燿德於此指出的是，在黃凡已有令人震驚的創新形式技巧問世後，於科幻小說的書寫中卻又收回了對形式技巧的運用。無獨有偶地，在一九八六年便以形式技巧聞名的張大春，在一九九〇年出版的《病變》中，

15 林建光：〈政治、反政治、後現代：論八〇年代台灣科幻小說〉，《中外文學》，三一卷九期（二〇〇三年二月），頁一三二。

16 林燿德：〈評介《冰淇淋》〉，收於楊宗翰編，《將軍的版圖》（中和：華文網股份有限公司，二〇〇一），頁四八。

所選入的科幻小說一樣也是以「寫實形式」為主而暫時捨棄其幾近炫奇的技巧展演。筆者以為，這種現象其實正可反證科幻小說正是以其「反寫實」的基調吸引著這些意圖尋求新的敘述模式以取代現實主義的小說家們，雖則其「反寫實」僅在於情節與場景上，但其天馬行空的情節與幾近無稽之談的想像，已滿足後現代小說家對「反寫實」的要求，所以才會在科幻小說中收起其形式實驗的興趣，而以傳統的寫實形式來呈現科幻小說。

但必須強調的是，在台灣的後現代小說家中，雖然黃凡與張大春於書寫科幻小說時會「暫時」捨棄其形式實驗，但平路的科幻小說卻常見其對於形式技巧的實驗，其於一九八六年發表的第一篇科幻小說〈按鍵的手〉便有著明確的後設形式。科幻評論家鄭軍說：

> 即使像科幻小說這樣一個十分講究題材創新的文類，也不可能只靠發現新題材度日。二十世紀五十年代以後，科幻創作中大規模湧現奇思妙想的時代已經過去，能被開發的新領域越來越少，絕大多數作品都只是在深入挖掘舊題材的潛力，甚至沒有深入，在創新上原地踏步。而科幻小說的創作卻不能停步。於是在內容發展稍顯停滯的情況下，作者們轉向形式與技巧的磨練，便也順理成章了。[17]

正如西方科幻小說發展的「黃金時代」後有「新浪潮」時期的來臨，也是作家們在接受了主流文學的形式技巧訓練後對科幻小說創作實踐的改變，在台灣，如平路等將形式技巧的實驗置入科幻小說之中，不但為科幻小說拓展了新的形式可能，也使科幻小說有著與後現代形式技巧接軌的可能，所以到了九〇年代，才有了如紀大偉與洪凌等將酷兒小說與科幻小說接合的成功嘗試出現。

17 轉引自黃海：〈科幻小說往何處去？（上）——科學肩膀上的科幻眺望，地平線上猶有驚奇炫麗景致〉，《中華民國兒童文學學會會訊》，二〇卷二期（二〇〇四年三月），頁四。

總而言之，科幻小說有其「反寫實」的基調，所以為台灣後現代小說家所選用，而在後現代文藝思潮傳入台灣後，科幻小說有時仍得以因其「反寫實」的基調而成為後現代小說家使用傳統寫實形式的時機。所以，科幻小說一重要的後現代性格便在於其「反寫實」的成分，而在台灣，其成為後現代小說家首選文類的另一原因，則是科幻小說本身相對於主流文學來說的「邊緣性」。

四、以「邊緣」挑戰主流

後現代主義的思想核心，可一言以蔽之曰「去中心化」。「去中心化」，代表的是對「正統」、「主流」之解構與抵消，也代表著對「邊緣」、「非主流」的重新提出與重視。科幻小說自發展伊始，瑪莉・雪萊的《科學怪人》雖可算是嚴格意義上的科幻小說始祖，但卻難脫「恐怖小說」的通俗本質。後來的凡爾納所建立的科技想像與時空冒險的橋段，通俗的娛樂價值仍高。雖則後期之威爾斯、艾西莫夫、克拉克、海萊因將對現實社會、政治之觀察納入科幻小說之中，增加了科幻小說的內涵，但仍有著強烈的科學幻想的娛樂價值，因此要到「新浪潮」時期才有科幻小說向主流文學靠攏的現象。有趣的是，新浪潮時期發生於六〇年代中期，若以後現代主義的發展時程來看，正是後現代主義初興起的階段，而科幻文學向主流文學靠攏的現象，不正是後現代主義「泯除雅俗界線」所造成「邊緣」的通俗文學向「中心」的主流文學靠攏的現象。所以在台灣，一九八一年黃凡的科幻小說《零》獲得主流文學獎（聯合報中篇小說獎）的肯定，實已宣告了通俗（邊緣）文學向主流（中心）靠攏的先聲。

之後一連串的科幻小說創作，黃凡皆抱著嚴肅的態度去面對，黃凡曾說：「科幻小說、科幻文學被摒棄於正統文學之外。這問題就我而言，我認為現在科幻小說幾乎也可被視為正統文學，我個人就是從事這種嚴肅文學創作，藉著科幻來表達我一些嚴肅的想法。我認為正統文學是以『人』為出發點，完全描寫人的處境。藉著科幻、未來世界的探討，立足點還是在現實，這個時代，這種立場就可以漸漸接近嚴肅文學。」[18]，科幻「幾乎可」被視為正統文學，因為只要加入了「以人為出發點」的「嚴肅的想法」，通俗文學與正統文學其實無甚差別。而這樣以嚴肅的想法加入通俗文類以增其正統性的作法，其實在解嚴的文化轉型期也大量出現，蕭義玲便曾說：

> 從語言結構、小說風格到文體的質變等皆可看出台灣當代小說的變貌，除此之外，後現代文化現象所表現的「精緻文化」與「通俗文化」的相混亦可已在當代小說中看到，即既對純文學藝術探索感到興趣，亦對通俗文學的趣味性表示傾心。此現象可以廣泛地在當代小說中發現，例如楊照以推理小說形式寫就《暗巷迷夜》，黃凡於長篇科幻小說《上帝的耳目》中雜揉各種中外文化傳說的拼貼，林燿德於〈大東區〉中引用電腦光碟印象交織入文，又在洪凌、紀大偉的酷兒小說中我們亦可以看到大量的卡通動畫、電腦程式語言等，乃至於張大春模仿青少年週記所推出的「大頭春」系列亦是一個顯明的例子。[19]

因此不僅是科幻小說，連推理小說、卡通動畫、少年週記等文類都可經由主流文學家的巧妙運用而有新的展現，這是解嚴此一轉型期的文學轉向，也是後現代文化泯除雅俗界線，精緻文化與通俗文化相混淆的現象。

總而言之，黃凡等作家在八〇年代初期便開始創作科幻小說，並試圖將之拉入主流文學之中，是後現代主義尚未傳入台灣而「去中心化」、「泯除雅俗界線」等文化現象已隱然發生的階段，也一如黃凡創作〈如何測

---

18 〈德先生。賽先生。幻小姐。——一九八二年文藝節聯副科幻小說座談會〉，收於張系國編：《當代科幻小說選II》（台北：知識系統出版有限公司，一九八五），頁二二四。

19 蕭義玲：《台灣當代小說的世紀末圖像研究——以解嚴十年（一九八七—一九九七）為觀察對象》（台灣師範大學國文學系博士論文，一九九七），頁三一〇。

量水溝的寬度〉時一樣，並非是對外國文學理論技巧的模仿使用，而是在社會、經濟環境發展下自然而然的藝術選擇。科幻小說本身有與主流文學相同的對現實社會的批判精神，使其成了台灣後現代小說家在試圖以通俗文類寫嚴肅內涵時的首選，所以林燿德、黃凡、張大春與平路皆有為數不少的科幻小說創作是絕非偶然的。

第三節　台灣後現代小說家的科幻創作成績

由於科幻小說在本質面上與後現代思想的近似，所以在八〇年代，從黃凡的《零》開始，林燿德、張大春、平路等先後加入了撰寫科幻小說的行列以下，便從《零》開始討論，來理解台灣幾位後現代小說家的科幻小說呈現。

一、從《零》開始——「邊緣」對「主流」的挑戰

當《零》在一九八一年聯合報中篇小說獎獲獎前，曾造成決選時的爭議。在該年的決選中，評審之一張系國認為：「《零》是一部『尚有創意』的科幻小說，並不是『很有創意』」[20]，的確如此，因為以《零》的內容與劇情轉折而言，其所刻畫的新社會一同於奧威爾的《一九八四》，是「反烏托邦」科幻小說中常見的未來

20 張系國語。邱彥明記錄：〈聯合報七十年度中、長篇小說總評會議紀實〉，收於黃凡著：《零》（台北：聯合報社，一九八七），頁一二。

圖象；而其中安全單位無所不在，以及外星人早已到達地球並為控制地球的幕後主使的想法，如張系國所說，《一九八四》、《華氏四五一度》及馮內果（Kurt Vonnegut，一九二二—二〇〇七）的《泰坦的女妖》及坊間許多通俗的科幻小說皆使用過類似元素與題材。張系國以一科幻作家的身份，對《零》有著「第一，它的故事很鬆懈……；第二，人物刻畫不夠生動……；第三，遣詞造句不夠謹慎……」等批評；[21]但同為評審的朱炎與姚一葦則一以「（零）敘述人類二十世紀末，二十一世紀的痛苦……它也提醒我們一些假的基督，假的理想主義，對人類的禍害比一般的邪惡還要大，是真正把人類帶向毀滅的因素」[22]，一以「它是在嚴肅地討論人類的未來，或人類前途的問題……作者提出了一個嚴肅的問題，當科技高度發展之後，人的情感或人性會逐漸減少，漸漸為機械性所代替，人與人之間只存在一種實用的關係，此外的父子、愛情都不存在了」[23]來為《零》辯護，但姚一葦還是提到：「《零》是一篇所謂的幻想小說，是在一個假設的前提下建造起來的世界，但是他不同於一般的科幻小說」[24]。總結前述決選會議上對於《零》的爭議，我們可以整理出兩點：一、《零》的科幻小說身份適切性的問題：因為張系國認為《零》自然是一部科幻小說，但將《零》置於科幻小說的脈絡下看，會發現其於題材與理念上與西方科幻小說前行代作品接近；而姚一葦則認為《零》不同於一般科幻小說，算是「幻想小說」，筆者以為這是姚一葦試圖為這篇「嚴肅」思考人類議題的科幻小說的通俗性不足所設想的歸類，也可反證科幻在當時文壇中仍屬通俗文類範疇；二、《零》在內涵上對於人類議題的思考造成評審對該文的青睞，此

---

21 張系國語。邱彥明記錄：〈聯合報七十年度中、長篇小說總評會議紀實〉，收於黃凡著：《零》（台北：聯合報社，一九八七），頁一二—一三。

22 朱炎語。邱彥明記錄：〈聯合報七十年度中、長篇小說總評會議紀實〉，收於黃凡著：《零》（台北：聯合報社，一九八七），頁一四—一五。

23 姚一葦語。邱彥明記錄：〈聯合報七十年度中、長篇小說總評會議紀實〉，收於黃凡著：《零》（台北：聯合報社，一九八七），頁一五—一七。

24 姚一葦語。邱彥明記錄：〈聯合報七十年度中、長篇小說總評會議紀實〉，收於黃凡著：《零》（台北：聯合報社，一九八七），頁一五。

也正是其觸動主流文學獎核心價值的部分，也因此，造成了該決選會議對於是否該增列「科幻小說」此項議題的「針鋒相對」，但最終以「寫實小說與幻想小說分類沒有必要」為由使張系國撤回另列《零》為「科幻小說甄選獎」的提案。[25]《零》以科幻小說之姿在主流文學圈的首次衝撞，其不僅引起評審群間的爭議，更引起其他作家對科幻小說的重新認識，且科幻小說所做的通俗文類「嚴肅性」示範，也使其他主流文學圈的作家們跟進以科幻小說家作為其探討人類議題的文類。林燿德、張大春等於一九八四年也各自寫出〈雙星浮沈錄〉與〈大都會的西米〉，皆可視為台灣新世代小說家於反鄉土文學現實主義後的科幻嘗試。

《零》一同於「反烏托邦」科幻小說，在小說中建立了一個近乎「完美」的世界，小說開頭便說：

> 不錯，我們正準備進入歷史，妳和我，諸位委員會的先生們，我們正站在歷史的轉捩點上。越過此點，就是那個我們列祖列宗所歌頌的超凡、神聖、十全十美的黃金時代。[26]

首先，「我們正準備進入歷史」，是要拋棄過往歷史前往新時代的意思，然在小說主角席德對新世界開始前的人類歷史感到興趣，詢問歷史教授歷史問題時，教授說：「在新世界裡，沒有人會對過去感興趣，因為沒有時間回頭看。席德，歷史將變成一個需要時才去察考一下的檔案。」[27]而推動歷史往前的，是科學所象徵的「進步」的概念，在新世界裡科學佔主導位置，在一切都是科學管理的高度秩序、階級分明的時代，新世紀的管理階層將主角席德這種高級知識份子「安置」於一舒適的位置，但在休假或外調時卻必須不斷表現自己對新世界秩序的信任，此與黃凡後來的〈千層大樓〉有相同意涵。再者，其與「反烏托邦」小說類似的是，「反烏

25 詳參邱彥明記錄：〈聯合報七十年度中、長篇小說總評會議紀實〉，收於黃凡著：《零》（台北：聯合報社，一九八七），頁四六。

26 黃凡：〈零〉，《零》（台北：聯合報社，一九八七），頁三。

27 黃凡：〈零〉，《零》（台北：聯合報社，一九八七），頁一六。

托邦」小說有其「反共」的成分，共有共享的共產社會為其所嘲諷的對象，而其中去除貨幣制度的橋段，則預示了其後來之短篇科幻小說〈沒有貨幣的年代〉中主角對貨幣近乎病態的喜愛。最後，其所謂「超凡、神聖、十全十美的黃金時代」，意指新社會以科學為主導的高度秩序的社會，但黃凡卻藉由席德的反思表達出對科學主導一切將造成人類感性失落的威脅。小說中提到：

> 我現在對人的定義產生了懷疑，席德想，……古人對人的定義通常是這樣下的——人是追求自我存在的意義而存在的生命體——但是在新社會裡就不一樣了，「每個人都是這部永遠不停運轉著的機器裡的螺絲釘，而一個螺絲釘除了想到自己是個螺絲釘外，絕不能有其他的想法。」這句話是書上的，而且聽來頗有道理。假如我問自己這麼一個問題，我為什麼存在？答案一定有一千種，而可能沒有一個是正確的。但是在今天，宗教已經被否定，而沒有一個理想能比得上「建立人類永久的樂園」來得完美……。[28]

在此，新世界的高度秩序以及理想的生活環境，使人忘記尋找人存在的意義，「科學」在該書中被推向最極限，雖然核子戰爭不再出現，但更可怕的安全單位的監視一同於極權統治，使新世界只是金玉其外，卻使存在其中的人必須抹消差異性而絕對服從體制。後現代主義思想以「去中心化」為核心而發展出來的「尊重個別差異」的觀念，也在黃凡的「反寫」中強調出來。該小說以一科幻小說結合推理小說的模式，使主角席德於發現新世界的秘密之後加入「地球保衛軍」的行列，但「地球保衛軍」與新世界嚴密的監視相比卻是小巫見大巫，只能走向被俘虜與被殲滅的命運，到最後主角被氣化，留下悲劇的結尾，也表現出黃凡對科學主導世界的悲觀以及對極權統治的控訴。

28 黃凡：〈零〉，《零》（台北：聯合報社，一九八七），頁六四。

但是必須要強調的是，黃凡於《零》中所呈現的議題其實不如其於懷疑論式政治小說如〈賴索〉或是都市小說如〈大時代〉等來得深刻，但其以「不夠創新」的題材來書寫台灣科幻小說並以之成為主流文學圈的討論話題，已證明通俗文類進軍主流文學圈的可能性。而後的張大春與林燿德便接續這樣的創作方式，寫出了質量均豐的科幻小說。

二、張大春、黃凡與林燿德的科幻小說

黃凡的〈零〉使主流文學圈注意到通俗文類的嚴肅性，寄寓於科幻小說中關於「人」的思考，也一同於正統文學的內涵。林燿德曾言：「以未來世界影射現實問題的科幻文學也絕對是現實的、台灣的文學作品」[29]，基於這樣的理由，在八〇年代初期撰寫懷疑論式政治小說與都市小說的黃凡、林燿德、張大春等都加入了撰寫科幻小說的行列。以下，以三人的科幻小說為例，說明「主流」、「新世代」作家如何在科幻小說中表現其社會關懷，並使科幻從邊緣走向正統，成為主流文學圈也必須重視的作品。

（一）張大春的科幻小說

在黃凡的〈零〉之後，張大春一九八四年以〈傷逝者〉獲中國時報科幻小說獎。同年，張大春連續發表〈大

---

29 林燿德：〈八〇年代台灣政治小說〉，收入龔鵬程編：《台灣的社會與文學》（台北：東大圖書股份有限公司，一九九五），頁一一九。

都會的西米〉、〈血色任務〉、〈傷逝者〉三篇科幻小說。以時程來算，正是張大春於鄉土文學書寫後反省現實主義（《雞翎圖》出版後）並撰寫懷疑論式政治小說如〈新聞鎖〉、〈牆〉之後，可以想見，在對傳統寫實形式的反省過後，張大春對新的敘述模式的渴求強過於一般人。科幻小說在此成為其選擇的門類，借用科幻小說的形式書寫嚴肅的、以鄉土寫實無法完整傳達的政治批判，而有了他這三篇「反烏托邦」的系列小說。

〈大都會的西米〉與〈血色任務〉是劇情相連貫的小說，只是前者的主角為「西米」，後者的主角為「西撒」。〈大都會的西米〉以未來為場景，在「大都會」中人種分為「自然人」與「合成人」二類，明確的階級制度使社會有著高度的秩序；合成人受到較自然人更為嚴格的管制，此管制甚至到思想的層次，包括合成人西米回到宿舍後都必須寫作，必須將所知道的事情坦白在心得上，不然將因「私藏機密」而得到「污點」；而大都會的「督察」時常對合成人所言的：「千萬不要去探測未來、懷疑未來、恐懼未來，大都會的未來要靠各位現在的專注努力而存在。一切守規矩，大都會愛你」[30]，頗有以家國大敘述壓抑個別差異的味道；而在「大都會」中，罵人的字眼是「私的」，反證該社會是以公有共享為主，但隱藏在故事背後的極權政府其實也呼之欲出。可以說，該文是明顯的「反烏托邦」的科幻小說，且其中因訊息波的錯亂而發現的「合成人」其實是「自然人」不受管教的小孩被分解之後重新組成，「我『愛』大都會」的歌被知道真相的西撒唱成「我『是』大都會」更增添了故事令人悚然的感覺。然「西米」是個軟弱的、生存於「大都會」並信仰「大都會」的合成人，所以在知道真相後選擇將真相遺忘，以求自己能在「大都會」中繼續安身立命。而〈血色任務〉則以知道真相且被吸收入自然人陣營的合成人西撒為主角，其「血色任務」為何並非故事主軸，故事同樣表現「大都會」的高度控制，但與〈大都會的西米〉不同的是，它更強烈地表現「大都會」的對人心的箝制，故事以追殺可能知道「血色任務」對象的兩位警察，因為自己也知道「血色任務」機密而互相開槍自殺為故事高潮，「大都會」對人心的控制以可見得。

30 張大春：〈大都會的西米〉，《病變》（台北：時報文化出版企業有限公司，一九九〇），頁八。

綜觀二文，我們可以說，張大春在此是「借用」反烏托邦的科幻小說，表達對台灣戒嚴體制的批判與控訴。其中「大都會」表面的高度秩序與實質的極權統治是反烏托邦小說的主要表現，而其中對「合成人」的思想控制，以及「合成人」即使知道真相也選擇遺忘以求安身立命，若關照當時尚未解嚴的台灣，此可說是一明顯借科幻形式呈現的「懷疑論式政治小說」。而若將「大都會」直接比擬為「台灣政府」，其中以家國大敘述控制人民思想的思想可說是如出一轍，「大都會之歌」與當時的各類愛國歌曲可謂異曲同工，甚至有人將為「大都會」犧牲生命作為對「大都會」的愛，更表現張大春試圖藉科幻小說的形式表現政治本身虛妄性的意圖。但必須強調的是，「反烏托邦」在科幻小說中並非創新的題材，其中極權統治、訊息走漏戳破高度社會秩序假象的情節也幾乎成反烏托邦小說的基本模式，但若以〈大都會的西米〉中西米知道真相也不願意承認，〈血色任務〉中西撒在目睹為大都會而自我戕害生命的行為後所受的震驚，都使讀者不得不對人性作更嚴肅性的思考，而非如一般科幻小說庸俗的光明結尾，因此即使二文在題材上也「不夠創新」，其與一般科幻小說不同之處也可見得。

〈傷逝者〉則以沈鬱的筆調進行，開頭以安大略之父斥責安大略的祖父安宙是「恐懼未來」的不願移民的「懷舊份子」，說明科學、進步、秩序對人的吸引力；主角安大略於接受偵測員訓練後「邁入神職階層充滿智慧、尊嚴和律法的境界」也暗指「反烏托邦」小說中常見的高度秩序實則集權的國家；而「天尾洲」此一「全高索合眾國最骯髒、最醜陋、最惡毒的地方」則以其「中古時代一連三次核子大戰」的浩劫做為地球的隱喻，並以浩劫過後僅存的二種生物——畸人及蟑螂，及畸人成為武職階層人員「飛靶」的特殊貢獻的歷史，都表現了對地球核子戰爭威脅的警語。而〈傷逝者〉與其他科幻小說最大的不同點在於「傷逝者」的隱喻，如配角紀德所言：「身為一名『叛徒』……我似乎連做一個傷逝者的資格都沒有」，暗喻了離開出生地而成為帝國高階偵測員的安大略；「（安大略）他很快的發現：自己之所以不願意積極從事刺案線索分析的理由其實十分簡單——陌生的故鄉、陌生的逝者以及陌生的兇手都會讓他一再陷入一些他以為再也找不回來的記憶」，再加上「傷逝者只是自憐而已」，在在都使該文成為如林建光所言「是探討記憶與遺忘糾葛關係的傑作」，林建光曾言：

相對於一些側重國族、文化完整性的「中國化」或「本土化」論述，〈傷逝者〉更關心完整主體建構所包含的排他與暴力。……身為「外省」第二代，張大春在本土意識火熱打造的八〇年代……已無法合理化或理想化任何一個國家大敘述：即使安大略拒絕認同「高索合眾國」，他也不可能成為「純種」布龍自治區公民。他的身份認同難題就像逝去的歷史記憶般，既揮之不去，又曖昧難解。[31]

主角安大略在調查政治謀殺案的過程中，重返家園也喚醒了他的家國記憶，所謂「逝者」不僅是被刺殺的人，更是被遺忘的國族歷史。該文可說是張大春以科幻書寫形式懷疑論式政治小說的另一作品，其所探討的範圍就不僅是〈大都會的西米〉中藉由「反烏托邦」的未來場景來影射台灣的戒嚴體制，而更涉及張大春身為外省第二代的國族認同問題，故事的開放性結尾及「曖昧難解」的移民者的國族心結也正是在懷疑論式政治小說處理國族認同議題時的普遍表現方式。

張大春於一九八六年出版的《時間軸》，以四個「小光球」帶著四個角色回到清末台灣做為故事主軸，是主流文學家少見的少兒科幻小說，也因此故事情節較為簡單，也無較為深沈的心理描寫，但在其中以「時空穿梭」表達歷史擺盪在真實／虛構、自然／人為的創作目的則一同於張大春的其他小說，其質疑一切的創作理念在此仍有所表達。楊照評此書：「那四個來自廿世紀八〇年代的『侵入者』固然無法再使用他們原有經驗中固定、儀式化了的關係模式來掌握這個過去世界，同樣的，這些生活在十九世紀八〇年代的『原住民』，卻也在面臨戰爭、民族主義、正義理想等多重煎熬下，被迫露出自我生命的底蘊……。」[32]說明了該書藉由時空穿梭來

31 林建光：〈政治、反政治、後現代：論八〇年代台灣科幻小說〉，《中外文學》，三一卷九期（二〇〇三年二月），頁一五二──一五三。
32 楊照：〈歷史的糾結纏繞──評《時間軸》〉，《文學、社會與歷史想像──戰後文學史散論》（台北：聯合文學出版社，一九九五），頁一八〇。

傳達的人文哲思。

〈病變〉一文則不同於張大春的其他小說，以時程上來說，張大春一九八四年發表的三篇科幻小說，是屬於張大春仍在書寫懷疑論式政治小說的時期，其對新形式的渴求使其轉向使用科幻小說此一通俗文類，試圖在通俗中表現嚴肅性，而〈病變〉則發表於張大春書寫後現代小說時期，該文以一生化博士耿堅為主角，故事以其對一神秘「病毒」的研究為主軸，到最後發現原來病毒是外太空的神秘符碼，是外星人與地球溝通的語言媒介。如以此故事主軸著眼，該文作為科幻小說殆無疑義，但其實在該文中，張大春不但著力描寫耿堅博士一家的愛恨糾葛，更在其中使用後現代小說的形式技巧。例如文中時常出現的時序交錯，如：「許多年以後，耿直在翻譯耿堅博士的研究論文時，仍會想起二〇〇三年四月九日，發生於紐約聯合國第二大廈頂樓頒獎會場中的那一則耳語」[33]；括弧按語及雅俗界線泯除，如：「（這時珍妮・紐沃正掩口打呵欠，並探手扯開胸前的按扣，擠掉乳房上一粒因香水刺激而產生過敏反應以至冒出粉刺的粉紅色皮皰——當然，傳真系統會自動剪去這一個無用的特寫鏡頭）」[34]；故事接近尾聲時原先因發現病毒實為外星溝通符碼而獲獎的耿堅博士，卻因為「耿？」組織的調查翻案，成為私通中國的間諜，研究成果也被貶為政治詭計與「可疑的笑話」，表現「知識」、「歷史」將因詮釋的多元而喪失其固定性；而文末附錄的「本卷參考書目舉要」，諸如：「耿堅博士論文集」、「國際事務年鑑總編（一九七五—二〇三九）」都似乎煞有介事地在強調該故事的可信度，反更凸顯該小說的虛構性等等都是屬於後設小說的技巧。但筆者要強調的是，張大春在〈病變〉中所使用的後設技巧相對來說較少，可以說，該文仍是以科幻做為主體，不同於平路等將後設與科幻完整融合所產生的科幻作品，因此〈病毒〉一文影響力並不大。

33 張大春：〈病變〉，《病變》（台北：時報文化出版企業有限公司，一九九〇），頁一八六。

34 張大春：〈病變〉，《病變》（台北：時報文化出版企業有限公司，一九九〇），頁一七七。

（二）黃凡的科幻小說

黃凡以〈零〉造成主流文學／通俗科幻的爭議之後，在其政治小說與社會小說之外，科幻小說一直是其書寫的文類之一，一九九一年封筆前出版的《冰淇淋》亦為其短篇科幻小說集，黃凡對科幻小說經營的重視可見一斑。而綜觀黃凡的科幻小說，無論是對現實政治的影射、對資本主義的嘲諷及對人類甚至是上帝的深度思考，都使人不得不以「嚴肅」的態度面對其科幻小說。甚至其科幻小說與其都市小說、後現代小說時有重疊的情形，如其〈天國之門〉雖為都市小說，卻被認為是政治小說「混合科幻」的作品，[35]而其〈鳥人〉及〈冰淇淋〉等科幻小說，也被收入於《黃凡後現代小說選》之中。對於黃凡的科幻小說，林燿德認為雖然「在成就上不如其他小說類型來的重要」，但「大規模執行了『反烏托邦』的主題」可說是黃凡科幻小說一重要取向。[36]但除了〈零〉、〈千層大樓〉等「反烏托邦小說」之外，黃凡其實更多地在科幻小說中探討「上帝」的概念。林建光曾言：

> 黃凡一開始即對烏托邦色彩濃烈的政治口號及運動存有高度質疑，他後來的作品轉而探討上帝救贖是否可能這個形而上的哲學問題。如此轉變或可解讀為作家在美麗島事件後，面對日益加溫的政治狂熱與政治正

35 廖炳惠：「相形之下，黃凡這位八〇年的新起之秀便顯得更不確定，更難以捉摸，他的政治小說有時混合科幻（如《天國之門》（一九八三））」廖炳惠：〈近五十年來的台灣小說〉，《聯合文學》，一一卷一二期（一九九五年十月），頁一三五。

36 林燿德：「黃凡的創作生涯崛起於八〇年代初期……他對於科幻小說的經營也貫穿了八〇年代，《零》和《上帝們——人類浩劫後》是其前期代表作，《上帝的耳目》（一九九〇）則是近期新作。嚴格地說，黃凡在科幻小說上的成就不如其他小說類型來的重要……但是他前期的作品卻別開生面地大規模執行了『反烏托邦』的主題，雖然這個主題在西方科幻界並不新鮮，黃凡仍舊以他特有的文體規劃了人類可悲的前途。」林燿德：〈台灣當代科幻文學〉，《新世代星空》（中和：華文網股份有限公司，二〇〇一），頁一七〇。

確論述的時代氛圍下，一種懷疑、拒絕、否定實際政治的「美學政治」舉動。[37]

黃凡提及「上帝」實與宗教無涉，他在出版第一本小說集《賴索》時便曾在自序中提及：「親愛的上帝——宇宙的播種者、各度空間的穿越者、……請告訴我：你為什麼盡幹一些混帳事？」[38]，黃凡在此是將「上帝」的概念擴延為「天理」的神秘性，將人世間的混亂與失序推歸給「天理」不再昭彰、上帝放任與旁觀人類的走向自我毀滅的危機。其最早討論上帝的小說當屬一九八四年獲中國時報科幻小說獎的〈戰爭的最高指導原則〉，該文以某一高度發展星球的外星人為敘事者，在一類似黑洞的「時空隧道」中飄來了一不明飛行物，給了該星球的人宇宙中仍有其他生命體的想像，經過該星球科學家的研究，不明飛行物體來自地球，且帶來了地球人所傳達的「上帝救救我們」的訊息。主角奉命來到地球——此一在地表上已無生命體只有機器人進行自動化戰爭的星球。該文主要以冷戰背景作想像出發，奉行社會主義與資本主義的兩大陣營是造成地球因戰爭毀滅的主因，而這些來自外星解救地球的「上帝」對地球自我毀滅的原因的蔑視與對地球領袖的捉弄，是對地球人自作孽不可活的責備，也因「上帝」被「外星人」所取代，所謂的慈悲與博愛等原先屬於宗教中上帝的概念在此被取消。所以與其說黃凡以「上帝」作為科幻主題的小說是在探討上帝的救贖等形而上問題，不如說黃凡是把「上帝」視為人性的「旁觀者」，其對人類的冷漠與嘲諷，與當時黃凡對在都市、社會、政治小說中所呈現的旁觀角度是完全相同的。所以，該文雖為科幻小說，但也可見到黃凡在其他小說中所呈現的對人與社會的觀察角度。

而在其《上帝們——人類浩劫後》中篇小說中，則是以一在地球毀滅之後幸而存活下來的地球人桑程為主角，並在當時銀河中最具高等智慧的吉拉星人解救下得以長生不死，然已失去所有的桑程卻捲入了吉拉星的政

37 林建光：〈政治、反政治、後現代：論八〇年代台灣科幻小說〉，《中外文學》，三一卷九期（二〇〇三年二月），頁一三三。

38 黃凡：〈我的第一本小說〉，《賴索》（台北：時報文化出版企業有限公司，一九八〇），頁四。

治紛擾，該星球的政黨之爭，也有特殊歷史，這些被桑程「懷疑你們便是當初創造人類的上帝」的吉拉星人，竟曾被地球人的始祖「他洛伊」人擊潰並因此而遷移。而到故事末尾，真正的「他洛伊」始祖魏吉歐故意掛在十字架上迎接桑程，並告知主角「他洛伊」只是他杜撰的假歷史，一個玩弄歷史玩弄人性的上帝形象也呈現出來。在該中篇小說中藉人類浩劫後對人類自求的毀滅歷史的反省如：「在地球末期歷史，人道主義高漲的那段日子，人類只考慮到『環境污染』，但對『人』的污染卻有意忽視」[39]如此對人性的嘲諷也一如其於都市、社會小說中的表現；而對上帝的指涉，如其於該文中的一篇名為〈我的宇宙〉的詩：「在我的宇宙／向無限度量擴張的宇宙／因為它如此漫無目的地擴張／以至於竟無法容忍一個有限延伸的『上帝』的概念／所以在我的宇宙／沒有任何神祇的存在／有的只是一些／機運、概率、碰撞原理以及／無數不公平的競爭」，[40]一同於其對人類的嘲諷，將「天理」的神秘性擊潰後，不斷出現的「上帝」一詞，卻反證了上帝的不存在。林燿德於引述該詩之後也提到：「以上是黃凡言簡意賅的宣言，他不再相信『上帝』或者說傳統所謂的『真理』，他也不背負任何『道』，一切的源頭是『我的宇宙』——一個懷疑主義的心靈」，[41]更清楚說明了黃凡以「上帝」為主題的作品其實是在表現其對人性的懷疑與嘲諷。

同樣以「上帝」為主題，於一九八九年出版的《上帝的耳目》，主角地球人葉雲喬離開地球後經歷多番歷險，後脫胎換骨，且明白地球已退回洪荒時代的命運無法改變，所以在趕走宇宙魔王莫斯拉後，返回地球並在一隻猿猴腦裡注入能量，開啟了猿猴的想像能力，也等於重新創造了人類的進化歷史。在此，「上帝」成了「地球人」，人類的歷史也被「上帝」——地球人重新創造，一種循環式的歷史觀也出現在黃凡的科幻小說。以此觀念再重看黃凡以「上帝」為主題的小說我們可以發現，黃凡認為人類的毀滅來自於人性醜惡面的不可更

39 黃凡：〈上帝們——人類浩劫後〉，《上帝們——人類浩劫後》（台北：知識系統出版公司，一九八五），頁一一一。

40 黃凡：〈上帝們——人類浩劫後〉，《上帝們——人類浩劫後》（台北：知識系統出版公司，一九八五），頁九三。

41 林燿德：〈台灣當代科幻文學〉，《新世代星空》（中和：華文網股份有限公司，二〇〇一），頁一七〇。

移，人類創造出「上帝」的概念作為救贖的象徵，卻無法逃避人性所可能造成的循環毀滅。筆者以為，從「反烏托邦」強調的政治氛圍到「上帝救贖」強調的人性醜惡，對人性面的著重與質疑決定了其主題的轉變，如此對人性批判的理解也一如其於懷疑論式政治小說與都市小說中的創作理念，所以，即使黃凡的科幻小說通俗性仍具，其將之視為正統文學而注入對「人」的「嚴肅」思考理念則未有改變。

除了上述的「反烏托邦」與「上帝救贖」主題的科幻小說之外，黃凡的科幻小說作品仍多。張錦忠將黃凡的科幻小說稱為「生活方式科幻小說」，他說：

> 其實，許多歸列為科幻小說的作品，不但未直接涉及科學，反而直指生活，試圖揭示尋常百姓或一般社會的問題。科幻小說次文類中就有「生活方式科幻小說」（life-style science fiction）這一支，以例如環境污染、宗教信仰、愛情、毒品為題材。所謂「未直接涉及科學」其實是對科技與人類禍福利害關係的反省與批判，其真實性與合理性尚未立即顯現。省思得徹底者甚至反起科學來。黃凡的科幻小說大多可列入生活方式科幻這一類。[42]

黃凡的科幻小說便是如此直指生活，所以其科幻小說的題材可以說是在本論文所討論的四位後現代小說家中最多元的，如〈皮哥的三號酒杯〉一文雖以類似偵探小說的方式描述一科學家離奇消失的懸案，但其實該文更直指高度資本主義社會內在的腐敗與對人性的斲傷；〈你只能活兩次〉則以巧合活在時間裂縫的男女在時間停止後，為了新生兒的生命得以延續而二次自殺的故事，以冷嘲的態度書寫男女主角對時間與生命的重新體認；〈鳥人〉則諧仿美國超人漫畫，讓一個對人生已無所謂的男子長出翅膀，成了跟警探打擊犯罪的「鳥

42 張錦忠：〈黃凡與未來：兼註台灣科幻小說〉，《中外文學》，二二卷十二期（一九九四年五月），頁二〇九。

人」；〈處女島之戀〉則以一文思枯竭的劇作家為主角，以劇作家與電腦的對話書寫一「創意」與「規格化」相齟齬的未來世界，其中劇作家在談戀愛時仍須電腦協助的情節更影射了現代人對電腦的依賴；〈沒有貨幣的年代〉則以一禁止貨幣流通的未來世界為場景，小說中說「由於大家都沒有『金錢遊戲』好玩，整個社會頓時喪失了活力與創造力」[43]便明顯地影射當代社會，也表現了後現代小說家對社會的「疏離的嘲諷」；〈冰淇淋〉一文則以生命意義只剩下「吃」的外星人不斷尋找傳說中的「冰淇淋」星球為故事主軸，以看似無意義的故事劇情來反映文化上已去深度化的當代社會。

黃凡的科幻小說正是以其獨到的社會觀察，使其科幻小說又不得不使人以嚴肅的人文哲思角度切入，其徘徊於通俗與正統之間的位置，及黃凡在八〇年代的影響力，都使科幻小說不得不引起主流文壇的重視。但有趣的是一九八五年已發表〈如何測量水溝的寬度〉並於其後開始大量使用後設小說的形式技巧的黃凡，在其科幻小說中也收起了他的後設技巧，如林燿德所言：「黃凡的科幻短篇基本上是『寫實的』——不僅是作品的意象回歸到現實批判，其中的場景描寫和人物行動也遵循著『身歷其境』的原則……」[44]，所以若與將後設與科幻相融合的平路相比，黃凡的科幻小說在技巧上顯得要「保守」許多，但這也可以看出黃凡的科幻小說實是其後現代小說之外書寫其社會觀察的又一文類，其中的「反寫實」基調已可滿足其使用新文類的需求。而不使用後設技巧卻又不純以寫實形式表現的科幻小說，則可以林燿德的科幻小說為例。

43　黃凡：〈沒有貨幣的年代〉，《冰淇淋》（台北：希代出版社，一九九一），頁一四七。

44　林燿德：〈評介《冰淇淋》〉，收於楊宗翰編：《將軍的版圖》（中和：華文網股份有限公司，二〇〇一），頁四八。

（三）林燿德的科幻小說

林燿德的科幻小說獨具特色。在其科幻小說中，時常可見屬於日本電玩、動漫及美式科幻電影的語彙，在其都市小說〈大東區〉一文的開頭，便出現如下的文字：

「自來也是蟾蜍族的後裔，在恩師蟾蜍老人的指引下，他將肩負起拯救日本國的使命。……自來也得到指示，開始步上漫長的旅程。」

自來也步行在橫向移動的畫面上

……阿呆全神貫注在眼前的廿九吋螢幕上。

……奧秘而深沈的音樂聲突度巨變，鳥瞰的地景異化為三D的透視空間，三名持著禪杖，，用竹笠覆面的大門僧侶在激昂、喧鬧的重金屬配樂襯托下現形。

阿呆按下控制紐。

畫面表列出自來也的作戰能力：

自來也／七段／金四三兩

裝備：古代劍／鐵鎧／神風靴……[45]

結合虛擬電玩世界與當代都會，將青少年的狂放頹廢與電玩的炫麗及神話傳統的表面化、符號化相結合，

---

45 林燿德：〈大東區〉，《大東區》（台北：聯合文學出版社，一九九五），頁八—九。

做為其〈大東區〉整體氛圍的文化象徵，也使〈大東區〉在八〇年代都市小說中特別突出。在一九八四年，林燿德發表〈雙星浮沈錄〉，該文以「星球」間的爭權為主軸，其科幻時空與機關布景，都因為林燿德炫麗的科幻語彙而更增添科幻感。如果以嚴格意義而言，林燿德僅有三篇科幻小說問世，首先是前述的〈雙星浮沈錄〉，然後是一九九一年的《大日如來》及一九九四年的《時間龍》，但若以廣義的科幻言，林燿德的都市小說中時有超現實的想像，也曾被評論者視為科幻小說。[46]

對於科幻小說，林燿德自始便抱著嚴肅的態度，其一九九三年發表於《幼獅文藝》的〈台灣當代科幻文學〉一直是台灣科幻小說研究的重要參考論文，而新世代作家的科幻小說，也被其納入「懷疑論式政治小說」的範疇之中，在其〈小說迷宮中的政治迴路〉一文中他便曾說：

> 黃凡、張大春以及具有後現代特色的平路、張國立、張啟疆……這一類作家從未放棄對文本的藝術探索，自不甘受縛於寫實主義教條，他們的政治懷疑論根源於文本主義的歷史觀與現實觀，又投射到寓言體小說和科幻小說的形式中。……科幻文學並非太虛幻境中的囈語，也不僅止於探討未來時空的可能性；科幻小說家反而可能是針對「新型的現實」提出「新型的反思」的旗手，他們對於取代傳統國家機器的商業帝國和資訊霸權有特別的興趣，尤其史觀派的作品根本就是以政治論述為核心的創作。從一九八四年的時報科幻小說獎，經張系國科幻小說獎、世界華文科幻藝術獎到一九九四年的幼獅科幻文學獎，獲獎作品中的政治主題的繽紛變貌使人驚嘆，也補充了「本土」政治文學的地域性限制。[47]

46 如紀大偉便曾將林燿德〈慢跑的男人〉一文視為「台灣同性戀科幻的代表作」。詳參紀大偉：〈色情烏托邦：「科幻」、「台灣」、「同性戀」〉，《中外文學》，三五卷三期（二〇〇六年八月），頁一七—四八。劉紀蕙更將林燿德的《解謎人》及《大東區》納入科幻小說的範疇。劉紀蕙：《孤兒‧女神‧負面書寫——文化符號的徵狀式閱讀》（台北：立緒出版社，二〇〇〇），頁四一九。

47 林燿德：〈當代小說中的政治迴路——「八〇年代台灣政治小說」的內涵與相關課題〉，收入鄭明娳主編：《當代台灣政治文學論》（台林燿德將黃凡、平路、張大春等撰的科幻小說置於懷疑論式政治小說中討論，並言科幻小說實是「補充」了「本土」政治文學的限制，此處所言的「本土」，除了科幻小說得以以無國界、超越時空的方式呈現政治現實，更主要指台灣在八〇年代由於鄉土文學現實主義所發展出的具有意識型態立場的台灣文學本土論的政治小說。而其言科幻小說作家「不甘受縛於寫實主義教條」則再次表現了科幻小說「反寫實」的基調正是八〇年代新世代小說家選擇科幻小說文類的主要原因。因此，對於他的〈雙星浮沈錄〉一文其有清楚的自述，他說到：

> 〈雙星浮沈錄〉這一類的作品更直接形成了對於現實政治的諷喻，作者在一九八四年「虛構的」基爾星就是意圖預設一九九七年「現實的」香港；而全篇的意旨又能超拔而出，形成一個跨越時空的政治諷刺寓言，強調「人類信愛」的政客背後是具大的軍火工業操縱一切，出售廉價的國家理想。[48]

在〈雙星浮沈錄〉中，林燿德創造出了基爾星此一「殖民星球」，因地球聯邦與獨裁者闍大帝的私下妥協而由闍大帝強行佔領，暗中埋伏轟炸基爾星流亡地球的艦隊的地球聯邦，也是在「人類信愛」的標語下所做的決定。劉紀蕙曾言「星球一直是林燿德處理國家概念的替代版圖」[49]，所以林燿德的科幻小說便藉由星際戰爭的格局來書寫其政治觀察，是其懷疑論式政治小說的科幻形式呈現。

北：時報文化出版企業有限公司，一九九四），頁一六七—一六八。

48 林燿德：〈當代小說中的政治迴路——「八〇年代台灣政治小說」的內涵與相關課題〉，收入鄭明娳主編：《當代台灣政治文學論》（台北：時報文化出版企業有限公司，一九九四），頁一六八。

49 劉紀蕙：《孤兒・女神・負面書寫——文化符號的徵狀式閱讀》（台北：立緒出版社，二〇〇〇），頁四二〇。

一九九一年的《大日如來》，陳正芳稱之為「後現代版的武俠小說」[50]，並將之納入魔幻現實主義的脈絡，筆者認為該書以二十世紀末的台北都會為場景，是作者想像的「未來世界」，亦應納入科幻小說的範疇。而在其中大量的鬥法與比武的橋段，表面上正邪善惡二元對立的架構——密教修行者金翅、黃祓與張龑師與闇黑荼利明王兩大陣營的鬥法——其實隱含正邪原為一體的思想，故事結尾原先屬正義象徵的主角黃祓得知自己才是「惡」之根源而自殺也將故事帶入最高潮。全書一同於《一九四七高砂百合》將時間濃縮的筆法，故事發生時間集中在大西洋百貨開幕前夜至開幕式之後，故事時間不到一天，也使故事情節相對緊湊，但在敘述上林燿德又隨機穿插，打斷了敘述的線性發展，其中穿插的人物素描及動作場面的鋪陳，以「擴敘」的方式挖掘人物的心理狀態及意識活動，如配角糖糖的身世背景、吉田的情婦靜子為愛自殺、汪欣心在槍戰中的瘋狂殺戮等皆是如此，使此一類同於好萊塢電影的科幻小說，又不陷於通俗化與庸俗化。但若再對照林燿德以人物名做為章節名稱，又在每個章節前以漫畫插畫及卡通式的人物簡介，也可見林燿德刻意地要使該書擁有通俗文學的色彩，黃凡以〈零〉實現以通俗文學的邊緣性叩問主流文學疆界的理念，林燿德於《大日如來》中可說表現地更為明顯。而這本被陳正芳視為「以都市文學的概念及科幻小說的語言所建構的魔幻現實主體的小說」，實是「有著強烈對當代的政治批判意圖」[51]，的確，一如其於〈雙星浮沈錄〉以星際爭霸影射香港與政客形象，《大日如來》以納粹政權的歷史填補梨花的身世輪迴、以白色恐怖傳達糖糖於父母雙雙被捕後對人性的失望，以及諸多影射當下台灣的政治現實及亂象的部分，都可見林燿德在科幻小說中所試圖表達的「政治懷疑論」。

而在一九九四年的《時間龍》中，林燿德續寫了在〈雙星浮沈錄〉中的殖民星球基爾星與地球聯邦之間的利益衝突及故事中人物的愛恨情仇，原先在〈雙星浮沈錄〉中為了基爾星的未來奔走的總督盧卡斯，在逃亡

50　陳正芳：《魔幻現實主義在台灣》（中和：華文網股份有限公司，二〇〇七），頁二三二。

51　陳正芳：《魔幻現實主義在台灣》（中和：華文網股份有限公司，二〇〇七），頁二三五。

奧瑪星之後又藉由在庇護處的政治操作，與奧瑪星副統領王抗共同背叛原主宰克里斯多娃，而重新成為政壇要角。在《時間龍》此一與前作〈雙星浮沈錄〉相隔近十年的「續篇」中，原先「星球」借代國家的理念不變，又擴大了政爭的格局，原作中簡單的殖民星球被母星球（地球聯邦）拋棄，基爾星作為精神支柱的「教主」錫利加被刺殺及盧卡斯徘徊於正室唐荻姬與情婦妲之間的情慾糾葛等情節，都被續寫於《時間龍》之中。

《時間龍》被陳裕盛稱為「精緻得無懈可擊的科幻史詩」，他認為該書「擺脫過去科幻小說烏托邦式的論述，在《時間龍》裡交戰的當然不只是星艦和異形，也包括層層交疊、對立的人稱觀點。如果將這些辯證融入現實的體制，它可說是一部化繁為簡的世界史縮影」[52]，淪為殖民地的奧瑪星、唐氏跨星企業的所在地地球、強權新麗姬亞星、及自由貿易港奧瑪星等，具體而微地以宇宙的各星球來象徵現世的權力紛爭。而其中除了盧卡斯、王抗兩位主角之外，其他的配角們也各自有鮮明的人性色彩，如為抗議丈夫外遇而帶著六百萬基爾星移民一起陪葬的唐荻姬；身為星球總督情婦的反對黨領袖妲，在總督逃亡的時候選擇與人民共存亡；在臨死時決定以寬恕將信仰流傳給追隨者的基爾星教主錫利加；與基爾星戰到最後一刻的田宮元帥，卻曾為了戰與不戰的問題在議會殺死同僚；王抗身邊彷佛雌雄同體且迷戀王抗的星務卿施施兒；原是國家權力平衡三角中的賈鐵肩，為了取得政權設局陷害王抗卻反而喪命於更深沈的計謀中；克里斯多娃原為奧瑪星統領，卻為了誤信男寵王抗及流亡總督盧卡斯而被放逐，怨恨成為支撐其生命力量的泉源；兇殘、陰狠且足智多謀的情治首長羅哥，是整個計畫背後最精明也最重要的人物；而那個在佔領了基爾星之後要求基爾星人在衛星上挖掘結果使衛星上出現其面相的獨裁者闍大帝，其獨裁者的形象像衛星一樣永遠在基爾星外圍繞。《時間龍》全書正是以這些正邪難分的角色們組構而成，再加上林燿德於小說的虛構的夢獸族、奧瑪變種蝶、伊蓮蟲、時間龍等，更增加了小說炫麗的想像氛圍以及其對生命的思考。

52 陳裕盛：〈一部化繁為簡的世界史縮影——林燿德的科幻小說「時間龍」〉，《文訊》，九九期（一九九七年三月），頁十一。

總而言之，《時間龍》作為林燿德於一九九四年的力作，該書可視為其創作已然成熟的重要表徵，這本融合了科幻場景、政治角力、暴力書寫、奇思異想的科幻小說，可視為主流文學家於科幻小說範疇的重要代表作。而一有趣的現象是，在其科幻小說中，雖以魔幻現實主義的筆法撰之，卻無後設筆法的影子，我們甚至可以說，林燿德在科幻小說中使用魔幻現實主義，是因為魔幻現實原本就接近於現代主義，以林燿德這位深具現代主義／後現代主義過度性格的創作者來說，對接近現代主義的魔幻現實主義筆法的使用雖使其科幻小說較之黃凡、張大春的寫實形式要來的更為生動且具想像力，但對擅於操作新奇的創作手法與技巧的林燿德來說，還是相對「保守」的。所以，真正可以把科幻小說以全新的敘事模式呈現的後現代小說家當推平路，其科幻小說所完成的便是科幻與後設的準確融合。

三、後設與科幻融合後的新局——平路的科幻小說

一九八五年，平路的〈驚夢曲〉入選該年的時報科幻小說獎，並被選入《七十四年科幻小說選》，綜觀全文，其將時空訂於二〇七五年，以一成長於台灣卻在美國遭遇全球性災難而沈於密西根湖底被外星人救出並改造的台灣人為主角，並以「未來」的時空回顧作者身處的一九八〇年代：

> 是的，於最後的那些年間——即使是鴕鳥似的他也從報章上知道——他紮根的土地裡，正暗暗埋藏了過多的化學污染與農藥殘留物，甚至還有一些重金屬、放射物、與劇毒的碳氫化合物，順著河流衝向淤積的海口。
>
> 此外，則是那些遭受鎘廢料侵襲的濱海村落、南部城鎮的戴奧辛污染、西部PCB的中毒患者群，再加

上奶粉、餿水油等食品公害，煙灰、酸雨、落塵、噪音等環境公害；那時候的人們——儘管是鴕鳥似的他也必須承認——確實活在一個浩劫家園、可憐焦土的恐怖夢魘下。[53]

平路藉由小說主人公的回憶，提出對台灣在一九八〇年代公害污染的警語。如此以未來時空回顧台灣「現況」的題材在平路的小說中極為常見，〈驚夢曲〉之後，一九八九年的〈台灣奇蹟〉以九〇年代中期記者對美國「台灣化」的現象作報導，實則是提出台灣在政治、經濟各層面的亂象；一九九六年的〈虛擬台灣〉更以一電腦軟體「虛擬台灣」來將當時發生的台海危機作為一可供遊戲者自由重述歷史的軟體遊戲。我們可以說，平路的科幻小說在機關布景上使用並不多，即使將場景拉到遙遠的時空，平路所欲呈現的也是當下的台灣。而在〈驚夢曲〉中更值得我們注意的是，這位在二十一世紀被救活的人類對台灣濃厚的「鄉愁」。起先是因檳榔樹引起的「認知反應」，而後蘆葦、竹林、木瓜、香蕉、夾竹桃、玉蘭花等逐漸鋪陳出台灣地景，再回憶起台灣的人情，即使一九八〇年代的台灣已是髒亂、嘈雜、擁擠的地方，畢竟有故鄉的人情與秩序。此中對台灣的「鄉愁」不得不使我們想到〈玉米田之死〉中那象徵原鄉既存在又失落的玉米田，而在受允許回到台灣島上得以一償鄉愁的主人公，卻看到台灣島早已賣給迪士尼公司而改建成一巨大的遊樂園，返回原鄉的失落感在此篇科幻小說中又重新演繹了一次。如王德威所言：「（驚夢曲）這篇小說寫的粗糙，但平路卻從科幻敘述中，找到處理她對台灣『終極關懷』的方法」[54]，這篇小說所使用的地球浩劫餘生的題材，早已為其他科幻小說所運用，在台灣如黃凡的〈上帝們——人類浩劫後〉，所以在題材上平路的〈驚夢曲〉未有創新之處，但其將之鋪陳為對台灣鄉愁的另類出口，使此科幻小說既屬於「懷疑論式政治小說」，又類同於「留學生文學」，所以即使

53 平路：〈驚夢曲〉，收於張系國編：《七十四年科幻小說選》（台北：知識系統出版有限公司，一九八六），頁二一四。

54 王德威：〈想像台灣的方法——平路論〉，《跨世紀風華——當代小說二十家》（台北：麥田出版社，二〇〇三），頁九六。

該文尚顯「粗糙」或「創意不足」，平路於其科幻小說中創作初始便能另創新局的能力，已可見一斑，而最能代表其另創「新局」的作品，則當推隔年所發表的〈按鍵的手〉一文。

如前所述，在黃凡與張大春的科幻小說中，科幻小說反寫實的基調使他們「甘於」回到傳統的寫實形式之中，而不在科幻小說中做形式實驗；林燿德雖然使用了魔幻現實主義的筆法，但與他的都市小說相比，形式技巧上要顯得保守的多。反而平路卻是在其科幻小說中使用較多形式技巧的一位。而且如筆者所言，黃凡、張大春與林燿德的科幻小說雖然是他們在懷疑論式政治小說與都市小說之外的文類選擇，但是其在內涵表現及與現實社會的對應面上都未及他們的其他小說來的深刻，而平路的科幻小說卻能與其懷疑論式政治小說、都市小說、後現代小說相結合，而成為在台灣具代表性的後現代形式的科幻小說。

如果以時程來分析，黃凡的《零》完成於一九八一年，正是其撰寫懷疑論式政治小說與都市小說的起步期，而林燿德與張大春的科幻小說則從一九八四年始，西方的後現代文藝思潮尚未具體地影響台灣，兩者仍以現代主義及寫實形式的都市小說為主要創作主軸，而平路的〈按鍵的手〉則發表於一九八六年，如以一九八五年末黃凡發表〈如何測量水溝的寬度〉，一九八六年張大春跟進並創作大量的後現代小說的時間點來說，平路兼具後現代與科幻意味的〈按鍵的手〉一文問世並不令人意外，但平路在科幻小說中實驗後現代的形式技巧，再加上平路小說特有的細膩度，使其科幻小說足以在台灣獨樹一幟，也為進軍主流文壇的科幻小說開創了新的局面。

首先，在這篇一九八六年的〈按鍵的手〉中，平路描寫主角從懷疑自己是電腦，到懷疑周遭的人也是電腦，甚至認為電腦工程師可能都指示電腦控制的機器人等的情節，都是在表現人對電腦的控制主從關係在電腦愈發重要與通行的年代可能將有主從異位的隱憂。

平路於〈按鍵的手〉中，開頭便用了後設的形式：「讀者諸君，你們說，還有什麼事比這個更嚇人？」[55]；

55 平路：〈按鍵的手〉，《五印封緘》（台北：印刻出版有限公司，二〇〇四），頁一三〇。

接下來，主角身為一電腦技師，在參加了「科幻小說寫作進階班」之後，在某天早晨醒來時突然有了「我真的是人嗎？怎麼知道？不會根本就是一部電腦？」的念頭，在此，「科幻小說寫作」雖是表現出科學幻想的觀念引出了他對電腦與人相同處的反省，但暗示了這也可能是篇科幻寫作進階班的科幻試作，此正是後設小說的形式技巧；再如「對著我的家用電腦，我竟不能專心寫我的科幻小說。螢光幕上，水星的水成岩之間，那種煙水朦朧的圓床中，女主角與外星人正在陷入愛河的緊要關頭。我閉上眼，發現自己全然無法涉身羅曼蒂克的想像。」[56]作者以正在進行中的小說與真正的小說做對比，我們發現主角的科幻想像是浪漫通俗的，與真正的小說內文大相逕庭；而在故事中，主角懷疑自己的「感覺」是由「程式譜出來」的，懷疑自己的「記憶」是由軟體輸入的，走的也是後現代「質疑一切」的路子；到故事結尾：

> 譬如現在，就在一個可怕的夢裡，我夢到自己是一部扭開了的電腦，螢光幕上不斷地跳出字幕。在我的盒子外面，所謂我的讀者，正按著所謂的鍵盤，隨心所欲發出指令。恐怖的是，讀者們自以為吹彈得破的肌膚外面，隱隱然地，我卻又看見了另一雙按鍵的手。[57]

在此，平路將主角的「妄想」拉到現實層面，在主角的「坦誠自白」之後，讓讀者也必須去思考自己究竟是人或電腦。

唐毓麗曾言：「平路極力大膽突破創作內容與美學形式，大量挪用科幻小說通俗的形式也是她的敘述策略之一。平路的科幻小說顯然是選擇『文以載道』式的創作途徑」[58]，所謂「文以載道」，同於張系國等試圖於科

56 平路：〈按鍵的手〉，《五印封緘》（台北：印刻出版有限公司，二〇〇四），頁一四〇。
57 平路：〈按鍵的手〉，《五印封緘》（台北：印刻出版有限公司，二〇〇四），頁一七五。
58 唐毓麗：《平路小說研究》（南華大學文學研究所碩士論文，二〇〇〇），頁八九。

幻小說中注入人文關懷，而「大量挪用科幻小說的通俗形式」，則是指其於「敘事策略」上的轉換，也一同於筆者於前節所言台灣後現代小說家在選擇科幻文類時主要是一種形式的選擇，而如此的形式選擇並不影響其所欲表達的內涵。就平路的〈按鍵的手〉來看其實更為明顯，以科幻形式傳達電腦對人類心靈狀態的影響，也用後設形式表現文本的流動性、現實與虛構界線的模糊來襯托電腦世界的虛擬性質，較一般科幻作品更能達到形式與內容的巧妙結合。在傳統科幻小說的寫實形式之外加入後設形式，是平路科幻小說的特色，也是其科幻小說足以另創新局的重要原因。

一九八九年，平路發表了〈台灣奇蹟〉與〈人工智慧紀事〉，〈台灣奇蹟〉延續了〈驚夢曲〉，〈人工智慧紀事〉則延續了〈按鍵的手〉中對當代電腦世界的省思，林建光對於平路科幻小說的剖析頗值得參考，他說：

> 比起黃凡和張大春對（認同）政治的猶豫與不安，平路認同台灣做為作品主要關懷（而不全然是做為國家認同對象）的篤定踏實反倒顯得有些突兀，特別是我們注意到她的另一創作主軸乃是強調去中心、反再現或反本質的後設書寫形式。的確，平路的科幻作品經常微妙地擺盪於中心／去中心、意義／反意義、再現／反再現之間。在處理台灣步入後現代社會可能面臨的社會、文化危機或亂象時，她是使命感強烈、思鄉懷舊的台灣本位主義者；但在解構主體完整性與人本主義迷思方面，她又是不折不扣的反本位主義作家。[59]

也正因此，平路的科幻小說不同於黃凡、張大春與林燿德，其政治關懷相對明確許多——以台灣為主體，但摻雜其中的後設形式卻又使此主體不得不面臨擺盪。

---

59 林建光：〈政治、反政治、後現代：論八〇年代台灣科幻小說〉，《中外文學》，三一卷九期（二〇〇三年二月），頁一五三。

〈人工智慧紀事〉與瑪麗・雪萊的《科學怪人》及張曉風的〈潘渡娜〉一般，皆以「人造人」做為故事題材。但不同於二書所要表現的人不應違反自然法則，且使人造人失去存在理由的內涵有所不同，〈人工智慧紀事〉中被H所造出的女機器人，被賦予了與人相同的學習機制，平路演繹了機器人擁有人類感情又擁有精密的程式而能夠不斷學習精進終至超越製造者H，使原本愛上製造者H的「她」，卻在智能不斷提升的情況下對H感到厭倦，愛上在心中所設想的M，最後在H的糾纏下失手殺了H，而成為待審的囚犯。在此，「人造人」對社會的不適應不在於周遭人對之的誤解，而是人工智慧過度開發的結果，如人一般的「感情」是其逐漸失控的關鍵，在對人造人的討論上如向鴻全所言：「平路在論述人的本質上（即分辨人與機器人）有了很大的進步」。[60]而若再參照其中製造者／男性與被製造者／女性，存在其中對於男性宰制地位的抗拒以及隨著智能「開發」而對製造者／男性不耐終於殺死製造者的隱喻，平路欲在小說中表現其女性主義思考的意圖也欲發明顯。

在〈台灣奇蹟〉之後，平路又一以科幻形式書寫台灣的作品為〈虛擬台灣〉（一九九六），且其結合後設形式更為明顯，該文開頭便說：「下一次，我要重新改寫那篇當年寫過的小說，如同妳再玩一次這個曾經玩過多次的遊戲。每回，坐在螢光幕前，妳就努力想要記起來，有一次，妳誤打誤撞，按了幾枚什麼樣的鍵？」，[61]「重新」「改寫」「小說」便表現了文學的虛構性與可重複書寫的本質，而這次平路將小說與網路遊戲作連結，並將台灣所面臨的台海危機藉由虛擬的遊戲創造未來的歷史，而未來的虛擬歷史與當下現實作對照時，更顯出政治的虛妄性，如一九八七年在蔣經國總統前的抗議行為，一九九六年李登輝在總統大選時利用中國飛彈威脅所使用的選舉話語。於該文中，一九九六年為平路「建議」切入台灣歷史的關鍵點，而該文正撰寫於一九九六年，其諷喻的意圖十分明顯，且此一「虛擬台灣」的軟體，是在未來時空回顧台灣歷史的軟體，可使

60 向鴻全：〈我們正在挖出時空膠囊……〉，收於向鴻全編：《台灣科幻小說選》（台北：二魚文化事業股份有限公司，二〇〇三），頁十六。

61 平路：〈虛擬台灣〉，《禁書啟示錄》（台北：麥田出版社，一九九七），頁一二五。

用虛構取向／史實取向、人物決定／事件決定等來決定遊戲的進程。而在故事結尾，可能因為按錯指令而造成海峽戰事的爆發以及地球的浩劫，雖可以在遊戲中重新開始並繼續「玩」下去，但關照政治現實，卻是發人深省的。該文可說是平路使用「科幻」、「後設」、「台灣」等關鍵詞所寫出的「懷疑論式政治小說」，其在故事進行中所選擇的「人物決定」影射「人治」的政治策略將使台灣陷入危機的的劇情轉折，有其現實的影射，而襯之以後設與虛擬遊戲的形式非但不影響其對現實政治的指涉性，又增加了對政治、歷史虛構性質的表達。〈虛擬台灣〉一文，可說是平路在「科幻小說」、「後現代小說」、「懷疑論式政治小說」三種文類的共同代表作，文類的相互交融使平路的科幻小說突出於其他後現代小說家之上，也成為主流文學圈必討論的對象。

平路其他的科幻小說，如〈小與大〉一文結合了「台灣」（故事中的「小島」）與「未來」（對歷史的回顧），與從〈驚夢曲〉以來對台灣的「終極關懷」相同；〈世紀之疾〉則是以愛滋病此一毀滅人類的「病毒」探討人在生命與愛欲之間的抉擇；〈天災人禍公司〉則如前章所討論的，藉科幻的形式，及「災難」只是遠在天邊的「天災人禍公司」所提供以促進富裕社會中人「幸福感」的假象，來探討現代社會中「幸福」的假想性及人性中以他人之不幸增加自我存在感與幸福感的劣根性。而綜觀平路的科幻小說，除了一九八五年的〈驚夢曲〉之外，從一九八六年的〈按鍵的手〉到一九九六年的〈虛擬台灣〉，平路的科幻小說都有著後設形式的使用，在借用科幻反寫實的奇想以寄寓家國想像的人文哲思之外，後設的形式技巧所蘊含的對後現代思想的傳達更增加了文本的豐富性。若再加上平路對台灣「終極關懷」的表現，與其他在主流文學圈使用科幻小說文類形式的作家相比，平路的小說可說是「另創新局」，是科幻小說在一九八一年黃凡藉由〈零〉使主流文學獎引起了通俗／正統之爭議之後，一最具體將通俗與正統融合為一的實踐方式。

四、台灣後現代小說家科幻書寫的意義

在本章中，我們討論林燿德等人的科幻小說呈現。四人的科幻小說，完成了科幻文學由邊緣向主流的叩問，從黃凡的《零》到平路將後設與科幻相融合的作品，科幻小說此一原先不為主流文壇所青睞的通俗文類一改其風貌，也吸引了許多作家投入科幻小說書寫的行列。然於此必須要提醒的是，雖然林燿德等人撰寫了許多優秀的科幻小說，但我們也不能過度張揚四人於台灣科幻小說發展史的地位。正如前節所引劉秀美所言「新一代的科幻小說往往令讀者有種比前代作品更迷離難解的觀感。當今台灣科幻小說的讀者大多還是喜歡張系國、倪匡等人的小說，而對新一代作家則顯得陌生而缺乏興趣」，由於科幻小說正統性的增加，也使得科幻小說所本有的通俗性反而下降，而不受科幻讀者的喜愛。陳鵬文甚至於其研究八〇年代台灣科幻小說的論文中，認為黃凡、張大春的科幻小說實是淺嚐輒止的「到此一遊」[62]，意指兩人難脫主流文學家的包袱，並未全心經營科幻小說。所以，若以科幻小說的通俗性言，四人將科幻小說拉入主流文學的範圍，卻不見得能得到科幻文學讀者的共鳴。如林建光所言：

> 黃凡、張大春、平路雖然寫科幻，但主力畢竟是在「主流」文學，科幻創作對她／他們在文壇的位置影響其實不大。以場域的概念來說，這些作者雖然將觸角深入科幻場域，不過在論述合法性的爭奪戰裡，對他

---

[62] 陳鵬文於討論黃凡、張大春的科幻小說時用了「到此一遊的尋芳者：某某某（面目模糊）」為標題來說明兩人的科幻小說實較近於政治小說。陳鵬文：《八〇年代台灣科幻小說研究》（中國文化大學中國文學研究所碩士論文，二〇〇四），頁七一。

> ／她們有利的位置顯然不是科幻，而是所謂的主流文學。換言之，科幻是屬於主流（如後設小說、後現代、女性書寫）下的次文類……。[63]

所以，對林燿德等人來說，雖然有著使科幻獲得主流文壇認可的努力，但「科幻」畢竟是他們在主流文學外的文類選擇之一，對他們而言，仍是以主流文學為主，而科幻小說僅能算是他們所經營的「副業」，其科幻創作既對科幻文學本身而言影響不大，對他們自身而言也是。張系國曾說：

> 即使他得獎，他的作品也很難在報紙上發表，因為那時候發表的園地主要是報紙的副刊，假如副刊容納不下這些科幻作品的話，他就沒辦法繼續寫下去。其實很多作家都對科幻有興趣，也都寫過，可是後來就沒辦法再繼續，這就包括張大春、林燿德、黃凡、平路……也就是沒有發表園地，所以他們大多不再寫科幻了，就回去寫主流小說。[64]

張系國認為，林燿德等人是因為科幻小說的發表園地並不多，才轉回主流文學的行列，其實筆者以為，科幻小說原本便是他們在政治、都市小說之外的文類選擇，此一文類選擇甚至延續到他們創作後現代小說的時期，如黃凡從一九八一年創作《零》之後，一直到一九九一年停筆前都仍有科幻小說的創作，而林燿德一九八四年便創作〈雙星浮沈錄〉，至一九九四年發表的《時間龍》仍屬科幻之作。因此，筆者認為發表園地的能見度問題影響不大，科幻小說之所以不會成為這些作家創作的主體，主要還是因為他們創作科幻小說，是

---

63 林建光：〈主導文化與洪凌、紀大偉的科幻小說〉，《中外文學》，三五卷三期（二〇〇六年八月），頁八五—八六。

64 張系國語，為訪談內容。傅吉毅：《台灣科幻小說的文化考察》（國立中央大學國文學研究所碩士論文，二〇〇二），頁一四九—一六一。

因為科幻小說是他們在創作政治小說、都市小說、後現代小說之外的文類選擇，而其主要的創作訴求自始便不在科幻小說本身，如上引林燿德所言，主流文學家在八〇年代的科幻小說大部分皆可納入懷疑論式政治小說之中，而平路則藉由科學幻想的方式將後現代徵象表現出來，此以其〈天災人禍公司〉最可為代表。

在對於懷疑論式政治小說及都市小說的介紹時，吾人都可以發現一個現象，就是在後現代文學的形式技巧傳入之前，即使如黃凡、張大春等林燿德所指稱的新世代作家代表，在試圖於政治、都市小說中表現政治的中立價值及都會人心狀態時，在全新的敘述模式引進之前，多使用寫實形式進行創作，最明顯如張大春，在其《雞翎圖》出版序中即使已表達對寫實形式的懷疑，之後的小說卻不得不續用寫實形式進行創作，所以科幻小說本身「反寫實」的基調對於期待出現新的敘事形式的新世代作家而言是有著吸引力的，再加上科幻小說的經典作品對社會、人類的關懷，科幻小說自然地成為政治小說與都市小說的替代形式。以政治小說而言，林燿德科幻小說可納入「懷疑論式政治小說」的範疇已如前述，林建光也將張大春與平路的科幻小說視為「認知批判式的後現代政治科幻小說」[65]，可以說，科幻小說與政治小說的連結是明顯的。而科幻小說與都市小說的連結性我們可以陳大為對都市詩的分析來理解，他說：「毫無異議的，都市文明絕對可視為當代人類文明最極致的表現，而『科幻文明』則是人類對『下個紀元的都市文明』的大膽預測，是一幅『未來都市的藍圖』」[66]。因此，藉由科幻小說也能夠對八〇年代已然成為生活重心的都會文明提出省思與警告，其與都市小說連結也清楚可見。因此，科幻小說作為政治小說與都市小說的替代形式，可說是八〇年代後現代小說家們科幻創作的重要意義所在。

65 林建光：「張大春與平路所處理的後現代都會主體經驗、歷史記憶、商品化文化、身份認同、或性別議題，大致可視為認知批判式的後現代政治科幻小說。作品表現的對後現代性的焦慮與不滿，以及藉由書寫介入（小）政治議題的企圖，讓他（她）們創造出有別於張系國、黃海、葉言都以國族想像或冷戰經驗作為書寫對象的政治小說。」林建光：〈主導文化與洪凌、紀大偉的科幻小說〉，《中外文學》，三五卷三期（二〇〇六年八月），頁一五〇。

66 陳大為：〈對峙與消融：五十年來的台灣都市詩〉，《中國學術年刊》，第二五期（二〇〇四年九月），頁二四三。

第四章　台灣後現代小說的轉型與延續

台灣在八〇年代中期後現代主義傳入後，其去脈絡化的初始性格持續被反後現代主義的學者作家所抨擊，然在八〇年代解嚴新舊文化轉型期間，模仿與移植的後現代主義，以其「去中心化」的宗旨為台灣開拓了新的思維場域，台灣的歷史與社會需求，使後現代文學的形式技巧與邊緣族群挑戰中心的欲求相結合，並使台灣小說在「多元中心」建立後又得以避免自我族群中心權威的再度浮現，因此後設小說此一後現代文學的主要形式在八〇年代中期興起後雖聲勢漸弱，但代表的並不是台灣後現代小說的結束，而是後現代此一去脈絡化的策略性工具被台灣文學的內在欲求所填充與轉化的內涵質變。以下，先以九〇年代台灣後現代小說的轉型為討論起點，再陸續討論平路、黃凡與張大春三人在九〇年代以迄二十一世紀的小說呈現，以利吾人理解台灣後現代小說在九〇年代後的轉型與延續的歷程。

第一節　九〇年代台灣後現代小說的轉型

九〇年代之後，在八〇年代曾經吵的沸沸揚揚，甚至被視為「時尚」的「文化寵兒」——後現代主義，如理念先行、形式與技術至上等缺點陸續暴露。但也如第二章所討論的，後現代主義在有心的作家與論者的發揚之後，影響所及主要在於其「去中心化」的宗旨，延續現代主義對於形式創新的要求，以及深刻刻畫後現代徵象日漸明顯的大都會等等。可以說，「後現代主義」在台灣早期的文學嘗試雖因模仿移植過快而為人詬病，但台灣具代表性的作家仍試圖去完成「台灣」與「後現代」的結合，所以我們在黃凡、平路、張大春大量實驗後設技巧的小說之外，也看到他們許多將後現代與台灣當代政治、社會現實相結合的佳作。筆者以為，這正是西方後現代思想與台灣的在地性相結合之後必將出現的兩相調和之作。而在九〇年代之後隨著「後現代」的式微，「後殖民」以「重建主體」與「符合台灣歷史脈絡」之姿成為台灣又一文化時尚，此尤以台灣文學研究的範疇中更為明顯，然而又因為「後殖民」本身一同於「後現代」的「去脈絡化」，仍是在西方「後殖民」理論基礎上對台灣文學的重新檢視，且其中又暗含著論者對於台灣史觀的認知問題，所以面對九〇年代後的台灣文學，究竟該是「後現代」？還是「後殖民」？一度成為學界爭論不休的問題。以下，便以先以後現代與後殖民對台灣九〇年代後文學的詮釋適合性的問題作為討論的起點，以理解「後現代小說」在九〇年代的發展脈絡，並說明筆者所認為的九〇年代後現代主義在與邊緣族群的屬性結合後反成為台灣文學主流的背景成因。

一、「後殖民」？不如「後現代」！

後現代、後殖民與台灣社會的對應在本質上是十分相近的。如范銘如在討論「後鄉土文學」時便曾言：「『後』（post）鄉土的基本精神與八〇年代後期以迄九〇年代席捲台灣知識界藝文界的後結構思潮，如後現代、後殖民、女性主義、解構主義、新歷史主義等等的『後學』，一脈相承」[1]，此處以「後學」將後現代與後殖民聯繫在一起，便表明了後現代與後殖民在本質上的相同處。而若以西方的文化發展——「前現代——現代主義——後現代主義」的文化發展脈絡來看，「後殖民」自然是「後現代」文化現象的一環，在「去中心化」的宗旨之下，面對二次戰後的獨立建國潮，原先在被殖民國曾遭受的殖民宗主國文化侵擾，也將在後現代文化思潮下凸顯潛藏其中的霸權性格並遭到檢驗與排斥。

首先，應先理解「後殖民」的生成背景與理論內涵。在西方強權的海外擴張時期，透過海外移民、搶劫與販賣奴隸，對弱勢國家進行壓迫、剝削及統治。原先，以掠取被殖民國的資源為主要目的，但強權國家的殖民也伴隨著強勢文化的入侵，對被殖民國家的文化產生侵擾，進而瓦解被殖民國家的民族意識。第二次世界大戰之後，十九世紀末以來的解放獨立潮流銳不可擋，舊的殖民者漸次離開被殖民國，但殖民主義並不因此結束，一方面，跨國資本主義的發達，新興國家的經濟命運仍常超出自身所能控制的範圍，一方面，殖民主雖已離開，但其文化仍為強勢文化的角色並對新興國家產生影響力。所以，以全球的角度來看，二次世界大戰結束後，從十六世紀到二十世紀中近五世紀所積存的殖民經驗才有了全面性檢討的契機。

在後殖民批評家中以愛德華・薩伊德（Edward Said，一九三五—二〇〇三）最著名，其一九七八年所發表的《東方主義》（Orientalism）更成為後殖民的經典論述，該書表明了「東方」的概念其實是西方帝國主義以其殖民想像建構出來的神話，他藉由西方對東方殖民歷史的回顧、對東方藝術與學術的刻意扭曲及西方對東方居高臨下的心態，說明「東方主義」就是一套西方人所建構對於東方的認知與話語系統。如此以全球的視角來反省文化帝國主義的論述，對已擺脫被殖民地位國家的知識份子有著莫大的影響，在台灣如陳芳明便曾謂：「我的知識盲點，在生命的不同階段總會出現一些突破或克服的時刻。閱讀過薩伊德的系列作品之後，我對於

---

1 范銘如：〈後鄉土小說初探〉，《台灣文學學報》，第十一期（二〇〇七年十二月），頁二四。

文學的分析與詮釋，不再停留於美學探索的層面……薩伊德的後殖民理論，乃在於重新塑造我們對於世界的看法……這種開放的態度，對於台灣文學研究誠然具有無窮的暗示」[2]，但陳芳明也承認「《東方主義》一書的論點，並不全然能夠適用於台灣」[3]，因此後殖民理論能否在台灣準確運用，又或是另一「去脈絡化」的理論工具，我們可以從台灣學者對後殖民理論的不同意見來看出端倪。

我們可以先看後殖民理論對解嚴後台灣文學的適用性問題。陳芳明可說是推廣以後殖民理論研究台灣文學最力的學者之一，他認為，以台灣的歷史發展脈絡而言，日治時期五十年的殖民統治是明確的殖民歷史，而在國府遷台後實行的戒嚴體制，陳芳明認為：

> 戒嚴體制本身，就是一種變相的殖民體制……中國論述對台灣文化主體的傷害，毫不遜於戰前的殖民論述。今日仍然蔓延於台灣的省籍問題與統獨爭議，便是這種歷史傷害的殘餘。台灣文學研究的遲到，以致後殖民研究的跟著遲到，並非是島上知識份子欠缺歷史反省，而是因為戰後的再殖民體制阻礙、限制、鄙夷這樣的反省。[4]

由陳芳明的論述我們可以知道，以時程而言，他認為台灣要到解嚴後才算是殖民體制的正式終結。然而實

2 陳芳明：〈自序：我的後殖民立場〉，《後殖民台灣——文學史論及其周邊》（台北：麥田出版社，二〇〇七），頁一〇。

3 陳芳明語，他也說：「這當然是可以理解的。薩伊德是巴勒斯坦人，他的立場純粹是從中東出發。他批判的對象，不只是以色列而已，同時也指向支持猶太人復國運動的西方帝國主義。因此，薩伊德筆下定義的『東方』，事實上只是以中東阿拉伯世界為中心。他的東方疆界最遠也只是到印度而已。……台灣社會穿越過的殖民歷史，並不涵蓋在《東方主義》書中。」陳芳明：〈自序：我的後殖民立場〉，《後殖民台灣——文學史論及其周邊》（台北：麥田出版社，二〇〇七），頁一一。

4 陳芳明：〈自序：我的後殖民立場〉，《後殖民台灣——文學史論及其周邊》（台北：麥田出版社，二〇〇七），頁一二。

際上，雖然國府遷台之後長達三十八年的戒嚴體制是台灣「再殖民」的開始的史觀，在台灣文學本土論者的心中是不可更移的定見，但台灣史論述的建構在釐清各方異見之前，以此史觀做為後殖民使用的「前提」，便容易被不同意此前提而持不同意見者所否定。又因陳芳明於其試圖建構並已有多篇論文發表的「新台灣文學史」中所使用的後殖民史觀其實是一種「調合」省籍衝突的論述，所以在統獨兩派中皆有反對的言論。統派的反對者以陳映真為主要代表，他自然不認可將國府遷台後的台灣歷史視為「再殖民」的歷史，且認為陳芳明把台灣文學依語言、族群、性別、性取向來解釋解嚴後台灣意識文學、女性意識文學、眷村文學、原住民文學、同志文學崛起的方法是「後現代主義」而非「後殖民主義」；[5]而獨派的游勝冠則在〈後殖民？還是後現代？——陳芳明台灣文學史書寫的論述困境〉一文中也對陳芳明的論述有著質疑，他認為，將「解嚴」視同為「再殖民」歷史的結束是武斷的，因為國民黨政府的政治影響力仍支配著台灣的政治、社會、文化的走向，且認為：「在文壇，這種殖民化勢力更透過某些盤據主流媒體的殖民者作家，持續掌控著台灣文學的品味與價值取向，面對這樣一個殖民者因為換下支配者身份，正當性不必再受質疑，殖民支配反而可以更光明正大進行的『後殖民』階段，不正面迎對從未間斷的殖民化，怎麼有所謂的主體性可言」，[6]其結論竟與陳映真殊途同歸，他說陳芳明「這種強調多元和諧共存的價值取向，使得陳芳明的後殖民史觀，淪為他一再質疑正當性的後現代史觀」。[7]陳映真與游勝冠截然不同的政治立場，卻同時給了陳芳明在後殖民與後現代之間的聯繫，這一方面說明了陳芳明的後殖民台灣文學史觀將隨著政治立場的不同難為學界所公認，也巧合地說明了後殖民與後現代本質上的近似

5 陳映真：〈關於台灣「社會性質」的進一步討論——答陳芳明先生〉，《聯合文學》，十六卷十一期（二〇〇〇年九月），頁一五八。

6 游勝冠：〈後殖民？還是後現代？——陳芳明台灣文學史書寫的論述困境〉，《台灣文學研究工作室》，http://ws.twl.ncku.edu.tw/hak-chia/i/iu-seng-koan/tanhongbeng-bunhaksu.htm。

7 游勝冠：〈後殖民？還是後現代？——陳芳明台灣文學史書寫的論述困境〉，《台灣文學研究工作室》，http://ws.twl.ncku.edu.tw/hak-chia/i/iu-seng-koan/tanhongbeng-bunhaksu.htm。

及相混淆的可能。

以時程而言，從政治、經濟、社會到文化層面全面性地反省殖民體制殘留的影響，便標誌著「後殖民」的開始，而台灣歷史之殊異於其他被殖民國家不言自明，所以台灣後殖民的時程又該如何判定？以前述陳芳明的意見，「解嚴」為國民政府夾中國文化霸權「再殖民」體制的結束，後殖民於焉展開；在陳映真則認為終戰後日本政權離開台灣，國府遷台便已開始了台灣反省被殖民體制與文化侵擾的契機；在游勝冠，即使解嚴，國民黨官方意識型態與中國文化霸權的夾纏仍是文化主導，「再殖民」體制既不能樂觀地以解嚴斷言其結束，「後殖民」自然便無從展開。因此，台灣後殖民時程之判定難脫政治立場的夾纏已可見得。而如廖炳惠，其從全球的角度觀察後殖民的時程，他認為「對全球而言，後殖民時代似乎一直不曾全面來臨」[8]，對於曾受葡、西、荷、日殖民及族群混雜的台灣，他說：

> 台灣在一連串的殖民、移民過程中，語言與文化的承襲、抗拒、吸收行為一再演變，目前是在晚期殖民（late colonialism）與新殖民主義（neocolonialism）彼此交匯，而本土化運動又受到大中國主義的質疑，整個社會是在微妙而流動的多元變數中，試圖找出新舊殖民體制之中的倖存策略。……台灣在多重殖民與移民經驗之後，語言與文化主體性仍在重新協商、認定之中，後殖民時代似乎一直不曾來臨。[9]

以廖炳惠的看法，雖然八〇年代以來台灣意識逐漸張揚，但現階段的台灣仍未有塵埃落定的歷史定位，「主體性」仍在「協商」與「認定」，所以，任何斷言後殖民已在台灣展開的理論，實際上都將是武斷的，甚

8 廖炳惠：〈導讀：後殖民論述〉，《回顧現代——後現代與後殖民論文集》（台北：麥田出版社，一九九八），頁十三。
9 廖炳惠：〈導讀：後殖民論述〉，《回顧現代——後現代與後殖民論文集》（台北：麥田出版社，一九九八），頁二二—二三。

至是將後殖民「去脈絡化」的現象。

再者，對於陳芳明以「後殖民」觀察台灣文學的論述，陳映真與游勝冠皆認為陳芳明將「後現代」誤植為「後殖民」，此處表現的正是後現代與後殖民關係之密切，而邱貴芬曾言台灣的後殖民可能是「『後現代』與『新殖民』情境互相鑲嵌的表徵」[10]，也給了我們一個理解陳芳明後殖民理論中後現代思想的可能表現的方向。而在台灣學界，持後現代與後殖民對台灣有同等比重影響且相互交疊與夾纏的觀點最著者為劉亮雅，她解釋台灣後現代與後殖民在解嚴後相交疊的歷史說：「八〇年代以來台灣日漸由中國中心轉向台灣中心，民主化與本土化已成為大勢所趨。在這樣的氛圍下，後現代去中心、多元對於台灣社會的意義，就必然含納一九八七年解嚴及其後李登輝主政所代表的後殖民意涵」[11]，並曾言：

> 後現代與後殖民自解嚴以來持續發燒，顯現台灣內在的匱缺與欲求：八〇年代以來經濟繁榮卻被邊緣化為國際孤兒的窘境，以及一九七九年美麗島事件所促發的政治反對運動和本土化運動，讓國民黨中國中心的威權統治失去正當性，而必須漸漸轉為台灣中心。翻譯的後現代與後殖民是在文化無意識層面希圖終結威權統治，促進多元文化實踐，建構市民社會，並找尋台灣的國家定位。後現代與後殖民並激盪出性別、族群、性取向等多元身份認同，以及各種社會運動。[12]

10 邱貴芬：〈「後殖民」的台灣演繹〉，《後殖民及其外》（台北：麥田出版社，二〇〇三），頁二六三。

11 劉亮雅：〈後現代與後殖民——論解嚴以來的台灣小說〉，《後現代與後殖民——解嚴以來台灣小說專論》（台北：麥田出版社，二〇〇六），頁四三。

12 劉亮雅：〈導論——解嚴・解構・重構台灣歷史記憶〉，《後現代與後殖民——解嚴以來台灣小說專論》（台北：麥田出版社，二〇〇六），頁二一。

以這段話為例，劉亮雅是以後現代與後殖民結合的方式述說台灣八〇年代後邊緣族群發聲的現象，與陳芳明相同之處在於史觀的認知，他們都認為台灣在八〇年代後是轉為「台灣中心」的，而對於「性別、族群、性取向」等身份認同，則認為是「後現代與後殖民」激盪的結果。在陳芳明，他曾說：

> 對長期佔有支配地位的中華沙文主義進行顛覆，是台灣意識文學的重要目標。對於偏頗的漢人沙文主義表示徹底的懷疑，則是原住民文學在現階段的重要關切。……無論是採取何種文學形式的表現，去中心（decentering）的思考幾乎是所有創作者的共同趨勢。恰恰就是具備了這樣的特徵，八〇年代以後發展出來的台灣文學，往往被認為是屬於後現代文學。[13]

也就是說，陳芳明自然也認可台灣意識文學、女性主義文學、原住民文學、眷村文學、同志文學的出現是「去中心」思考的結果，但因為他認為「後現代」是西方思想經「去脈絡化」後引進的思想，遠不及後殖民與台灣殖民歷史的貼合度，所以他說「要討論八〇年代台灣文學盛放的景象，與其使用後現代文學一詞來概括，倒不如以後殖民文學一詞來取代還較為恰當」[14]。因此，其與劉亮雅意見不同之處在於，他認為無所謂後現代與後殖民的激盪，有的僅有「去脈絡化」後的後現代及符合台灣歷史脈絡的後殖民，他更說：

> 要特別強調的是，後現代主義精神的孕育並不是從台灣社會內部自然形成，因此與戰後台灣歷史的演進並無絲毫契合之處。把現階段台灣作家共同具備的去中心思維方式，一律納入後現代主義的思潮之中顯然還

13 陳芳明：〈後現代或後殖民——戰後台灣文學史的一個解釋〉，《後殖民台灣——文學史論及其周邊》，頁二四。

14 陳芳明：〈後現代或後殖民——戰後台灣文學史的一個解釋〉，《後殖民台灣——文學史論及其周邊》，頁二四—二五。

有待商榷。……要求權力的再分配，要求價值的多元化，一時蔚為解嚴後的普遍風氣。這種解嚴後的思維方式既是去中心的，更是去殖民的（decolonization）。[15]

因此，陳芳明的觀點是將後現代的「去中心」轉化為符合台灣歷史脈絡的「去殖民」，而更重要的是，陳芳明認為後現代的精神是「解構」的，後殖民的精神是「重構」的，如其所言「所謂後殖民立場，唯在主體的追求而已」[16]，對於解嚴後的族群多元中心成形過程的文學書寫，顯而易見是邊緣族群的主體「重構」而非「解構」，因此，後現代便該讓位於後殖民，並以後殖民為主。簡單來說，劉亮雅的觀點是讓後現代與後殖民並存，雖相夾纏卻代表著光譜兩端，而對陳芳明來說，後現代只是表象，後殖民才是真正內涵。但廖炳惠曾論述到：

> 國民黨來台，陳儀將台灣人界定為過度日本化的異類，在事變後，蔣介石更以白色恐怖及「中華文化復興運動」使台灣逐漸興起的市民社會與公共文化整個萎縮，造成內部殖民的陰影一直揮之不去，同時讓去政治之現代主義於文藝界盛行，以至於在特定範圍內某種版本的後現代主義迄今仍左右文壇，只從修辭技巧、文類交混及無以決定的性別與國族認同等流動而投機的面向上，去敘述眷村族群、政客言行、情色主體、書寫景觀或後設語言等片面真理。這種後現代文藝發展是陳芳明批評的對象，但是我們也應注意到其他後現代思潮的引進及其社會作用……。[17]

15 陳芳明：〈後現代或後殖民——戰後台灣文學史的一個解釋〉，《後殖民台灣——文學史論及其周邊》（台北：麥田出版社，二〇〇七），頁四〇—四一。

16 陳芳明：〈自序：我的後殖民立場〉，《後殖民台灣——文學史論及其周邊》（台北：麥田出版社，二〇〇七），頁一六。

17 廖炳惠：〈台灣：後現代或後殖民？〉，收入周英雄、劉紀蕙編：《書寫台灣——文學史、後殖民與後現代》（台北：麥田出版社，二〇〇〇），頁九五。

引用這段論述的原因在於證明，陳芳明對於後現代的理解，雖是後現代本質的解構核心，但其實也將後現代予以狹義化。事實上，八〇年代中期至九〇年代的後設小說潮，其去脈絡化的策略性使用原本便僅是後現代文學的初始性格，陳芳明所批評的後現代文藝多屬此類，也因此才選擇張揚後殖民重構主體的核心價值，但也如廖炳惠所言：

> （台灣）一九四五之後並未真正進入後殖民；一九八七年後也未能立刻達成後殖民。因此，後現代成為一種替換的思維方式，去想像、開展多元化的社會脈絡。基本上，台灣對後現代的吸收與扭曲，基本上是與殖民、後殖民密切相關，幾乎無可分割……。[18]

因此，若引用西方的「前現代——現代——後現代」的文化發展脈絡，後殖民實是後現代文化的一環，在去中心的宗旨下對被殖民時殘餘歷史文化積澱的全面性檢討，對台灣來說，後現代在八〇年代傳入台灣時，正逢解嚴的文化轉型期，其去中心化的宗旨符合台灣歷史的呼求，雖是去脈絡化的使用，但也為台灣的思維提供了更多元的視角，而後殖民的傳入，雖然其重構主體的宗旨明確，可是在台灣，後殖民的傳入是在後現代之後，也是在後現代去中心化後多元中心的建立過程中才引為己用。就如同王潤華對後殖民的接受所論述的：「後殖民文學與理論的產生歷史已很長久，只是要等到後現代主義興起，才引起學者的興趣與注意，因為只有後現代主義解構以西方為中心的優勢文化論之後，才注意到它的存在」[19]，王潤華認為，所謂後殖民文學無待獨立或殖

18 廖炳惠：〈台灣：後現代或後殖民？〉，收入周英雄、劉紀蕙編，《書寫台灣——文學史、後殖民與後現代》（台北：麥田出版社，二〇〇〇），頁九六。

19 王潤華：〈白先勇《臺北人》中後殖民文學結構〉，收入蔡振念主編：《台灣近五十年現代小說論文集》（高雄：中山大學文學院，二〇〇七），頁一七。

民主義退場，從殖民主義開始那一刻到今日都可以置入後殖民討論的範疇。而其承認後殖民有待後現代轉化文化思維後才得以興起的事實，也證明了筆者對台灣後殖民有待後現代提供視角與建立多元中心後才得以流行的說法。所以，區別後現代與後殖民雖然可以如陳芳明凸顯台灣在八〇年代後凸顯族群主體的集體欲求，但也將把後現代狹義化——將之單純定義為以解構為核心而終將走向虛無的西方思想。

筆者此處要強調的是，後殖民其實一同於後現代，在台灣也是「去脈絡化」的舶來品[20]，對台灣來說，後殖民同於後現代，是一種重構主體的「策略性使用」，是解嚴之後多元中心成形過程可資利用的理論。在八〇年代末，後現代文學以其強大的破壞性提供了新的文化刺激，也創造了新的敘述模式，但台灣本身對文學的要求卻使得對應台灣各族群欲求的作品在融合後現代文學技巧後呈現，增添了文學的思想深刻性，也使邊緣族群建構多元中心的作品不致重蹈二元思考的覆轍，如洪凌、紀大偉的同志小說，陳雪、郝譽翔的女性小說，林燿德的《一九四七高砂百合》等皆可為例，此皆毋待後殖民論述的加持。在後現代思想傳入替解嚴轉型期提供了思想利器，並在刻意模仿文學技巧而強以為文學重心後，後現代思想不適應於台灣社會的部分被自然淘汰，而多元中心重建主體實為破壞之後必然之建設，所以筆者以為，九〇年代之後的台灣小說，或可如劉亮雅所言，是後現代與後殖民相對立相夾纏相激盪後的多元呈現，也但可依筆者之理解將之認為是後現代主義在八〇年代中後期造成風潮後再被台灣的在地性所更動內涵的結果，對此，范銘如也曾說：

> 八〇年代中期後現代主義思潮開始被引介到台灣，隨著幾位理論大師的相繼訪台，在建築界、藝文界與學術界都掀起一波波熱潮。緊接著魔幻寫實主義、女性主義、新馬克思主義、後結構主義、後殖民主義、解

---

20 如邱貴芬所言：「在步入二十一世紀之際，回顧世紀末十年來在台灣文化學術界引起普遍注意和參與的『外來』理論，『後殖民』論述堪稱其中不可忽視的一脈」便表明了後殖民為「外來」思想的身份。邱貴芬：〈「後殖民」的台灣演繹〉，《後殖民及其外》（台北：麥田出版社，二〇〇三），頁二五九。

構理論種種西方文學創作或思想流派的翻譯，更促發文學形式及其內涵上的質變。適逢台灣政治與社會性格轉型，身份政治、認同危機或台灣歷史的解構／再建構亦成為文本中常見的主題。[21]

所以，後現代主義思潮影響台灣整體文化思維的轉變後，其他的思想傳入時並非與後現代主義相齟齬，而是在台灣解嚴後與後現代相結合、文化思維已有所轉變時提供新的文化思路，也因此，解嚴後台灣文學是否需以後殖民與後現代相激盪或甚至以後殖民取代後現代來理解實有待商榷，筆者以為，解嚴後台灣文學多元中心的重構傾向，其實可直接視為後現代主義在台灣造成模仿與移植的熱潮後因應台灣社會需求而產生內涵上的轉變，如此更能將台灣後現代小說的發展脈絡延伸至二十一世紀，也才不會造成台灣的後現代文學僅在八〇年代造成風潮後迅即結束的誤解，其實台灣的後現代文學是在改變內涵之後，進而成為台灣文學的主流。

但必須強調的是，後殖民做為一種思想的新刺激，也的確給了台灣文學可資利用於創作與實踐的管道，因為台灣特殊的殖民歷史背景，使後殖民在與後現代相同的「去中心化」與「不確定性」的宗旨下，得以挾後現代主義對台灣在文化思維上的具體影響來以「殖民」為主軸，挖掘並填充解嚴之前已陷於空白的台灣歷史，因此重尋記憶與重塑歷史也成為台灣在解嚴後文學的主要訴求。以此觀點來看，陳芳明所認為解嚴後文學需以後殖民加以理解所憑藉的政治立場——解嚴前仍屬外來移民政權的「再殖民」——實與八〇年代後逐漸壯大且以「台灣意識」為主軸吸引群眾支持的「台灣文學本土論」者的政治立場不謀而合，即使如前述游勝冠認為台灣「再殖民」的歷史不可武斷言其結束，「後殖民」中重塑歷史與檢驗殖民時期外來文化對本土文化的侵擾的理論可說是他們的思想利器，所以在後殖民理論的加持下，對台灣曾被掩蓋的歷史、被侵擾的語言與文化能夠做更加深入的批判並有具體的實踐方向，也因此，政治文學如二二八文學、監獄文學，語言上如台語文學，甚至

21 范銘如：〈後鄉土小說初探〉，《台灣文學學報》，第一一期（二〇〇七年一二月），頁二八。

是客語、原住民語文學等等，皆是在解嚴之後以現實主義為精神基盤、以後殖民為思想輔助的台灣文學本土論的具體發展與擴張版圖的方向。

由此我們可以大膽地說，後現代主義自八〇年代都市文學興起後便已有了可資發展的環境，而後的解嚴新舊文化轉型期間後現代主義的傳入，因應政治與經濟環境的轉變，後現代主義的「去中心化」發揮了最大的效用，雖則後現代文學的形式技巧被模仿移植後的作品有精有粗，且可明顯看出其熱潮漸褪的跡象，但後現代所傳達的「去中心化」的文化思維卻也在九〇年代後經濟高度發達、後現代徵象已具體呈現的台灣產生極大的影響，所以，雖然後現代文學看似沈寂，實則已將其「去中心化」的精神核心及文學的形式技巧與台灣社會發展下的具體訴求相結合，進而成為影響台灣文學的一個大宗，可以說，在「台灣文學本土論」的影響範疇之外的文學作品，皆可納入台灣後現代小說的範疇。而「台灣文學本土論」也因其明確的政治立場、強烈的社會意識而成為在價值混亂的九〇年代中的重要精神指標，因此，在他們的文學表現上主要以主體建構為目標，但在重構的過程中卻少了解構自身的機會。因此我們更可以說，陳芳明所認為的台灣解嚴後文學是後殖民而非後現代，其實是將後現代狹義化為主體虛無的作品，而將後現代「去中心化」的廣大影響轉化為「後結構的思考」，給「解構」——「後結構」預留位置，將「建構」——「後殖民」視為大宗；然筆者以為，「建構」在解嚴後尤其是九〇年代之後的台灣文學雖是在大敘述瓦解後邊緣族群挑戰主流的集體欲求，但「解構」之影響也使其在訴求提出後又不斷解構自身以擴延族群自身的豐富性與多樣性，其展現的是後現代對於主體流動性與不穩定性的堅持，若以後殖民視之則將忽略後現代對他們的影響實遠過於後殖民。因此，後殖民在解嚴後的台灣有提供方向與解釋作品的「符合台灣歷史脈絡」的優勢，但其影響力仍然有限。以台灣在八〇年代後發展出的兩條主流來說，後殖民可說是「台灣文學本土論」此一主流的主要思想輔助，而對後現代文學這支主流來說，後殖民影響不大，邊緣族群的文學表現仍以後現代為主，於此，也更可見出兩條主流的分野與範疇的差異性。

二、小敘述對抗大敘述及主體的解構與重構

如第二章所討論的，台灣八〇年代以來其「多元」的盛況來自於解嚴文化轉型期的到來，此改變不僅是政治上的束縛及思想言論的箝制，更是在家國大敘述瓦解之後個人小敘述的重新張揚，葉石濤為八〇年代文學所下的「多元、自由」的評價，與九〇年代文壇實際情況相比更是小巫見大巫。廖炳惠曾說：「九〇年代則更趨多元、不確定，似乎任何事或主題都可能進入小說的領域，但是隨著八〇年代的解放及恣縱，九〇年代變得既豐富、善變，但也有竭盡、無法再昇揚之虞」。[22]而之所以如此，是因為西方人文社會科學理論提供了台灣社會解嚴轉型期面對新舊文化價值轉變時的語言，利於理解台灣正在形成的新的社會想像，所以批判理論、新馬克思主義、女性主義、環保意識、後殖民理論、解構主義、新歷史主義等大量輸入與迅速著床，是因為適逢台灣政治、社會、文化性格的轉型，更重要的是，「後」學中去中心化的概念，使邊緣挑戰主流、私我挑戰家國的文化思維，促發台灣文學產生「形式及內涵上的質變」，筆者以為，此文學形式與內涵的轉變可化約為「以小搏大」四字，而此「小」「大」之間張力的勃發，是來自於後現代主義與台灣解嚴轉型期結合及配合台灣歷史脈絡與社會要求之後，淘汰後現代主義所可能引致的虛無傾向而轉化與填充內涵後的結果，而這「以小搏大」的文學類型，正是陳芳明所認為從解嚴後因應台灣歷史需求而出現的台灣意識文學、女性主義文學、眷村文學、原住民文學與同志文學，這些文學類型依其性別、省籍、族群、性取向所挑戰的「中心」又各有所重疊與歧異，因此，九〇年代之後的文學表現便是以此「多元中心」中不斷進行解構與重構的主題做為主要表現。以

---

22 廖炳惠：〈近五十年來的台灣小說〉，《聯合文學》，十一卷十二期（一九九五年十月），頁一三六。

女性主義文學為例，樊洛平曾言：

到了九〇年代，台灣女性主義潮流在多元文化格局中有了新的變化。……使得八〇年代中期以來「後現代主義」與「女權主義」相互滲透融合的西方最新理論動態得以傳播，促進了台灣的女性主義思潮與後現代思潮的攜手，在女性主體建構、「反邏各斯中心」、「解構男性神話」、「性別換位」、「身體政治」、「邊緣反抗」等問題上，台灣女性主義學者的學理研討對女性創作的批評實踐，逐步探索著後現代主義與女性主義的結合與現實操作的可能。正是在這種後現代主義的文化思潮的影響下，九〇年代台灣女性文學中的政治論述與情慾書寫大行其道，並凸顯出其顛覆與另類的創作面貌。[23]

在這段話中，我們看到了女性主義與後現代結合的可能表現。且也如樊洛平所言，「政治論述與情慾書寫」是要以女性主體重探家國與私我，打破大敘述及深化小敘述，使女性主義文學既維持其挑戰父權文化中心的壓迫，又能重構女性主體，但在後現代文化思維下，此重構後的主體仍須不斷地經歷解構又重構的過程，所以女性主義文學在與後現代主義結合後其實不是單純的「重構」，而是如陳芳明所說的「後結構的思考」，這也使得即使是同為女性主義文學的作品仍有著多種面貌，因為「多元中心」實是以更小單位的「中心」相互詰抗而有更多的面貌。而除了女性主義文學之外，同志文學亦是如此，如劉亮雅所言：

解嚴後，隨著國際同志文藝影視的流進，以及台灣同志運動與女性運動逐漸站穩腳步，同志小說邁開步伐，勇於衝破傳統禁制，打破傳統台灣／中國家庭的禁制。逐漸地，這些小說不再甘於同志被主流邊緣化

---

23 樊洛平：《當代台灣女性小說史論》（台北：台灣商務印書館，二〇〇六），頁四四〇。

的位置，而是刻意佔據批判主流霸權的邊緣位置發聲。它從同性愛慾及酷異性別的主體出發，一方面深入女同志、男同志的壓迫和所造成扭曲，另一方面玩謔地顛覆異性戀的自以為是，探索雙性戀與SM，兼及變裝慾、變性慾（者）、陰陽人的酷異性別……。[24]

此處所表現的也是同志族群與後現代主義結合後所做的從邊緣挑戰中心，到顛覆異性戀中心體制，創造出沒有道德包袱與家國拉扯的光怪陸離、繽紛燦爛的酷兒異世界。從女性主義文學與同志文學九〇年代後的轉變皆可看出受後現代主義影響下的台灣文學「多元中心」是如何表現的。

而除了在文學內涵以邊緣族群做為主體表達對家國大敘述的質疑與顛覆之外，形式的轉變也可以看出九〇年代後的「以小搏大」精神。在形式上維持對後現代文學技巧的繼承與發揚，劉亮雅曾說「這個時期的小說除了吸納、延續現代主義及寫實主義，又特別強調後設小說、私小說、反諷、諧擬、內心獨白、雙重聲音或多音敘述、真實與虛構的混雜、魔幻寫實、夾議夾敘、文類揉雜、表演性、拼貼」[25]，因此，一反以內容為故事中心的傳統，在以邊緣族群挑戰主流權威的同時，並未重回現實主義的老路，而是以後現代技巧增加文本的豐富性，反而更增加「以小搏大」的力道。這些挑戰中心的作品，將不落入過往二元對立思維的陷阱，也不輕易集結成團體力量以免又成另一權威中心使思維陷入僵化與武斷，反而各自探索自我族群的多樣性與豐富性，也使得八〇年代中後期一味模仿與移植的後現代文學有了更貼合其去中心化宗旨的具體呈現方式。對此，我們可舉陳芳明對台灣九〇年代後女性自傳文學的論述為例，他曾說：

---

[24] 劉亮雅：〈邊緣發聲——解嚴以來的台灣同志小說〉，收入陳大為、鍾怡雯編：《二〇世紀台灣文學專題II：創作類型與主題》（台北：萬卷樓圖書股份有限公司，二〇〇六），頁二八二。

[25] 劉亮雅：〈後現代與後殖民——論解嚴以來的台灣小說〉，《後現代與後殖民——解嚴以來台灣小說專論》（台北：麥田出版社，二〇〇六），頁四〇。

> 強調時間的延續，強調事件的因果關係，強調歷史書寫的科學與客觀，正是男性傳記文學的特色。而這種特色，由於女性自傳文學的浮現，並不再是歷史書寫的主流。九〇年代中期以後崛起的女性自傳作品，無論是回憶式的，或是虛構性的小說，帶來最鮮明的轉變，莫過於她們之極力擺脫傳統的因果關係論（cause-effect theory）。換言之，她們不再側重於事件發展的時間先後秩序，也不再側重於記憶的來龍去脈與因果關係。她們寧可選擇跳躍式、碎裂式的記憶；……在她們的書寫裡，時間是一種不確定的存在，而記憶更是一種不穩定的存在。[26]

女性自傳書寫的特殊形式，目的在反抗父權文化體制下的歷史詮釋及記述方式，所以，對於時間的連續性、事件的因果關係等男性記傳文學的特色都藉由「形式」來從事「無聲的抗議」，而在此類特殊形式中塑造出記憶的跳躍與碎裂感，也使其主體之重構失去穩定性，但這其實是在後結構的思考中，將可能存在於主體建構之二元對立思維下的陷阱一一去除，因此，在後現代主義的思維影響下，符合台灣歷史脈絡與社會需求的邊緣族群主體重構，絕非單純擺脫禁制後務求實現其主體重構之渴望，而是在重構的同時也解構，解構的同時也重構，使主體的建構也充滿不連續性與不穩定性，如此的主體建構方式絕不致落入虛無，反而是後現代文化精神的高度展現，在去中心化的大纛下使各類邊緣族群文學得以不斷將其內涵自我擴延，更增添其文學表現的多樣性與豐富性。

後現代文學形式技巧的使用，在九〇年代仍繼續延燒，其文類實驗及技巧創新的影響仍大，但范銘如在論及九〇年代之後的小說實驗時說到：「繁花怒放的小說卻已出現開到荼靡的疲乏及隱憂。實驗性小說密集地從

[26] 陳芳明：〈女性自傳文學的重建與再現〉，《後殖民台灣——文學史論及其周邊》（台北：麥田出版社，二〇〇七），頁一五三—一五四。

事技巧競賽使得美學技藝短期內就面臨了耗盡（exhaustion），後起之秀亦難以突破既有典範」[27]，這是在第二章所談論到的後現代小說所可能產生的弊端，在形式凌駕於內容的同時，「技巧競賽」將使形式技巧所具有的「創新」的優勢耗盡，而成為內容空洞化的作品。而筆者此處要強調的是，就在小說實驗已後繼無力的同時，內容的空洞化早已被實驗後現代形式技巧的作家們所認知而力圖改變，前述後現代形式技巧轉而與邊緣族群訴求相結合，成為以後結構思考使主體重構有著不穩定性與流動性的文學特徵，都使後現代小說轉變成另一為台灣社會所接受的、形式與技巧相融合的台灣後現代小說。

以黃凡、平路、張大春與林燿德四人為例，在林燿德鼓吹後現代主義、黃凡與張大春大量實驗後設小說，平路將後設與科幻相結合的同時，其刻意使用後設技巧及模仿西方後現代小說的作品，如〈如何測量水溝的寬度〉、〈如果林秀雄〉、《大說謊家》、〈五印封緘〉等作品出現之後，隨著他們在後現代小說中的鑽營，黃凡與平路都各自將後現代小說與台灣社會、政治及後現代文化徵象相結合，使後現代小說得以跳脫其形式技巧的模仿與移植而有了轉型的可能，張大春則在《大說謊家》中開始將新聞時事置入小說中，進而將台灣的政治事件、領袖人物入小說，顯現後設實驗與現實社會的結合，但以《撒謊的信徒》為例，陳芳明便曾評此書說：

> 這原是屬於虛構的後現代小說，並無需以嚴肅的心情去探究終極的正義是什麼？不過，這也恰恰暴露了後現代主義的困境。當所有的主體都被解構之後，小說只不過成為一場文學遊戲而已。以這樣的態度來看待台灣社會，似乎過於牽強而矯情。[28]

27 范銘如：〈後鄉土小說初探〉，《台灣文學學報》，第十一期（二〇〇七年一二月），頁二九。

28 陳芳明：〈當後殖民遇到後現代——誤讀張大春《撒謊的信徒》〉，《深山夜讀》（台北：聯合文學出版社，二〇〇一），頁五五。

所以，即使張大春將最貼近台灣的政治、社會時事納入小說中，這些最「現實」的內容也在其後設技巧中成為其小說虛構的語彙，所以在學者眼中，其《撒謊的信徒》仍在否決主體建構的可能性，也讓我們在其中看到九〇年代後現代小說轉型的可能與必要。所以，解嚴後邊緣族群挑戰中心的欲求、後結構思考下多元中心建立後為避免權威再生使主體建構的同時又有解構，都使後現代小說轉向「以小搏大」，以私我的小敘述挑戰家國的大敘述，邊緣族群的小敘述挑戰主流文化的大敘述，且多元中心建立後又不斷解構之使其再分裂為小區塊，後現代小說確立了轉型的方向，也更符合台灣文學的需求與期待。因此，平路在《是誰殺了×××》中以章亞若此一「名女人」為故事主題後，從《行道天涯》開始，陸續以「名女人」的故事與後設技巧相融合以反家國之大敘述和重構並解構女性主體為其創作方向；黃凡於二十一世紀復出後，延續其於「後現代文學時期」中以後現代徵象與社會、政治小說相結合的「不拘形式」的後現代小說為創作方向，其《大學之賊》可謂集大成之作；而在一九八六年大量創作後設小說之後便確立「質疑一切」的創作目標的張大春，在其大量搬演後設、魔幻寫實等文學技巧的《城邦暴力團》之後，其「春、夏、秋、冬」系列，可見得他試圖以長久以來在「筆記小說」上的經營，藉由「中國文化」做為其「外省第二代」的具體表徵——二〇〇〇年世紀之交台灣實現政黨輪替，實代表八〇年代以來台灣本土論所提倡之「台灣意識」已獲得國人認同，在《城邦暴力團》將國府遷台與白色恐怖等歷史與中國做具體銜接卻又虛實難辨時，張大春凸顯了外省第二代對於外省族裔在台灣意識逐漸高張後所受之對待的不平之鳴，以筆記小說與後設形式相結合的《春燈公子》、《戰夏陽》、《一葉秋》，也是具體表現了後現代小說在轉型之後所呈現的「以小搏大」之精神，其以虛實相生之筆法述說中國古代名人與文化，是自覺地解構了傳統中國文化所佔有的大敘述位置，也是隱然地重構其外省族裔所熱愛的中華文化之主體。以下，便以平路、黃凡與張大春三人在九〇年代中期之後的小說創作為本，來討論台灣後現代小說在九〇年代之後轉型與延續的方向與具體表現。

第二節　平路後現代小說的轉型與意義

在本論文的第二章討論說道，平路在八〇年代中期大量使用後設技巧創作小說的作家中，是最早且成功地將後現代技巧轉型與延續的重要代表。本節的主要重點在於瞭解，平路於大量實驗小說技巧時轉型的契機何在？而這樣的轉型又可以給我們對於台灣後現代小說的轉型與延續方向有些什麼樣的啟示？而對平路本人來說，從類似留學生文學的《玉米田之死》中對於原鄉的想望所象徵的「家國」敘述到對歷史「名女人」的解構與重構所代表私我小敘述的解放也正清楚地表現了台灣在解嚴前後舊價值崩毀與新價值產生的文化思維轉變，「以小搏大」的精神在平路的小說中呈現的十分明顯。以下，便先從西方女性主義批評對於後現代與女性主義之間的調和，來理解平路小說以至於台灣後現代小說轉型的內涵所在。

一、「her-story」於後現代小說中的展開

張惠娟於〈後現代與女性主義之糾葛——試論當代女性烏托邦小說〉一文中將西方女性主義批評家對於女性主義與後現代之間的扞格與調和做了一番整理與介紹。文中她表示女性主義批評家對於後現代主義的批評主要在於，後現代主義所可能帶來的虛無傾向及連帶而來的「主體」問題。由於後現代主義對於終極真理體系的否決，使之將注意力轉向討論自身主體的合法性問題，而在「去中心化」與「不確定性」的主旨下，對於主體又是層層

剝開檢視甚至使之空無化，從尼采（Friedrich Wilhelm Nietzsche）的「上帝已死」、羅蘭・巴特（Roland Barhes）的「作者已死」到米歇爾・傅科（Michel Foucault）的「人已死」，實宣告了主體已然空無的意念，而後現代主義的虛無傾向也正由此已空無化的主體而來，然而從西方女性主義的進程來看，後現代主義此一哀嘆主體之死的論調，實代表了父權文化中心的發言權及其與女性主義立場的齟齬，張惠娟曾提到：

> 根據吳渥的說法，主體方面的考量之所以與女性議題息息相關，乃因女性直至六〇年代，始有建構主體的運作。當男性作家哀嘆主體之死時，女性作家尚未曾有擁抱主體的經驗。的確，後現代大家一意強調歷史感的消失，意義的渺茫不可尋、主體的喪亡，女性主義則試圖重塑歷史，重新尋求意義、重建主體——一個性別建構的主體（a gendered identity），以彰顯後現代忽略「性別歧異」（sexual difference）的事實。[29]

此處也點出了後現代主義與女性主義最重要的衝突點所在，此也就是陳芳明認為後現代主義不足以說明解嚴後女性主義文學蓬勃發展，而必須以後殖民的主體重構來理解的原因。而由此我們也可以理解，台灣解嚴後文學發展最重要的觀念就是主體的「重構」，要將解嚴前被政治高壓、言論箝制及家國大敘述所壓迫的屬於個人及邊緣族群的記憶尋回並補白。而吳渥所發現的後現代思想底層的「性別歧視」——武斷地認為取消主體才能對應後現代的文化邏輯——的觀點，也正是平路何以能在林燿德、黃凡、張大春等八〇年代中期以後大量實驗後設技巧的作家中最早正確轉型的主要原因。再者，張惠娟曾說：

> 女性主義美學有其濃厚的政治性，強調「運作」（agency），除了「解構」（de-contruct）現狀之外，更試

29 張惠娟：〈後現代與女性主義之糾葛——試論當代女性烏托邦小說〉，《中外文學》，二三卷十一期（一九九五年四月），頁三〇。

> 圖「重構」（re-contruct）——有別於過往的社會，以凸顯性別議題並揭發女性備受壓迫的歷史。如果說後現代作品是為美學而美學，則當代女性小說中美學與政治顯然無法劃清界限。[30]

因此，在後現代主義強調去歷史深度、否決終極真理體系之追求後，女性主體反而凸顯其政治性（性別政治），後現代返回自身「為美學而美學」的方向，對女性主義來說是主體尚未明朗化時的奢求，因此，重構主體的過程中也必須重探「女性受壓迫的歷史」。而這段論述，也正是平路於具體轉向後小說多以重探歷史「名女人」為題材主軸的主要原因——歷史的回顧與名女人的重探，都將使原先在父權文化中心下的歷史顯現其性別壓迫的本質。

回顧平路的的創作歷程，其一九八三年發表〈玉米田之死〉後，主要徘徊於留學生文學與鄉土文學中以現實刻畫凸顯其家國想念及愛鄉情懷的創作路數，但以寫實文字表達其社會關懷的想法於《椿哥》完成後也開始改變，一九八五年撰〈驚夢曲〉，以科幻文學的通俗形式表達其對台灣的熱愛，科幻形式的「反寫實」基調實已表達其日後向後現代文學轉向的可能，而在一九八六年的〈按鍵的手〉，到一九八七年的〈五印封緘〉，平路參與撰寫科幻小說與後現代小說的時程都較黃凡、張大春晚，卻皆能有高度的成績。從留學生文學與鄉土文學中的寫實主義，到後現代及科幻小說中反寫實主義的文學技巧與小說實驗，當平路在這兩個極端都各自摸索出亮麗成績之後，第一章所引平路曾言之「未來的真正作者」[31]也就在其結合後現代文學技巧與符合台灣社會需求的題材之後出現，而論者多以平路試圖用「her-story」取代「his-story」——藉由女性小寫歷史挑戰與改寫男性大寫歷史——來

30 張惠娟：〈後現代與女性主義之糾葛——試論當代女性烏托邦小說〉，《中外文學》，二三卷十一期（一九九五年四月），頁二九。

31 平路：「如果寫作對我有意義的話，必然會走向兩條道路，一是寫實主義下樸實的寫作心情，一是對於技巧、實驗、遊戲的掌握，我相信當兩個方面合而為一時，我們便可期待未來的真正作者。」楊光整理：〈在時代的脈動裡開創人文的空間——李瑞騰專訪平路〉，《文訊》，一三〇期（一九九六年八月），頁八五。

理解其創作轉向。李欣倫曾言：「事實上，穿梭在時間／歷史的課題中平路對女性議題有高度敏銳的感覺，尤其習於以『her-story』拆解、剝除、重構『正統』的『歷史』（history）大敘述，在以男性為書寫主體的大歷史敘述中，平路一直努力讓女性發聲……」[32]；林燿德也曾謂：「歷史本來就是一堆文獻的文本所拼貼而成，……平路的意圖非常明顯，她想要透過小說中多重的限制觀點去破解歷史中的神話，甚至悄悄納入某些符合時宜的女性主義的趣味」[33]，以上兩段論述，都是在強調平路對於女性主義與議題的敏銳度所帶來對於歷史正統性的否定與解構，當邊緣族群可以自由發表言論時，後現代的去中心化主旨在解消歷史深度、解構歷史正統性的同時，也給了女性主義發揮的空間。而平路如此的轉向，在陳芳明與劉亮雅皆認為是後殖民的展現[34]，然筆者以為，在《行道天涯》之前，平路早已習於使用後設技巧顛覆大敘述，而轉回到女性視角，只是平路本人的創作轉向[35]及台灣文學在解嚴後的社會要求。她與黃凡這類以創作觀照社會脈動的作家，自然不會自外於時代文化思維的轉型，黃清順也說：

32 李欣倫：〈「her-story」的私語及建構——專訪平路〉，《文訊》，一八六期，（二〇〇一年十二月），頁一〇〇。

33 林燿德：〈孫中山／波利瓦VS宋慶齡／平路——評「行道天涯」〉，《聯合文學》，十一卷六期（一九九五年四月），頁一六二。

34 如劉亮雅便曾說：「平路延續了張大春的後現代懷疑論，尤其對於語言再現真實的懷疑。她的不少小說帶有後設特質和寓言性，關注於書寫與記憶、虛擬與真實的關係，但九〇年代以來她強調女性身份，並顯示外省第二代的台灣認同，而偏向了後殖民。」劉亮雅：〈後現代與後殖民——論解嚴以來的台灣小說〉，收於陳建忠、應鳳凰、邱貴芬、張誦聖、劉亮雅合著：《台灣小說史論》（台北：麥田出版社，二〇〇七），頁三六六。

35 邱貴芬曾言：「平路的創作似乎逆向操作。在她早期小說裡，性別議題並不突出。平路初期走的路線，『非關男女』的意味甚濃。」邱貴芬：〈書寫女性的黑暗大陸：評平路〈婚期〉〉收入平路著：《百齡箋》（台北：聯合文學出版社，一九九八），頁一四七；平路自己也曾說：「我剛開始卻是比較喜歡用男性的敘述觀點，因為我不確定自己女性的聲音在哪裡。……也許那時的男性聲音對我而言較為自在，可以隱藏自己。」蔡淑華採訪整理：〈以小說拼寫傳奇——平路專訪〉，收於平路著：《何日君再來》（台北：印刻出版有限公司，二〇〇二），頁二四三；平路則曾在接受李瑞騰的訪談時說：「我看自己及接下來的作品，覺得有愈來愈多自己內心的聲音，以前這種聲音好像比較少，在《行道天涯》裡，我聽到較多自己女性、自由的聲音。」楊光整理：〈在時代的脈動裡開創人文的空間——李瑞騰專訪平路〉，《文訊》，一三〇期（一九九六年八月），頁八六。

若從政治性格來看，能巧妙運用「後設顛覆特質」以解構「大敘事」論述的小說家則非平路而莫屬。她的《行道天涯》、〈百齡箋〉以及《何日君再來》都或多或少採取了指涉「虛構」的筆法來衝決歷史大敘事的官方版「神話」，其中，《行道天涯》雖非可逕以後設小說視之，然文本內涵卻具有滲透後設意味的策略性書寫所在。[36]

在這段論述中，表現平路對大敘述的顛覆仍主要來自於她在後現代形式技巧基礎上的發揮，後現代小說中的虛實相生、後設語言等等技巧，皆可成為女性作家在解嚴後改寫歷史、顛覆家國大敘述與重構女性主體的利器，而其謂《行道天涯》不可視為後設小說，但文本中仍有後設技巧的使用，更證明了即使平路轉向女性此一以邊緣族群挑戰父權中心的位置，也仍是在後現代小說的路線上。

平路在後現代小說的轉型正吻合了台灣後現代小說的轉型與延續方向，女性議題的加入、女性聲音的表現，表現了台灣後現代小說內涵上的轉變，後現代創新形式技巧的大量實驗，可說是轉型前的準備，其《行道天涯》就是在這樣的創作歷程中產生的。

二、平路後現代小說的轉型

平路後現代小說轉型的意義已如上述，以下則將細部探看平路自八〇年代末在《紅塵五注》中女性意識的出現及從男性聲音轉換為女性聲音的過程，以更進一步理解其後現代小說的轉型與意義所在。

[36] 黃清順：《台灣小說的後設之路——「後設小說」的理論建構與在台發展》（國立台灣師範大學國文研究所碩士論文，二〇〇二），頁八九。

（一）女性聲音的出現——從《紅塵五注》談起

一九八九年平路出版《紅塵五注》，全書以極短篇的形式書寫紅塵人間事，南方朔以「巧智」的概念觀照此書，且認為「巧智」的幽默與嘲諷性，「可以解釋『後現代現象』裡嘲諷再次的出現」[37]；唐毓麗則認為《紅塵五注》中的小說有著後現代主義作品「輕盈」的精神[38]。書中的〈午夢五闕〉明顯是以後設小說的形式表現對權威作者及語言專斷的反抗，而在小說結尾言「不知道寫了幾個年頭，直到我夢醒的時刻，竟發現——那一大疊寫成的稿紙上並無丁點墨跡」[39]，其將自己的寫作過程一筆勾消不是在與過去的創作成績告別，而是在後現代主義及文學理論的影響下對「創作行為」本身的反省思考。也因此，將《紅塵五注》歸類於平路的後現代小說之一殆無疑義，若再觀照該書中的其他篇章，我們可以發現平路已明顯地有從男性聲音轉向女性聲音的過渡。如〈鐘〉的主角玉茹做為「男人」的婚外情對象，送「鐘」給男人代表向這段感情的告別；〈鮮花羅密歐〉則是妻子在面對丈夫開玩笑嫌棄其年華老去後，想像丈夫有了跑車時也已是禿頭老車主的思想報復；〈青春〉則是女人年華逐漸老去時回看十八歲模樣的心境；〈戒指〉則是女主角當年結婚時婆婆給的戒指，在兒子結婚時交給年輕媳婦時，發現古玉戒指不論是款式或價值都已不被年輕人重視，回想兩代的差距及自己年華的老去不勝欷噓的心情。如此以女性心境為故事主軸的極短篇不一而足，《紅塵五注》實已表現了平路對女性的關懷，再看一九八七年的〈五印封緘〉及一九九〇年的《是誰殺了×××》，平路在《玉米田之死》及《椿哥》中主人公的男性聲音已有轉換。我們可以說，留學生文學與鄉土文學中的家國想像及社會關懷是外向性的，是要與

---

37 南方朔：〈從「巧智」論平路的小小說〉，收於平路著：《紅塵五注》（台北：聯合文學出版社，一九九八），頁一八七。

38 唐毓麗：「這些作品符合後現代主義作品中『輕盈』的精神，是依塔羅・卡爾維諾（Italo Calvino）所說的『深思熟慮的「輕」』……」唐毓麗：《平路小說研究》（南華大學文學研究所碩士論文，二〇〇〇），頁七九。

39 平路：〈午夢五闕〉，《紅塵五注》（台北：聯合文學出版社，一九九八），頁一五八。

社會連結的，但也相對的，社會文化深處所存在的箝制與壓抑，也同時要概括承受，平路選擇以男性視角來書寫，不意中暗合了解嚴前父權宰制的文化現實；但當平路將視角轉換到女性，再加上後現代主義的思考，使平路對文學以至社會中權威的檢視更加深入。郝譽翔對此也有相同看法，她說：

> 八〇年代平路的小說……平路經常化身成男性的「我」，在小說中尋找故鄉、童年，甚至象徵生命源頭的「母親」，而尋之既不可得，強烈的虛無與疑惑流露在字裡行間。……不過，失落、感傷、虛無之餘，平路顯然也警覺到在迷宮打轉的困境，於是隨著筆下女性角色的日漸浮出……「她」們已經成為足以開口講述自己的故事，甚至進而駁斥男性話語的女人。於是當平路拋開男性敘述的侷限，找到了「她」這一把確切的鑰匙進入九〇年代，這些女人們就再也不被動的等待男人找尋……如果說平路小說中的男性，都在建構一個封閉自足、具有終極意義的世界，那麼，女性則在扮演開啟分岔，劃下問號的缺口，以書寫的歧異去導向另一個不可測知的深淵。[40]

郝譽翔認為，平路以男性聲音創作小說，反自陷迷宮困境，在以女性角色發聲後，得以跳脫男性所建構的「封閉自足、具有終極意義的世界」，也可想像，後現代主義對終極真理體系的否決以及反對傳統封閉、線性邏輯的特性，正是使平路以女性書寫挑戰父權文化的重要原因。

到了《是誰殺了×××》時，平路將台灣歷史中的「名女人」置入其想像範疇，而藉由後設形式表現在歷史與家國中的女性圖像。章亞若做為蔣經國的情婦，破壞了社會普遍認可的家庭規則，又因為蔣經國做為蔣介

40 郝譽翔：〈給下一輪太平盛世的備忘錄——論平路小說之「謎」〉，《情慾世紀末——當代台灣女性小說論》（台北：聯合文學出版社，二〇〇一），頁一四八—一四九。

石的接班人，對國家而言，更不能接受未來總統有不名譽的緋聞，所以章亞若被暗殺。該文以後設戲劇的形式呈現，在虛實相生、迴環否定的內容中，平路實已建立其藉家國大敘述與歷史名女人對舉的小說主題，只是在《是誰殺了×××》中，章亞若仍是失去聲音的劇中角色，戲劇與現實的虛實架構影響了平路突出歷史名女人在家國大敘述下的受壓迫心境的完整呈現，但也正是在這樣的基礎下，才有了《行道天涯》的出現。

（二）情慾書寫與家國敘述的對抗──《行道天涯》與〈百齡箋〉

對於《行道天涯》，平路曾言：「後來的一些作品，我會比較偏重它的實驗性和遊戲性，可是在心裡，還是時時想到我要寫的那本書，所以在寫《行道天涯》時，我就會開始想要結合二者，接下來我寫的東西，實驗性和遊戲性就看不到了，我相信那是一個過程」，[41]平路自言其「實驗性與遊戲性看不到了」，指的不是她取消了後現代文學的形式技巧，而是其實驗性的文學技巧退回到「形式」的位置，而非讓形式等同於內容，使小說陷入形式主義、理念先行的陷阱；而平路所謂「結合二者」，其結合的便是其早期的社會關懷精神與中期的創新形式技巧，並以女性位置挑戰父權中心為內容，以後現代文學技巧為形式，《行道天涯》正是如此具體標示著後現代小說的轉型方向。當然平路的《行道天涯》也並非沒有缺點，如林燿德便曾稱《行道天涯》「這部傑作裡頭最生硬的部分就是她不忍割捨的大量史料」，[42]陳芳明也說「小說耗費太多篇幅在歷史事實的考證上，文

41　平路語。楊光整理：〈在時代的脈動裡開創人文的空間──李瑞騰專訪平路〉，《文訊》，一三〇期（一九九六年八月），頁八五。
42　林燿德：「翻翻平路的《行道天涯》，這部傑作裡頭最生硬的部分就是她不忍割捨的大量史料，將苦心蒐羅的史料剪接進小說之中，造成報導、小說、散文等等各種文體文類的重疊對比，並彰顯了後設文本的探索性，本是極富當代性與啟示性創作手法，可是用力過甚，斧鑿的痕跡就會清晰暴露……。」林燿德：〈在歷史的轉基地開闢小說和人生的出入境口──評施淑青《遍山洋紫荊》〉，《將軍的版圖》（中和：華文網股份有限公司，二〇〇一），頁一〇三。

學想像因此受到嚴重損害」，[43]大量的史料堆砌，有著報導、歷史資料對宋慶齡神性的建立與小說、散文筆法對宋慶齡人性的挖掘相衝突的效果，該書對宋慶齡的重新刻畫，為台灣女性小說書寫建立了不朽的典範。

平路於〈尋找宋慶齡的身影〉一文中曾說：「接著，引起一番爭議的是她流傳在海外的遺書。……『建國很快就是三十一年了，為什麼導致完全意料之外的局面？……我說的會不會太多了，能做的就更少了。……』是不是她生前的肺腑之言？她到底是怎麼想的？愈到後來，她愈是一齣費解的傳說」，[44]對於宋慶齡的一生，平路檢視父權社會所給予她的政治、歷史評價，想聽到的是她的「肺腑之言」及她真正的「想法」，也由此可知，在《行道天涯》中，平路以女性聲音挑戰父權中心的方法，便是將女性愛、慾的私我成分拿來與國家、歷史、政治作對舉，探索宋慶齡、重構宋慶齡，也反抗歷史、解構大敘述。對於《行道天涯》的解析，吾人可從平路對孫中山與宋慶齡的解構與重構談起。

首先是解構上。面對父權社會，所謂的事實、歷史都建立在以男性為中心視角的詮釋上，平路曾說：「在過去，很多國家民族與大敘述中，女性歷史等小的部分，往往都是為了大目的而存在，而很多大目的其實是非常虛妄的」，[45]所以平路針對在社會中代表「真實」的資料，此包括史料、新聞報導及照片，在大量的史料之中，藉由其重新詮釋與文學想像，將家國大敘述中的「大目的」的虛妄性展現出來，進而瓦解大敘述，重構女性主體。在《行道天涯》的起始，平路便以一九二四年十一月三〇日孫中山與宋慶齡搭上「北嶺丸」前的照片談起，小說的開頭寫道：

> 想要進入先生的最後一段旅程，只因為那段旅程令人如癡如醉：如果替旅程選個起點，不如就從一張甲板

---

43 陳芳明：〈政治與情慾——平路行道天涯中的宋慶齡〉，《危樓夜讀》（台北：聯合文學出版社，二〇〇八），頁二〇九。

44 平路：〈尋找宋慶齡的身影〉，《新世紀散文家：平路精選集》（台北：九歌出版社，二〇〇五），頁二四六。

45 蔡淑華採訪整理：〈以小說拼寫傳奇——平路專訪〉，收於平路著，《何日君再來》（台北：印刻出版有限公司，二〇〇二），頁二四四。

上的照片開始上溯。時間是一九二四年十一月三十日……相片中，先生的眼神憂戚，著馬掛棉袍的唐裝，一手拿灰色的氈帽，一手鬆鬆地拄著枴杖，臉上暮氣深重。……細看這張在日本神戶碼頭的照片，就會明顯凸顯他老態的尤其是老夫少妻的對比：照相的時候，站在先生身旁的宋氏慶齡頭微微地掛向一側，戴著一頂皮帽，身上是鼠灰大衣，腳下踩著尖頭窄細高跟的皮靴，細看的話，她微蹙的眉間顯得幽怨，那是屬於春日凝妝少婦的一抹愁情。[46]

對代表著建立中華民國的英雄象徵的孫中山以「暮氣深重」形容之，並引用當時部分報紙取笑他是娶少妻而縱慾不愛惜身體的觀點來談論之；而解讀宋慶齡的表情，以「春日凝妝少婦」影射宋慶齡少女懷春，為這段孫中山先生北上求援的政治旅程加入了屬於隱私的、瑣碎的觀察，此便是在對史料照片做瓦解男性、家國大敘述的重新詮釋。梅家玲在提到平路的《行道天涯》及〈百齡箋〉時說：

承續《捕諜人》以「殘缺瑣屑」解構「完整自足」，以「待續」取代「全文完」的敘述策略，平路這回不僅要從「他」所依恃的文字記錄照片影像下手，實際拆解「各種威權下編纂的歷史」，更要著眼於以女性為主體的欲望論述，讓男性政治神話中種種「高大豐滿的英雄形象」，在女性的情愛欲望與敘述欲望中，消蝕瓦解。[47]

清楚地梳理了平路自《捕諜人》此一女性主義與後設技巧相結合的成功作品之後，延續後設筆法，並進而

46　平路：《行道天涯》（台北：聯合文學出版社，一九九五），頁三三。
47　梅家玲：〈「她」的故事——平路小說中的女性．歷史．書寫〉，《性別，還是家國——五〇與八、九〇年代台灣小說論》（台北：麥田出版社，二〇〇四），頁二五〇。

以女性欲望做為敘述主軸，重探歷史、政治神話中的男性形象。

而除了對照片、史料的重新解釋之外，平路也解構各類建構宋慶齡為「國母」的論述。該書共有三條故事主線，第一條以孫中山的晚年為主，第二條則以宋慶齡的感情生活為主，除了孫中山之外，還有楊杏佛、鄧演達，以及「S」這位他晚年的生活秘書，第三條則以宋慶齡的兩位乾女兒為主。在第一條主線中，以描寫孫中山的晚年生活為主，且藉由大量的史料及新聞報導，將孫中山先生的「國父」形象下拉成在政治圈中沒有敏銳度而被欺枉且迭遭背叛的政治輸家。此尤以描寫孫中山在臨死前的遺言是否是為後人稱頌卻又不合情理的「和平！奮鬥！救中國！」，是在場所有人各執一詞的片段記憶，或者僅僅是涉及私我欲望的囈語最可能為真，正如平路於文中所言：

> 正好像後來一本用英文寫的書上說的：「所有在場的人——以及那些並不在場的人——事後均宣稱在孫先生逝世前扮演了極重要的角色」……後人所以有發揮想像力的空間，也因為當時少見第一手的紀錄，歷史正以某種即與的方式在進行，……。[48]

因為第一手記錄的匱缺，使所有「書寫」歷史者皆可各執一詞地重新「創作」孫中山臨死前的形象，而這樣的歷史卻是「即興的」，沒有固定、穩定下來的可能，如此正是將孫中山因身為「國父」而被過度誇張化的政治形象解構掉，瓦解各類政治意識型態添加在孫中山身上的「神性」，將孫中山還原為「人」。而當孫中山被還原為人後，宋慶齡被各種政治要求所塑造而成的「國母」形象，也將因此解構瓦解。在《行道天涯》中，我們可以看到如：「她（宋慶齡）記得，外國來的記者寫到初見面的印象：『孫夫人是自聖女貞德以來每一個

48 平路：《行道天涯》（台北：聯合文學出版社，一九九五），頁二三〇。

國家所產生的近乎聖女的人物』」[49]，再如以宋慶齡乾女兒為敘事者的這段文字：

> 尤其恐怖的是在紀念畫冊裡，有一張媽太太化好了妝躺在玻璃棺材裡的相片，前排站著許多面容悲悽含著眼淚的小朋友行舉手禮，圖片說明是：「孩子們向慈愛的宋奶奶告別」。當年我看著照片氣呼呼的想，攤給媽太太一個通俗劇裡奶奶角色也罷，分派到前排去站的孩子晚上會做什麼樣的噩夢？
>
> 哪有人懂得？我確信沒有人懂得媽太太的心意！
>
> 不是愛熱鬧的人，沒有過傳統的家庭，媽太太何曾又會要一堆叫她「宋奶奶」的孩子為她掉眼淚？[50]

由此也可見得，平路一直念茲在茲的，便是重探史料、相片、新聞報導這些被視為可代表「真實」的物事，如梅家玲所言：「綜觀整部《行道天涯》，其敘事幾乎自始至終皆與昔日報紙新聞史料照片相表裡。弔詭的是，一切原為紀實寫真的憑證，竟也成為瓦解（大）歷史真相的利器」[51]。而在瓦解這些象徵「真實」的事物後，將真實推向女性的情慾面，讓大敘述被妝點過後的表面真實與私我小敘述的內在真實相對舉，而突出女性情慾的地位。《行道天涯》的副標題為「孫中山、宋慶齡的革命與愛情故事」，卻將傳統代表犧牲小我完成大我的「革命」與從一而終的「愛情」瓦解，表現出更為瑣碎的內在真實。楊照評此書言：「更清楚些講，是用愛情來改寫革命寫出革命大歷史與個人情欲小敘事之間無止息的頡頏、齟齬、衝突乃至背逆」[52]。因為平路所描

---

49 平路：《行道天涯》（台北：聯合文學出版社，一九九五），頁一六九。

50 平路：《行道天涯》（台北：聯合文學出版社，一九九五），頁二一八。

51 梅家玲：〈「她」的故事——平路小說中的女性．歷史．書寫〉，《性別，還是家國——五〇與八、九〇年代台灣小說論》（台北：麥田出版社，二〇〇四），頁二五二。

52 楊照：〈歷史的聖潔門面背後——評平路長篇小說「行道天涯」〉，《聯合文學》，一一卷六期（一九九五年四月），頁一五九。

寫的愛情，並不止於宋慶齡與孫中山之間，更擴及傳言中的「S」。該書中有如下文字：

> 當年，她第一眼就中意面前這位派來做她生活秘書的男人了。
>
> S彎下腰為她點煙，屋裡明明沒風，S也殷勤地用手圈起一個小小的罩杯。她可以感覺併著的手指傳遞過的體溫。她還就地偏低了頭，不要讓自己的鼻息干擾到那一點小小的光焰。她想，如果剛才戴了老花眼鏡，他就看的見S手臂的汗毛，放大了幾倍的，在火柴畫出的亮光裡，應該呈現一種年輕的昂揚。[53]

在此將宋慶齡與S之間相差三十歲的愛慾鋪陳出來，S的細膩與宋慶齡的自怨老邁都表露在文字中，小說言「浸在水中，她（宋慶齡）悲哀地想著：到現在，自己身上除了枯涸的器官之外，再也沒有任何女性化的東西。這麼說，即使一生最寶貴的還是情愛，這情愛的容器又在哪裡？」[54]因此，在這第二條主線裡，又表現了宋慶齡早期選擇當個「凝妝少婦」，晚年則只能在面對私我情慾時哀嘆器官已「枯涸」。在第三條主線中，藉由宋慶齡的兩個乾女兒中的「妹妹」為敘事者，影射其為宋慶齡所愛的「S」的女兒，表現出他們在宋慶齡身邊予取予求，而宋慶齡過世後卻無依無靠、膽戰恐懼的心情。此表現了宋慶齡一直活在政治的陰影下，而當她過世後政治力轉而包圍到「乾女兒」身上，也讓全書中唯一以「我」為敘事的角色，得以將她對「媽太太」的認識，與旁人、世人對宋慶齡的誤解對舉，以還原宋慶齡的「真貌」。但必須強調的是，平路《行道天涯》全書，一反傳統線性敘述的方式，其敘事視點的變換，散亂的時間結構，及大量的史料與新聞報導等文體的雜湊，使全書呈現開放、流動、瑣碎的後現代文本形式。之所以如此，除了前述平路要以後設筆法與邊緣族群聲

53 平路：《行道天涯》（台北：聯合文學出版社，一九九五），頁六三。

54 平路：《行道天涯》（台北：聯合文學出版社，一九九五），頁一三二。

音結合的以小搏大的精神外，更有著平路也試圖解構自己的聲音，使女性主體不因此而簡單建構，而是以後結構的思考讓女性主體處於重構又解構，解構又重構的流動狀態。因此，我們在該書中也不會見到平路對宋慶齡的蓋棺論定，而是跟著平路層層剝視歷史與政治的包裝，並打破對女性主體建構與解構的二元對立，所以即使是以宋慶齡的乾女兒為敘事者的文字，也不可直接視之為平路對宋慶齡的認識。

總結上述，《行道天涯》可說正是台灣解嚴後後現代小說轉型與延續的重要代表作品，其中以私我小敘述對舉家國大敘述、以情慾敘事瓦解政治論述皆可見「以小搏大」的精神呈現，而其對宋慶齡又不做直接的重構，反而是藉由開放、流動的文本表現宋慶齡主體的流動狀態，這都是平路《行道天涯》得以受學界注目的原因。而在《行道天涯》後，便有了該書的「姊妹作」——〈百齡箋〉的出現。之所以稱為「姊妹作」，是因為《行道天涯》中選擇的女主角是宋慶齡，而〈百齡箋〉則是在宋美齡百歲華誕前所做，宋氏二位姊妹各自嫁給了中華民國史上最重要的兩個人物，卻在中共建國後各自身處不同的陣營，但兩人卻有著相同的不斷被賦予政治包裝的命運。雖有言〈百齡箋〉的創作野心不如《行道天涯》[55]，但該文實有與前作《行道天涯》對話的意圖。〈百齡箋〉以後設小說的形式寫成，史料的部分主要做為平路文學想像的基礎，並多以「書信」及宋美齡的「回憶」等形式出現，一反《行道天涯》中言之鑿鑿的史料證據，書信與回憶原本就充滿不確定性，但平路於此並不意在以書信與回憶的不確定性映襯史料證據的表面真實，而是以宋美齡此一在中華民國史上最重要的「第一夫人」書寫信件及回憶過往時仍自甘於政治包袱的思緒，表現在政治包裝下的女性主體的失落。因此在《行道天涯》中我們會看到平路對原先充滿政治意義的相片的解構，而在〈百齡箋〉中，我們將看到蔣介石形象被「建構」的過程，平路寫道：

---

[55] 如王德威曾言：「如果平路的野心更大，〈百齡箋〉有足夠的材料讓她發展成中長篇小說，成為《行道天涯》最奇詭的姊妹篇。在目前的篇幅裡，平路游移在宋美齡公私生活幾條線索間，幾條線索間，卻似乎不能掌握重點。」王德威：〈想像台灣的方法——平路論〉，《跨世紀風華：當代小說二十家》（台北：麥田出版社，二〇〇三），頁一一〇。

> 只怪那時候外面有些風風雨雨的傳言，甚至揣測老先生已經大去，那次恰好是闢謠的時機，十一屆中全會結束，主席團代表到榮總晉見老先生。
>
> 她指揮侍衛替丈夫穿上長袍馬掛再把病人抱到椅子上扶正，但是那隻肌肉萎縮的右手很容易露出破綻，一不小心就從沙發扶手上向下滑。有人七嘴八舌出主意，索性用透明膠帶將手腕固定在扶手上，大概就掉不下來了。
>
> 侍衛拿膠帶來，幾番猶豫不敢下手，倒是她急不過自己動手紮起來，紮的很緊，深怕瘦得皮包骨的手腕還會滑動。
>
> 老先生翻翻眼皮，她看到泡在淚水中的眼眸，好像在苦苦地告饒，那必然是世界上最哀傷的一對眼睛。那瞬間，對一個久病臥床的老人，她知道是顧不得那麼多了，她也頗為詫異怎麼會這樣地狠心（自己究竟用了多大力量？），但她某種生命的強度，總讓她在最緊張的時刻冷酷起來。那時候已經機不可失，即使最短暫的一瞥，足以使人們相信他還在那裡，「你說我是王，我為此而生」，全國人民沒有比現在更需要一張照片，一張照片就能夠支撐人民度過難關，……。[56]

與《行道天涯》一樣以政治強人晚年的羸弱身體瓦解歷史英雄的高大形象，「全國人民沒有比現在更需要一張照片」，則反向地證明了歷史照片的虛妄性，最重要的是，宋美齡所扮演的卻是為老人塑造英雄形象的指揮者角色，因此，不同於《行道天涯》表現女人被政治包裝的過程，〈百齡箋〉中的宋美齡反而是身於政治圈中，也以政治包裝他人的女人。

再者，全文的後設技巧精彩之處在於，宋美齡撰寫書信的過程，不斷被宋美齡自己的思緒打斷，而在這撰

---

56 平路：〈百齡箋〉，《百齡箋》（台北：聯合文學出版社，一九九八），頁一八九—一九○。

寫書信字斟句酌的過程中，我們看到的是政治書信本身對於語言歧異性的操作，所以，充滿熱情、光明、正義等大字眼的書信文本，在小說中不斷被回憶、政治與國際情勢所干擾，而一直處於未能完成的狀態。平路於此所表現的正是在政治圈中依附政治而失去主體的女人形象。也因此，該文與《行道天涯》的對話空間正在於，同在政治包圍下的兩位女人一者以私我情慾抵抗一者以家國敘述自詡的差別，而其後設技巧成熟使用，更使得在歷史、政治中看似重要實則被邊緣化的「國母」的聲音表現得更為歧異。

王德威曾評二篇小說言：「從《行道天涯》到〈百齡箋〉，平路神遊兩岸歷史，幻想姊妹情仇。放眼九〇年代中文小說，她無疑已開闢了一相當獨特的領域。她的小說是好是壞，應會引起更多議論，但她書寫是類小說的方式，已清楚標明一位世紀末台灣女作家強勢的創作暨政治立場」[57]，所謂「相當獨特的領域」指的是平路藉歷史名女人解構歷史也重構女性主體的創作方法，在台灣女性作家中，作法相近者當推李昂，只是李昂多以歷史中的「惡女」（如謝雪紅）為題材，其結合政治、歷史與女性，讓大敘述與小敘述交戰，再於其中重構女性的主體地位。總而言之，平路的《行道天涯》為台灣九〇年代後現代小說的發展與延續建立了重要典範，其成功的嘗試不但使自己在女性主義小說上著力更深，也影響了後來的小說家，以女性情慾挑戰家國論述的小說也因此愈來愈多。

（三）對家國大敘述的挑戰之後——《凝脂溫泉》與《何日君再來》

在《行道天涯》與〈百齡箋〉以歷史名女人為創作題材獲得成功與迴響後，二〇〇〇年出版的《凝脂溫泉》卻沒有了歷史名女人的加持，反而是現實世界中的「小女人」——自甘為情婦的女人、失婚婦女及連情婦身

57 王德威：〈想像台灣的方法——平路論〉，《跨世紀風華：當代小說二十家》（台北：麥田出版社，二〇〇三），頁一一一。

份都沒有的女人，書中的女性情慾書寫要挑戰的不是家國大敘述，而是讓這些女性在自我表露的過程中重構自己又解構自己。正因為去掉了政治、歷史等因素，使女性產生壓力的原因可能來自於社會，但這三篇故事中卻有沒有明確社會壓力的傳達，可以說，這三部小說中女主角們所要面對的壓力全然來自於自己，來自於為了男性而解消掉的自我，使得女主角重構主體的過程更加艱難，也因為女性主體的建構也在她自身中不斷破壞與重組，進一步擺脫了女性／男性的二元論述。辛金順也評此書言：

> 相對於平路在《行道天涯》和〈百齡箋〉兩篇小說，以民國史上的傳奇姊妹，宋慶齡與宋美齡作為敘述對象，而切入國史寓言的書寫，則在〈微雨魂魄〉、〈暗香餘事〉和〈凝脂溫泉〉的小說裡，平路卻以寫實的筆調，翻轉了她的書寫策略，放棄了大寫的「她」，而改為敘述小寫的「她」，以作為她為女性發聲的策略。而這個小寫的「她」可以是父權文化壓迫層中喪失主體的人；也可以是流離在婚姻之外找不到自己名姓的女身；甚至是卑微、難堪、匱乏與焦慮的代名詞，在人生的邊緣上，演繹著女性在社會中的荒涼地位。[58]

如果說父權文化對女性最大的箝制來自於婚姻，則游離在婚姻外的女性若沒有夠強的主體意識，反將因失去對父權社會的依附而更加惶恐焦慮，也因此，我們在《凝脂溫泉》中看到三個失去主體的女性，也看到平路為擴大對女性主體重構議題的格局所使用的敘事策略轉換。

首先，雖然該書減省了許多平路在九〇年代仍慣常使用的後設技巧，但該書仍未脫後設技巧的使用，如該書中的〈微雨魂魄〉開頭便說：

58 辛金順：〈女子絮語——論平路「凝脂溫泉」的閨閣敘述〉，《書評》，六三期（二〇〇三年四月），頁二〇。

> 我從來沒講過與自己有關的故事，感覺好奇怪喲，真不知道從哪裡開始講起。
>
> 最麻煩的是已經知道真實的結尾，這時候不只故事了，更與我日後的人生關連在一起。又因為倒敘的緣故，不知道要怎麼開始說，說到結尾的地方才能夠說得清楚。
>
> 讓我試試從最不可思議的地方開始講起——[59]

此處是讓女主角成為敘事者，讓敘事者與其自身故事產生敘述文本的交疊，而在敘事者欲語還羞的語氣中，我們看到一個對自己自信不足的女性形象。而該書的後設形式還表現在敘事邏輯上的跳躍與斷裂，藉之與女主角煩亂、焦慮與恐懼的心境相映照。因此，後設形式技巧雖然在該書中減省許多，仍有增強作者表現意圖的效果。

再者，這三篇小說主要是探看女主角在私我情感與社會認可的家庭制度，也就是自我情慾與婚姻之間的糾葛，所以，在〈微雨魂魄〉中，我們看到一個自甘為情婦的女人，面對年華逐漸老去的事實——「坐在浴盆裡，我看見乳房承受著地心引力，一天天往下垂掛」[60]，以及只能在男人的家庭生活之外的時間佔有男人的無奈——「我的噩夢就是他老婆的領地逐漸擴大，我的範圍反倒逐漸縮小。我可以想像河豚與他老婆的談話中，絕不會有我這個女人存在——」[61]；在〈暗香餘事〉中，女主角則是與男人離婚，卻在九二一地震後於死亡名單中驚見男人的名字，將過往記憶與瓦礫堆中的駭人畫面相交疊，更顯出情感已然逝去所予女主角的悲戚之情，然而死亡名單中男人再續娶的老婆又勾起女主角難掩的嫉妒之心，如：「畫面中是自己抱著駿二，是自己抱著駿二的屍

---

59 平路：〈微雨魂魄〉，《凝脂溫泉》（台北：聯合文學出版社，二〇〇〇），頁十一—十二。

60 平路：〈微雨魂魄〉，《凝脂溫泉》（台北：聯合文學出版社，二〇〇〇），頁二四。

61 平路：〈微雨魂魄〉，《凝脂溫泉》（台北：聯合文學出版社，二〇〇〇），頁二七。

身在痛哭。……只是腳本中出現了另一個裂隙，那個女人到底是怎樣的女人？」[62]；而在〈凝脂溫泉〉中，女主角重遇當年因美麗島事件被捕的情人，但情人卻在出獄後娶了女立委，在政治上不如老婆的男人，只將女主角視為精神慰藉，女主角卻連情婦的角色也稱不上。可以說，平路在該書中並沒有要指引女性重建主體的方向，而是挖掘徘徊於婚姻體制邊緣的女性內心，以更為瑣碎、凌亂的自述讓我們看到女性在依違於社會為這群「她者」所建立的形象、規則時的焦慮與惶恐。

在《凝脂溫泉》之後的《何日君再來》，「名女人」又取代了「小人物」，但不同於《行道天涯》與〈百齡箋〉中以在中華民國史上重要的名女人為題材，二〇〇二年的《何日君再來》是以台灣家喻戶曉的明星鄧麗君為題材。在藉由女性情慾書寫瓦解家國大敘述之後，這次平路要解構的是大眾與媒體以「關心」為名對明星私領域的侵擾，而這也是平路在挑戰歷史真實性之後，對後現代媒體亂象的直接挑戰。該書的副標題「大明星之死？」，以模仿新聞傳媒的聳動標題來鋪寫鄧麗君的離奇死因，又看似仿寫低劣媒體杜撰名人八卦的方式，以一情報員在泰國對鄧麗君死因的調查，暗寫鄧麗君身為台灣巨星，卻身陷政治與商業網羅之中，僅能任性抒發其私我情慾，頑抗來自國家與社會龐大的壓力。所以，與《行道天涯》不同的是，歷史名女人的重新書寫，自有強調「歷史文本」所具有流動性、開放性及多義性等性質的用意，在凸顯歷史文本的諸多本質後，名女人的主體才獲得重構的機會；而演藝圈名女人的形象主要來自於大眾的建構，正如同安迪・沃荷（Andy Warhol）所製瑪麗蓮夢露的肖像版畫，其性感的形象來自於商業的包裝與大眾的想像，其大量複製之後的形象卻已與瑪麗蓮夢露的真實面相去甚遠，鄧麗君不也正是如此？《何日君再來》雖看似平路又重拾對「名女人」的興趣，卻在《行道天涯》之後又另闢了一番新局。

《何日君再來》是明顯的後設小說，全書有著情報員寫回國內的信件、線民哈娜所給的手抄本、報紙社

62 平路：〈暗香餘事〉，《凝脂溫泉》（台北：聯合文學出版社，二〇〇〇），頁九七。

論、家屬聲明、筆記資料等等駁雜的文體形式，敘事視角又不斷跳躍於情報員「我」、手抄本中的「我」與「她」之間。情報員「我」自身與情報局的利益糾葛所產生的疑慮，便使得敘述故事的過程不斷被「我」的思緒所打斷，而手抄本雖似心情筆記，其究竟是真實還是虛構也未能在文中得到解答，因此，即使本書的副標題是「大明星之死？」，平路也無意於書中拼寫出她所臆想的答案，而是如其所言「拼圖永遠不可能還原真實的畫面，但總比透過各種有目的的，看似善意的統一說法要來的好」[63]，後設的形式所產生的虛實相生及多重聲音，都表現平路為鄧麗君解構明星形象、重構女性主體的企圖。

開篇先以一情報員給「老哥」的信寫他對鄧麗君死因的興趣，諸多的線索與疑點都使他想要繼續追查此案，而在追查的過程中，他不斷地設想鄧麗君在國民黨及年華老去等來自外在與內在的雙重壓力下，僅在情慾上委身外國小男友以換回精神上的慰藉與抒發，進而對之產生同情與理解。而手抄本中的女性聲音及抒情文字，與情報員的男性聲音恰成對比，情報員欲從手抄本中發現真相與破綻，卻也無從入手，使得真相更為撲朔迷離。可以說，手抄本中的女性聲音，是為鄧麗君重構其主體，但女性聲音的虛實不定，又解構了已重建的女性主體，所以，平路不以二分法重構女性，而是使女性主體處於流動的狀態，這一同於《行道天涯》，也正吻合於台灣後現代小說的延續與發展的方向。

（四）個人主體欲求的想望——《東方之東》

平路於二〇一一年才再推出長篇小說《東方之東》，書中少了《行道天涯》與〈百齡箋〉中的「國母」形

63 平路語。蔡淑華採訪整理：〈以小說拼寫傳奇——平路專訪〉，收於平路：《何日君再來》（台北：印刻出版有限公司，二〇〇二），頁二四五。

象，也少了《何日君再來》的巨星光環，也不同於《凝脂溫泉》中以社會倫理關係中處於弱勢的女性（如第三者、失婚婦女）為書寫對象，本書以一嫁給大學教授的兒子，丈夫被派赴大陸，自己在台灣守候丈夫的溫柔、端莊的女子為主角，平路於本書中，似乎改變了將女性視為既定弱勢的書寫方式，而將兩性並置，表現出各自身而為人的內心深層欲求，並以之為劇情推演的依據。

本書的開頭，以女主角敏惠在北京聽公安的簡報開始，引出敏惠因丈夫謙一在大陸失蹤，而必須遠赴北京並長時期停留以尋夫。但謙一的失蹤其實是他的選擇，謙一與一大陸女子小美熟識後與之遠赴澳門並以假身份證擔任賭場荷官。敏惠在北京尋人，既需面對大陸公安教條式的官方話語，又需面對因其尋人殷切而來通報假消息以詐財的宵小之徒，飽受壓力。在認識了一自稱在躲避公安追捕的大陸人尚軍之後，敏惠與之無話不談，也與之分享她正在創作的小說——順治與鄭芝龍的故事。但敏惠在愛上尚軍後，卻發現尚軍偷取她的錢財並逃跑。對遠赴北京的敏惠而言，這趟旅程僅是一場徒勞。

簡而言之，本書可分為二條主線與一條支線，分別是敏惠與謙一之間的情感交流，此以敏惠對謙一的思念與謙一寫給敏惠的信為主要呈現；以及敏惠與尚軍之間原本只是單純的情感依附，到欲佔有對方卻發現只是一場空，此以敏惠為主要敘述者；而支線則是順治與鄭芝龍之間的草原與海洋，君王與盜賊，權勢與自由的比較與相互吸引，此以小說的形式呈現。

書中所試圖表現的，是「人」心底深層處「逃避」的本能與「找尋」的欲求。故事開頭敏惠的「找尋」謙一，實來自於謙一的「逃避」；謙一的「逃避」，卻是來自於對父親的不信任，以及對自我的懷疑，他說：「我，其實不是我，這是就是我怕別人發現的真相」[64]，因為害怕妻子喜歡的是身為大學教授兒子的自己，所以選擇了「逃避」，但謙一之所以與小美遠赴澳門，卻是為了對自我的「找尋」，因為在小美這無助女人的身

64 平路：《東方之東》（台北：聯合文學出版社，二〇一一），頁一七〇。

上，謙一找到了身為男人的自信，他說：「最基本的生存之下，我居然還可以付出，還可以照顧一個比我無助的女人，對我，其實有莫大的意義。……她有方法讓我知道，我這個男人對她，我對她每一分鐘的重要性」[65]；但對敏惠而言，雖然到北京「找尋」謙一，但在故事進行中，我們卻發現遠赴北京隻身一人的敏惠，其反覆追索、詢問自己的是，自己與謙一之間是否仍有著夫妻的情感繫連，她說：「一路飛北京的飛機上她都在想，自己真的理解謙一嗎？」[66]，「她努力想要記起來，最後一通電話裡，謙一究竟說了什麼？」[67]，因此，敏惠以對方為自己大學教授的兒子為由而嫁給對方，卻「逃避」這之間是否有真實情感的問題，所以當尚軍出現，敏惠發現自己也有想被愛、被佔有的感覺時，我們看到她真正要「找尋」的，就是一種被愛的感受，只是事與願違，尚軍的「逃避」，敏惠的「找尋」尚軍以至絕望，卻是故事的結局。而順治皇帝與鄭芝龍之間，也演繹著「逃避」與「找尋」的深層慾望，鄭芝龍向順治皇帝大力推介自己的海洋生活、海外的資源版圖等，是為了「逃避」自己曾為盜賊而「找尋」在招安後的生存可能性，順治之所以被影響，也在於順治本身對皇位的「逃避」，而想「找尋」人生的別的可能性。整篇小說，透過三條線索反覆陳述「逃避」與「找尋」這相互矛盾又辯證存在於人心底層的現象。

本書在書寫方式上仍是以「女性」為主題、「後設」為技巧的一貫風格，在本書中，三條線索相互牽引折射，表現人性底層對自尊及對愛的欲求。但正如吾人對平路的研究，平路在重建主體性時，是建構也解構的，所以在其中，平路其實也藉由各類語言、文字形式的「不確定性」，表現出虛實相生、真假難辨之感。如故事開頭的公安簡報，其中教條式的政治話語，愈是冠冕堂皇愈顯其荒誕，如「用光筆指點著投影幕，發言人說：臺辦、公安部門一貫重視台商的安全，臺商投資大陸十多年來，極少數城市發生了案件。各地在案發後都

65 平路：《東方之東》（台北：聯合文學出版社，二〇一一），頁二一六。
66 平路：《東方之東》（台北：聯合文學出版社，二〇一一），頁十八。
67 平路：《東方之東》（台北：聯合文學出版社，二〇一一），頁五一。

迅速組織力量偵破案件、緝捕兇犯，並依法進行了審判。未能偵破的案件只是極少數」[68]；而敏惠發現尚軍是騙子後，回想當初認識尚軍的過程，敏惠說道：「所以從頭至尾，只是一場行動藝術。表演得很逼真，還把酒店樓底下遇上的公安也當作活布景。就像離北京城不遠的宋庄，或者離北京機場不遠的舊廠區，北漂族弄個什麼藝術演出，外地觀光客心甘情願地買單」[69]；鄭芝龍試圖讓順治瞭解他的海上見聞，但「語彙」如何銜接兩人迴異的經驗世界卻是他的最大難題：「以見聞去撩撥皇上皇上的想像，這一招果然奏效。只可惜自己形容的是南方的海，皇上熟悉的卻是北地的曠野長空。鄭芝龍總在設想皇上腦海中的景象：春日水獵，秋日出哨，圍獵的隊伍一路奔騰，對著草原上滾滾落日，官員唸著出獵的斬獲……他眼前的難題是：怎麼用語彙去跨越完全不同的經驗世界？」[70]；敏惠對謙一的尋覓，也與自己正在創作的故事夾纏著，自己的處境好像成了一部正在創作中的小說：「如果是手裡寫了一半的故事，在這情況下，將會怎麼發展下去？她覺得自己不應該，在這種時候，丈夫生死未卜，她居然還抽離出來，好像看編造的故事一樣在估量自己的處境」[71]；謙一也曾在信中對敏惠猜測到：「像我說的，我其實瞭解，我知道，寫作是你真正的寄託，儘管目前，你可能很不安，還在為我的失蹤焦慮著。我的莫名失蹤，有一天，會不會回到你筆下？變成你的創作素材？」[72]；敏惠最後總結她對謙一的感情時，更提到：「我還很會用文學意象去掩蓋問題……在我心裡，更習慣用文學語言來哄騙自己……」[73]等等，在其中，語言既與現實嚴重割裂，如公安的話語，也無法準確還原現實，如鄭芝龍的苦惱，更可能與現實互為一

68 平路：《東方之東》（台北：聯合文學出版社，二〇一一），頁十四。
69 平路：《東方之東》（台北：聯合文學出版社，二〇一一），頁二五五。
70 平路：《東方之東》（台北：聯合文學出版社，二〇一一），頁一五〇—一五一。
71 平路：《東方之東》（台北：聯合文學出版社，二〇一一），頁二二。
72 平路：《東方之東》（台北：聯合文學出版社，二〇一一），頁二一九。
73 平路：《東方之東》（台北：聯合文學出版社，二〇一一），頁二七四。

體，如敏惠與謙一對對方的想法，這是後設手法中常見的語言與現實的辯證關係，平路在其中，便是以語言的不確定性，使主體的建構處於流動的狀態，書中人物不論是敏惠或謙一，平路都不欲給他們一個追求到真正答案的結局，敏惠的試圖被愛，謙一希望擁有的愛人的能力，其實都是為了使自己的主體完整，但是前者徒勞，後者也愈顯落魄，真正的答案，永遠與自己的想望有所落差。「東方之東」，寓意為日出之地，也表現個人對「希望」的無盡追尋，直至東方之東的更遠處。

總結上述，平路作為女性作家，以其女性身份及對女性的重探站在邊緣位置為女性群體發聲，而在後現代的思想及文學形式的影響下，平路以後設形式與重構女性主體的創作意圖相結合，為台灣後現代小說的延續與轉型建立了典範之作，而其對徘徊於建構／解構之間的女性主體重構方式，也正是台灣後現代小說發展方向的主要底蘊所在。

第三節　黃凡復出後的後現代小說呈現

一、不再「曖昧」的黃凡

黃凡沈潛了十餘年後於二十一世紀復出，當時的台灣在整體政治、社會環境又有了更大的轉變。在二

○○○年，台灣民主進步黨的總統候選人陳水扁完成了台灣首次的政黨輪替，台灣文學本土論所倡揚的「台灣意識」可說是獲得了一次最實質的勝利。然而在政黨輪替之後，尚未完全成熟的「台灣意識」卻也讓成為執政黨的民進黨挾政治之優勢使之成為框架政治立場歧異者的意識型態，黃凡在一九七九年的〈賴索〉中所批判政治意識型態對小人物的夾擊，及意識型態本身的虛妄性到了二十一世紀的台灣幾乎有了最直接的印證。而在解嚴之後新價值取代舊價值，多元、混雜、拼貼的後現代文化造成台灣社會的諸多亂象，讓這位曾在八○年代中期與林燿德、張大春等大力提倡後現代文學的作家，開始在小說中點名批判後現代文化，如黃凡於《大學之賊》中藉主角丁可凡在心中暗罵其「寶貝學生」葉天送時說到：「現今盛行的新興宗教，不過是將道教、藏密、中土佛教等雜湊而成，瞎搞亂煉，不知所云。這也是後現代文化的特色。拼湊、速成、淺薄的後現代社會，塑造出葉天送此類『知其然，不知其所以然』的無厘頭青年……」[74]，對此，我們或可為黃凡當年在《冰淇淋》一書出版後即「封筆」十餘年找到原因——當後現代文化逐漸成為文化現象，其「去中心化」的主旨雖帶來更徹底的自由與解放，也因其「不確定性」的本質使文化走向淺薄、拼貼、蕪雜，對黃凡這類從未離開社會並對社會有著反省批判之職志的作家而言，在引進後現代主義以為新的文化刺激之後，也將在理解後現代主義此一新文化思維「兩面刃」的特質之後試圖批判改變。因此，在沈潛了十餘年後，黃凡在二○○二年開始連載的《躁鬱的國家》不僅是對意識型態的點名嘲諷，更加入了對後現代文化的反省。所以在其二十一世紀後的小說，其實也已「修正」了他在八○年代對小說既破壞又建設的小說實驗熱情，[75]而有回歸當初崛起於文壇的社會、政治小說的態勢。

---

74 黃凡：《大學之賊》（台北：聯合文學出版社，二○○四），頁二七。

75 范銘如語。「《貓之猜想》……反思文學傳統及文化機器的新作，從〈如何測量水溝的寬度〉、〈系統的多重關係〉的實驗尖銳路線往回修正亦有可觀。」范銘如：〈歡迎歸隊，然後——評黃凡《貓之猜想》〉，《像一盒巧克力——當代文學文化評論》（台北：印刻出版有限公司，二○○五），頁八九。

在黃凡八〇年代享盛名時，高天生曾以「曖昧的戰鬥」[76]形容黃凡，認為黃凡在小說中沒有明確的道德、政治立場，其價值是曖昧不明的。若以呂正惠的話來說，高天生是以其台獨立場，認為黃凡沒有對國民黨政權表現直接的價值對抗，[77]但是，也就是在那個新舊價值轉換，政治高壓鬆動的年代，價值重建的渴求使知識份子亟欲尋找一穩定長久的價值立場，不論是統或獨，都各有其政治立場及訴求，而黃凡於八〇年代卻自外於這樣的氛圍，以冷眼旁觀者的身份、曖昧的價值訴求來表現對社會的理解。但有趣的是，在二十一世紀黃凡復出之後，《躁鬱的國家》直指當時的民進黨政府，〈邪惡主編〉以曾經流行一時的扁帽娃娃為發想，而〈三十號倉庫〉又化名自台中火車站的「二十號倉庫」，相較於九〇年代之後的小說發展，黃凡的轉變是很有趣的。在八〇年代，其曖昧的態度容易招致其他陣營評論者的反感，但到了二十一世紀，黃凡對政治、社會的親近，卻使其似乎有著明確的政治訴求，在多元化的新價值取代舊價值的年代，黃凡走回當初崛起於八〇年代的政治、社會小說的路子，其曖昧立場其實沒有變過，卻在新的年代顯得更為焦躁、憤怒，如范銘如所形容的對社會亂象「拳拳到肉」的批判寫真，又言其「冷眼旁觀大環境全面性的質變惡化，作家忍不住將目睹的怪現象拿來消遣批判一番，急迫之中顯然還來不及消化轉化那些現成的社會素材」[78]，對黃凡「文學想像」過於直露而顯得粗糙的缺點有所批評，但筆者以為，這反而是黃凡特立獨行之處，也正是後現代小說發展所可能有的轉化形式之一。

如前所述，台灣的後現代小說在歷經八〇年代中期激情過後的反省，走向了九〇年代與邊緣族群相結合，

---

76 高天生：〈曖昧的戰鬥——論黃凡的小說〉，收於施淑、高天生主編：《黃凡集》（台北：前衛出版社，一九九三），頁二八五—二九六。

77 呂正惠在與黃凡對談時曾言：「我記得當時讀過一篇評論，他把黃凡叫做『曖昧的反對者』，那個是後來台獨派一個很著名的評論家，他的意思是說黃凡反國民黨反的不夠徹底，然後這邊是說黃凡反國民黨反得很過度，所以他有一段時間是有一點夾在中間，我那個時候已經看出來他這個尷尬的處境了……」陳南洪紀錄整理：〈偶開天眼覷紅塵，可憐身是眼中人——黃凡的小說及其時代〉，《徬徨的戰鬥——十場台灣當代小說的心靈饗宴》（台南：國家台灣文學館，二〇〇七），頁一二七。

78 高天生：〈曖昧的戰鬥——論黃凡的小說〉，收於施淑、高天生主編：《黃凡集》（台北：前衛出版社，一九九三），頁八九—九〇。

讓後現代文學的形式技巧退位，以族群的聲音為內容的道路，而黃凡到了復出之時，原先在八〇年代重尋價值的激情，在後現代主義的多元化、去中心化及不確定性的影響下，對社會、政治的無所謂、淡漠、疏離已不是八〇年代時黃凡等作家的故作姿態，而是台灣社會的文化氛圍，若再觀之在九〇年代後崛起的年輕作家，其作品轉向私我、酷異的態度更為明顯，在重構主體的同時亦瓦解主體，都使其文本更為瑣碎、散逸與流動。也正因此，在二十一世紀黃凡為「重建價值」所做的發聲動作，佔據的反而不是主流，而是另一個邊緣位置，當年標新立異、得獎無數的年輕作家黃凡，復出後卻成了要重尋社會價值的中年作家，從疏離到貼近，從曖昧到直露，代表的與其說是黃凡小說從八〇年代到二十一世紀的風格轉變，不如說黃凡反證了台灣整體社會價值的轉變。

筆者也曾說，黃凡的轉變是台灣後現代小說的轉型形式之一，其理由除了上述黃凡的政治、社會小說在二十一世紀後佔有的是一邊緣位置之外，更重要者在於，黃凡的政治、社會小說一同於其他後現代小說家的轉變，其對於所佔有邊緣位置，除了重建其主體地位之外，也不斷地以後結構的思考去進行反思批判，在建構主體的同時也瓦解主體，使主體處於流動、開放的狀態。所以，即使其復出後的小說在政治的批判上是直指當時的執政黨——民進黨政府，也絕不代表他是站在民進黨的對立面——國民黨來發聲，而其對教育、經濟亂象甚至是出版業亂象的批判，也僅是佔有一較為「清醒」的位置，就像呂正惠所說的：

> 前一陣子台灣文學館在安排今年度的「週末文學對談」……我訂的題目是：「偶開天眼覷紅塵，可憐身是眼中人」……這個「身」其實是「我們」的意思，即我們都是這個有問題的社會的成員，誰也別想說，這個社會的問題他沒有責任。[79]

---

79 呂正惠：〈推薦序——我們都是眼中人〉，收於黃凡：《大學之賊》（台北：聯合文學出版社，二〇〇四），頁九。

黃凡正是以這樣的態度來進行社會批判，只是他「吶喊」的聲音、語調與語氣較往年為大、為高、為重，但這也是時代轉移後不得不為的改變。

最後要說明的是，黃凡在復出之後還是可以明顯看到後現代文學技巧在其小說中的使用，只不過也正如後現代小說的主要轉變——後現代文學形式技巧的退位，讓作品主旨有著其他的價值訴求，黃凡的作品亦是如此。而在其小說中後現代文學技巧的使用除了有著形式創新的意義外，更重要者在於形式技巧的使用，增添了其所建構主體的不確定性與遊戲性，所以黃凡在形式技巧的掩蓋下其拳拳到肉的衝刺批判也不致令人生厭，能夠保有其高度的嘲謔性又不流於技巧的展演，其小說也正因此成為二十一世紀後台灣小說的重要代表。以下，便以黃凡在復出後所發表的小說來具體討論黃凡小說的風格轉變及其所代表的台灣後現代小說的轉型形式。

二、黃凡政治、社會小說風格的轉變

二〇〇二年九月，黃凡於《聯合報》副刊發表了〈作家算命師〉一文，做為黃凡於沉潛了十餘年的首發之作，我們可以說，該文代表了黃凡在復出後的主要風格。首先，在該文中，黃凡一貫的嘻笑怒罵藉由後現代小說的形式表現出來，該文開頭便說：「萬萬沒想到，居然有這麼一天，我會成為台灣第一位作家算命師。……自從我無意中發明了一套，自己都覺得甚是不可思議的算命學——《靈魂密碼》後，我就被不容抗拒的命運，推向了太過寫實的人生舞台」[80]，這是讓「黃凡」身兼作者與敘事者的角色，以產生虛實相生的效果；其中引釋迦牟尼佛、禪宗公案來為自己的投入算命師行列以及取了「包裹居士」此一不倫不類的名字等行為做辯護，則是

80 黃凡：〈作家算命師〉，《貓之猜想》（台北：聯合文學出版社，二〇〇五），頁一七二。

刻意模糊雅俗的界線；而其對地下道算命相關行業的觀察，及其所謂「算命師觀言察色法十二招」，卻是將社會亂象藉其特殊題材所作的隱喻。所以，在〈作家算命師〉中，黃凡的嘲諷風格不變，後現代文學的技巧也未超出其於八〇年代時的實驗範圍，所不同的是，黃凡的嘲諷變得更為直露，而這些以其特殊題材作為發想以嘲諷社會、政治亂象的隱喻，幾乎成為其小說中最突出也最重要的部份。

〈邪惡主編〉中對作家的自嘲，及對出版、文化、政治的嘲諷更是直露。這位「可憐作家名黃凡」在創作班中提出了「蔣總統萬歲」的作文發想，同學們難以置信，「時下台獨勢力高漲，動不動就把前總統蔣介石抬出來鞭屍作樂一番。所以，我的行為對他們來說是——套一句流行話『頭殼壞去』！」[81]，但在他的創意想像之下，也成了一個將蔣總統「借殼上市」，在陳水扁總統的銅像內有著蔣總統小銅像的故事，該故事後來竟成為網路人氣小說，吳姓主編更因此信以為真，以為扁帽娃娃中亦有東西藏匿而瘋狂。該文的情節推演刻意荒謬，作家的夫子自道有著虛實相生的效果，而對作家、出版業的誇張敘述，意在反諷文化走向虛弱的現況，其中對蔣總統銅像、扁帽娃娃等物事的引用，又在直指政治符號已成為政客在政治舞台上演出的工具與手段。正是這樣的直露與點名批判，使他的小說從沈鬱轉向躁鬱，他的「躁鬱」表現在對政治、教育、文化、媒體等各種亂象的抨擊，其中《躁鬱的國家》便是這一系列「躁鬱之作」的開路先鋒。

《躁鬱的國家》全書共分十三章，每章皆有一封署名「平民　黎耀南」給從總統到院長、部長到執政黨副主席的信，書信中又提到與該官員相關的政見及八卦，如陳水扁總統的一邊一國、呂秀蓮副總統的新新聞事件，謝長廷信拜宋七力，以「電火球」影射蘇貞昌等等，而這位有著躁鬱症的患者黎耀南，卻也曾是黨外運動中的重要人物，只是在權力鬥爭的過程中未能得到官位，也連帶失去了自己的家庭與前途。在故事中，黎耀南遠離台北，在旅程中時因某些事件、畫面而聯想到當時的權利鬥爭過程，時不時的躁鬱症舉動，折磨自己也使旁人不安，而

81 黃凡：〈作家算命師〉，《貓之猜想》（台北：聯合文學出版社，二〇〇五），頁六〇。

其唯一的朋友「老莫」，在似乎要扶助他東山再起時他才發現，原來已離婚的老婆莉莉就待在「老莫」身邊。在該書中，我們可以很自然地看到〈賴索〉、《傷心城》及〈曼娜舞蹈教室〉的影子，其延續了〈賴索〉中小人物在政治洪流中的無力與無奈，又有著《傷心城》、〈曼娜舞蹈教室〉中都市人相互爭利吞食的連環套。王德威曾言：「（躁鬱的國家）這本小說與其說是他創作的又一開始，更不如說是他八〇年代政治小說書寫的總結」[82]。八〇年代，政治上正在衝決高壓網羅，經濟上則都市生活蔚成主流，政治、都市小說各自有其所要表現的對象，但隨著時序的推移，政治與都市相互影響，金融、商業、廣告、媒體都逐漸混入了政治中，甚至更甚於政治本身，所以，復出後的黃凡，是將其都市小說與政治小說相混，在黃凡都市小說中常見的精神病患者——〈守衛者〉的妄想症、〈紅燈焦慮狂〉的強迫症——黃凡讓政治小說中的主角得了躁鬱症，正是其小說政治與都市合流的又一證據。而如此的轉變，代表的正是台灣都市後現代徵象的凸顯，如各領域的相互混雜、政治符號的空洞化及政治媒體化的現象，高宣揚曾言：「語言論述真理標準的進一步相對化和不確定化，本來就是受媒體傳播系統控制的符碼化知識體系的基本特點。……由於媒體傳播系統本身具有濃厚的商業性質和強烈的權力宰制性質，所以，傳播媒體這個知識『根源』實際上成為了真正的『病灶』」[83]，後現代社會的資訊爆炸與媒體亂象，成了黃凡小說的重要表現，政治理念也在其運用媒體及被媒體利用的過程中，成為無意義的符號與話語。

黃凡的轉變，在其同年發表的〈聽啊！錢的叫聲多雄壯〉中更形凸顯。小說描寫大青溪兩旁的清平鄉及東上鎮，在九二一大地震後原先為清平鄉帶來廣大財源的溫泉消失，而東上鎮卻因溫泉湧現而商機無限，清平鄉認定溫泉「叛逃」而與東平鎮交惡的荒謬故事，該文中在溪兩旁卻交惡的鄉鎮，既影射兩岸的政治分立，又影射台灣的藍綠分裂，且黃凡也毫不避諱地使用統、獨兩派的政治語言，如該文中「溺死一名獨派大老」中便有

82 王德威：〈序〉，收於黃凡著：《躁鬱的國家》（台北：聯合文學出版社，二〇〇三），頁八。
83 高宣揚：《後現代論》（北京：中國人民大學出版社，二〇〇五），頁一五六。

所謂「鄉獨人士」，並說「這些人認為只有自己才是本地最純『正港傳承』：本鄉四百年前，即是鄭成功『開山撫番』的重鎮，……而四百年前，東上鎮的區域，不過是一處荒涼的『亂葬崗』罷了。沒想到今日竟然打算併吞本鄉、消滅清平。所以任何跟對岸示好行為，在他們眼中，都是『賣鄉』」[84]，明眼人都明白，黃凡使用了與獨派相關的歷史論述，且所謂「賣鄉」，又是民進黨時常使用的「賣台」的政治語言。該文正是以如此荒謬可笑的情節進行，卻又使讀者不時與台灣的政治現實相互聯想，而該文題目「聽啊！錢的叫聲多雄壯」，代表大家向「錢」的方向前進，其內容又是直接與政治相涉，在文題與內容的結合上將政治與金錢之間做了更強的繫聯，筆者所謂黃凡將政治與都市相結合的轉變在該文中便得到了具體顯現。

二〇〇三年，黃凡發表了〈三十號倉庫〉，以影射台中火車站旁的「二十號倉庫」，描寫藝術當下的台灣，論述上必須與政治銜接，經費上又必須與政客妥協的文化亂象。該文描寫有人意圖在火車站自殺，三十號倉庫內從上到下都為此緊張萬分，從造謠到分裂表現了藝術家人人自危的醜態，而最後這位意圖自殺者表露他其實是「虛擬實境藝術家」，所有的行為都是名為「三十一號倉庫」的藝術表現的荒謬故事做展演。該文以更為直露的方式影射政治語言，如總督導對滿地海鹽的「那天你離去之後」的裝置藝術大發議論，認為應將作品題目改為「鹽分地帶的吶喊」較為貼切；而歌仔戲藝術家為與人爭辯高喊的「藝術一定要本土化！本土藝術一定要戰贏外來藝術！本土藝術萬歲！萬歲！萬萬歲！」[85]更是直指台灣政壇時而將「本土」無限上綱的行為。該文以藝術文化為題材，要讓讀者理解的是在政治意識形態高張其正確性的同時，社會上的任何事物都沒有其獨立存在的空間，所以在藝術家也以政治正確為其論述基底的同時，實也抹消了自身的存在價值。荒謬至此的現象存在於當代台灣，無怪乎身為「三十號倉庫」總督導也因意圖自殺者的怪異舉動而崩潰，黃凡表現了對虛妄政治的執意追逐將

84 黃凡：〈聽啊！錢的叫聲多麼雄壯〉，《貓之猜想》（台北：聯合文學出版社，二〇〇五），頁一五九。

85 黃凡：〈三十號倉庫〉，《貓之猜想》（台北：聯合文學出版社，二〇〇五），頁八八。

使社會中人產生隨時都將崩潰的瘋狂因子，此可視為其復出後作品以「躁鬱」為主音的又一表現。

而二〇〇四年十月出版的《大學之賊》可說是黃凡社會小說的代表作，王安琪稱該書「堪稱繼《儒林外史》與《鏡花緣》以來，寫學術界的諷刺小說佳作」。[86]該書可說是其八〇年代書寫知識份子之作——《反對者》的延續，但是在該書中，黃凡對學術界知識份子的嘲諷更加用力與直露，前述的〈邪惡主編〉一文中，其自述「黃凡」的寫作計畫時便曾說「過了一個月，我已經忘了『蔣總統萬歲』這碼子事，我開始著手《大學之賊》，這是部二十萬字的長篇小說，目標對準學術界裡那些賊胚、敗類、殺千刀的傢伙」，[87]可見得《反對者》中羅秋南因身陷性騷擾疑雲而牽扯出的學術界與政治界的權力鬥爭已不足以滿足黃凡在小說中批判教育界亂象的心意。《大學之賊》以台灣教育現況為題材，只是將大學生升學率提高到「百分之兩百」，他所要凸顯的不僅是大學生素質的低落，更是大學教育與金錢連結後教育、文化、道德、倫理的沉淪。所以，主角私立成就大學哲學系教授丁可凡為了保住飯碗，對無禮學生葉天送的百般忍讓；哲學系系主任成了新生迎新活動的「哈佛檳榔」；中國上古史教授辛有仁被解聘後無處可去，因為中國史的重要性早已被「台灣史」的正統性所取代，辛有仁最後的自焚明志，為可笑的教育界保住了最後的尊嚴。除了人物的鋪陳外，劇情的荒謬推演也是使《大學之賊》嘲諷性提高的關鍵。前述的新生迎新晚會已對學術界為保住飯碗取寵學生的現象極盡嘲諷之能事，而私立大學哲學系也放棄其「一切學科之母」的思辨性格，與「古傳先天大道神壇」壇主葉先合作大量開設「實用哲學課程」，反而使岌岌可危的哲學系起死回生，進而成立三個研究所，居功厥偉的主角丁可凡也因此成為成就大學的重要人物，名利雙收的同時，卻也陷入了爭權奪利的遊戲中。最後，丁可凡在「猜中」師父佛印老人的交代他的遺言「苦海無涯，回頭是岸」後大笑又大哭，表現了丁可凡雖由清醒到迷亂再回到清醒，卻也已為自己留下無數遺憾。

---

86 王安琪：〈高等教育的權利春藥〉，收於黃凡著：《大學之賊》（台北：聯合文學出版社，二〇〇四），頁三二三。

87 黃凡：〈邪惡主編〉，《貓之猜想》（台北：聯合文學出版社，二〇〇五），頁六三。

在《大學之賊》中，以哲學系做為主軸的原因，除了黃凡於封筆後潛心於哲學鑽研外，更重要的原因是，哲學是一切學科之母，但在金錢重於一切的社會中，哲學不受重視，哲學系也不受青睞，即使在學術界地位仍高，在台灣卻只能逐漸衰落。而黃凡設想哲學系起死回生的原因竟是與神壇的結合，使哲學系學生有了「實務技能」，反諷怪力亂神仍是台灣的主流文化，而文化的無深度感也透過哲學系的淪落表露無遺，經濟與教育目的相混雜便是造成此亂象的主因。政治對教育的侵擾在該書中亦有呈現：如歷史師資以「台灣史」專長看俏，中文系將被台灣文學系打入外文系等等，在在皆呈現了在政治正確成為檢視任何事物標準的同時，亂象也將由此而生的台灣病灶所在。

《大學之賊》可說是黃凡復出後的最佳代表作，在虛無、犬儒、嘲諷之外，仍有著哲學思辨的飽實感，雖然其目的亦在打破一切可資依恃思想的合法性，但其荒謬、嘲弄背後所代表的真實卻也使讀者不禁反省時下台灣諸多亂象的根源與台灣的未來，郭強生曾說「黃凡是讓『社會小說』在這個傳統在台灣文學中不死最重要的聲音」[88]，的確如此。

三、「躁鬱」的體現——《寵物》

二〇〇六年出版的《寵物》，可說是黃凡復出後「躁鬱」特質最明顯的體現。在其復出後，其高調、直露地直指暗諷政治、社會、教育、文化亂象的文章，表現了黃凡對社會亂象的心急與憤怒，而《寵物》中，其心急與憤怒更加明顯。該書以類似「新聞小說」的方式，並藉主角魏英才之父從崛起到被收押的過程鋪陳民進黨

88 郭強生：〈傻子黃凡〉，收於黃凡：《貓之猜想》（台北：聯合文學出版社，二〇〇五），頁六—七。

由黨外運動到政黨輪替並成功連任的歷史，其所要描繪的雖仍是政治圈中爭權奪利的氛圍，但其「直露」的程度已遠超過其復出後的所有小說。

在小說中，魏英才被其祖父稱為「革命之子」，引用的便是民進黨前身黨外運動的革命精神；而二〇〇〇年「政黨輪替」後，台灣的政治對立日漸嚴重，魏英才之父於二〇〇一年競選連任立法委員，與國民黨的候選人於「代天宮」前叫罵，引起媒體注意，提昇知名度之後與國民黨候選人雙雙當選，黃凡以魏英才之口說：

> 我在部隊得知父親當選的消息，心裡卻是一則以喜，一則以憂。……憂的是——父親這樣子當選所代表的意義——這個社會日漸瘋狂，喊打喊殺的才能引起注意，不必談什麼政見……兩邊的對立日漸嚴重，一方認為「民進黨執政缺乏正當性」，另一方則認定「國民黨還自認尚在執政」。我父親就是在這種氣氛下連任國會議員。[89]

在此可以注意的是黃凡直寫政治亂象的筆法，在這段文字中我們幾乎看不到任何的文學修飾，其文字一如報紙社論對時事的批評，實與其前的小說有著明顯的差別；再如其談到二〇〇四年總統大選時的暗殺總統事件發生的不明不白，被國外媒體嘲諷為「廉價小說」情節，主角之父說「反正當選就是當選」，而該年民進黨年底立委選舉卻大敗，「禽流感」全球疫情、民進黨連任後「流年不利」，貪污案件層出不窮等等，該書似乎已成了台灣二十一世紀的「譴責小說」。

再者，該書名為「寵物」，實有著多層的意涵。在該書開頭即引英美詩人「——我是皇上在橋村的狗。這位先生，請問你是誰家的狗？」將政治、社會圈中層層疊套的權力與豢養的關係表現出來，在小說中，主角即

89 黃凡：《寵物》（台北：聯合文學出版社，二〇〇六），頁九一—九二。

為其父的寵物，雖為私生子，卻在給予權力與經濟的援助下，始終保有著主角對他的尊敬；弱智但純真善良的女主角心蓉表妹在被允准嫁給主角時，其父也曾說她只是個「寵物」；主角與朋友為保護動物所組成的團體「台灣動物解放陣線」在其父親的支持下成立，卻也在父親插手後成為名存實亡的組織，甚至改名為「台灣動物保生聯盟」，便是表現主角僅是「寵物」，只能任由飼主予取予求。「寵物」一詞最重要的意含便在於，誰握有權力與金錢，誰就能夠成為飼主，而寵物在得到飼主的資助後，雖然似乎仍保有自主性，其自主性卻也只能在飼主同意的範圍內表現，在書中，黃凡以魏英才其父與他的關係來表現，魏英才雖看似有著自主想法，但其一生卻只能接受父親的安排。「寵物」也暗喻魏英才之父身在民進黨內，雖然雨露均霑，但在黨發生內憂外患時，其自主「洗錢」的行為，也讓他成為黨在勉強維繫自己的清廉形象時必須要抓的代罪羔羊。因此，黃凡是以「寵物」為喻，表現他對政治誘人與駭人特質的認識。該書最後以魏英才在法國躲避關於洗錢案的追查時，想要告別一切，帶著母親、心容表妹與朋友們到中國去隱居，並說：「我要告訴他們，我們的仗打完了，我們不願扯入美國人、日本人、中國人的紛爭裡。我們的祖先來自中國，當面臨選擇時，我們只有這種選擇，沒有別的，是的不會有別的了」[90]，主角所意圖逃離的是政治為他們所設下的牢籠，也是政治意識形態的箝制，所謂的「回到中國」，並非代表黃凡的統派立場，而是要打破所有意識型態所帶來的壓迫與荒誕。

該書可說以「躁鬱」為主軸組構而成，其高調地直指民進黨執政後的亂象，輔以新聞事件增添真實感卻又以荒謬的劇情推演，他甚至在文中直接以「躁鬱」形容當年台灣的「最高領導人」，在書中，「動物保生聯盟」成立後總統是開幕酒會的第一號貴賓，黃凡以魏英才之口形容到：

> 我躲在父親身後，偷看這位矮小，精神奕奕的領導人。他的領導風格迅速掠過腦際，我試著給他一個簡潔

90 黃凡：《寵物》（台北：聯合文學出版社，二〇〇六），頁二〇九—二一〇。

的評價，「睿智」、「深沈」、「怯懦」、「愚蠢」、「躁鬱」，哪一種呢？「躁鬱」吧！我想。[91]

以「躁鬱」形容總統，除直指民進黨執政後常操作政治民粹的語言符號，挑弄省籍情結及藍綠對立，而由上至下，台灣民眾也如郭強生所言「在政治經濟層面的風風雨雨，連番上陣的各式選舉中，我們耗盡了熱情，開始變得冷漠躁鬱」。[92]所謂的「躁鬱症」，是先躁後鬱，無來由的激情與活力耗盡後所得到的沈重的鬱悶與痛苦，黃凡以其文筆體現「躁鬱」，高調的直指、失去耐性的憤怒與心急，所要呈現的是台灣社會總體的淪落，及其可預見的後果。「躁鬱」是黃凡以社會小說家的眼光對台灣當代病狀的診斷，雖然其小說也因此失去其八〇年代的沈鬱所帶來使讀者掩卷沉思的感染力，但其更加荒謬的劇情、嘻笑式地嘲弄，表現的卻是更真實的台灣，其「躁鬱」的筆法，其實是其對台灣深切認識後的不吐不快。

總結上述，黃凡復出後的小說，是重回其崛起於時的政治、社會小說之路，但一反其當年以沈鬱的筆法鋪陳政治、商業圈中的爾虞我詐，其直指民進黨政府，痛批「台灣意識」已成操弄民粹、挑起省籍情結的工具，使用更為直露的嘲弄，使政治、經濟、教育、文化圈中的人都成為馬戲團小丑，讓我們看到一幕幕的醜態。再對照台灣後現代小說的發展，筆者認為，這是黃凡在二十一世紀的台灣所找到的「邊緣位置」，以對藍、綠兩邊都不討好的言論書寫其政治與社會關懷，也因為其位置的邊緣化，使其發聲力道增強，再加上其對台灣整體病症「躁鬱症」的診斷，使其高調的嘲弄像個「躁症」發作的患者，但其所指的卻是幾乎以無可救的台灣現況，更沈重的「鬱症」也正潛藏在他的小說背後，表現黃凡的悲傷與憤怒。

91　黃凡：《寵物》（台北：聯合文學出版社，二〇〇六），頁一四九。

92　郭強生：〈傻子黃凡〉，收於黃凡著：《貓之猜想》（台北：聯合文學出版社，二〇〇五），頁五。

第四節　張大春後現代小說的轉型與延續方式

一、從《本事》到《尋人啟事》

張大春的《本事》出版於一九九八年，是其於確立了「質疑一切」的創作目標，及以各類題材包括新聞（如《大說謊家》）、政治（如《撒謊的信徒》）及記憶（如《野孩子》）等之後，將質疑的標的指向了「知識」本身的作品。高宣揚說：「對後現代主義者來說，一切人類知識的正當性都是值得懷疑的」，[93]然而張大春在表現知識必須被質疑的合法性時，不試圖說服讀者注意知識自身可能的偏差，反而以學術論文的語法及看似嚴密的邏輯，煞有介事地訴說著他的各種研究發現，但該書雖名為「本事」，卻又以英文副標題「PSEUDO-KNOWLEDGE」，也就是說，這次張大春又是明擺著「說謊」的姿態來說故事，只是小說中少了明顯的後設技巧，而在「本事」與「假知識」的鴻溝間建立真、假、虛、實相互迴環閃現的效果。

《本事》的創作目的在於打破知識的合法性，張大春試圖以子之矛攻子之盾，使用與學術論文相同的敘述方式來表現。因此，張大春在說明其研究成果時，該研究所需完整的時間、地點、史料皆鉅細靡遺地呈現，其

93 高宣揚：《後現代論》（北京：中國人民大學出版社，二〇〇五），頁二四七。

看似豐富的資料與嚴整的邏輯幾乎要使讀者信以為真，然而，過多的「殘卷、孤本」及「巧合、意外」其實也透露了這些研究成果杜撰瞎扯的可能。以該書中最著名的篇章〈猴王案考——孫悟空考古探源事件〉為例，其以「孫悟空」實為「孫覺虛」，所按的便是所謂「三部海內外孤本珍書首次問世」，在敘述上實已暗示了虛構的可能；而後其自名為「淮上客」以〈「猴王」是贓物——向張大春質疑猴王問題〉一文指出前文錯置「丘處機」於明朝，及張大春可能剽竊「李元泰」之〈幾根失落的猴毛——吳承恩以「孫悟空」影射「孫覺虛」〉一文的研究結果；張大春繼而又以〈本來都是我，何處惹猴毛？——敬答淮上客關於「猴王」之質疑〉回應「淮上客」。三文的一來一往，自有影射學術圈以揭人研究成果之誤以自得之態。而「淮上客」所說的：「張大春的〈猴王案考〉一文中所宣稱的『我的研究洵然具備了足夠的條件了，堪稱「自胡適〈《西遊記》考證〉以來最具創見和積學的經典」』實堪稱一大騙局」，[94]更是張大春的夫子自道，以學術論文的形式行小說虛構之實，是張大春「類型雜交論」的又一具體展現。

張大春自一九八六年起，雖然不斷地實驗新類型的小說，但由於後現代文學的形式技巧本身即帶有後現代主義的思想指涉，且不論張大春所使用的是何種題材，他也刻意使題材的重要性遜於後現代的指涉意涵，所以綜觀其後現代小說，「質疑一切」可說是共同主題。在《本事》中，他甚至打破了知識本身的正當性，質疑知識的生成、傳播過程，也否定了學術界以資料、邏輯將知識加深加廣的可能，因為一切都如其小說一般是可以杜撰的。但反過來說，《本事》一書的重要性也在於此，因為這次張大春直搗人類文化進步的源頭——「知識」，為後現代主義否定終極真理體系的宗旨做了具體的文學實踐，但其否定一切也因此到了盡頭，當「知識」也無存在的合法性，下一步還有什麼需要質疑？所以，以後現代主義為思考主軸表明對一切都不信任的同時，既瓦解了其所欲攻擊的具有壓迫與權威性的文化主體，也同時使自身主體沒有得以存在的道理，張大春在

94 張大春：〈「猴王」是贓物——向張大春質疑猴王問題〉，《本事》（台北：聯合文學出版社，一九九八），頁二〇五。

使用後現代文學的形式技巧顛覆一切的同時，其實一直在玩的是水可載舟亦可覆舟的遊戲。但也如第二章所討論的，台灣初期後現代小說家的英雄主義是表現在他們「反啟蒙」的行為中卻帶著「啟蒙」的用心，其內在的矛盾使這種對後現代文學的模仿與移植僅能造成短暫風潮，到九〇年代後設小說即因台灣的歷史與社會要求而退燒，後現代小說以與邊緣族群結合的方式轉型與延續。所以當張大春在二十世紀末仍在大聲疾呼一切都要打破的時候，台灣文學屬於後現代小說範疇的區塊早已開始移動向重建主體的方向，因此，在一切皆已打破之後，其後現代式的創作質疑也告一段落，一九九九年出版的《尋人啟事》實預告了張大春亦走向主體重建之路，如胡金倫所言：「《尋人啟事》的最大意義，在於張大春試圖透過文化上的『中國性』，建立作家的個人主體精神」，[95]而其所重建者除了個人的主體精神外，也是為台灣在九〇年代甚至到二十世紀末已式微並失落其歷史地位的眷村族群的邊緣位置所作的另類發聲。

《尋人啟事》是一類似「筆記體」，又介乎散文與小說間的文類。該書與張大春其他後現代小說有所不同，雖然張大春一樣於該書的序開頭便言：「人生在世，錯過的要比經歷的多、而且有意思：至於所謂經歷的事，百分之百純屬偶然而已。把上面這兩句話合起來，幾乎就是我全部的信仰了；那就是人生沒什麼意思、也沒什麼道理」，[96]認為記憶是由「偶然」所組成，宣揚的一樣是後現代的「不確定性」宗旨，但該書中一樣嘻笑怒罵的張大春，卻少了其欲將記憶的真實性連根拔除的那種義無反顧的衝動，而是藉由對這些街坊鄰居、兒時長輩平實清淡的描述，重新填補已被自己瓦解清除而空無一物的記憶。在該書中，人物的奇特是主要趣味所在，如〈老朱畫佛〉中那為了玩女人而行騙籌錢的老朱，〈公車王〉中那愛在學術研討會上高談闊論的怪人等等；除此之外，許多人物都可牽連出國府遷台後的環境及眷村生活，如〈殺一刀〉中眷村青年鬥狠的情節，〈幹事開店〉中以「復華」

---

95 胡金倫：《政治、歷史與謊言——張大春小說初探（一九七六—二〇〇〇）》（國立政治大學中國文學系碩士論文，二〇〇一），頁二二二。

96 張大春：〈錯過〉，《尋人啟事》（台北：聯合文學出版社，一九九九），頁九。

取名的盛況；更重要的，是在多篇故事中所牽出的對「父親」與「山東」的記憶，如〈神喇叭〉中對那位山東老漢描述到：「他的年紀可以當我的爸爸，也說一口魯西腔的山東話；不過我爸爸不信教，我也從來沒聽過誰一張嘴就是這個味兒的：『諸爺俗使咱們打夾拱通底酒行（主耶穌是咱們大家共同的救星）！』」[97]，在小說中閃現父親與原鄉的記憶，是張大春打破一切之後欲重建個人主體的證據，只是這樣的重建已非傳統「有與無」的二元思考，而是需兼顧流動性、開放性的記憶重組，短篇筆記體小說正是表現記憶斷斷續續不連貫重整的形式，而後於二〇〇三年出版的散文集《聆聽父親》中對族譜的追溯及祖先事蹟的察考描述，延續的便是《尋人啟事》中記憶重建的方式。當然，我們不能認為《尋人啟事》中所寫的都是真人真事，但與之前的小說最大的不同在於張大春收起了他「大說謊家」的霸氣，而在刻劃小說人物時透露了他的重建主體的意圖，就如同該書的封面，一個人提著手電筒走在黑夜的長巷中，黑夜象徵一切已被打破後的空無，而手電筒的微弱燈光則是個人斷斷續續的記憶追溯，「尋人啟事」中「啟事」代表著筆記體小說的形式，而尋找的「人」，是父祖、原鄉，更是個人的精神主體。

王德威在討論張大春的《本事》時曾說：

> 張以小說為喻，暗示知識系統的武斷與隨機性，以及其總難撇清的虛構前提。這是傳科式的姿態，也不乏後現代主義的感染。但擺出這樣的姿態之後，張並未能「真正」證明什麼：如果一切知識都是偽知識，《本事》這樣的小說也就無所謂真偽了。……我以為《本事》標誌了張大春玩小說的又一嘗試，但錦上添花，不能超越他前此已樹立的標準。什麼時候他也能開始「玩真的」，也越發是我們拭目以待的事。[98]

97 張大春：〈神喇吧〉，《尋人啟事》（台北：聯合文學出版社，一九九九），頁三七。

98 王德威：〈真本事與假正經——評張大春《小說稗類》與《本事》〉，《眾聲喧嘩以後——點評當代中文小說》（台北：麥田出版社，二〇〇一），頁四一—四三。

王德威此文撰於一九九九年，代表的也正是對轉型前的後現代小說的質疑，張大春的《本事》是其將矛頭指向「知識」的後設小說，雖然創造了新的「類型」，卻已不夠貼合台灣社會的期待，即使瓦解了知識，卻已是「錦上添花」，什麼時候可以開始「玩真的」，成了王德威等評論者所期待的事情。而同年《尋人啟事》的出版，便使王德威眼睛一亮。他說：

> 與張大春近期的作品相比，《尋人啟事》宜屬小品。沒有理論，不顯「本事」，這本小說集結五十七篇人物素描，側寫張大春所曾「錯身而過」的人與事。……張的風格多變，本書也許未必是他最努力經營的結果，但我獨以為成績在其他近作之上。……關鍵在張對尋「人」所展現的興趣……《尋人啟事》重新顯露張大春的人情味。[99]

所謂「不顯本事」，指的是張大春收起了他的「大說謊家」的姿態，「獨以為成績在其他近作之上」則代表了該書符合了王德威對張大春的「拭目以待」，這更代表了張大春的《尋人啟事》是暗合了當時後現代小說順應台灣社會需求的轉型方向。由此我們也可以知道，台灣後現代小說在九〇年代後的轉型是台灣文學對之的共同要求，《尋人啟事》或許不能代表張大春後現代小說轉型的自覺性，但其於張大春後現代小說的書寫歷程中佔有一轉折點的地位則是毋庸置疑的。

---

[99] 王德威：〈也是新台灣人素描——評張大春《尋人啟事》〉，《眾聲喧嘩以後——點評當代中文小說》（台北：麥田出版社，二〇〇一），頁四四。

二、《城邦暴力團》（一—四冊）

自一九九九年起，張大春開始連載其《城邦暴力團》，這部洋洋灑灑五十萬餘字的小說，是集合了武俠、推理、奇情等通俗成份，中國、台灣、民初、戒嚴等空間與時間，以及真實與虛構的人物的長篇鉅作。該書當然是張大春「類型雜交論」的重要嘗試，張大春在該書可說是媾和了諸多小說基因，貼合大眾的通俗元素及一貫的說謊後設姿態，才構成了這部後現代武俠長篇小說。

《城邦暴力團》在時代上以現代都會為背景，將民初的武林高手萬老爺子、萬得福與六位奇人拉到當代台灣，隨時於普通人不得見時展現其特異武功，並以孫小六及孫小五作為武功的現代延續，一反武俠小說以某斷代歷史或架空世界呈現的傳統；而讓那看似被捲入事件中卻其實是核心人物的「張大春」為主角，則是讓主角看淡世事及時不時袖手旁觀隔岸觀火的慵懶姿態作為新世代「反俠」的代表；小說捏造了七本偽書，包括趙太初《奇門遁甲術概要》、飄花令主《七海驚雷》、陶帶文《民初以來秘密社會總譜》、陳秀美《上海小刀會沿革及洪門旁行秘本之研究》、汪勳如《天地會之醫術、醫學與醫道》、萬硯方《神醫妙畫方鳳梧》及魏誼正《食德與畫品》，且這些書又有歷史小說家高陽所作的眉批夾注——這其實是張大春在其《本事》中早已表現的「本事」，藉由孤本、珍書及巧合、意外以偽造的資料來虛構知識；且張大春又將小說發展與國民黨政府失勢及遷台的歷史相比附，讓武俠介入現實卻又受限於現實，那「張大春」於逃亡途中杜撰的三十萬字「西漢文學環境」碩士論文，口考教授竟是追捕「張大春」的武林高手；在小說最後連串的「或許我應該如此述說」，是在解答小說中糾結纏繞的謎團，但每一大段的「述說」都將被他名為「失敗的嘗試」的後設思考所打斷，到最末了，新線索的出現看似有了解謎的可能，但故事已然結束，其具開放、流動性的結尾是張大春不願因推理的元素而使其該書成了有著封閉思考的小說，這也是後設小說常見的形式；而其於小說中引高陽所言的「唯淺妄之人方能以此書為武俠之作」一句雖是指《七海驚雷》，但其實又是順勢否定了該書被定位為武俠小說的可能，其為「後現代武俠」，所反的不只是「俠」，更是武俠小說的傳統及其自身。

該書正是在這樣虛實相生，集結歷史、武俠與推理以及張大春此前所有小說的創作成績於一身的奇書。如前所述，將真實與虛構的歷史與知識以看似嚴整的邏輯相混雜而生出偽知識的「本事」早已出現在《本事》一書中；而其自稱以虛構知識杜撰的碩論，口試的場景與對白又與其早期的短篇小說〈七十六頁的秘密〉相似；而以都會場景描寫武俠又不啻有當年〈練家子〉的影子；其以「或許我應該如此述說」所作的既述說又反駁的迴環反覆，在〈如果林秀雄〉中連串的「如果…後來」的敘述模式便已出現；而以「張大春」的真實性於虛構小說中行推理之實，我們早在《沒人寫信給上校》中已領會過這樣的趣味。也因此，該書可說是集張大春創作成績於一身的作品。

《城邦暴力團》對理解張大春創作更重要的意義在於，該書對「中國性」的瓦解與重建，如黃錦樹所說：「作為近代中國人遁入想像世界的想像共同體的主要形式之一的近代武俠小說，把時間封閉在近代之前，讓敘事完全封鎖於完整的中國時間，而其主要場景、空間地理、道具和事物，也都能保持完整的中國性，以成其純粹並且陽剛（相對於脆弱、病體的近代中國）的中國世界。跨越這一點，和現代遭遇，很容易造成武俠小說在美學和意識型態上——兩者相互依存——的毀滅」[100]，也因此，當張大春將場景拉到現代都會，中國性的完整已被破壞，中國武術的高深精妙也不敵近代的槍械器具，萬老爺子武功蓋世卻中彈而死，「鐵頭崑崙」二十年的美譽卻也在國府「風雲渡海」的時候身首異處，其取消的是武俠小說於架空的世界中所展現的美學和意識形

100 黃錦樹〈奇幻的記憶——評張大春《城邦暴力團》〉，《謊言與真理的技藝：當代中文小說論集》（台北：麥田出版社，二〇〇三），頁四五三。

態，也瓦解了此美學和意識形態所依憑的中國主體。雖然中國性的完整被破壞，但張大春卻以這些散裂了的中國性來組構他的小說，不論是通篇以「張大春」身為中國文學碩士的知識所解讀的「密碼」，其父張東侯作為漕幫「理」字輩身份所知的故國檔案，代表中國政權的國民黨政府「風雲渡海」的民族逃難史，及除了「張大春」、孫小六之外如忠心、節義等事蹟對中國倫理道德的指涉，都使該書在文本各處皆可見中國性的閃現。所以，我們可以說，《城邦暴力團》接續在《尋人啟事》之後，是《尋人啟事》重尋主體的延續，而不以短篇筆記體小說來使記憶斷續呈現，是以長篇後設的形式使此重探自身外省第二代身份的中國性主體保持既瓦解又重建、既建構又解構的開放、流動狀態，此不正是台灣後現代小說轉型與延續的具體表徵？只是該書中後設的成份仍重，對於主體重建的力道仍弱，但也可以說，在《城邦暴力團》中，張大春實站穩了他重建中國主體的邊緣位置，其於《尋人啟事》後有了轉折，於《城邦暴力團》則轉向明確，後來的「春、夏、秋、冬」系列則是延續此一以中國性為主但又不欲其保持完整性的理念進行創作。

三、二十一世紀後的「春、夏、秋、冬」系列

（一）中國人「筆記」——《春燈公子》

在其第一本小說《雞翎圖》中，〈蕩寇津〉等歷史小說已透露張大春改寫中國名人歷史形象的興趣，其後如〈龍陵五日〉，甚至是一九八六年張大春開始其後現代小說創作時期之後，亦有《歡喜賊》的出版。該書中各個重然諾、有所為有所不為的盜賊，是張大春「反道德」精神的呈現，由其場景描畫與人物個性也可想見

這是張大春遙想山東故鄉時所創作出的眾多傳奇人物。因此，張大春身為外省第二代，對眷村的書寫除了《雞翎圖》、〈將軍碑〉、〈四喜憂國〉中所表現的老兵終將凋零、歷史必被改寫之外，便是這些活潑動人的中國人物形象。《尋人啟事》談眷村回憶中的人物，多是隨國府遷台的外省人，也可說是對「中國人」的形象描繪。而我們知道，《尋人啟事》是現代「志人小說」，紀錄人物的具體行為與事蹟，魏晉時用以品評人物，張大春則用以填充回憶與聊慰主體；《尋人啟事》亦是一筆記體小說，王德威認為張大春使用此一文體「別有深意」，他說：

> 筆記式小說前幾年在大陸風行一時……尋人「啟事」也隱含一種技術性的宣告，甚或敘事學的辯證。……在市井民間找尋失落的面貌，也更是文本的遊戲——在字裡行間操作人生的想像。從這個觀點來看，張用筆記式敘述，比大陸作家來的別有深意。那些短小的、散漫的篇章暗示完整敘事體的流失。[101]

筆者此前曾言及《尋人啟事》的「筆記體」形式代表的是記憶的片段、開放、不完整，是張大春重建記憶時若即若離的姿態，此便是王德威所言的「深意」，而張大春的「深意」在《春燈公子》延續下來，成了張大春「筆記」中國人以表達對中國性重建的方法。

《春燈公子》以其「序——春燈宴」起頭，設定了一「春燈公子大宴江湖人物」的年度盛事，江湖人以得受邀與會為榮，依例宴會時都會請人上台「立題品」——講述一個人物的故事，而春燈公子便將為此故事吟詩填詞，共有儒行品、藝能品、機慎品、洞見品、俠智品、巧慧品、運會品、奇報品、憨福品、勇力品、義盜品、

101 王德威：〈也是新台灣人素描——評張大春《尋人啟事》〉，《眾聲喧嘩以後——點評當代中文小說》（台北：麥田出版社，二〇〇一），頁四五—四六。

練達品、聰明品、詭飾品、狡詐品、薄倖品、褊急品、頑懦品、貪癡品等十九個人物的故事及炫奇品等共二十則「題品」。當然該書並非「筆記體」的小說，但其以品評人物為故事主軸，走的便是魏晉志人筆記小說的路數，所以雖然十九品的故事看似各自獨立的短篇小說，但張大春其實是要以志人小說為線索遙指「筆記體」的形式，以表達對中國性的重建。再者，此十九品的故事又是以情節為主的短篇，也就是說，在現代小說鼓吹「人物」在小說中的重要性之後，張大春反現代小說的定則，用看似以人物為主的小說將人物扁平化，完全透過情節來推演故事，以符合其創作理念。張大春曾於討論莫言的小說時提到這個概念，他說：

> 我之所以不憚辭費地說明這一點其實是要申論：某些現代小說批評家的觀點——如福斯特在《小說面面觀》裡所強調的：「啟蒙小說動力的是人物而非情節」；宜乎大有商榷的餘地。這一類的論點彷彿試圖營造一個「小說以人物為中心」的假說，在這一假說之下，不能反映或暴露「人物性格的複雜性」或「具有複雜性格的人物」的情節便被推移到次要的地位。然而，這樣的論點質諸所謂「寫實小說」或則有其適用性，質諸志怪、傳奇則往往難有用武之地，設若因此而發出詰難——如：論者大可以指控「洪喜」、「燕燕」等是「扁平人物」；卻已經忽略了更重要也更基本的一點：以情節為中心的小說根本不必在乎「現實中的人性」或「人性的現實」有多麼複雜，它也不意圖在虛構的體制中捏塑（或曰：捏造）一些「類似真實」的人物，它衹是要讓讀者回到那個非常原始的、「追問後來怎麼了」的狀態中，經歷一連串懸疑、驚奇、滿足和顛覆。[102]

---

102 張大春：〈以情節主宰一切——說說「莫言高密東北鄉」的「小說背景」〉，《文學不安——張大春的文學意見》（台北：聯合文學出版社，一九九五），頁一四一—一四二。

因此，張大春的《春燈公子》便是以「志怪」、「傳奇」的筆法書寫之，其回歸「傳統」的姿態其實是在反現代小說的規則，所謂「非常原始的」「懸疑、驚奇、滿足和顛覆」是張大春使用「以情節主宰一切」的方式對現代小說成俗的逃離。

再者，這些以情節取勝的故事意在以古諷今的篇章並不多，張大春看似回歸其撰寫《歡喜賊》時以說書人言鄉野傳奇的路數，所不同之處，在於《春燈公子》中的後現代意味頗顯明，如前述二十品題中的「炫奇品」可說是全書之跋，其除了傳達該書不涉道德宣教，而只是「唯炫奇而已」，更重要的是，張大春於該名為「炫奇品」的五言古詩中有著「我本山東人／寄生海南下／漸老興偏詩／交難合更寡」[103]，表明了「春燈公子」便是「張大春」，作者和《沒人寫信給上校》及《城邦暴力團》一樣，其實是書中主角；而該書雖可視為短篇傳奇的集合，但又穿插著《本事》中以真假史料虛構知識的創作手法；又該故事雖架空歷史，但觀其所言之人物皆為民國之前的古人，張大春卻又時常以今日之政治、教育等問題與古人故事相呼應，如〈李純颮——洞見品〉中說：「我認為王天縱一定早就看出來：中國人一旦祛五千年帝制，骨子裡要幹掉的還不是非我族類之人——這話即使到了今天還是金科玉律」[104]，及〈張天寶——運會品〉開頭言：「科考縮減了文化內容，但是科考本身卻是有文化可說的。現在舉行大規模的升學考試，都說不同於以往的八股取士——甚至我們的孩子還經常可以在教材裡讀到譴責科考戕害士子精力和思想的內容，這種內容，要是不把他們背下來，可能還會考不好。你說奇怪不奇怪？」[105]，所以，該書又不同於張大春擅寫的鄉野傳奇，而是藉一穿越古今的說書人使《春燈公子》處於一開放狀態，不同於《尋人啟事》是兒時記憶的人物寫真，《春燈公子》是以一連串情節取勝的故事重尋志怪、傳奇的小說趣味，而

103 張大春：〈春燈宴罷〉《春燈公子》（台北：印刻出版有限公司，二〇〇五），頁二二二。

104 張大春：〈李純颮——洞見品〉，《春燈公子》（台北：印刻出版有限公司，二〇〇五），頁八〇。

105 張大春：〈張天寶——運會品〉，《春燈公子》（台北：印刻出版有限公司，二〇〇五），頁一〇〇。

該書由詩詞、史料及人物表現中國性，又在其開放的體系中表現了主體瓦解又重建的流動狀態。張大春的《春燈公子》在後現代文學形式技巧退位之後，以中國性為其邊緣位置發聲，又保持著開放流動的後結構思考，因此，該書可說是台灣後現代小說轉型與延續又一具體實踐，也標誌了張大春後現代小說的又一轉折點。

（二）把中國說成一種學問——《戰夏陽》

二〇〇六年出版的《戰夏陽》是張大春的「春、夏、秋、冬」系列的第二本。而如果《春燈公子》是延續《尋人啟事》以文本形式標誌主體的瓦解與重建，則《戰夏陽》延續的是《小說稗類》把「小說」寫成一種學問、為「小說」的「邊緣位置」發聲的方式，此處只是將「小說」換成了「中國」，又綜合了其於《本事》中搬演虛構知識的「本事」，使《戰夏陽》成了較《春燈公子》更為豐富、多元，對「中國」又更加保持其既親近又逃離的姿態的後現代小說。

在《戰夏陽》的序中，張大春即虛構了與「司馬子長」的連串對話。由於司馬子長的深夜來訪，張大春得以其對《史記》中關於韓信打夏陽的史料的疑惑，就問於司馬子長，但經過討論後的結論卻是以下的這段對話：

> 「如果你不希望《史記》的讀者有一個正確的歷史認識，以你操縱文筆的能力，何患而不能像我在這一行一樣，變造蜚語，顛倒虛實，憑空杜撰，反正就是無中生有，不也一樣能讓人們讀得津津有味而信以為真嗎？」
>
> 「僕果欲存真耶？僕向未能也！究天人之際，通古今之變，成一家之言，豈有隻字而及於『存旦夕之真』乎？」……「韓信殆非將才，蕭何亦非碌碌，君非小說家者流，而僕亦非太史令矣！」

司馬子長和我是同行嗎？一個倒錯和另一個倒錯加起來，會得到正確的理解嗎？至少在他那樣說著的時候，我對我們倆的行業都覺得尷尬起來。[106]

該書在這樣的基礎上出發，其所欲表明的其實是張大春的老生常談，是他早在《本事》中就已表明的對知識的不信任，其言明歷史雖具史料價值，但史料要「存且夕之真」即使連司馬遷都不敢稱其能，所以當張大春認為司馬遷既然已體認歷史之不可存真不如學小說家憑空杜撰，司馬遷的反問反而使他陷入關於小說家與史家早已混淆的長考。因此，《戰夏陽》的序表明的是該書的後現代姿態，為該書的論文文體先打了「說謊」的預防針。再者，該書共十一篇兼具傳奇、論文、史論文體的小說，且每篇小說之間又藉由「故事之外的故事」將每篇小說串在一起，例如〈劍仙——埋伏在書院中的恐怖份子〉中曾提及「崇文書院」，在「故事之外的故事」，便從崇文書院談到「汲古閣」，再由汲古閣做為其下一篇小說〈小毛公與文曲星——毛晉在亂世中發達的知識產業〉的開端，如此的迴環反覆，將十一篇各自獨立的短篇串連在一起，此一結構上的創新亦可視為張大春為後現代小說的形式所做的努力。

《戰夏陽》可說是其張大春於後現代文學領域的又一力作，是張大春從未離開後現代小說創作領域的明證。該書不全同於早期的《本事》有打破一切的「大說謊家」的自得姿態，反而是將史料重新組構成他對小說人物、古人、中國文化的評論，此中的史料已不同於《本事》中的孤證、珍本，相較於書寫《本事》，其態度已顯得「認真」的多，其搬弄戲耍的成份多在形式上，而不在內容上。因此，我們可以說，《戰夏陽》也是張大春於其後現代小說所做的轉型與延續。其把「中國」當作學問來寫，一同於《小說稗類》，是要為其「邊緣位置」發聲，台灣於二〇〇〇年已政黨輪替，張大春並不同於黃凡以政治小說為台灣過度沉浸在被台灣意識操

---

106 張大春：〈戰夏陽——司馬子長及其同行的對話〉，《戰夏陽》（台北：印刻出版有限公司，二〇〇六），頁十三。

弄的民粹情緒做無厘頭的嘲弄，做為外省第二代的他看似不被政治干擾創作，但其「春、夏、秋、冬」系列更反證了他對二十一世紀後台灣的政治走向的焦慮，所以，從《尋人啟事》已露端倪的個人主體精神重建，到《春燈公子》的中國人筆記，再到《戰夏陽》直接將中國當作一種學問來寫，其以外省第二代的身份穩坐「中國」的「邊緣位置」發聲，便是張大春於後現代小說轉型時的選擇。但在這重建的過程其後現代小說家的脾性讓他仍未忘記主體的重建又將落入二元思考的陷阱，所以其在小說中以形式所表明的後現代姿態，便是要使其主體的重建又得以處於開放、流動的狀態，透過形式表明其不忘後結構思考，「中國」的重建與瓦解就如此地展現於他的「春、夏、秋、冬」系列之中。

（三）由女性抄寫流傳的中國傳奇——《一葉秋》

《一葉秋》於二〇一一年出版，結合了《春燈公子》的筆記小說形式與《戰夏陽》中將古書、珍本知識串連的「本事」，讓《一葉秋》成為一個以古本知識為起頭，以某虛構人物為主角的筆記小說，且在書中，又以明確的「說書人」作為敘事者，所以於書中刻意模仿傳統小說中以詩詞、對仗句法修飾某些場景、人物情態的情形也多見，如其〈吳大刀〉一文提起吳杏言耍弄大刀的情態便說道：「但見他，好英雄，隻手輪轉若豐隆；灑天花，興龍雨，過山長蛇出柵虎，左盪又決神威健，上揚下抑風雲變……」[107]；而於故事進行中穿插說書人的自身的話語使敘事中斷的情形也常見，如其〈狐大老〉一文，寫南山老狐為報鍾瑞之恩，於鍾瑞應考後考官閱卷時以「狐鳴」的方式吸引考官對鍾瑞考卷的注意，並現以關羽形象使考官驚詫並相信此異象。但言及此時，就見得說書人說道：「既然說到這裡，岔出去漫說一小段兒三國，表一表我對這『保二嫂、卻廖化』情節之異

107 張大春：〈吳大刀〉，《一葉秋》（台北：印刻出版有限公司，二〇一一），頁二八。

議」，而在說完了對關羽、廖化歷史形象的異議之後，再轉回正文：「說起不平之事，說書的廢話便多了——如今回頭再敘正文，杜立德猜想此卷作者果真有大功德，乃擢之卷首，成了會元。」[108]全書便幾乎在此「說書人」的興之所之下，帶領讀者從古書珍本中的知識，從古典詩詞中的掌故，看到各人物如「吳大刀」、「蘇小小」、「杜麻胡」等在情節推動下的傳奇故事。實則，在《一葉秋》中，張大春使故事的情節進行更為荒誕，狐仙、神靈、佛道、讖言等，幾乎成為推動情節進行的最重要元素。似乎，張大春有意使《一葉秋》更接近於中國傳統民間故事的核心，更使人進入說書人的情境中。第三篇〈三娘子〉開始，有了人鬼通婚的情節；〈黃十五〉中，我們看到供奉五通神以求財，財富卻化為泡影的故事；〈杜麻胡〉演繹的則是一天生神力，確知自己劫數所在的大漢；〈俞賀壽〉中陽壽未盡誤被捉入陰間，服老狐仙丹而成仙卻難忘美色後被封印入罈的神仙事；〈老莊觀〉中上演的雷公與蠍妖鬥法；再加上〈野婆玉〉中抓落單男人野合的醜怪女人，〈楊苗子〉中以神鬼不覺的手法劫富濟貧的楊十二秀，〈狐大老〉中報恩的老狐仙等等，全書幾乎可說是二十一世紀後的「中國民間故事」。

然而，《一葉秋》仍未脫離張大春的後現代性格，該書首篇〈吳大刀〉，就是以「騙」為主題的故事。故事主角吳杏言謊騙節度史李懷仙，使李懷仙確信吳杏言為他的乘龍快婿，後李懷仙將吳杏言推薦至塞外征吐蕃，吳杏言又在戰場帳前演出了一場將一柄八人才能抬得動的大刀耍得如揮動紙扇，使吐蕃嚇得退兵求合的戲。從首篇的「騙」，到以奇幻、果報作為情節推演依據的故事，張大春敷衍的仍舊是他從《本事》以來的「本事」，但創作態度上更為「認真」，《一葉秋》中的中國詩詞、文化知識、筆記珍本資料等皆更為豐富也多元，如同筆者從《春燈公子》以來對張大春的觀察，「其以外省第二代的身份穩坐『中國』的『邊緣位置』

108 張大春：〈狐大老〉，《一葉秋》（台北：印刻出版有限公司，二〇一一），頁一八二。
109 張大春：〈狐大老〉，《一葉秋》（台北：印刻出版有限公司，二〇一一），頁一八五。

發聲，便是張大春於後現代小說轉型時的選擇」，因此從《春燈公子》到《一葉秋》系列正是創作企圖步步深化的具體呈現。張大春曾於大陸演講時提到：「內地諸君常說：台灣是中國不可分割的一部份，這句話很流行，但是我卻要倒過來說：中國是我不可分割的一部份」[110]便可說是最佳例證。

而在《一葉秋》中更須深入討論的是，《一葉秋》雖是以說書人口吻並夾纏中國文化知識所敷衍的民間傳奇故事，但在每篇文章之間作串連作用的「一葉秋之一」、「一葉秋之二」……，卻讓我們看到張大春試圖讓全書所呈現的「中國性」與「張家」作更緊密的繫連。因為《一葉秋》一書從何而來，在「一葉秋之一」便有開宗明義地描述：「我山東濟南懋德堂老家家傳一部故事，題簽上寫著三個大字：『一葉秋』。取義於觀微知著，洞明機先。開宗第一卷，就是從吳杏言身上說起的……」[111]，因此《一葉秋》被說成了「張家」所流傳下來的故事集。而更有趣的是，流傳該書的是「張家」中的重要女性，如張大春在「一葉秋之一」中的結尾便提到：「這就是《一葉秋》的根骨，套用我高祖母常說的一句話：『熟了人情生了官』。此處的生，不是生長的生，是煮飯夾生的生；整句七言的含意是一旦洞澈人情事理，一定會遠離公共事務？每生出這個感嘆，就是她開始說起蘇小小的時候了——。」[112]，以這樣的方式，串連故事的從高奶奶到曾奶奶，到一代又一代的老奶奶，「我祖家五代以來的老太太們都強悍，老奶奶的姊妹——也就是我曾祖母——沒有見鬼的本事，可所有從高組母到老奶奶口傳或親見的那些故事，都是由她考訂、正本，再一筆一劃地用蠅頭小楷抄寫下來的。連『一葉秋』三字，也出自他老人家的主張」[113]：「這是一代又一代的老奶奶們最講究的事。故事不總是故事，還藏著無限義理。義理不光是角色感召，情節顯示，連書寫編纂都暗藏著多少機關。放頭一篇的為甚麼，放末一篇的為甚

110 張大春：〈台灣小說現代性的興起與解離——張大春演講與座談〉，《印刻文學生活誌》，第六〇期（二〇〇八年八月），頁一〇四。
111 張大春：〈一葉秋之一〉，《一葉秋》（台北：印刻出版有限公司，二〇一一），頁三二。
112 張大春：〈一葉秋之一〉，《一葉秋》（台北：印刻出版有限公司，二〇一一），頁三二。
113 張大春：〈一葉秋之六〉，《一葉秋》（台北：印刻出版有限公司，二〇一一），頁一一〇。

麼，上一篇、下一篇，如何綰結呼應、如何穿插藏閃，皆在算計之中」[114]，老奶奶們講述故事，也寄寓了義理於其中，以「書鈔」的形式流傳，而讓張大春作為發想的題材。實則，張大春將《一葉秋》與張家老奶奶們所做的串接，正是為了進一步深化自身與中國之間的關連性，且在此，張大春選擇了女性作為流傳故事的軸心，筆者認為，這是藉由女性在家族中處於邊緣地位卻擁有對故事的「訴說」、「記撰」、「流傳」權力的想法，顛覆傳統男性掌握歷史書寫與發言權的慣例，並且以此女性／傳奇相較於男性／歷史的「邊緣性」，使其欲於小說中重建的中國主體性再度處於建構與解構的流動狀態之中。這也是《一葉秋》作為「春、夏、秋、冬」系列的第三本，既承先又將啟後的創作成績。

本章的討論聚焦於平路、黃凡與張大春後現代小說的轉型與延續方式，平路的女性主義轉向，黃凡對政治現實的「躁鬱」呈現，張大春所站的「邊緣中國」的位置，及三人不約而同以後現代形式繼續其後結構思考以鬆動主體重建時的二元封閉架構的創作方式，在在都證明了台灣的後現代小說正是以與邊緣位置相結合以及使主體重建介於建構與解構之間的流動、開放狀態的方式延續下去，這也是筆者不斷強調台灣後現代小說並未在九〇年代就式微而消失，而是成為一隱性的主流繼續影響台灣文壇主要原因所在。因此不須以「後殖民」為台灣的後現代小說轉型強作解人，台灣的後現代小說在改變其「初始性格」以與台灣社會及歷史需求相磨合之後找到其轉型與延續的道路，其影響力也將在二十一世紀後繼續展延。

114 張大春：〈一葉秋之九〉，《一葉秋》（台北：印刻出版有限公司，二〇一一），頁一七二。

後記 「台灣後現代小說史」的雛形

要談「台灣後現代小說史」，除了需對後現代文學在台灣的具體成績及發展做回顧與梳理之外，更重要的是要把「台灣」置入觀察的脈絡之中。過往對後現代文學的研究多半從羅青、蔡源煌等作家、學者的引介與模仿做為討論的起點，但如此便容易產生「後現代」僅是西方舶來思想，並認為其暴起暴落正證明了它只代表著部分作家一廂情願的模仿學習，終將因其外來性格而被取代及揚棄的誤解，此可以趙遐秋與呂正惠合著的《台灣新文學思潮史綱》為代表；又或者認為後設小說的沒落便代表著後現代熱潮已過，而忽略了後現代小說反成台灣九〇年代新生代作家創作基本型態的現象。因此，在本書討論台灣後現代小說的發展脈絡時，並不侷限於後現代在台灣風行的一段歷史，而是從鄉土文學、現代主義文學，擴及懷疑論式政治小說、都市文學，甚至是科幻小說，以及九〇年代後與後殖民相混淆的文風，將後現代小說與在台灣文學史上具有代表性的文類相結合，因為如此才能突出台灣後現代小說在台灣文學史上既承先又啟後的歷史位置。以下，將以「開端」、「銜接」、「盛行」、「轉型」四個階段來依序說明本書對台灣後現代小說發展史所建立的雛形架構。

一、開端：鄉土文學所遺留的問題與現代主義文學的未竟之功

七〇年代鄉土文學的風潮在很大程度上是來自於台灣知識份子對國際情勢的理解與失望，其回歸鄉土的想像是他們投射政治、社會熱情的主要管道，因此，在六〇年代中期便已開始耕耘鄉土文學的作家如黃春明、陳映真的作品開始獲得討論，鄉土文學開始以反抗現代主義文學──此一在七〇年代被視為虛弱、無病呻吟、脫離社會與人民的文類──的姿態問世，所以，擺脫虛無晦澀的蒼白貧弱，走向關懷社會、民族的勁建有力，關注「民族性」、「社會性」、「寫實性」、「民眾性」的鄉土文學現實主義風潮成了引領七〇年代台灣文學最重要的主流。一九七七─一九七八年的鄉土文學論戰，使鄉土文學的理念與訴求在與官方意識型態的爭辯下更廣納了人民的同情與理解，再加上黨外運動如火如荼地展開，鄉土文學現實主義可說是一包含政治、經濟、社會等訴求的、從作家開始蔓延全台的熱情的濃縮。

鄉土文學是在反省國際情勢、戒嚴體制後以「回歸」為宗旨、以「鄉土」為對象的訴求下所壯大的文類，因此，其對台灣鄉土與社會、政治的關懷精神即使在鄉土文學沒落之後也得以繼續影響台灣作家。然而，在八〇年代初期，鄉土文學原先藉鄉土小人物發聲的「文學行動主義」被馴化與收編，而激進者則認為鄉土文學訴求反應過慢，突出原先在鄉土文學中的政治訴求而成為政治小說，或甚至直接從政以實現其政治理想。因此，鄉土文學便在政治意識型態的介入後失去其於六〇年代中期的初始面貌，且如筆者所討論的鄉土文學所遺留的問題：「現實主義的霸權本質」、「現實主義與外在政治現實」、「現實主義文學的文學『工具化』」、「統獨的意識型態紛爭」、「鄉土文學的『馴化』」等，鄉土文學實等待著有志改革的作家出現以挽救頹勢。然而鄉土文學所發展出來的溫和鄉土派及統、獨派政治小說家只是在延續鄉土文學的本質問題而未能改變之，所以

鄉土文學在七〇年代所反對的現代主義文學反而有了可以改變面貌出世並再次產生影響力的機會，在政治小說於文壇震天價響的同時，都市文學的問世便代表了與台灣現實主義傳統相頡抗的「前衛」（周芬伶語）、「變異書寫」（劉紀蕙語）的傳統再次發揮了影響力。

現代主義文學在五〇年代反共文學及戰鬥文藝氣焰高張時可說是一塊文學淨地，許多不願為政府從事政治宣傳的作家寧可加入現代主義文學的陣營，在政治高壓之下，西方現代主義文學所表現的疏離感，成了台灣知識份子表現對政治與社會疏離的方式。但隨著客觀環境的改變，台灣也有了與西方現代主義相同的發展環境，最重要的是都市的高度發展，因此，擺脫政治的糾纏，表現對都市的關心，是「都市文學」興起的前兆。

再者，雖然現代主義文學向內心、向純粹經驗的挖掘探究是在政治高壓下的安全抒發，但其挑戰禁忌，衝撞大敘述的所代表的道德正當性，其力道雖未如鄉土文學對官方意識型態的反抗來的強，但也提供了作家在政治、社會論述之外衝撞大敘述的又一管道。所以，八〇年代後的新世代作家，在外在環境改變之下，對大敘述的瓦解有了鄉土文學及現代主義文學一由外一由內、一由政治一由道德的創作成績可供參考，其瓦解大敘述的力道便在環境文化丕變的推波助瀾下呈現出來。

再次，現代主義文學中的「不確定感」既來自於對外在政治的疑慮，也來自於變動劇烈的環境，而在現代主義文學中所建立的對不確定感的抒發，成了其對藝術形式技巧做實驗創新的根源。西方現代主義對應當時社會與人們對時間感與空間感所做的形式變化，台灣的優秀作家已多有模仿。就在這樣的形式技巧創新的風潮下，藝術至上的理念隨之播散開來，也因此，當鄉土文學現實主義將文學工具化，以政治正確做為評論作品的依據時，對變質後的鄉土文學感到不耐的作家轉向現代主義文學汲取營養是理所當然的。

總結上述，現代主義文學與鄉土文學這兩種在台灣文壇曾各領風潮的文類皆有因極盛而變質的過程，在缺陷暴露的同時一種新的文類便將再起，現代主義文學的蒼白虛弱被鄉土文學的社會關懷所替代，鄉土文學的政治侵擾與文學工具化也將被新的文類所替代，「懷疑論式政治小說」代表的是對政治紛爭的中立價值，而「都市文學」則代表了從鄉土文學現實主義的「文學工具化」回歸現代主義文學「為藝術而藝術」的轉向，雖然兩者並非如鄉土文學與現代主義文學般是獨領風潮的文類，但兩者對後出並在八〇年代後的台灣文學佔有主流地位的後現代小說卻是中繼且必要的，因此筆者一以台灣後現代小說的「前身」，一凸顯其現代主義／後現代主義的「過渡性格」來說明之。

二、銜接：懷疑論式政治小說及都市文學的承接與過渡

從黃凡的〈賴索〉開始，懷疑論式政治小說便有了具體成績與典範之作，對比諸多政治小說的門類如林燿德所區分的右翼統派政治小說、左翼統派政治小說、獨派政治小說等都有著本質上的區別，在政治小說仍延續鄉土文學的政治侵擾而不自覺時，懷疑論式政治小說在黃凡的帶領下走出了價值中立、嘲諷政治信仰的道路，而這樣的書寫方式，更代表著八〇年代之後隨著解嚴轉型期的到來一直延續下去的面對政治文本時的態度，所以，一般在台灣文學史中聊備一格的懷疑論式政治小說實應更提高其重要性，因為其代表著的是七〇年代的鄉土文學到八〇年代中期的後現代小說之間重要的中介，如本書所討論的，幾乎在八〇年代中期書寫後現代小說具代表性的作家都曾有懷疑論式政治小說的書寫經驗，其對政治信仰的否定與後現代對一切價值的否定實有著銜接與承繼之處，更重要的是，它的出現與流行不僅為後現代小說鋪路，更證明了台灣後現代小說雖初始曾招致過度經營文學藝術層面而忽略文學社會影響力的批評，但後現代主義對他們而言僅是一新的文化刺激，後現代小說僅是一新的敘述模式，他們的懷疑論式政治小說雖站在嘲諷與不提供價值的政治立場，但他們對社會、政治的關心在他們的懷疑論式政治小說中早已得到證明，相對地，他們的政治、社會關懷是不會在後現代小說的撰寫時便消失的，他們只是在宣揚後現代小說的初始時暫時隱去其直露的政治關懷，並在模仿學習的過程中

摸索出後現代形式技巧得以與當下台灣相結合的可能。所以如筆者於第一章所討論的，四位作家幾乎都不約而同地有懷疑論式政治小說的撰寫經驗，而在後現代文學的風潮開始後，雖曾有過僅以後現代形式技巧以表現思想內涵的小說實驗，但將政治與後現代相結合的作品更多，如黃凡的《躁鬱的國家》、《寵物》，平路的《是誰殺了×××》、《行道天涯》，張大春的〈四喜憂國〉、《撒謊的信徒》等皆可為例，因此，後現代思潮的傳入雖又帶來了形式實驗與技巧創新的熱潮，但在鄉土文學中所留下的對社會、政治關懷的精神卻未被遺忘，而九〇年代後台灣後現代小說的轉型與延續也更延續了形式與代表台灣現況的內容的調和，因此，從鄉土文學到懷疑論式政治小說再到後現代小說的轉型便是此一脈相承的形式與內容相調和的路子。

都市文學在形式上與現代主義文學接近，且其題材也不同於鄉土文學藉由鄉土小人物反映政治、社會、經濟訴求，而是將在現代主義文學中所傳達的疏離感與不確定感藉由「都市文本」來展現。但「都市」在此已不再是一個客觀題材，不僅在內容上涉及都市人集體潛意識及對都市文化的批判，一種重新認知都市的思維也在更複雜繁瑣的敘事形式中呈現。而八〇年代台灣的都市已具體成形，且許多新世代作家便是在台灣工業化、都市化的過程中成長的，所以掌握都市的「現實」，並改變七〇年代以來政治干擾文學的現象，都使都市文學成為新世代作家戮力表現其與前行代作家差異的最佳場域。以都市經驗為背景的都市文學自無法掩蓋其「並時、多元」的性格，因此，此一主要傳承自現代主義文學的文類，在作家的書寫中自然容易在以創新形式技巧呼應其都市劇烈變動的時間感與空間感的同時，有了後現代文學產生的可能。筆者曾以黃凡的〈紅燈焦慮狂〉為例，說明後現代小說在後現代風潮尚未開始前便有了提早出現的可能，也更代表台灣在後現代主義傳入前的都市文學便已是最接近後現代小說的文類。

筆者之所以稱懷疑論式政治小說為台灣後現代小說的「前身」，是因為在後現代小說出現之後，便不須有懷疑論式政治小說的指稱，這除了因為政治小說的熱潮來去迅速之外，更重要的是，在後現代思潮傳入台灣後，在台灣的作家所試圖在懷疑論式政治小說中所呈現的中立價值，甚至是價值的瓦解都有了更強的力量支撐，原先在懷疑論式政治小說中要表現的嘲諷與懷疑，到了後現代小說中可得到更多元的呈現方式，即使其意在抒發政治理念，也是以後現代文學形式所表現的政治小說。而都市文學則不同，其雖然也是八〇年代所盛行的文類，但其現代主義／後現代主義的過渡性格，使後現代小說與都市文學幾乎密不可分，也在這一文類中表現了台灣後現代小說與現代主義文學之間緊密的傳承關係。藉由懷疑論式政治小說與都市文學對從鄉土文學、現代主義文學到台灣後現代小說之間的嫁接，懷疑論式政治小說證明了台灣後現代小說家的政治、社會關懷有著從鄉土文學而來的間接影響，都市文學對應都市環境的形式創新則看出台灣後現代小說對現代主義文學的直接繼承。這兩個文類證明了台灣後現代小說絕非全然受西方影響，其實台灣早在後現代主義傳入前便已做好了準備，後現代文學傳入台灣得以迅速流行也是可想而知。

三、盛行：台灣後現代小說的風潮

台灣後現代小說之所以能在八〇年代中期迅速延燒，實有著天時、地利與人和。所謂天時，指的是隨著台灣歷史的發展台灣已有了適合後現代主義發展的客觀環境。從政治面來看，八〇年代中期正是解嚴之前的文化轉型期，舊價值隨著大敘述的瓦解而失去支撐，新價值卻尚未在破壞之中重建。而後現代主義的傳入，一方面加強了摧毀舊價值的力道，另一方面也因其宣揚的高度自由與解嚴內涵的相呼應，使台灣新價值的建立暫時有了立基之地。而在經濟上，台灣的都市發展變動劇烈，「消費社會」的成形，使台灣以台北為中心的都市已漸次出現拼貼、混雜的跨國文化風格，消費社會的文化特質使都市人的感知結構產生改變，諸多後現代徵象如文化的碎裂感、歷史感的消失、拼貼與擬象充斥等都出現在台灣；所謂地利，則指在台灣文學的發展中已為後現代小說的著床建立了理想環境，如前所述的懷疑論式政治小說及都市文學，已在不同的面向上為後現代小說的領域開疆拓土；所謂人和，則指新世代作家不論在影響的焦慮上、對新文化刺激的追尋上，都亟欲尋求全新的敘述模式以與前行代作家創作成績有所區隔，一些小說作家如黃凡、平路、張大春與林燿德等已開始大量的小說實驗。後現代小說創作的風行，使不論是「魔幻現實主義」、「後設小說」等都成為文壇耳熟能詳的形式技巧，大量的模仿學習也為台灣文壇提供更為多元、豐富的新刺激。

但即使在這樣的天時、地利、人和之中，台灣後現代小說還是有段暴起暴落的歷史，而本論文主要認為，後現代小說之所以會迅即沒落，其原因是來自於台灣後現代小說的幾種「初始性格」。首先，對後現代主義有興趣且大力引進的作家，主要將之作為一種策略性的工具，一種提供新文化刺激的管道，所以對於後現代主義逕行「去脈絡化」的使用，使後現代主義的傳入一如現代主義，是一西化的、有著菁英色彩的「啟蒙」行為，但在大力鼓吹及以實際創作表現後現代主義的同時，反而更突出了後現代主義的舶來與移植色彩；再者，後現代主義在西方有其歷史脈絡，所以當其以後設或魔幻現實主義做展現時，其創新的形式技巧本身便含有後現代思想的成分內涵，但對台灣文壇而言，後現代形式技巧與現實台灣並沒有直接的繫聯，它雖是在解嚴前後文化轉型期時填補缺口的重要思想工具，但若直接移植模仿並以形式技巧做為內涵依據，是過度凸顯形式的重要性，也必將走向形式至上的技術展演；最後，後現代主義的出現在西方有著對傳統文化根基的拔除力道，其質疑並打破一切、否決終極真理等宗旨，對應台灣在文化轉型期時處於雖大肆破壞，但仍保有重建期望的背景是大不相同的，一味地做強力移植並以之做為唯一正確的價值，實也違反了後現代主義的宗旨，並成為另一權威中心，另一不自覺的「英雄主義」。

因此，在大量進行後現代小說實驗之後，黃凡、平路皆發現後現代小說在台灣的瓶頸，所以將對政治、社會的關懷置入小說之中，回歸台灣現實，解決形式與內容的比重失衡的問題，也為台灣的後現代小說提供一轉型的出口。到了九〇年代之後，台灣後現代小說的轉型與延續便有了更具體的方向。

四、轉型：台灣在地性對後現代文化的改造

台灣後現代小說的極盛而衰，表明了後現代主義雖做為一新的文化刺激來填補新舊價值轉換時的缺口，但其去脈絡化的策略性使用，其不顧台灣歷史背景的橫向移植，都將使台灣後現代小說熱潮終將宣告結束。但有趣的是，在後現代小說熱潮結束之後，台灣的後現代小說反而找到轉型的出口，在解嚴、大敘述瓦解及去中心化等的背景下，多元中心的形成使台灣邊緣族群的主體重建，成為共同主題，原先在後現代小說極盛時期的形式取代內容的弊端在此得到了解決，後現代文學熱潮下所做的小說實驗成為可供利用的資源，後現代的形式技巧與符合台灣歷史脈絡的具體欲求相結合，產生了雖不冠以後現代小說之名，卻使後現代小說反成台灣文學主流的現象。

九〇年代後後現代小說的轉型與延續，主要建立在「重建主體」的集體欲求上，多位學者以「後殖民」的角度看待這段文學歷史，但如筆者所討論的，後殖民牽涉到學者的台灣史觀，此則難避免政治立場又一次侵擾研究成果的正當性，且陳芳明在後殖民的主體重建外又加上「後結構思考」以安頓在各邊緣族群的文學訴求中又各自瓦解主體使主體重建不落入二分法陷阱的現象，筆者以為，這便證明了以後殖民概括台灣九〇年代後小說發展是不夠全面的。因為後現代尚未結束，其形式技巧的創新實驗在九〇年代至今仍方興未艾，而在內容上也對邊緣族群主體重建立下了開放、流動的規則，不同於台灣本土論對台灣意識的堅持與主體建立的力道，表現更為自由、多元、豐富的文風。筆者以平路的女性文學、黃凡的政治嘲諷與張大春的筆記中國來做為台灣後現代小說整體文風轉變的佐證，而在三人小說中與內容相輔相成的後現代形式技巧，更證明了後現代小說其實從未在文壇消失，反而因其轉型而成為台灣文學主流並延續至今日。

總而言之，「台灣後現代小說史」可說是台灣作家永遠處在不斷精進改變過程的歷史縮影，當某一文類盛行文壇時，其弊端必也浮現，思改革者或延續更早之前的成績（如對現代主義文學的承繼），或是引西學以為己用（如後現代小說引進初期的去脈絡化），然其著眼點必放在「台灣」上，何種文類最能夠表現台灣人的集體意識及共同欲求，才能夠流行並蔚為風潮，台灣文學在八〇年代後發展出來的兩條主流——後現代主義與台灣文學本土論——便是最重要的例證。於此，還可在兼敘本書於開展過程中所試圖建立的「台灣文學在八〇年代後兩條主流」的文學史想像。

筆者認為，台灣在八〇年代之後雖然走入多元文學的時代，但其底層卻仍可清楚地看出兩條持續在發揮影響力的主流。這兩條主流的具體成形都可劃歸於八〇年代，且其影響延續至二十一世紀。

第一條主流是從鄉土文學對台灣知識份子關懷本土、政經社會的訴求而來，從鄉土文學論戰陣營中分裂而出，並以葉石濤為首的台灣本土論。在八〇年代初期，其以政治小說、鄉土小說做為創作主軸，以台灣意識為核心，以重建台灣主體性為職志，將「鄉土」文學發展成「台灣」文學。在台灣主體未明的時代戮力經營以求建立台灣文學的主體性，並持續對都市、後現代提出批判與省思。經過八〇年代解嚴轉型期的到來，政治高壓鬆綁、黨外人士獲廣泛同情，以及國內政治情勢的丕變，台灣文學本土論在自身鍥而不舍地努力和外在環境的改變下逐漸壯大，再加上台灣文學本土論者對於台灣文學的重建不僅將眼光置於文學本身，文學傳播相關的硬體、軟體，如國家台灣文學館、台灣文物資產管理、台灣文學作家資料建立等也在台灣意識逐漸成為民意主流的同時紛紛實現，「台灣文學」更因此成為台灣文學界的「顯學」。由此可見，八〇年代開始的台灣本土論者所帶出以台灣意識為核心，以重建台灣主體為宗旨的路線可稱之為台灣文學的主流之一自是殆無疑義。

台灣本土論的路線，有著七〇年代以來逐漸建立的台灣本土性，有著現實主義的筆法與社會責任感及使命感，在這條主流之下，有著如台語文學、客語文學、原住民文學、自然寫作及地域文學等幾條支脈，更重要的，是這條主流主要以主體重建為目的。但不同於後現代小說轉型後的主體重建之處在於，在後現代主義的影響下，主體的重建仍須處於開放、流動的狀態，這自然非致力於重建主體並務求穩固者所樂見，所以我們在其中少見後現代形式技巧的出現；自然寫作者則是自始便立於都市文學的對立面，以現實主義的筆法表現對生態環境的關懷，將台灣意識內化為對土地的關愛。

而另一條主流則從都市文學出現開始，其因拒絕政治意識型態而轉向強調「去中心化」的後現代思潮，以「真理」之不存在為由而不屑表現追求意義的姿態，且其以創新的形式技巧追求表現都市多元、並時性格以對應當代都市人心靈狀態的創作主軸。加上新世代作家對新文化刺激的期盼，後現代主義的傳入自是水到渠成，而後雖聲勢漸弱，但也在轉型後成為台灣的另一條主流。在這條主流之下，諸如同志文學、女性文學、范銘如所定名之「後鄉土小說」[1]等皆可納入其中，這些文類在「後學」的影響下，以後現代的文學形式技巧展現當代人的集體欲求，又各自立於一邊緣族群的位置發聲，使後現代文學的內容不致貧乏並能更多元豐富。

台灣文學自八〇年代之後兩條主流路線的浮現，可幫助我們具體歸納、梳理這多元、混雜的台灣當代文壇。兩條主流各自發揮影響力，又不至壁壘分明，是台灣文學能於八〇年代之後予人「多元」、「自由化」印象的重要原因。

總結上述，「台灣後現代小說史」的建立是本書最重要的研究目的，在草創之初，必然將面對許多限制，但相信未來相關的研究發展，將使「台灣後現代小說史」更具影響力。而且台灣後現代小說的書寫也尚未結束，提早為其梳理發展脈絡，可更確立其發展本質及未來可能的發展方向。「台灣後現代小說史」的建立也尚未結束，相信在二十一世紀後，台灣的作家將更豐富後現代小說的創作成績，也為台灣後現代小說提供更豐富、多元的未來。

---

1 請參范銘如：〈後鄉土小說初探〉，《台灣文學學報》（二〇〇七年十一月），第十一期，頁二二一—四九。

參考書目

一、黃凡、平路、張大春與林燿德的著作

（一）黃凡著作：

1.小說集

黃凡：《賴索》，台北：時報文化出版企業有限公司，一九八〇年六月。
黃凡：《大時代》，台北：時報文化出版企業有限公司，一九八一年九月。
黃凡：《零》，台北：聯經文化事業出版股份有限公司，一九八二年二月。
黃凡：《傷心城》，台北：自立晚報，一九八三年四月。
黃凡：《自由鬥士》，台北：前衛出版社，一九八三年五月。
黃凡：《天國之門》，台北：時報文化出版企業有限公司，一九八三年五月。
黃凡：《慈悲的滋味》，台北：聯經文化事業出版股份有限公司，一九八四年九月。
黃凡：《反對者》，台北：自立晚報，一九八四年九月。

黃凡：《上帝們：人類浩劫後》，台北：知識系統出版公司，一九八五年九月。
黃凡：《都市生活》，台北：聯經文化事業出版股份有限公司，一九八七年一月。
黃凡：《曼娜舞蹈教室》，台北：聯合文學出版社，一九八七年七月。
黃凡：《你只能活兩次》，台北：希代出版社，一九八九年八月。
黃凡：《財閥》，台北：希代出版社，一九九〇年一月。
黃凡：《上帝的耳目》，台北：希代出版社，一九九〇年五月。
黃凡：《冰淇淋》，台北：希代出版社，一九九一年十月。
黃凡：《黃凡小說精選集》，台北：聯合文學出版社，一九九八年三月。
黃凡：《躁鬱的國家》，台北：聯合文學出版社，二〇〇三年七月。
黃凡：《大學之賊》，台北：聯合文學出版社，二〇〇四年十月。
黃凡：《貓之猜想》，台北：聯合文學出版社，二〇〇五年六月。
黃凡：《黃凡後現代小說選》台北：聯合文學出版社，二〇〇五年十月。
黃凡：《寵物》，台北：聯合文學出版社，二〇〇六年二月。
黃凡：《賴索》，台北：聯合文學出版社，二〇〇六年八月。

2.雜論、極短篇作品

黃凡：《黃凡的頻道》，台北：時報文化出版企業有限公司，一九八〇年。
黃凡：《黃凡專欄》，台北：蘭亭出版社，一九八三年一月。
黃凡：《我批判》，台北：聯經文化事業出版股份有限公司，一九八六年二月。
黃凡：《東區連環泡》，台北：希代出版社，一九八九年一月。

（二）平路著作

1. 小說集

平路：《玉米田之死》，台北：聯經文化事業出版股份有限公司，一九八四年八月。

平路：《椿哥》，台北：聯經文化事業出版股份有限公司，一九八六年三月。

平路：《五印封緘》，台北：圓神出版社，一九八八年四月。

平路：《紅塵五注》，台北：皇冠出版社，一九八九年七月。

平路：《是誰殺了×××》，台北：圓神出版社，一九九一年四月。

平路：《捕諜人》，台北：洪範書店，一九九二年七月。

平路：《行道天涯》，台北：聯合文學出版社，一九九五年五月。

平路：《禁書啟示錄》，台北：麥田出版社，一九九七年五月。

平路：《百齡箋》，台北：聯合文學出版社，一九九八年三月。

平路：《凝脂溫泉》，台北：聯合文學出版社，二〇〇〇年五月。

平路：《何日君再來》，台北：印刻出版有限公司，二〇〇二年七月。

平路：《椿哥》，台北：印刻出版有限公司，二〇〇二年八月。

平路：《玉米田之死》，台北：印刻出版有限公司，二〇〇三年十一月。

平路：《五印封緘》，台北：印刻出版有限公司，二〇〇四年一月。

平路：《東方之東》，台北：聯合文學出版社，二〇一一年一月。

平路：《蒙妮卡日記》，台北：聯合文學出版社，二〇一一年二月。

2.散文、評論集

平路：《到底是誰聒噪》，台北：當代出版社，一九八八年二月。
平路：《在世界裡遊戲》，台北：圓神出版社，一九八九年四月。
平路：《非沙文主義》，台北：唐山出版社，一九九二年八月。
平路：《愛情女人》，台北：聯合文學出版社，一九九八年三月。
平路：《女人權力》，台北：聯合文學出版社，一九九八年三月。
平路：《巫婆的七味湯》，台北：聯合文學出版社，一九九八年十二月。
平路：《讀心之書》，台北：聯合文學出版社，二〇〇四年九月。
平路：《平路精選集》，台北：九歌出版社，二〇〇五年二月。
平路：《浪漫不浪漫》，台北：聯合文學出版社，二〇〇七年八月。

（三）張大春著作

1.小說集

張大春：《雞翎圖》，台北：時報文化出版企業有限公司，一九八〇年。
張大春：《張大春自選集》，台北：世界文物出版社，一九八一年。
張大春：《公寓導遊》，台北：時報文化出版企業有限公司，一九八六年六月。
張大春：《時間軸》，台北：時報文化出版企業有限公司，一九八六年七月。
張大春：《四喜憂國》，台北：遠流出版社，一九八八年六月。
張大春：《歡喜賊》，台北：皇冠文學出版社，一九八九年三月。

張大春：《大說謊家》，台北：遠流出版社，一九八九年九月。
張大春：《病變》，台北：時報文化出版企業有限公司，一九九〇年二月。
張大春：《少年大頭春的生活週記》，台北：聯合文學出版社，一九九二年八月。
張大春：《我妹妹》，台北：聯合文學出版社，一九九三年十一月。
張大春：《沒人寫信給上校》，台北：聯合文學出版社，一九九四年九月。
張大春：《撒謊的信徒》，台北：聯合文學出版社，一九九六年三月。
張大春：《野孩子》，台北：聯合文學出版社，一九九六年九月。
張大春：《本事》，台北：聯合文學出版社，一九九八年八月。
張大春：《尋人啟事》，台北：聯合文學出版社，一九九九年八月。
張大春：《城邦暴力團》【壹】，台北：時報文化出版企業有限公司，一九九九年十二月。
張大春：《城邦暴力團》【貳】，台北：時報文化出版企業有限公司，一九九九年十二月。
張大春：《城邦暴力團》【參】，台北：時報文化出版企業有限公司，二〇〇〇年二月。
張大春：《城邦暴力團》【肆】，台北：時報文化出版企業有限公司，二〇〇〇年八月。
張大春：《最初》，台北：時報文化出版企業有限公司，二〇〇二年六月。
張大春：《公寓導遊》，台北：時報文化出版企業有限公司，二〇〇二年六月。
張大春：《四喜憂國》，台北：時報文化出版企業有限公司，二〇〇二年六月。
張大春：《春燈公子》，台北：印刻出版有限公司，二〇〇五年九月。
張大春：《戰夏陽》，台北：印刻出版有限公司，二〇〇六年三月。
張大春：《一葉秋》：台北：印刻出版有限公司，二〇一一年九月。

2. 雜文、評論集

張大春：《雍正的第一滴血》，台北：時報文化出版企業有限公司，一九八六年四月。

張大春：《化身博士》，台北：皇冠出版社，一九九一年二月。

張大春：《雍正的第一滴血》，台北：時報文化出版企業有限公司，一九九一年。

張大春：《張大春的文學意見》，台北：遠流出版社，一九九二年五月。

張大春：《異言不合》，台北：皇冠出版社，一九九二年。

張大春：《文學不安——張大春的文學意見》，台北：聯合文學出版社，一九九五年十月。

張大春：《小說稗類》（卷壹），台北：聯合文學出版社，一九九八年三月。

張大春：《小說稗類》（卷二），台北：聯合文學出版社，二〇〇〇年五月。

張大春：《聆聽父親》，台北：時報文化出版企業有限公司，二〇〇三年七月。

張大春：《認得幾個字》，台北：印刻出版有限公司，二〇〇七年十月。

（四）林燿德著作：

1. 小說集

林燿德：《惡地形》，台北：希代出版社，一九八八年十月。

林燿德、黃凡合著：《解謎人》，台北：希代出版社，一九八九年九月。

林燿德：《一九四七高砂百合》，台北：聯合文學出版社，一九九〇年十二月。

林燿德：《大日如來》，台北：希代出版社，一九九三年五月。

林燿德：《時間龍》，台北：時報文化出版企業有限公司，一九九四年八月。

林燿德、陳璐茜合著：《慾望夾心——雙色小小說》，台北：皇冠出版社，一九九五年五月。

林燿德：《大東區》，台北：聯合文學出版社，一九九五年六月。

林燿德：《非常的日常》，台北：聯合文學出版社，一九九九年十二月。

2. 詩集

林燿德：《銀碗盛雪》，台北：洪範書局，一九八七年一月。

林燿德：《都市終端機》，台北：書林出版社，一九八八年一月。

林燿德：《妳不瞭解我的哀愁是怎樣一回事》，台北：光復出版社，一九八八年四月。

林燿德：《都市之甍》，台北：漢光文化事業公司，一九八九年六月。

林燿德：《一九九〇》，台北：尚書出版社，一九九〇年七月。

林燿德：《不要驚動不要喚醒我所親愛》，台北：文鶴出版社，一九九六年一月。

林燿德等人：《日出金色——四度空間五人集》，台北：文鏡出版社，一九八六年十二月。

3. 散文集

林燿德：《一座城市的身世》，台北：時報文化出版企業有限公司，一九八七年。

林燿德：《迷宮零件》，台北：聯合文學出版社，一九九三年六月二十五日。

林燿德：《鋼鐵蝴蝶》，台北：聯合文學出版社，一九九七年二月。

4. 評論集

林燿德：《一九四九以後——台灣新世代詩人初探》，台北：爾雅出版社，一九八六年十二月。

林燿德：《不安海域——台灣新世代詩人新探》，台北：師大書苑，一九八八年五月。

林燿德：《觀念對話》，台北：漢光文化事業公司，一九八九年八月。

林燿德：《羅門論》，台北：師大書苑，一九九一年一月。

林燿德：《重組的星空》，台北：業強出版社，一九九一年六月。

林燿德：《期待的視野——林燿德文學短論選》，台北：幼獅文化事業公司，一九九三年二月。

林燿德：《世紀末現代詩論集》，台北：羚傑出版社，一九九五年。

林燿德：《敏感地帶——探索小說的意識真象》，台北：駱駝出版社，一九九六年九月。

5. 林燿德佚文選

楊宗翰編：《新世代星空：林燿德佚文選Ⅰ評論卷》，中和：華文網股份有限公司，二〇〇一年十二月。

楊宗翰編：《邊界旅店：林燿德佚文選Ⅱ創作卷（上）》，中和：華文網股份有限公司，二〇〇一年十二月。

楊宗翰編：《黑鍵與白鍵：林燿德佚文選Ⅲ創作卷（下）》，中和：華文網股份有限公司，二〇〇一年十二月。

楊宗翰編：《將軍的版圖：林燿德佚文選Ⅳ短論卷》，中和：華文網股份有限公司，二〇〇一年十二月。

楊宗翰編：《地獄的佈道者：林燿德佚文選Ⅴ譯介卷》，中和：華文網股份有限公司，二〇〇一年十二月。

二、專書論著

（一）台灣、中國學者專書

丁旭輝：《台灣現代詩圖像技巧研究》，高雄：春暉出版社，二〇〇〇年十二月初版一刷。

文訊雜誌社主編：《台灣現代文學史論：台灣現代詩使研討會實錄》，台北：文訊雜誌，二〇〇六年三月初版一刷。

王岳川：《二〇世紀西方哲學東漸史：後現代後殖民主義在中國》，北京：首都師範大學出版社，二〇〇二年十二月初版一刷。

——編：《中國後現代話語》，廣州：中山大學出版社，二〇〇四年五月初版一刷。

王洪岳：《現代主義小說學》，南昌，百花洲文藝出版社，二〇〇四年九月初版一刷。

王浩威：《台灣文化的邊緣戰鬥》，台北：聯合文學出版社，一九九五年初版一刷。

王素霞：《新穎的「NOVEL」——二〇世紀九〇年代長篇小說文體論》，北京：光明日報出版社，二〇〇六年八月初版一刷。

王淑秧：《海峽兩岸小說評論》，北京：中國人民大學出版社，一九九二年初版一刷。

王德威：《小說中國—晚清到當代的中文小說》，台北：麥田出版社，二〇〇三年十月初版三刷。

——：《如何現代，怎樣文學？——十九、二十世紀中文小說新論》，台北：麥田出版社，一九九八年十月初版一刷。

——：《眾聲喧嘩以後—點評當代中文小說》，台北：麥田出版社，二〇〇一年十月初版一刷。

——：《跨世紀風華—當代小說二〇家》，台北：麥田出版社，二〇〇三年八月初版二刷。

——：《閱讀當代小說》，台北：遠流出版社，一九九一年初版一刷。

王鍾陵：《二十世紀中國文學史文論精華：小說卷》，石家莊：河北教育出版社，二〇〇二年十二月初版一刷。

向鴻全編：《台灣科幻小說選》，台北：二魚文化事業股份有限公司，二〇〇三年五月初版一刷。

朱大可：《流氓的盛宴——當代中國的小說敘事》，北京：新星出版社，二〇〇六年十二月初版二刷。
何寄彭編：《文化、認同與變遷：戰後五十年台灣文學國際學術研討會論文集》，台北：行政院文化建設委員會，二〇〇〇年六月初版一刷。
吳曉東：《從卡夫卡到昆德拉——二〇世紀小說和小說家》，北京：三聯書店，二〇〇五年十月初版四刷。
吳應鐘、吳岩合著：《科幻文學概論》，台北：五南圖書出版有限公司，二〇〇一年七月初版一刷。
呂正惠：《文學的後設思考：當代文學理論家》，台北：正中書局，一九九一年八月初版一刷。
呂正惠：《戰後台灣文學經驗》，新店：新地出版社，一九九二年初版一刷。
宋澤萊編：《一九八五年台灣小說選》，台北：前衛出版社，一九八六年初版一刷。
李建盛：《後現代轉向中的美學》，江西：江西教育出版社，二〇〇四年五月初版一刷。
李筱峰：《台灣史一〇〇件大事（下）》，台北：玉山社出版事業股份有限公司，一九九九年十月初版一刷。
李歐梵：《中國現代文學與現代性十講》，上海：復旦大學出版社，二〇〇三年三月初版二刷。
汪小玲：《美國黑色幽默小說研究》，上海：上海外語教育出版社，二〇〇六年五月初版一刷。
汪民安、陳永國、馬海良編：《後現代性的哲學化與——從福柯到賽義德》，杭州：浙江人民出版社，二〇〇一年十二月初版二刷。
肖同慶：《世紀末思潮與中國現代文學》，合肥：安徽教育出版社，二〇〇一年四月初版二刷。
車健全、胡斌編著：《西方後現代繪畫經典》，天津：天津人民出版社，二〇〇五年五月初版一刷。
辛　旗：《百年的沈思——回顧二十世紀主導人類發展的文化觀念》，台北：文智，二〇〇二年一月初版一刷。
周芬伶：《台灣後現代小說選》，台北：二魚文化事業有限公司，二〇〇四年六月初版一刷。
——：《聖與魔——台灣戰後小說的心靈圖像一九四五—二〇〇六》，台北：印刻出版有限公司，二〇〇七年三月初版一刷。
周英雄、劉紀蕙編：《書寫台灣：文學史、後殖民與後現代》，台北：麥田出版社，二〇〇〇年四月初版一刷。
周慶華：《台灣當代文學理論》，台北：揚智出版社，一九九六年八月初版一刷。

——：《秩序的探索——當代文學論述的省察》，台北：東大出版社，一九九四年十一月初版一刷。

周憲編：《文化現代性與美學問題》，北京：中國人民大學出版社，二〇〇五年十二月初版一刷。

孟　樊：《當代台灣新詩理論》，台北：揚智文化出版社，一九九八年五月二版一刷。

東海大學中文系編：《苦悶與蛻變——六〇、七〇年代台灣文學與社會》，台北：文津出版社，二〇〇七年五月初版一刷。

林水福、林燿德編：《蕾絲與鞭子的交歡——當代台灣情色文學論》，台北：時報文化出版企業有限公司，一九九七年三月初版一刷。

林水福主編：《林燿德與新世代作家文學論》，台北：行政院文建會，一九九七年初版一刷。

林淇瀁：《書寫與拼圖——台灣文學傳播現象研究》，台北：麥田出版社，二〇〇一年十月初版一刷。

林燿德主編：《當代台灣文學理論大系：文學現象》，台北：正中書局，一九九三年五月初版一刷。

邵玉銘、張寶琴、瘂弦合編：《四十年來中國文學》，台北：聯合文學出版社，一九九五年初版一刷。

邱貴芬：《台灣政治小說選》，台北：二魚文化事業有限公司，二〇〇六年八月初版一刷。

——：《後殖民及其外》，台北：麥田出版社，二〇〇三年九月初版一刷。

柳鳴九主編：《未來主義 超現實主義 魔幻現實主義》，淑馨出版社，一九九九年五月初版一刷。

范伯群、孔慶東主編：《通俗文學十五講》，北京：北京大學出版社，二〇〇四年六月初版三刷。

范銘如：《眾裡尋她——台灣女性小說縱論》，台北：麥田出版社，二〇〇二年三月初版一刷。

——：《像一盒巧克力——當代文學文化評論》，台北：印刻出版有限公司，二〇〇五年十月初版一刷。

夏志清著，劉紹銘等譯：《中國現代小說史》，香港：中文大學出版社，二〇〇一年出版。

郝譽翔：《情慾世紀末——當代女性小說論》，台北：聯合文學出版社，二〇〇二年四月初版一刷。

馬　凌：《後現代主義中的學院派作家》，天津：天津人民出版社，二〇〇四年七月初版一刷。

馬永建：《後現代主義藝術二〇講》，上海：上海社會科學院出版社，二〇〇六年一月初版一刷。

馬振方：《小說藝術論》，北京：北京大學出版社，二〇〇四年七月二版三刷。

高宣揚：《後現代論》，北京：中國人民大學出版社，二〇〇五年十一月初版一刷。
——：《流行文化社會學》，北京：中國人民大學出版社，二〇〇六年四月初版一刷。
高偉光：《「前」現代主義、現代主義與後現代主義》，北京：中國社會科學出版社，二〇〇六年七月初版一刷。
國立台灣文學館主編：《徬徨的戰鬥——十場台灣當代小說的心靈饗宴》，台南：國家台灣文學館，二〇〇七年十二月初版一刷。
張　法：《走向全球化時代的文藝理論》，合肥：安徽教育出版社，二〇〇五年三月初版一刷。
張汝倫：《現代西方哲學十五講》，北京：北京大學出版社，二〇〇四年十一月初版五刷。
張系國編，《七十四年科幻小說選》，台北：知識系統出版有限公司，一九八六年初版一刷。
——編：《當代科幻小說選Ⅱ》，台北：知識系統出版有限公司，一九八五年初版一刷。
張京媛：《後殖民理論與文化認同》，台北：麥田出版社，二〇〇三年二月初版二刷。
張誦聖：《當代台灣小說論：文學場域的變遷》，台北：聯合文學出版社，二〇〇一年六月初版一刷。
梅家玲：《性別，還是家國？——五〇與八、九〇年代台灣小說論》，台北：麥田出版社，二〇〇四年九月初版一刷。
陳大為、鍾怡雯主編：《二〇世紀台灣文學專題Ⅱ：創作類型與主題》，台北：萬卷樓圖書股份有限公司，二〇〇六年九月初版一刷。
陳平原：《中國小說敘事模式的轉變》，北京：北京大學出版社，二〇〇六年一月初版三刷。
陳正芳：《魔幻現實主義在台灣》，台北：生活人文出版社，二〇〇七年五月初版一刷。
陳芳明：《後殖民台灣：文學史論及其周邊》，台北：麥田出版社，二〇〇七年六月二版一刷。
——：《深山夜讀》，台北：聯合文學出版社，二〇〇一年三月初版一刷。
——：《殖民地摩登：現代性與台灣史觀》，台北：麥田出版社，二〇〇四年六月初版一刷。
陳建忠、應鳳凰、邱貴芬、張誦聖、劉亮雅合著：《台灣小說史論》，台北：麥田出版社，二〇〇七年三月初版一刷。
陳嘉明：《現代性與後現代性十五講》，北京：北京大學出版社，二〇〇六年五月初版二刷。
陳曉明編：《後現代主義》，開封：河南大學出版社，二〇〇四年七月初版二刷。

曾豔兵：《西方後現代主義文學研究》，北京：中國社會科學出版社，二〇〇六年八月初版一刷。

游勝冠：《台灣文學本土論的興起與發展》，台北：前衛出版社，一九九七年六月初版二刷。

焦　桐：《台灣文學的街頭運動》，台北：時報文化出版企業有限公司，一九九八年十一月初版一刷。

——編：《八十六年短篇小說選》，台北：爾雅出版社，一九九八年四月初版一刷。

黃　海：《台灣科幻文學薪火錄（一九五六—二〇〇五）》，台北：五南圖書出版有限公司，二〇〇七年一月初版一刷。

黃永和：《後現代課程理論之研究：一種有機典範的課程觀》，台北：師大書苑有限公司，二〇〇一年初版一刷。

黃永林：《中西通俗小說比較研究》，台北：文津出版社，一九九五年十月初版一刷。

黃錦樹：《謊言或真理的技藝——當代中文小說論集》，台北：麥田出版社，二〇〇三年一月初版一刷。

楊　照：《文學、社會與歷史想像：戰後文學史散論》，台北：聯合文學出版社，一九九六年三月初版二刷。

——：《文學的原像》，台北：聯合文學出版社，二〇〇〇年一月初版三刷。

——：《夢與灰燼——戰後文學史散論二集》，台北：聯合文學出版社，一九九八年四月初版二刷。

楊宗翰：《台灣現代詩史——批判的閱讀》，台北：巨流出版社，二〇〇二年六月初版一刷。

楊　澤：《狂飆八〇——記錄一個集體發聲的時代》，台北：時報文化出版企業有限公司，一九九九年十一月初版一刷。

葉石濤、彭瑞金編：《一九七八年台灣小說選》，台北：文華出版社，一九七九年五月。

葉石濤：《台灣文學史綱》，高雄：春暉出版社，二〇〇〇年十月二版。

詹和平：《後現代主義設計》，南京：江蘇美術出版社，二〇〇一年八月初版一刷。

路　況：《後／現代及其不滿》，台北：唐山出版社，一九九二年五月再版。

廖炳惠：《另類現代情》，台北：允晨文化實業股份有限公司，二〇〇一年五月初版一刷。

——：《回顧現代——後現代與後殖民論文集》，台北：麥田出版社，一九九八年二月初版四刷。

——：《關鍵詞二〇〇》，台北：麥田出版社，二〇〇六年十二月初版七刷。

暨南大學中文系、深圳大學中文系編：《台灣、香港與海外華文文學論文選》，福州：海峽文藝出版社，一九八八年初版一刷。
齊邦媛：《霧漸漸散的時候》，台北：九歌出版社，一九九八年初版一刷。
劉　康：《對話的喧聲：巴赫汀文化理論述評》，台北：麥田出版社，二〇〇五年七月二版一刷。
劉秀美：《五十年來的台灣通俗小說》，台北：文津出版社，二〇〇一年十一月初版一刷。
劉亮雅：《後現代與後殖民：解嚴以來台灣小說專論》，台北：麥田出版社，二〇〇六年六月初版一刷。
———：《慾望更衣室：情色小說的政治與美學》，台北：遠流出版社，一九九八年三月初版一刷。
劉紀蕙：《孤兒・女神・負面書寫——文化符號的徵狀式閱讀》，台北：立緒出版社，二〇〇〇年初版一刷。
劉象愚、楊恆達、曾豔兵編：《從現代主義到後現代主義》，北京：高等教育出版社，二〇〇三年四月初版三刷。
蔡源煌：《從浪漫主義到後現代主義》，台北：雅典出版社，一九九八年三月修訂八版。
———：《當代文學論集》，台北：書林出版社，一九九六年十二月初版二刷。
蔡錚雲：《另類哲學：現代社會的後現代文化》，台北：邊城出版社，二〇〇六年三月初版一刷。
鄭明娳：《現代散文》，台北：三民書局股份有限公司，二〇〇三年一月初版四刷。
———編：《當代台灣政治文學論》，台北：時報文化出版企業有限公司，一九九四年七月初版一刷。
———編：《當代台灣都市文學論》，台北：時報文化出版企業有限公司，一九九五年十一月初版一刷。
鄭炯明編：《台灣精神的崛起：「笠」詩論選集》，高雄：春暉出版社，一九八九年十二月初版一刷。
黎活仁編：《台灣後設小說研究》，台北：文史哲出版社，一九九八年十二月初版一刷。
龍應台：《龍應台評小說》，台北：爾雅出版社，一九八五年六月初版。
聯合報副刊編：《台灣文學發展重大事件論文集》，台南：國家台灣文學館，二〇〇四年十二月初版一刷。
羅　青：《什麼是後現代主義》，台北：學生書局，一九九七年八月二版二刷。
龔鵬程編：《台灣的社會與文學》，台北：東大圖書股份有限公司，一九九五年十一月初版一刷。

（二）外國學者專書：

Anderson, Perry著，王晶譯：《後現代性的起源》（The origins of postmodernity），台北：聯經出版事業股份有限公司，一九九九年十二月初版一刷。

Berger, John著，吳莉君譯：《觀看的方式》（Ways of seeing），台北：麥田出版社，二〇〇六年十一月初版五刷。

Best, Steven、Kollner, Douglas合著，陳剛等譯：《後現代轉向》（The postmodern turn），南京：南京大學出版社，二〇〇四年五月初版二刷。

Călinescu, Matei著，顧愛彬、李瑞華譯：《現代性的五副面孔：現代主義、先鋒派、頹廢、媚俗藝術、後現代主義》（Five faces of modernity modernism, avant-garde, decadence, kitsch, postmodernism），北京：商務印書館，二〇〇二年出版。

Currie, Mark著，寧一中譯：《後現代敘事理論》（Postmodern narrative theory），北京：北京大學出版社，二〇〇四年五月初版二刷。

Eagleton, Terry著，吳新發譯：《文學理論導讀》（Literary theory an introduction），台北：書林二〇〇二年四月增訂二版。

Eagleton, Terry著，華明譯：《後現代主義的幻象》（The illusions of postmodernism），北京：商務印書館，二〇〇五年八月初版三刷。

Erickson, Millard‧J‧著，葉麗賢、蘇欲曉譯：《後現代主義的承諾與危險》（Truth or consequences the promise & perils of postmodernism），北京：北京大學出版社，二〇〇六年十一月初版一刷。

Featherstone, Mike著，劉精明譯：《消費文化與後現代主義》（Consumer culture and postmodernism），南京：譯林出版社，二〇〇四年五月初版三刷。

Forster, E. M.著，李文彬譯：《小說面面觀》（Aspects of the novel），台北：志文出版社，二〇〇二年一月新版一刷。

Foucault, Michel、Habermas, Jurgen、Bourdieu, Pierre等著，周憲譯：《激進的美學鋒芒》（Radical Spearhead of

Aesthetics），北京：中國人民大學出版社，二〇〇五年四月初版二刷。

Foucault, Michel著，劉北成、楊遠嬰合譯：《規訓與懲罰——監獄的誕生》（Discipline and punish the birth of the prison），台北：桂冠圖書股份有限公司，二〇〇三年十二月初版四刷。

Foucault, Michel著，劉北成、楊遠嬰合譯：《瘋癲與文明》（Histoire de la folie a lage classique fre），台北：桂冠，二〇〇二年六月初版五刷。

Harvey, David著，閻嘉譯：《後現代的狀況——對文化變遷之緣起的探究》（The condition of postmodernity an enquiry into the origins of cultural change），北京：商務印書館，二〇〇四年九月初版二刷。

Karl, Frederick Robert著，陳永國、傅景川合譯：《現代與現代主義——藝術家的主權一八八五—一九二五》（Modern and modernism:the sovereignty of the artist,一八八五—一九二五），北京：中國人民大學出版社，二〇〇四年八月初版一刷。

Lodge, David著，李維拉譯：《小說的五十堂課》（The art of fiction），台北：木馬文化出版社，二〇〇六年十二月初版一刷。

Marcuse, Herbert著，劉繼譯：《單向度的人：發達工業社會意識型態研究》（One-dimensional man studies in the ideology of advanced industrial society），台北：桂冠圖書股份有限公司，二〇〇四年四月初版三刷。

Robinson, Dave著，程爍譯：《尼采與後現代主義》（Nietzsche and postmodernism），北京大學出版社，二〇〇五年六月初版二刷。

Sim, Stuart著，王昆譯：《德里達與歷史的終結》（Derrida andthe end of history），北京：北京大學出版社，二〇〇五年六月初版二刷。

Smart, Barry著，李衣雲、林文凱、郭玉群等譯：《後現代性》（Postmodernity），台北：巨流出版社，二〇〇一年六月初版三刷。

Spargo, Tamsin著，趙玉蘭譯：《福柯與酷兒理論》（Foucault and queer theory），北京：北京大學出版社，二〇〇五年六月初版二刷。

Waugh, Patricia著，錢競、劉雁濱譯：《後設小說──自我意識小說的理論與實踐》（Metafiction：the theory and practice of self-conscious fiction.），板橋：駱駝出版社，一九九五年初版一刷。

（三）碩博士論文

方婉禎：《從城鄉到都市──八〇年代台灣小說與都市論述》，淡江大學中國文學系碩士論文，二〇〇二年。

王文仁：《光與火──林燿德詩論》，南華大學文學研究所碩士論文，二〇〇二年。

王鈺婷：《身體、性別、政治與歷史──以《行道天涯》和《自傳の小說》為考察對象》，國立成功大學台灣文學研究所，二〇〇四年。

何明娜：《張大春短篇小說研究》，國立台灣師範大學國文在職進修專班碩士論文，二〇〇三年。

吳培毓：《平路小說研究（一九八三─二〇〇六）》，國立台灣師範大學國文學系在職進修碩士班碩士論文，二〇〇六年。

吳淑芳：《文學想像與歷史的在建構──平路小說研究》，中興大學中國文學系碩士論文，二〇〇四年。

李建民：《八〇年代台灣小說的都市意象──以台北為例》，台北市立師範學院應用語言文學研究所碩士論文，二〇〇〇年。

李婉玲：《林燿德散文研究》，玄奘大學中國語文學系碩士論文，二〇〇五年。

林于弘：《解嚴後台灣新詩現象析論（一九八七─二〇〇〇）》，國立台灣師範大學國文研究所博士論文，二〇〇一年。

林秀蘭：《論李昂、平路與朱天心的記憶書寫》，國立台北教育大學台灣文學研究所，二〇〇七年。

林唯莉：《女遊與女性自傳式書寫中的家國語藝──以《逆旅》、《漫遊者》、《海神家族》為分析對象》，國立成功大學台灣文學研究所碩士論文，二〇〇六年。

林培欽：《張大春魔幻寫實小說研究》，台北市立師範學院應用語言文學研究所碩士論文，二〇〇四年。

侯作珍：《從消費社會探討台灣八〇年代小說主題意識的轉變》，文化大學中國文學研究所碩士論文，一九九六年。

洪瑛君：《靈魂的鄉愁——林燿德及其小說的「認同主題」研究》，南華大學文學研究所碩士論文，二〇〇五年。

胡金倫：《政治、歷史與謊言——張大春小說初探（一九七六—二〇〇〇），國立政治大學中國文學系碩士論文，二〇〇一年。

唐毓麗：《平路小說研究》，南華大學文學研究所碩士論文，二〇〇〇年。

翁燕玲：《林燿德研究——現代性的追索》，國立中正大學中國文學系碩士論文，二〇〇一年。

張瓈文：《主體危機、無我、過程主體：林燿德、聖嚴法師、克莉絲蒂娃之主體觀》，輔仁大學比較文學研究所博士論文，二〇〇六年。

陳明柔：《典範的更替／消解與台灣八〇年代小說的感覺結構》，東海大學中國文學系博士論文，一九九八年。

陳國偉：《解嚴以來（一九八七—）台灣現代小說中的族群書寫》，國立中正大學中國文學研究所博士論文，二〇〇六年。

陳淑華：《林燿德「一九七四高砂百合」研究》，國立中山大學中國文學研究所碩士論文，二〇〇五年。

陳璦婷：《概念隱喻理論（CMT）在小說的運用——以陳映真、宋澤萊、黃凡的政治小說為中心》，東海大學中國文學系博士論文，二〇〇六年。

陳鵬文：《八〇年代台灣科幻小說研究》，中國文化大學中國文學研究所碩士論文，二〇〇四年。

陸淑敏：《林燿德小說之文學語言研究》，台北市立師範學院應用語言文學研究所碩士論文，二〇〇六年。

黃玉玲：《在若即若離之間：張大春創作歷程與主體建構》，淡江大學中國文學系碩士論文，二〇〇五年。

黃清順：《台灣小說的後設之路——「後設小說」的理論建構與在台發展》，國立台灣師範大學國文研究所碩士論文，二〇〇二年。

黃瑞田：《科學詮釋與幻想——黃海科幻小說研究》，中山大學中國文學系碩士論文，二〇〇四年。

楊　翠：《鄉土與記憶——七〇年代以來台灣女性小說的時間意識與空間語境》，國立台灣大學歷史學研究所博士論文，二〇〇三年。

劉盈秀：《黃凡小說的主題研究——以「躁鬱的國家」、「大學之賊」為主要討論文本》，國立成功大學中國文學系碩士論文，二〇〇五年。

蔡宜君：《八、九〇年代台灣女性小說的政治書寫》，南華大學文學研究所碩士論文，二〇〇七年。

蔡淑芬：《解嚴前後台灣女性作家的吶喊和救贖——以郭良蕙、聶華玲、李昂、平路作品為例》，國立成功大學歷史學系碩士論文，二〇〇三年。

蕭義玲：《台灣當代小說的世紀末圖像研究——以解嚴十年（一九八七—一九九七）為觀察對象》，台灣師範大學國文學系博士論文，一九九七年。

賴佳琦：《管窺台灣世紀末文學——在偽知識橫行的時代，稗類想望異鄉》，國立中央大學英美語文研究所碩士論文，二〇〇二年。

謝春馨：《八〇年代「台灣文學」正名論》，國立中央大學中國文學研究所碩士論文，一九九五年。

藍建春：《黃凡小說研究：社會變遷與文學史的視角》，國立清華大學中國文學系碩士論文，一九九八年。

三、期刊論文

王建元著，張錦忠譯：〈從美學到批判教育理論：後現代台灣小說與啟蒙小說嬗變〉，《中外文學》，二三卷十一期，一九九五年四月，頁七—二五。

王昭人：〈日治時期台灣科幻小說——鄭坤武〈火星界探險奇聞〉〉，《幼獅文藝》，六五七期，二〇〇八年九月，頁八〇—八五。

王泉根、焦華麗：〈在起起落落中跋涉前行——八、九〇年代中國科幻小說創作現象透視〉，《兒童文學學刊》，第五期，二〇〇一年五月，頁五九—八三。

王洛夫：〈少兒科幻的開創者——黃海〉，《文訊》，二〇五期，二〇〇二年十一月，頁八一—八三。

王浩威：〈偉大的獸——林燿德文學理論的建構〉，《聯合文學》，十二卷五期，頁五五—六一。

王道還：〈十年以後當思我——讀（葉李華主編）《科幻研究學術論文集》〉，《文訊》，二三九期，二〇〇五年九月，頁十六—十七。

王德威：〈寫實主義是什麼〉，《聯合文學》，九卷三期，頁二一五—二一六。

——：〈離散與跨越——跨世紀，小說台北〉，《聯合文學》，二一三期，二〇〇二年七月，頁五八—六一。

古遠清：〈在真實與夢幻之間——評林燿德短篇小說集「惡地形」〉，《幼獅文藝》，二〇〇〇年九月，頁八〇—八五。

向鴻全：〈科幻文學在台灣〉，《文訊》，一九六期，二〇〇二年二月，頁三四—三七。

朱雙一：〈資訊文明的審視焦點和深度觀察——林燿德小說論〉，《聯合文學》，十二卷五期，頁四四—四九。

——：〈語言陷阱的顛覆——張大春論〉，《聯合文學》，十一卷八期，頁一三二—一三七。

——：〈邁向壯闊的史詩——評林燿德的「高砂百合」〉，《聯合文學》，七卷五期，頁一八八—一九〇。

吳文龍：〈科幻——科學中的幻想、幻想中的科學〉，《科學教育》，二九四期，二〇〇六年一一月，頁十五—二二。

吳明益：〈在已知與未知的世界漫遊——科幻小說概述（下）〉，《幼獅文藝》，五九〇期，二〇〇三年二月，頁三四—四一。

吳潛誠：〈遊走在後現代城市的想像迷宮——重讀林燿德的散文創作〉，《聯合文學》，十二卷五期，頁五〇—五四。

呂明純：〈人類主體神話的「解構」或「超越」？——試析平路〈人工智慧紀事〉〉，《問學集》，第一〇期，二〇〇〇年十月，頁一—十八。

宋雅姿：〈當文學遇到科學——專訪張系國先生〉，《文訊》，二三八期，二〇〇四年十月，頁一〇七—一一三。

李欣倫：〈「her-story」的私語及建構——專訪平路〉，《文訊》，二〇〇一年一二月，頁九九—一〇二。

李建民：〈八〇年代小說中的都市空間意象〉，《第一屆全國研究生文學社會學研討會論文集》，頁一四三—

一六二。

李紀舍：〈試論多重現代性情境下的台灣文學〉，《中外文學》，三五卷四期，二〇〇六年九月，頁十二—十六。

李桂芳：〈意識的偵防與歷史的夢魘——從陳映真與陳芳明的論爭說起，並兼論晚近「台灣文學史」的問題〉，《中外文學》，三二卷十一期，二〇〇四年四月，頁十三—三五。

辛金順：〈女子絮語——論平路「凝脂溫泉」的閨閣敘述〉，《書評》，六三期，二〇〇三年四月，頁十九—二八。

林　婷：〈想望一襲熟悉的身影〉，《聯合文學》，十六卷八期，頁六九—七〇。

林建光：〈「空」談台灣科幻〉，《中外文學》，三五卷三期，二〇〇六年八月，頁十一—十六。

——：〈主導文化與洪淩、紀大偉的科幻小說〉，《中外文學》，三五卷三期，二〇〇六年八月，頁七九—一〇八。

林紫慧記錄：〈八〇年代台灣小說的發展——蔡源煌與張大春對談〉，《國文天地》，四卷五期，一九九八年十月，頁三三—三九。

林燿德：〈孫中山／波利瓦VS宋慶齡／平路——評「行道天涯」〉，《聯合文學》，十一卷六期，頁一六一—一六二。

邱各容：〈自我突破的科幻作家——黃海〉，《中華民國兒童文學學會會訊》，十六卷二期，二〇〇〇年三月，頁四—五。

邱貴芬：〈「發現台灣」：建構台灣後殖民論述〉，《中外文學》，二一卷二期，頁一五一—一六五。

——：〈尋找「台灣性」：全球化時代鄉土想像的激進政治意義〉，《中外文學》，三二卷四期，二〇〇三年九月，頁四五—六五。

南方朔：〈重塑革命者的血肉和心情——從馬奎茲「迷宮中的將軍」到平路「行道天涯」〉，《聯合文學》，十一卷六期，頁一五四—一五七。

柯慶明：〈台灣「現代主義」小說序論〉，《台灣文學研究集刊》，創刊號，二〇〇六年二月，頁二七—六〇。

洪　淩：〈幻異之城．宇宙之眼．魍魎生體：分析數部台灣科幻小說的幻象地景與異端肉身〉，《中外文學》，三五卷三期，二〇〇六年八月，頁四九—七八。
———：〈致意與誌異——經典科學奇幻作品與改編電影的扞格與共振〉，《電影欣賞》，二五卷二期，二〇〇七年三月，頁二〇—二四。
洪王俞萍：〈如果放逐是為了回歸——試論陳芳明《台灣新文學史》的戰後現代主義解釋〉，《台灣文學評論》，四卷四期，二〇〇四年四月，頁一四四—一五七。
紀大偉：〈色情烏托邦：「科幻」、「台灣」、「同性戀」〉，《中外文學》，三五卷三期，二〇〇六年八月，頁一七—四八。
范銘如：〈後鄉土小說初探〉，《台灣文學學報》，第十一期，二〇〇七年十二月，頁二三—四九。
孫嘉芳：〈台灣科幻文學幕後的推手——專訪葉李華先生〉，《文訊》，一九六期，二〇〇二年二月，頁三八—四〇。
海　噂：〈暗藏玄機可以妙會——我讀林燿德「高砂百合」〉，《文訊》，六七期，一九九六年五月，頁九九—一〇二。
郝譽翔：〈我是誰?!：論八〇年代台灣小說中的政治迷惘〉，《中外文學》，二六卷十二期，一九九八年五月，頁一五〇—一七〇。
———：〈給下一輪太平盛世的備忘錄〉，《東華人文學報》，第四期，二〇〇二年七月，頁一六三—一八〇。
———：〈論一九八〇年前後台灣新生代文學的發展〉，《中外文學》，二八卷十一期，二〇〇〇年四月，頁一六一—一七五。
張大春：〈台灣小說現代性的興起與解離——張大春演講與座談〉，《印刻文學生活誌》，第六〇期，二〇〇八年八月，頁九四—一〇九。
張均巽：〈發癢的幻想：科幻電影的思考〉，《電影欣賞》，一九卷四期，二〇〇一年十月，頁十二—二七。
張志維：〈從假聲借題到假身借體——紀大偉的酷兒科幻故事〉，《中外文學》，三二卷三期，二〇〇三年八月，頁一〇六—一二四。
張啟疆：〈晚近台灣小說中的都市「負負空間」〉，《中外文學》，二四卷一期，一九九五年六月，頁四三—六三。
張惠娟：〈後現代與女性主義之糾葛——試論當代女性烏托邦小說〉，《中外文學》二三卷十一期，一九九五年四月，頁二六—三九。
張誦聖：〈台灣現代主義文學潮流的崛起〉，《台灣文學學報》，第十一期，頁一三四—一六〇。
——：〈現代主義、台灣文學、和全球化趨勢對文學體制的衝擊〉，《中外文學》，三五卷四期，二〇〇六年九月，頁九五—一〇六。
——著，高志仁、黃素卿譯：〈朱天文與台灣文化及文學的新動向〉，《中外文學》，二二卷十期，一九九四年三月，頁八〇—九八。
——著，應鳳凰譯：〈台灣現代主義小說及本土抗爭〉，《台灣文學評論》，三卷三期，二〇〇三年七月，頁五二—七六。
張錦忠：〈現代主義與六十年代台灣文學複系統：《現代文學》再探〉，《中外文學》，三〇卷三期，二〇〇一年八月，頁九三—一一三。
——：〈黃凡與未來：兼註台灣科幻小說〉，《中外文學》，二二卷十二期，一九九四年五月，頁二〇七—二一七。
梅家玲：〈眾聲喧嘩中的「我妹妹」——論張大春「我妹妹」的多重解讀策略及其美學趣味〉，《聯合文學》，十一卷四期，頁一四〇—一五〇。
陳大為：〈對峙與消融：五十年來的台灣都市詩〉，《中國學術年刊》，二五期，二〇〇四年三月，頁二二五—二五九±二七二。
陳文瀾：〈科幻小說家中的蓋亞主義者——倪匡小說中的生命觀〉，《文訊》，二三七期，二〇〇五年七月，頁十三—十五。
陳芳明：〈殖民歷史與台灣文學研究——讀陳昭瑛〈論台灣的本土化運動〉〉，《中外文學》，二三卷十二期，一九九五年五月，頁一一〇—一一九。
陳俊榮：〈新歷史主義的台灣文學史觀〉，《中外文學》三二卷八期，二〇〇四年一月，頁三五—五三。
陳姿丰：〈棒狀物與卡片的本是——解讀「本事」一書的蘊義〉，《輔大中研所學刊》，十期，頁二六五—二七八。

陳淑卿：〈書寫原住民歷史災難：《倒風內海》的空間歷史與《一九四七高砂百合》的歷史空間〉，《中外文學》，三〇卷九期，二〇〇二年二月，頁五七—八五。

陳裕盛：〈一部化繁為簡的世界史縮影——林燿德的科幻小說「時間龍」〉，《文訊》，一九九七年三月，頁一〇—一三。

陳綾琪：〈顛覆性的模仿與雜匯：由朱天文的《荒人手記》談台灣文學的後現代〉，《中外文學》，三〇卷一〇期，二〇〇二年三月，頁一五六—一七一。

傅吉毅：〈台灣科幻文學研究資料〉，《文訊》，一九六期，二〇〇二年二月，頁四五—五三。

————：〈科幻雜誌「幻象」之研究〉，《國立中央大學中國文學研究所論文集刊》，第七期，二〇〇一年六月，頁二九—四〇。

彭小妍：〈何謂鄉土？——論鄉土文學之建構〉，《中外文學》，二七卷六期，一九九八年一一月，頁四一—五三。

曾蕙蘭記錄：〈焦點座談：文學的未來〉，《聯合文學》，八卷十二期，頁十八—二九。

曾麗玲：〈「一九四七高砂百合」、「尤利西斯」與歷史／小說的辯證〉，《中國現代文學理論季刊》，第九期，頁八三—九六。

焦慧蘭採訪：〈從人工智慧到塵泥與血淚的關懷——訪作家平路〉，《幼獅文藝》，一九九八年一月，頁五—十一。

賀淑瑋：〈拼貼後現代：小說〉，《中外文學》，二三卷十一期，一九九五年四月，頁五六—七二。

黃　海：〈中文科幻百年‧文學迷思〉，《幼獅文藝》，六一四期，二〇〇五年二月，頁九六—一〇五。

————：〈科幻小說往何處去？——科學肩膀上的科幻眺望：地平線上猶有驚奇炫麗景觀（上）〉，《中華民國兒童文學學會會訊》，二〇卷二期，二〇〇四年三月，頁二—七。

————：〈科幻小說往何處去——科幻創意與寫作（上）〉，《師友月刊》，四四〇期，二〇〇四年二月，頁八〇—八七。

————：〈科幻小說往何處去——科幻寫作的方向（下）〉，《師友月刊》，四四一期，二〇〇四年三月，頁五二—五七。

——：〈科幻是「文學與科學」間的彩虹或玫瑰〉，《幼獅文藝》，六三〇期，二〇〇六年六月，頁四二—五一。

——：〈童話與奇幻科幻的交會——從《格列弗遊記》到《大鼻國歷險記》〉，《文訊》，二三五期，二〇〇五年五月，頁一二—一四。

黃錦珠：〈都會與人心的惡地形——讀林燿德「非常的日常」〉，《文訊》，二〇〇〇年三月，頁三六—三七。

黃錦樹：〈神州：文化鄉愁與內在中國〉，《中外文學》，二三卷二期，頁一二九—一七二。

楊　照：〈歷史的聖潔門面背後——評平路長篇小說「行道天涯」〉，《聯合文學》，十一卷六期，頁一五八—一六〇。

楊光整理：〈在時代的脈動裡開創人文的空間——李瑞騰專訪平路〉，《文訊》，一九九六年八月，頁八一—八六。

楊宗翰：〈「現代派」的隔代會遇——施蟄存與林燿德〉，《幼獅文藝》，五七〇期，二〇〇一年六月，頁四〇—四一。

楊明蒼：〈詹明信的後現代理論與台灣〉，《中外文學》，二二卷三期，頁三〇—四七。

楊錦郁：〈創造新的類型，提供新的刺激——李瑞騰專訪張大春〉，《文訊》，九九期，一九九四年一月，頁八五—九〇。

葉石濤：〈八〇年代作家的櫥窗——評「新世代小說大系」〉，《文訊》，四六期，一九八九年八月，頁五八—六一。

葉言都：〈評《五印封緘》〉，《五印封緘》，台北：圓神，一九八八年四月，頁二二一—二二四。

葉振富：〈前衛詩的形式遊戲〉，《中外文學》，二四卷四期，一九九五年九月，頁一〇四—一三七。

葉維廉：〈比較文學與台灣文學〉，《台灣文學研究集刊》，創刊號，二〇〇六年二月，頁一—二五。

廖咸浩：〈在解構與解體之間徘徊：台灣現代小說中「中國身份」的轉變〉，《中外文學》，二一卷七期，頁一九三—二〇六。

廖炳惠：〈近五十年來的台灣小說〉，《聯合文學》，十一卷十二期，頁一二七—一三七。

裴元領：〈撒謊之鞭——評張大春「撒謊的信徒」〉，《聯合文學》，十二卷八期，頁一〇〇—一〇三。

劉乃慈：〈九〇年代台灣小說與「類菁英」文化趨向〉，《台灣文學學報》，第十一期，頁五四—七四。

劉慧珠：〈魔幻與後設之間——張大春《四喜憂國》的反寫實書寫〉，《修平人文社會學報》，第四期，二〇〇四年九月，頁四一—五八。

潘雅暾：〈嘩嘩的青春氣息——評林燿德「惡地形」〉，《聯合文學》，五卷四期，頁一九三—一九五。

蔣淑貞：〈兩性戰爭可休矣？：當代女性科幻小說的敘事模式與性別政治〉，《中外文學》，二六卷八期，一九九八年一月，頁三三—四七。

蔡逸君整理：〈凝脂溫泉VS尋找紅氣球——平路、李黎對談錄〉，《聯合文學》，十六卷十期，頁一三四—一四一。

鄭人鵬：〈在「經典」與「人類」的旁邊：一九九四年幼獅科幻文學獎酷兒科幻小說美麗新世界〉，《清華學報》，三二卷一期，二〇〇二年六月，頁一六七—二〇二。

鄭明娳：〈回顧林燿德〉，《中國時報．人間副刊》，二〇〇一年十二月四—五日。

———、楊宗翰：〈關於林燿德之評論及訪談篇目（一九八五—二〇〇〇）〉，《文訊》，二〇〇一年一月，頁六九—七五。

———：〈搜集林燿德〉，《文訊》，二〇〇一年六月，頁十二—十五。

鄭恆雄：〈二十世紀末的台灣歷史小說掃瞄〉，《聯合文學》，七卷九期，頁一四五—一四八。

———：〈林燿德「一九四七高砂百合」的歷史神話符號系統〉，《中外文學》，二六卷八期，一九九八年一月，頁一二〇—一五五。

———：〈林燿德「一九四七高砂百合」的敘述結構與史詩筆法〉，《聯合文學》，一五卷四期，頁一四六—一五二。

鄭美里紀錄：〈訪平路、楊照虛構的魅力——閱讀小說〉，台北：《中國時報》第四一版，一九九六年六月五日

賴玉敏：〈乘著想像的翅膀：少年科幻小說的科幻先鋒——黃海專訪〉，《兒童文學學刊》，第九期，二〇〇三年二月，頁一六一—一八二。

韓雪臨：〈時空經緯中的迷宮穿行——讀林燿德散文集「迷宮零件」〉，《中外文學》二七卷三期，一九九八年九月，頁一四二—一四八。

簡政珍：〈真實的謊言——給林燿德〉，《聯合文學》，一二卷五期，頁七〇—七一。
魏可風整理：〈文學外遇——張大春VS.楊照談「撒謊的信徒」〉，《聯合文學》，十二卷七期，頁十—十八。
——整理：〈聊聊——阿城VS.張大春〉，《聯合文學》，一〇卷四期，頁十二—二五。
羅　葉：〈以傳奇拼寫小說——「何日君再來」的幾個問題〉，《文訊》，二〇〇二年十月，頁三六—三七。
羅夏美：〈論後現代主義對台灣小說的影響——以林燿德《一九四七高砂百合》為例〉，《台灣文學評論》，六卷二期，二〇〇六年四月，頁一三七—一五六。

文學視界03　PG0779

台灣後現代小說的發展
——以黃凡、平路、張大春與林燿德的創作為觀察文本

作　　者 / 王國安
責任編輯 / 鄭伊庭
圖文排版 / 鄭佳雯
封面設計 / 蔡瑋中

發 行 人 / 宋政坤
法律顧問 / 毛國樑　律師
印製出版 / 秀威資訊科技股份有限公司
114台北市內湖區瑞光路76巷65號1樓
電話：+886-2-2796-3638　傳真：+886-2-2796-1377
http://www.showwe.com.tw
劃撥帳號 / 19563868　戶名：秀威資訊科技股份有限公司
讀者服務信箱：service@showwe.com.tw
展售門市 / 國家書店（松江門市）
104台北市中山區松江路209號1樓
電話：+886-2-2518-0207　傳真：+886-2-2518-0778
網路訂購 / 秀威網路書店：http://www.bodbooks.com.tw
國家網路書店：http://www.govbooks.com.tw
圖書經銷 / 紅螞蟻圖書有限公司
114台北市內湖區舊宗路二段121巷28、32號4樓
電話：+886-2-2795-3656　傳真：+886-2-2795-4100

2012年7月BOD一版
定價：480元

國家圖書館出版品預行編目

台灣後現代小說的發展：以黃凡、平路、張大春與林燿德的創作為觀察文本 / 王國安著. -- 一版. -- 臺北市：秀威資訊科技, 2012.07

面； 公分. -- (語言文學類 ; PG0779)

BOD版

ISBN 978-986-221-969-0(平裝)

1. 臺灣小說 2. 現代小說 3. 文學評論

863.27 101009931

讀者回函卡

感謝您購買本書，為提升服務品質，請填妥以下資料，將讀者回函卡直接寄回或傳真本公司，收到您的寶貴意見後，我們會收藏記錄及檢討，謝謝！
如您需要了解本公司最新出版書目、購書優惠或企劃活動，歡迎您上網查詢或下載相關資料：http:// www.showwe.com.tw

您購買的書名：________________________________

出生日期：________年________月________日

學歷：□高中（含）以下　□大專　□研究所（含）以上

職業：□製造業　□金融業　□資訊業　□軍警　□傳播業　□自由業

　　　□服務業　□公務員　□教職　□學生　□家管　□其它____

購書地點：□網路書店　□實體書店　□書展　□郵購　□贈閱　□其他

您從何得知本書的消息？

□網路書店　□實體書店　□網路搜尋　□電子報　□書訊　□雜誌

□傳播媒體　□親友推薦　□網站推薦　□部落格　□其他________

您對本書的評價：（請填代號　1.非常滿意　2.滿意　3.尚可　4.再改進）

封面設計____　版面編排____　內容____　文／譯筆____　價格____

讀完書後您覺得：

□很有收穫　□有收穫　□收穫不多　□沒收穫

對我們的建議：________________________________

____

____

____

請貼
郵票

11466
台北市內湖區瑞光路 76 巷 65 號 1 樓
秀威資訊科技股份有限公司 收
BOD 數位出版事業部

（請沿線對折寄回，謝謝！）

姓　名：________　年齡：____　性別：□女　□男

郵遞區號：□□□□□

地　址：____________

聯絡電話：(日) ________ (夜) ________

E-mail：____________